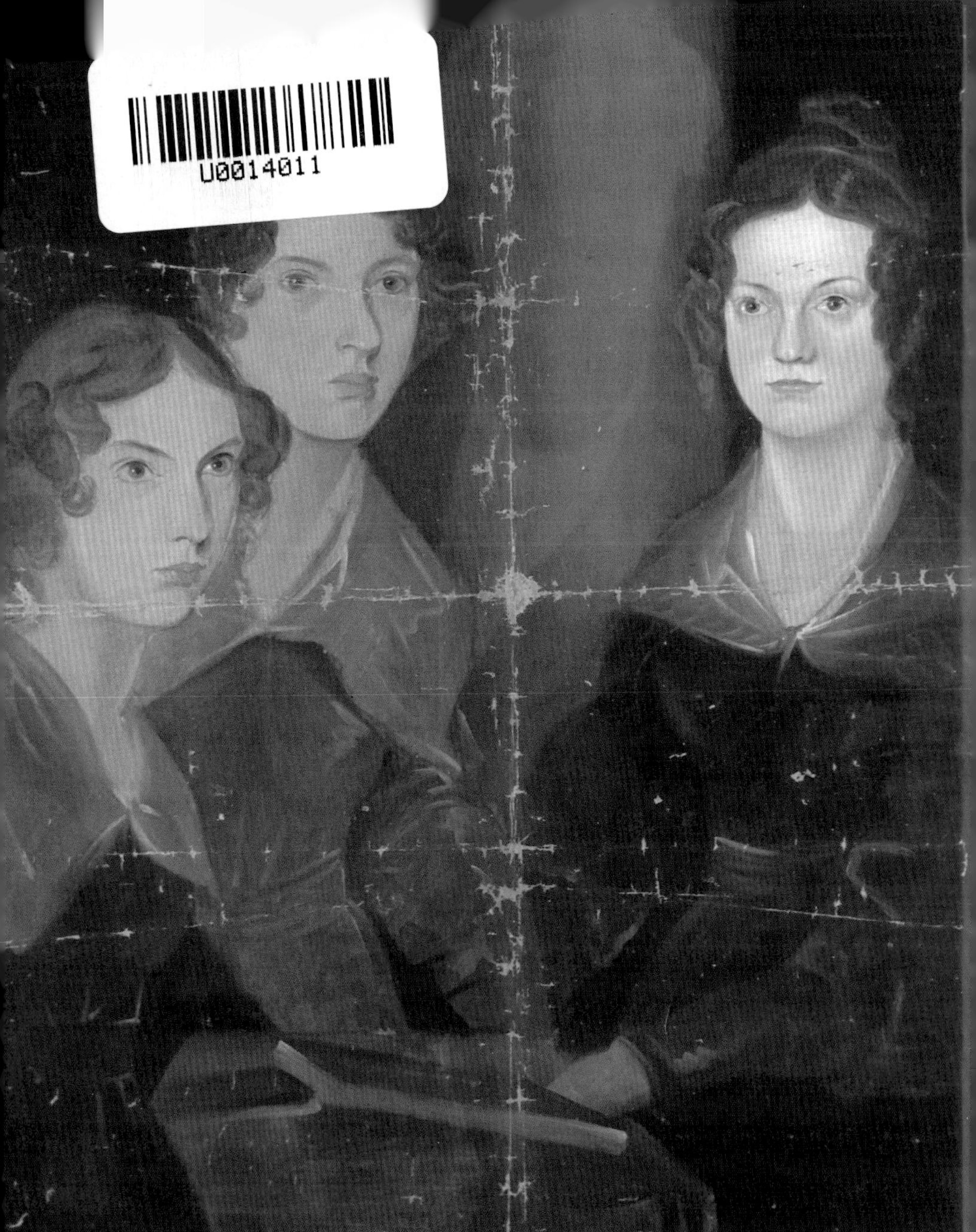

布朗忒三姐妹畫像

這幅畫的作畫者是布蘭威爾・布朗忒，從左至右為安、艾蜜莉和夏洛特。這幅肖像畫是現存唯一的三姐妹群像。布朗忒三姐妹在寫作上都極有天賦，出版的作品包括詩集與小說，而她們的兄弟布蘭威爾則有志成為畫家。這幅畫目前收藏於英國國家肖像館。

布朗忒故居現況

布朗忒一家在1820年搬到西約克郡的哈沃斯，艾蜜莉在這裡長大，雖然曾離家求學，但時間都不長；在阿姨過世後，艾蜜莉返家照顧父親，從此一直留在家鄉。1847年《嘯風山莊》出版後，次年哥哥布蘭威爾因肺結核過世，幾個月後艾蜜莉也死於肺結核，享年僅30歲。

布朗忒故居如今由布朗忒學會負責管理，並成立紀念博物館，收藏三姐妹相關文物，供訪客參觀。

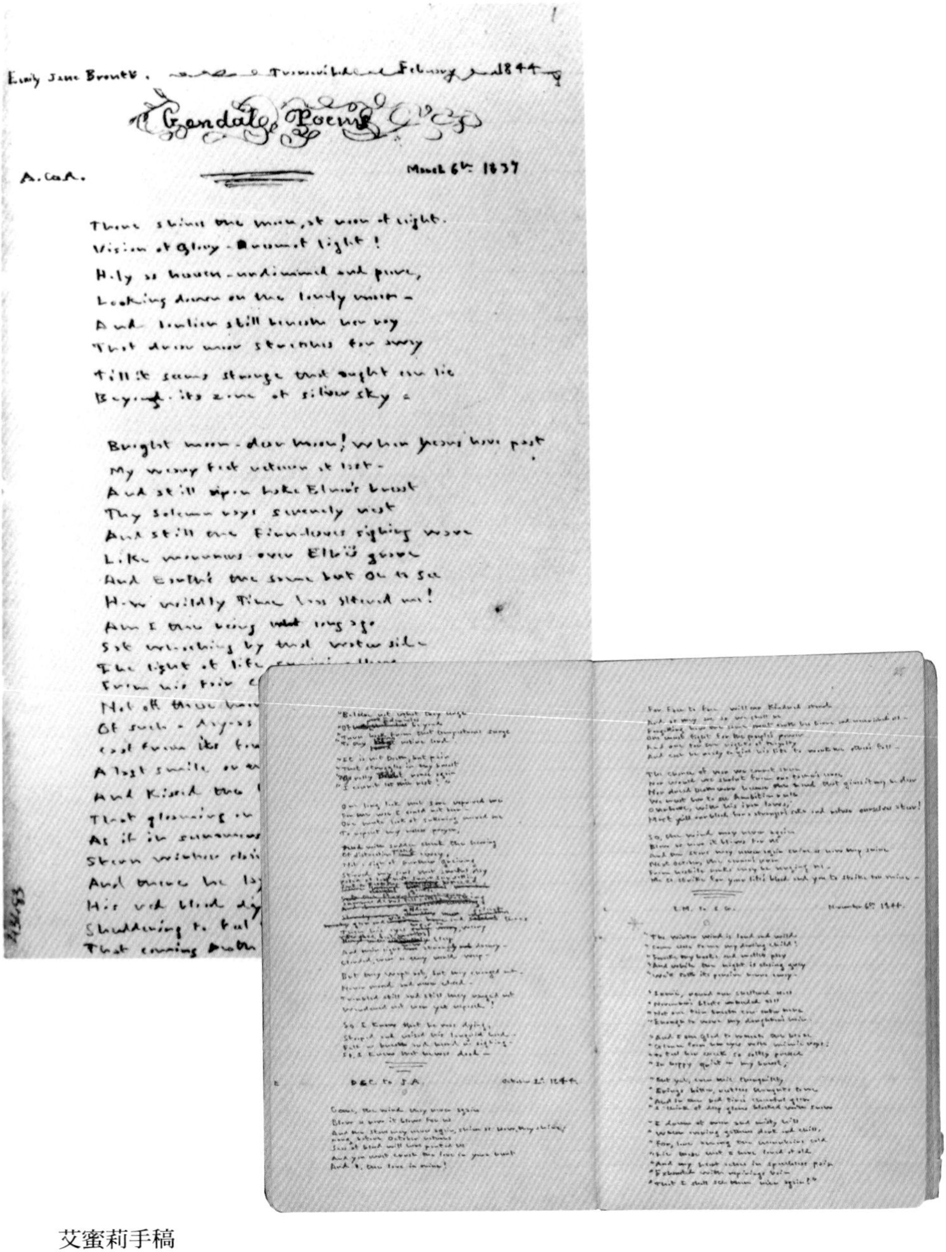

艾蜜莉手稿

艾蜜莉短暫的一生大多過著低調單純的生活，留下的作品也不多，除了小說《嘯風山莊》之外，便是她和姐妹合出的詩集，另外還有一些零星詩稿。艾蜜莉13歲時和小妹安一起創作出一個想像中的國度「岡道」（Gondal），並據此寫詩，可惜只留下片段詩稿和創作設定。

「岡道」手稿圖片來源：British Library shelfmark Add. 43483

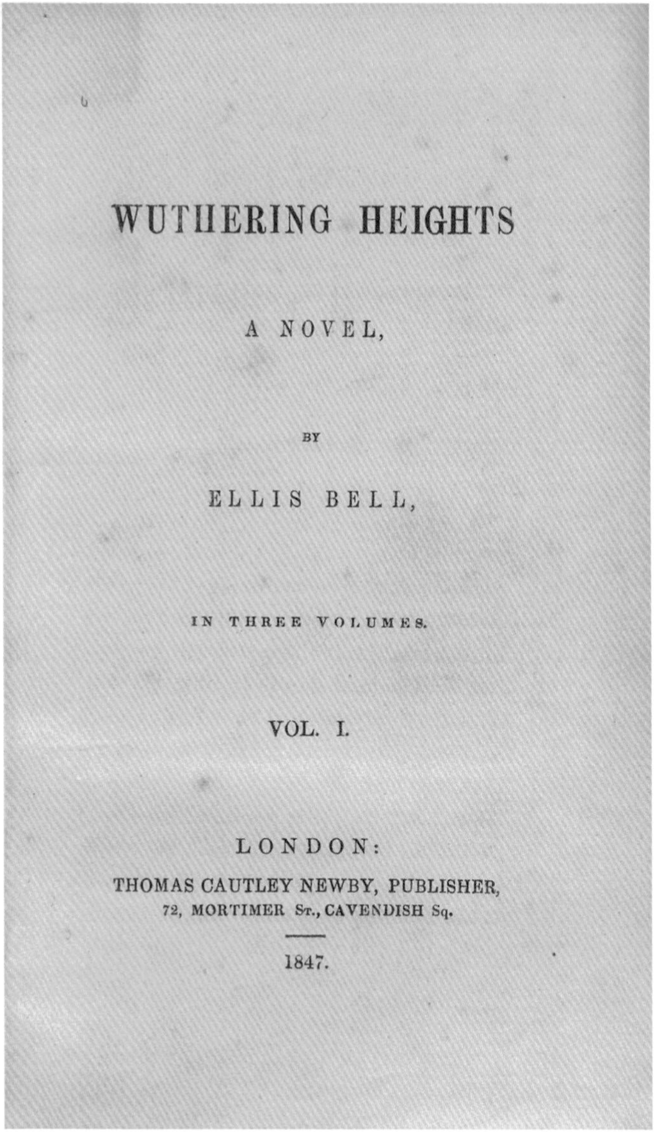

WUTHERING HEIGHTS

A NOVEL,

BY

ELLIS BELL,

IN THREE VOLUMES.

VOL. I.

LONDON:

THOMAS CAUTLEY NEWBY, PUBLISHER,

72, MORTIMER ST., CAVENDISH SQ.

1847.

嘯風山莊1847年版本版權頁

1846年，布朗忒三姐妹以男性化名共同出版詩集後，便各自完成一本小說後投稿，其中倫敦的Thomas Cautley Newby出版社同意出版艾蜜莉的《嘯風山莊》以及安的《安格涅斯．葛雷》，可以看到版權頁上所列的作者名仍為埃利斯．貝爾（Ellis Bell），從縮寫仍能辨認出作者本名（艾蜜莉．布朗忒縮寫同樣為E．B）。

圖片來源：Lowell 1238.5 (A), Houghton Library, Harvard University

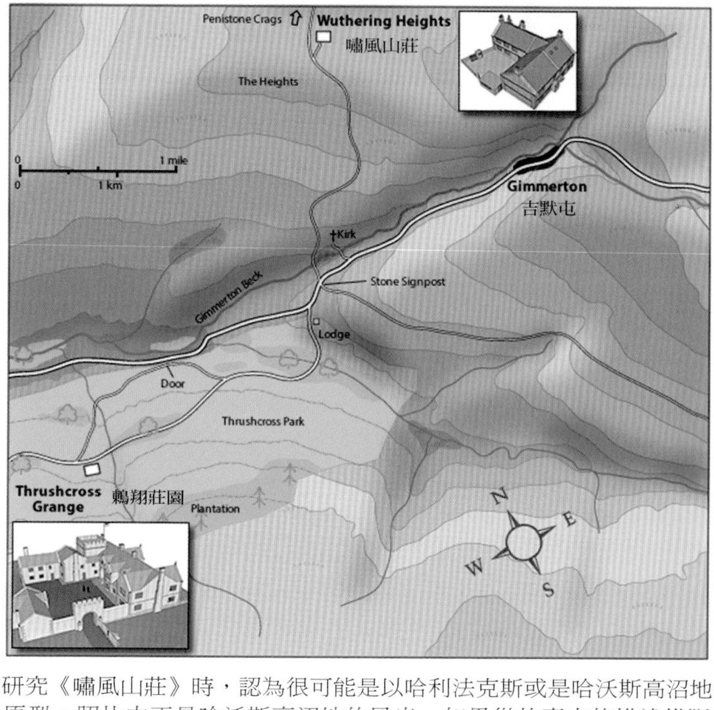

學者研究《嘯風山莊》時，認為很可能是以哈利法克斯或是哈沃斯高沼地的宅邸為原型，照片中正是哈沃斯高沼地的風光。如果從故事中的描述推斷，老恩蕭先生從嘯風山莊走到利物浦要走60哩（利物浦的位置在這張地圖左側之外），那麼嘯風山莊和高沼地的位置應該更接近哈沃斯。

圖片來源：The Reader's Guide to Wuthering Heights, www.wuthering-heights.co.uk

凱瑟琳房間模擬示意圖

故事一開始，房客洛克伍德因大雪而無法回到鶇翔莊園，便借宿嘯風山莊，他被帶到凱瑟琳出嫁前的房間，睡在一種「廂床」上。這種廂床不只洛克伍德沒看過，許多台灣讀者應該也很難想像。從示意圖可以看出，這種廂床兩側有拉門或滑門，拉上之後就是隱密的空間。靠窗的一側還有隔板，可充作寫字桌或書架。

圖片來源：The Reader's Guide to Wuthering Heights, www.wuthering-heights.co.uk

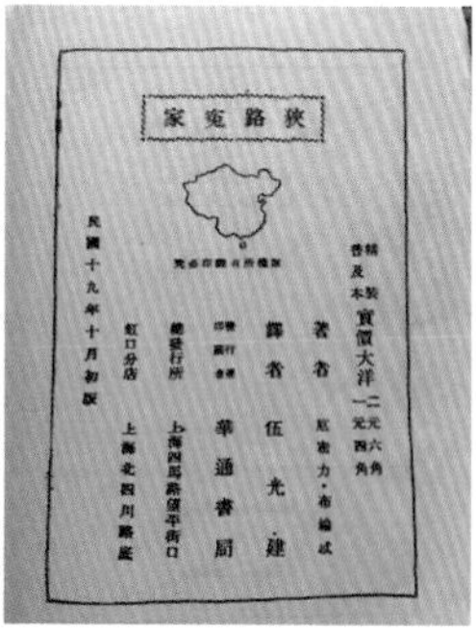

伍光建翻譯的《狹路冤家》

這是*Wuthering Heights*最早的中譯本，出版於1930年，可惜這個版本流通不廣。伍光建是清末民初的知名譯者，也翻譯了夏洛特的成名作*Jane Eyre*，譯本名為《孤女飄零記》。

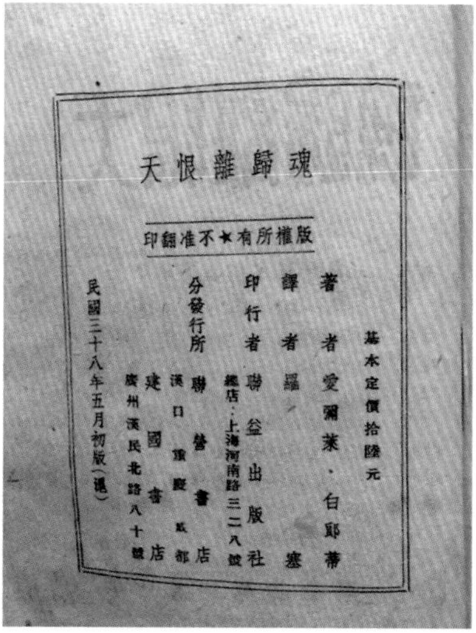

羅塞翻譯的《魂歸離恨天》

這本書在台灣最有名的譯本是梁實秋的《咆哮山莊》，但被翻印最多次的卻是羅塞版本，最早於民國38年出版，翻譯書名為《魂歸離恨天》。後來因為梁實秋版本名氣太大，翻印時除了抹去羅塞的名字，還將書名都改成了《咆哮山莊》。

圖片來源：賴慈芸教授提供

嘯風山莊人物關係圖

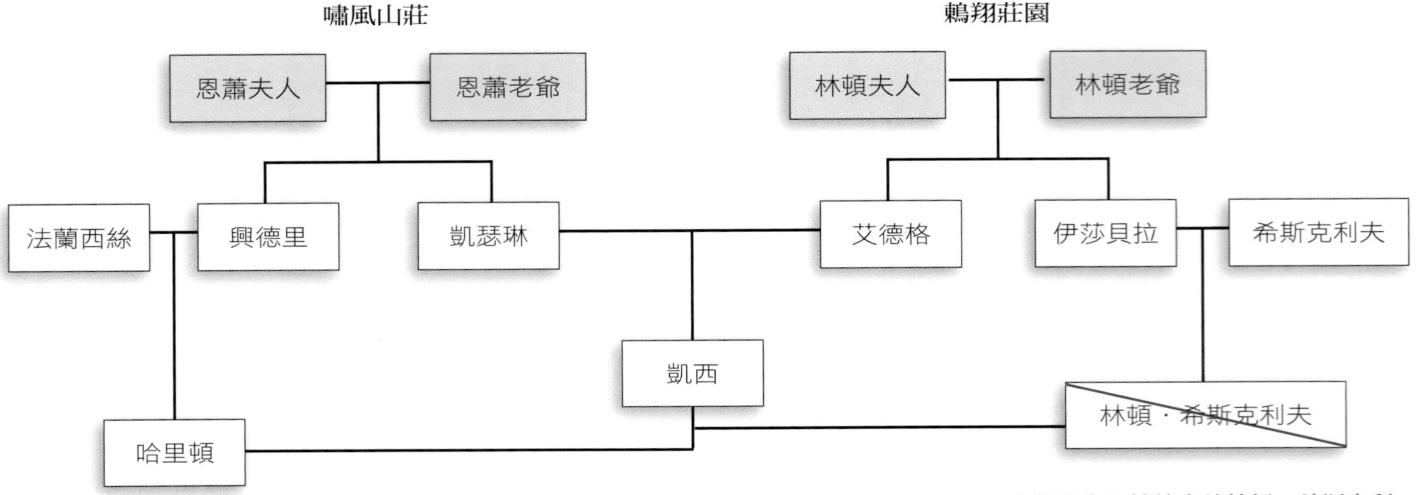

※凱西先是嫁給表弟林頓・希斯克利夫，後來林頓過世，才繼而與表哥哈里頓相戀。在這張關係圖中，只有凱西經歷兩段婚姻，所以依族譜繪製規則，將林頓之名劃去。

嘯風山莊
Wuthering Heights

艾蜜莉・布朗忒 Emily Brontë｜著
賴慈芸｜譯

目錄

導讀

英國十九世紀作家艾蜜莉・布朗忒（Emily Brontë，1818–1848）唯一一部小說*Wuthering Heights*（1847），台灣讀者一般以《咆哮山莊》稱之，中國讀者則以《呼嘯山莊》稱之，本譯注計畫改以《嘯風山莊》為書名，理由詳見文末的「關於此譯注本的幾點說明」一節。這部小說多次改編成電影，又有各種改寫本，聽過的人應該比看過小說的多。這固然是一般被稱為「文學經典作品」的常態，但《嘯風山莊》因為更常被當作浪漫愛情小說，而讓人忽略了其在結構上和敘事上的驚人成就。作者艾蜜莉・布朗忒的姐姐夏洛特（Charlotte Brontë，1816–1855）是《簡・愛》（*Jane Eyre*）一書的作者，由於《簡・愛》可說是後來西方羅曼史文類的始祖，也影響到許多讀者對《嘯風山莊》的期待，以為是另一本羅曼史姐妹作。但《嘯風山莊》結構遠比《簡・愛》複雜，對愛情的描寫也與一般的羅曼史文類相去甚遠，以浪漫愛情故事來看待，可以說是普遍的誤讀，讓許多讀者錯愕難懂，也因此從出版以來，一直都不如《簡・愛》暢銷。但隨著文學研究的進展，《嘯風山莊》的成就愈來愈為人所知，衍生作品不絕，已被公認是十九世紀的經典之一，甚至有超越《簡・愛》之勢。

本篇導讀分為「作者生平述要」、「作品的出版與接受」、「改編與衍生作品」、「中譯本評述」、「關於此譯注本的幾點說明」等五節，並於書後附有「作品解析」、「一八五〇年編者序」和「艾蜜莉・布朗忒年表」。

作者生平述要①

艾蜜莉．布朗忒是英國傳奇的布朗忒三姐妹之一。姐姐夏洛特．布朗忒促成她的寫作與出版，又在艾蜜莉死後，夏洛特以名小說家與家族發言人的身分，重新編輯《嘯風山莊》，並加上一段褒貶兼具，符合當時時代品味的編序（見附錄一），反映出她其實並沒有完全了解妹妹的天分。雖然《嘯風山莊》初版的反應不佳，若非託《簡．愛》暢銷之福，未必有再版機會；但夏洛特的評論在十九世紀影響甚深，以致於《嘯風山莊》的名聲與價值，長期為夏洛特自己的小說《簡．愛》所掩，可說成也姐姐，敗也姐姐。但從二十世紀以降，愈來愈多評論家注意到《嘯風山莊》卓越的敘事結構與技巧，現在學術界多半認為《嘯風山莊》的文學價值超越《簡．愛》。

艾蜜莉．布朗忒生於一八一八年，是父親派翠克．布朗忒（Patrick Brontë，1777–1861）牧師的第五個孩子。派翠克出生於愛爾蘭，父母皆是文盲，但他努力自學，後來得到新教牧師的鼓勵（或許還有資助），遠赴英格蘭的劍橋大學求學，以半工半讀的優惠生身分完成學業。畢業後擔任衛理公會的牧師，到約克郡西部行政區任職，娶了布商女兒瑪莉亞．布蘭威爾（Maria Branwell，1783–1821）為妻。

①「作者生平述要」及「作品的出版與接受」兩節，參考Gaskell的*The Life of Charlotte Brontë*（1857）、Bentley的*The Brontës*（1947）、Gezari編輯的*The Annotated Wuthering Heights*（2014）等書，以及網站The Reader's Guide to Wuthering Heights的相關介紹（http://www.wuthering-heights.co.uk/emily-bronte.php）。

兩人同為愛爾蘭人，同樣受過良好教育，愛好文藝，派翠克還出版過詩集。這對夫妻生了六個孩子之後，一八二〇年搬到哈沃斯（Haworth），即布朗忒姐妹成長之地。次年瑪莉亞病逝，艾蜜莉不過三歲。瑪莉亞的姐姐②伊莉莎白．布蘭威爾（Elizabeth Branwell，1776–1842）來到哈沃斯主持家務，照料六個喪母的幼兒。

艾蜜莉六歲時，曾與三個姐姐同在柯恩橋學校（Cowan Bridge school）就讀，這所寄宿學校專收神職人員的女兒。但夏洛特顯然很不喜歡這所學校，從《簡．愛》中描述的羅沃德學校（Lowood School）就可以想見。也像《簡．愛》中的海倫一樣，大姐瑪莉亞和二姐伊莉莎白都死於肺病。布朗忒牧師把夏洛特和艾蜜莉接回家，此後布朗忒家剩下的四個孩子，包括唯一的兒子布蘭威爾（Branwell Brontë，1817–1948）和小妹安（Anne Brontë，1820–1849），就在家中自學六年，由父親和阿姨親自教育。這六年間，布朗忒家四個聰明的手足共同留下了許多幻想作品，奠定日後三姐妹的創作基礎，布蘭威爾則有志成為畫家，曾為三姐妹留下著名的畫像。

艾蜜莉在十七歲時，曾短暫離家到姐姐夏洛特就學並任教的羅黑德學校（Roe Head School）去唸書，十九歲時曾到羅希爾學校（Low Hill School）任教，但都為時不長。二十四歲時與姐姐夏洛特得到阿姨資助，前往比利時留學，但不到一年，阿姨過世，艾蜜莉回家照顧父親，從此一直留在家鄉。一八四七年唯一的小說《嘯風山莊》出版，次年哥哥布蘭威爾因肺結核過世，她也在幾個月後死於肺結核，享年僅三十歲。

艾蜜莉短暫的一生神祕低調，不喜社交，與外界接觸甚少。姐姐夏洛特勤於與友人通信，還留下幾段情史，也結婚嫁人；艾蜜莉則似乎沒有什麼朋友，也從未談過戀愛。除了詩以外，她僅留下一部小說，而且生前也只有得到負面評價。但在她過世一個半世紀之後，《嘯風山莊》已成為英國文學史上不朽的經典之一，當然《簡．愛》有其獨特的優點，更是女家教型羅曼史文類的始祖，至今仍然深受全球讀者喜愛，近年尤其受到女性主義學者的關注。

作品的出版與接受

一八四五年，單獨赴比利時任教的夏洛特，因與教授發生不倫戀而黯然回家，偶然發現妹妹艾蜜莉的詩作。她認為這些詩作十分傑出，值得出版，因此說服妹妹發表。後來三姐妹以男性筆名合出了一本詩選，叫做*Poems by Currer, Ellis and Acton Bell*，於一八四六年出版。這本詩集銷售極差，但讓三姐妹決心朝職業作家的夢想前進。一年之內，三姐妹就各自完成了一本小說，包括夏洛特的《教授》（*Professor*），艾蜜莉的《嘯風山莊》和安的《安格涅斯．葛雷》（*Agnes Grey*）。三姐妹把手稿寄給多家出版社都遭拒絕，最後一家叫做Thomas Cautley Newby的小出版社同意出版《嘯風山莊》和《安格涅斯．葛雷》，但退回了《教授》。夏洛特另起爐灶，開始寫《簡．愛》，寄給另一家出版公司Messrs Smith, Elder & Co. 沒想到這家出版社非常喜愛《簡．愛》，積極聯繫，反而比《嘯風山莊》更早出版，在一八四七年十月出版，市場反應熱烈，十二月即再版，而《嘯風山莊》和《安格涅斯．葛雷》卻拖

②郭菀玲譯的《布朗蒂姐妹》把伊莉莎白．布蘭威爾當作是瑪莉亞的妹妹（頁21），其實不確。伊莉莎白比瑪莉亞年長七歲。

到同年十二月中才初版，且反應平淡，負評不少。一八四七年與一八四八年對《嘯風山莊》的書評，雖有少數批評者承認作者天分，卻有相當多人批評故事過於粗俗、野蠻；人物舉止不端，道德敗壞；大篇幅描寫惡行，最後惡行卻未得到恰當的報應等。「這是一本奇怪的書。……整體來說，這本作品狂野、混亂、不連貫、也不得體。」③「這本書把《簡．愛》所有的缺點都放大一千倍，我們唯一的安慰就是，我們認為這本書將不會有很多人看。」④美國的惡評更多，幾近謾罵，如「讀完此書，好像剛從隔離病房出來似的。我們建議讀者去看《簡．愛》，把《嘯風山莊》燒了。」⑤「居然有人寫完這本書，而沒有在寫了前幾章的時候就去自殺，真是怪事一件！」⑥「作者Acton似乎耽於想像人性的醜惡，得到病態的滿足。」⑦此時三人仍用男性的筆名發表，批評者並不知作者性別。一八四八年五月《簡．愛》三版，三個作家實為一人的傳言甚囂塵上，夏洛特親帶小妹到倫敦與Messrs Smith, Elder的編輯見面，出版社才知她們實為三姐妹。

一八四八年年底，艾蜜莉過世；一八四九年，小妹安也病逝，四個手足僅剩夏洛特一人。一八五○年，Messrs Smith, Elder決定重新出版兩個妹妹的遺作《嘯風山莊》和《安格涅斯．葛雷》，由姐姐夏洛特寫序，並重新編輯，夏洛特就把《嘯風山莊》原來的兩部合併，改為一到三十四章。由於艾蜜莉的手稿沒有保留下來，一八四七年初版又校對不精，留下許多錯誤，因此後來通行的多是經過夏洛特編輯的一八五○年版本。夏洛特一八五○年的序，針對初版評論中常出現的「怪誕、粗野、土氣、未經雕琢」等向讀者致歉，即使可以視為一種辯護或謙詞，仍可感覺當時氛圍對這部小說並不友善。也有不少書評認為這部小說缺乏明確的道德教訓，令人困惑。連夏洛特自己都說：「我不知道創造出希斯克利夫這樣的角色，是對還是錯；我自己是覺得不太應該。」（一八五○年序）

從小說問世到十九世紀末，一般讀者和學界大多認為《嘯風山莊》不如《簡．愛》。以一八九九年耶魯文學教授威博・克羅斯（Wilbur L. Cross）多次再版的《英國小說發展史》（*Development of the English Novel*）（NY: Macmillan）為例，他用了一整節分析夏洛特的作品，只有一次提到艾蜜莉，而且是用來襯托夏洛特的創新：他認為《嘯風山莊》還是以美貌的凱瑟琳為女主角，並沒有突破浪漫小說的傳統，只有《簡・愛》敢用外貌不美的女性為主角，是一大突破（頁228）。不過到了二十世紀，姐妹兩部作品開始得到不一樣的評價。一九〇五年，威廉・詹姆斯・道森（William James Dawson，1854–1928）在《英國小說創作者》（*The Maker of English Fiction*）一書中，盛讚艾蜜莉的文學成就超越姐姐夏洛特，他說：「我們樂於稱為讀書界的圈子以前不了解這部作品，現在也還不了解。」⑧

---

③一八四八年一月八日英國《審查者》週刊（*The Examiner*），評者未署名。這篇書評全文很長，後面有稱讚人物的描寫成功，但說這可能是作者的第一本書，希望他的下一本作品能更成熟節制，不算是全面的負評。作者艾蜜莉的遺物中有這篇書評的剪報，可見她頗為重視。本段所有評論取自The Reader's Guide to Wuthering Heights網頁（http://www.wuthering-heights.co.uk/emily-bronte.php），由筆者中譯。

④一八四七年到一八四八年在愛丁堡出版的《北英評論》（*North British Review*），評者為詹姆斯・洛瑞莫（James Lorimer）。由於《北英評論》是教會刊物，或許是因為小說中的人物不合教義導致負評。

⑤一八四八年三月美國《派特森雜誌》（*Paterson's Magazine*），評者未署名。

⑥一八四八年七月美國《葛漢婦女雜誌》（*Graham's Lady's Magazine*），評者未署名。

⑦一八四八年十月美國《北美評論》（*North American Review*），由艾德溫・衛波（Edwin P. Whipple）撰寫。此篇評論者誤認為《嘯風山莊》與《簡・愛》作者為同一人，且搞錯了化名。

⑧由筆者中譯。

（頁141）他預言《簡・愛》可能會被遺忘，但《嘯風山莊》會超越夏洛特的所有作品，成為英國不朽的文學（頁143）。一九二五年，英國作家吳爾芙（Virginia Woolf，1882–1941）在《普通讀者》（*The Common Reader*）一書中，收錄一篇〈「簡・愛」與「嘯風山莊」〉⑨，雖然標題是兩者並列，但她顯然更看重後者：她主張《嘯風山莊》比《簡・愛》難懂，因為艾蜜莉是比姐姐更傑出的詩人。夏洛特寫她的愛、恨、痛苦，寫得很好看，也許比常人強烈，但畢竟還是一般人的層次；而艾蜜莉已經超越個人的愛恨，寫的是人類與永恆的對抗。一九二六年，吳爾芙夫婦的獨立出版社Hogarth Press出版了查爾斯・山傑（Charles Percy Sanger）僅二十六頁的小冊子《嘯風山莊的結構》（*The Structure of Wuthering Heights*），首度深度剖析了小說的縝密結構、事件年表和法律知識，反駁了夏洛特所謂的「鄉土氣」、「質樸粗野」等語。

到了一九四八年，英國作家毛姆（William Somerset Maugham，1874–1965）在《世界十大小說家及其代表作》（*Great Novelists and Their Novels*）一書，就不提《簡・愛》，只提《嘯風山莊》了。毛姆認為夏洛特「全然不知她的妹妹已寫了一本光耀奪目的作品，她自己的作品如和《嘯風山莊》一比，就黯然無光。所以她還覺得不得不為這本書道歉」⑩。二〇〇五年，中國小說家王安憶在《小說家的十三堂課》中討論了八部傑出的小說，其中也是有《嘯風山莊》而無《簡・愛》。她說：「愛情故事多得不得了，可是真正使我們感動的，使我們在愛情之上看到神靈之境的，實在不可多得，而《呼嘯山莊》（本文以《嘯風山莊》稱之）是一個。」（頁171）

因此《嘯風山莊》雖在初版時受到猛烈的抨擊，但二十世紀初開始有愈來愈多的知音，現在已可稱為英國經典文學而無人反對了。

改編與衍生作品

改編及衍生作品不絕，是經典文學的一大特色，《嘯風山莊》也是如此。第一部電影改編作品是一九二〇年的英國默片⑪，但影響力更大的是一九三九年的好萊塢黑白電影《魂歸離恨天》⑫，由勞倫斯‧奧立佛（Lawrence Oliver）飾演希斯克利夫⑬，這部一九三九年的黑白片只有第一代故事，完全刪去了第二代的故事，第一敘事者的角色也被淡化許多，故事顯然比原著單薄，房客的喜劇成分、管家的心機都不留痕跡，重點只放在三角愛情之上。但這部電影對《嘯風山莊》的通俗化有很大的影響，包括在中國。

梁實秋的《咆哮山莊》在一九四二年出版之後，一九四三年趙清閣就改編為舞台劇劇本《此恨綿

⑨雖然《普通讀者》是一九二五年出版的，但收錄作者之前在各報刊發表過的評論文章。這篇是一九一六年寫的。取自http://Gutenberg.net.au/ebooks03/0300031h.html#C13，擷取日期：23/2/2017。

⑩此處譯文採用徐鍾珮譯《世界十大小說家及其代表作》（台北：重光，1956）。頁101。

⑪導演為亞伯特‧布蘭博（Albert Victor Bramble），此片的電影海報還在，但片子已佚失。

⑫此片在中國上演時的片名，取自《紅樓夢》回目：「苦絳珠魂歸離恨天」。

⑬本來要由費雯麗（Vivian Leigh）飾演凱瑟琳，但導演認為費雯麗沒有名氣而拒絕。這部片獲得當年奧斯卡金像獎最佳影片提名，不過輸給另一部大片《飄》（*Gone with the Wind*），主演的正是費雯麗。

綿》，趙清閣在序中也說參考了好萊塢電影⑭。《此恨綿綿》把故事場景搬到一九三六年的西安，主角是老主人在東北察哈爾街上撿回家的棄兒。刪去闖入的第一敘事者，故事順時序發展，集中在三年間，即從男主角出走前夕，女主角結婚到死亡為止，並無第二代故事。由於一九四三年值抗戰期間，男主角也順勢出走從軍抗戰去了，回來時成了民族英雄。這個劇本在敘事層次上簡化許多，也有道德化傾向，如在人物介紹上說女主角安苡珊「嬌養慣了，稍有虛榮心……」，丁奶媽（奈莉）則是「視他們（男女主角）如己出，慈祥仁愛」。人物平板，主要角色都相當傳統，如女主角弟弟（原著為哥哥）的敗家子形象，有錢丈夫的庸俗形象，老媽子的慈愛形象，遠不如原著豐富。但根據趙清閣一九四六年上海版的序，此劇曾上演多次，她自己在重慶就看過兩次演出。

香港導演左幾在一九五七年，也導過一部粵語電影《魂歸離恨天》，把人物中國化，由著名的香港男演員張瑛飾演蕭大昌（希斯克利夫）。一九六三年，張愛玲也曾參考好萊塢電影架構，為香港的電懋電影公司寫了一部《魂歸離恨天》劇本⑮，結構比《此恨綿綿》更接近一九三九年的電影版本。場景搬到一九四七年北京西山，主角是孤兒院領回來的孤兒，保留第一敘事者房客與倒敘結構，但把女管家改為女主角的母親（葉太），亦無第二代故事。全劇發生時間就是一夜間：一開始夜行人進入高家避風雪，睡夢中遇鬼，老婦為之倒敘故事，說到女主角死亡時，醫生來報男主角與不明女人在雪地中遊蕩，眾人遂出門尋人，最後發現男主角屍體而結束全劇。結構緊密，敘事層次也比《此恨綿綿》複雜。但如同一九三九年的電影版本，第一敘事者的角色過於平板，只具備老婦聽眾功能，缺乏原著中女管家角色既有母親形象，亦有情敵形象；這樣的改寫凸顯了其中一面，但也犧牲了另外更為幽微的一面。英國一九七〇年由羅伯．福斯特（Robert Fuest）導演的電影也還是只有第一代故事。這個版本把奈莉和興德里當做一對青梅竹馬的戀人，因此興德里在外地結婚對她是個打擊，奈莉和凱瑟琳的關係比較像是姐妹。

一九九〇年代之後，在電影和衍生作品方面都有新的突破。一九九二年電影版本第一次把兩代故事都涵括進去，由法國女星茱麗葉・畢諾許（Juliette Binoche）一人分飾凱瑟琳母女兩角，由英國演員雷夫・范恩斯（Ralph Fiennes）飾演希斯克利夫。二〇一一年女導演安德芮亞・亞諾（Andrea Arnold）的版本首度用黑人演員飾演希斯克利夫。原作雖未明言希斯克利夫的族裔，但從「黝黑」、「吉普賽」、「爸爸是中國皇帝，媽媽是印度女王」（奈莉語）等線索看來，絕非白人，而從勞倫斯・奧利佛到雷夫・范恩斯都還是白人主演，因此這個電影版本可說是一大突破⑯。

美國教授林・海爾薩金特（Lin Haire-Sargeant）的《重返呼嘯山莊》（*H: The Story of Heathcliff's*

---

⑭但趙清閣說電影片名為《情之所鍾》也許各地所用片名不同。

⑮收錄在《續集》（台北：皇冠，1988）。

⑯改編的電影電視版本甚多，無法在此一一討論。關於影視改編版本，可參考二〇一五年Valérie V. Hazette的*Wuthering Heights on Film and Television: A Journey Across Time and Cultures*（Intellect電子書）一書。林・海爾薩金恩的文章*Sympathy for the Devil: The Problem of Heathcliff in Film Versions of Wuthering* Heights分析了四個重要的影視版本。該文原收錄於Barbara Tepa Lupack編輯的*Nineteen-Century Women at the Movies*（Bowling Green, KY: Bowling Green UP, 1999），修改後收錄於Richard J. Dunn編輯的*Wuthering Heights: A Norton Critical Edition*（New York: W. W. Norton, 2003: 410-427）。網站The Reader's Guide to Wuthering Heights也評介了七部影視改編作品。http://www.wuthering-heights.co.uk/watch.php

Journey Back to Wuthering Heights）也是重要的衍生作品，以夏洛特．布朗忒為第三敘事者，時間為一八四四年，即原著時間（一八〇一－一八〇二）的四十餘年以後。夏洛特從比利時返鄉，在火車上偶遇已年邁的房客洛克伍德，說是要為奈莉送終。此作補上男主角的身世及空白的三年，讓希斯克利夫成為《簡．愛》的主角羅徹斯特（Rochester）和第一任太太的兒子，一出生就被送往利物浦的精神病患療養院，五、六歲時逃出療養院後，在街上遇到恩蕭先生而被收養，十五歲時離開嘯風山莊，回到利物浦尋根，後來父子相認，遂繼承了父親財產。這樣的情節可以同時解釋希斯克利夫的膚色（他生母有原住民血統）、暴烈性格（其母有精神疾病）及暴富之謎，頗具巧思。這部作品也直指女管家奈莉背叛男女主角，造成兩人無法結合。雖然中譯者屠珍在〈譯後記〉中寫道：「綜觀古往今來的續書，幾乎沒有一部能夠達到原著的水平，我們也就不必苛求這位年輕的美國女作家。」（頁338）似乎對這次改寫並不是很滿意；但本作對於女管家一角確實有較深刻的描寫，房客對第二代凱瑟琳的愛慕之情也更為明顯。

日本小說家水村美苗二〇〇二年的《本格小說》，也增加了第三敘事者，即第一人稱的小說家。小說家在美國遇到日本年輕人（房客），房客敘述自己曾在輕井澤遇到女管家和男主角，再轉述由管家倒敘的整個故事。主故事場景在二次大戰後的輕井澤，男主角是家人從滿州戰場帶回來的東北孤兒，離家後到美國創業致富。這個改寫本把原著男主角三年神祕致富的情節拉長為十五年，符合戰後日本現實。女管家一角成為女主角的情敵，並有肉體關係，符合當代文學界對此小說角色的解讀。整體來說，《本格小說》比原著更有現實色彩，敘事更為複雜，是一次很精采的改寫。

其他改寫本也相當多，如簡單英文版（給英文學習者的中英對照版本）、縮寫版、兒童文學改寫本、漫畫版等。兒童文學改寫本多數改為全知敘事，從希斯克利夫小時候被帶回嘯風山莊開始，按時間順序敘述，捨棄原作精巧複雜的雙重敘事結構，也刪掉遇鬼、挖墳、暴力等兒童不宜的情節，把小說簡化為富家女與窮養子之間的愛情悲劇。兒童文學改寫本還有泛道德化的問題：由於男女主角都非傳統意義下的正人君子，唯一看似好人的只有管家，因此人物介紹都說她是「明理的人」、「心地善良、古道熱腸、很有道德感」等，完全採用十九世紀中期到二十世紀早期的解讀方法。原作缺乏明確的道德教訓，如善有善報、惡有惡報、好人奮鬥成功等（《簡．愛》的結局是有情人終成眷屬，也可以算是孤女奮鬥的圓滿結局），因此兒童文學改寫者也像十九世紀的書評者一樣，頗有道德焦慮感，似乎難以說服兒童讀者（或師長）為什麼要讀這本書。所以兒童文學版的序言都努力要找出作品意義。如徐玲慧的序言標題是：「正視弱點，才能將之導向正途」。並在序中「闡述」作品意義：

原則上，這是一部強烈反對當時維多利亞作風（虛僞做作、道德至上、重視名利）的作品。它要我們知道，人性中也有不完美的一面，例如仇恨、貪婪、嫉妒……等。如果我們刻意去壓抑它們，或輕視它們，它們反而會更加強大起來，並且慢慢地腐化我們；因此，我們必須正視這些弱點，如此才能將它們導上正途。（無頁碼）

東方版的改寫者管家琪，也為這本書提出辯護：

赫斯克萊夫爲什麼會一心一意的企圖報復，甚至經歷十八年仍不稍減呢？其實，那是因爲他對凱西用情太深了，所以「失戀」對他才會造成那麼大的打擊。正由於這種摯眞的情感，使的本書在「醜惡」之餘，也散發出美善和感人的一面。（頁2-3）

但這樣的序言除了反映出改寫者的道德焦慮之外，並無法讓讀者了解此作的文學性。加上敘事結構的破壞，兒童改寫本就只剩下薄弱的愛情故事了。此作並非為兒童所寫，大量出現兒童改寫本，雖反映出原作的經典地位穩固，但也影響許多讀者對此作品的第一印象，相當可惜。

中譯本評述

本書最早的中譯本是伍光建（1867–1943）的《狹路冤家》（上海：華通，1930）。伍光建是清末民初的名譯者，他也譯了夏洛特．布朗忒的《孤女飄零記》（*Jane Eyre*）和《洛雪小姐遊學記》（*Villette*）。這個譯本以白話翻譯，語法比較歸化，相當流暢可讀。伍光建在〈譯序〉中說：

> 她借本地材料、借本地風光，憑空結撰，無一語一意依傍前人……讀者有時覺得紙上陰風慘慘，毛髮皆豎，有時讀到忍心害理之處，讀者屢次想拋去不讀，卻又不能不讀下去，只要讀過一次，是絕不能忘記的，這就是這本小說諸多特色之一。其餘的重要人物，她都能寫出他們的性格來，裡頭有幾處把所謂癡情男女都罵苦了，作者偏不肯涵蓄，悍然不顧的說出來，讀過有點難受。……她的用意佈局都是很新鮮的，寫愛情尤其寫的深刻，若拿許多言情小說來同這本書相比，他們所說的愛情，都好像是犢愛。（頁2）

對小說的獨創性頗能掌握。以伍光建的名氣，梁實秋竟不知道有此譯本，而聲稱自己的《咆哮山莊》是第一個譯本，頗令人訝異。一九三五年，周其勳、李未農、周駿章三人合譯的《英國小說發展史》⑰由南京的國立編譯館出版，裡面就用了《狹路冤家》這個書名：「就是安在《威爾德斐爾邸宅》和愛彌莉在《狹路冤家》裡，也務必使他們的女主角姣美可愛，雖然沒有這樣趨於極端。」（頁371）可見國立編譯館是知道《狹路冤家》這個譯本的。

梁實秋一九三九年在四川北碚翻譯《咆哮山莊》，一九四二年出版，一直自認為是這部小說的第一個譯者。梁實秋在一九八三年，回憶當年在重慶翻譯《咆哮山莊》的動機：

> 我譯「咆哮山莊」是很偶然的事。民國二十八年入蜀，由於敵機轟炸，由重慶疏散到北碚，暫住在教育部教科用書編輯委員會的三樓，斗室獨居，百無聊賴。鄰室住的是方令孺女士，乃吾青島舊友，欣然道故，我瞥見她的竹架上有一本英國人人叢書本的「咆哮山莊」，不禁一驚。方女士說這部小說是她所特別喜愛的，流離中仍藏於行篋之內，可惜無人翻譯。這本書對我本非陌生，借來再細讀一遍，內心仍感受震撼，乃決定試爲翻譯，兼以破我旅中寂寥。（頁1）

也許因為戰亂時期消息不通，以致於方令孺和梁實秋都不知伍光建已有《狹路冤家》譯本。連後

⑰台北的五洲出版社在一九六九年出版過此譯本，書名仍為《英國小說發展史》，譯者署假名「王杰夫、曹開元」。

來的譯者楊苡也在一九九二年的〈再版後記〉中說：「真正第一位譯出這一部名著的還是當時居住在重慶山城郊外北碚，在前國立編譯館工作的梁實秋先生。」梁實秋的《咆哮山莊》非常直譯，翻譯腔嚴重，而且錯誤不少。梁實秋在台灣享有盛名，是著名的教授、散文作家、譯者。著述甚多，包括編字典、編譯英國文學史、翻譯所有莎士比亞劇作等。但童元方在一九九八年稱梁譯《咆哮山莊》為「失敗」、「可悲」的「劣譯」，稱其為「凝滯、拖沓、堆不成形、也看不出樣子的譯本」（2009：頁9）⑱。梁譯本有許多句子依照原文訊息順序，造成嚴重的翻譯腔。以梁譯和伍譯比較，梁譯的翻譯腔非常明顯，不如伍光建譯本流暢⑲：

梁實秋譯本	伍光建譯本
那聲音是不可恕的，除非是你的頸子正在被割斷。（頁28）	除非是有人來殺你，不然的話，你不該那樣叫喊！（頁41）
從沒有注意我們的缺席，屋裡是那樣的充滿了人。（頁63）	因為人多，他們不覺得我們走開。（頁92）
一個守財奴為了五先令拋棄了一張幸運的彩票，第二天發現他損失的五千磅，不能表現出比希茲克利夫的更為嗒然若喪的神情，當他看見樓上是恩蕭先生的時候。（頁80）	他一看見樓上是伊安瑣，他立刻神色惶然，如同一個看財奴今日把一張彩票五個先令賣給人，明日他卻曉得溜了五萬鎊⑳那時候的神氣。（頁117）
人臉的缺乏！（頁98）	許久看不到一個人。（頁145）

我要有個活人在我的幸福裡陪伴著我！（頁106）	我要人陪我歡樂。（頁157）

誤譯也很多，如開頭第一句「他就是使我以後將受麻煩的一位孤獨的鄰居。」除了有嚴重的翻譯腔之外，也誤讀了原作的限制敘事結構。原作是洛克伍德的筆記，全書分七次筆記（或敘事）寫成：

筆記	時間	章節	內容
1	一八〇一年十一月	第一部第一章	洛克伍德初訪嘯風山莊
2	三日後	第一部第二章、第三章	第二次訪嘯風山莊、留宿遇鬼。

---

⑱童元方的〈丹青難寫是精神〉，原為會議論文，一九九八年收錄在金聖華主編的會議論文集《外文中譯研究與探討》（沙田：香港中文大學，頁241-253）。二〇〇九年收錄在童元方專書《選擇與創造》（香港：牛津大學出版社。頁1-13）。

⑲請參考筆者二〇一三年〈咆哮山莊在台灣：翻譯、改寫與仿作〉一文，對梁實秋和伍光建譯本有更詳盡的分析。

⑳原文是five thousand pounds，伍光建此處誤譯。

3	次日凌晨	第一部第四章到第九章	管家奈莉倒敘故事，到凱瑟琳結婚為止。
4	四週後	第一部第十章到十四章（第一部結束）	洛克伍德大病初癒，奈莉繼續說故事，到凱瑟琳病危為止。
5	七天後，一八〇二年一月的第二週	第二部第一章到十六章	奈莉繼續說故事，說到一八〇二年一月現況。
6	兩日後	第二部十七章	洛克伍德三訪嘯風山莊，給小凱瑟琳帶信並辭行。
7	一八〇二年九月	第二部十八章到二十章	洛克伍德第四次到嘯風山莊，結束租約。奈莉補述這半年多來發生的事情。

每一次敘事時間都很明確。敘事者在第一章並不知未來會發生什麼事情，the solitary neighbour that I shall be troubled with只是說從社交角度來看，未來只需跟這一位鄰居應酬就好（這是他要強調自己的厭世立場），梁譯卻誤以為這是整本書的預告，破壞了原作的敘事結構。這個錯誤影響深遠，後來多種譯本的第一句都犯同樣的錯誤。如：

羅塞：「這位孤獨的鄰居便是以後將使我為他而感到煩惱的。」
楊苡：「就是那個將要帶給我麻煩的孤獨鄰居。」
宋兆霖：「就是那位後來讓我傷透腦筋的孤僻的鄰居。」

梁實秋雖在一九八三年遠景版補了譯序，也譯出一八五〇年版夏洛特的編者序，但並未修改譯文。梁實秋隨政府來台，又是名教授，少有被抄襲的情況。全譯本中只有一九八三年志文出版社署名「羅玉蕙」的譯本根據梁譯痕跡明顯，以下段為例：

梁實秋譯本：

這一聲「走進來」是閉著牙齒說的，所表示的情緒就是「滾你的」；就是他所依靠的那扇大門也沒有對這句話表示出同情的動作；我想是當時的情形決定要我接受這樣的延請；我覺得這個人有趣，他像是比我更過度的深沉。（頁2）

羅玉蕙譯本：

這一句「進來」是咬著牙齒說的，所表示的情緒就是「見鬼」；就是他所倚靠的那扇大門也沒有對這句話表示出同情的動作。我想是當時的情形使我決定接受這樣的邀請；我覺得這個人很有趣，他好像比我還要深沉。（頁22）

九十五個中文字中，八十二個字一模一樣，相似度高達八十六%，且句構完全相同。幾處誤譯處也都相同，因此我認為這本書是根據梁譯本編輯的，不是獨立的譯本。

第三個譯本是羅塞一九四五年的《魂歸離恨天》（上海：生活書店）。書名與一九三九年電影在中國上映時的片名「魂歸離恨天」相同。羅塞生平不詳，在《中國現代文學總書目》中收有羅塞譯作共六種，包括英、美、法文作品；但在台灣流傳的只有兩種，除了《魂歸離恨天》之外，只有《誘》（譯自羅伯・史蒂文森〔Robert Stevenson〕的*Kidnapped*）一種。羅譯本翻譯策略比較通俗，有時甚至會用中文文化詞，如「老天爺」、「老爺」、「飯桶」、「閻王」等。同樣的詞彙，梁譯為「主」、「主人」、「沒有出息的」、「惡魔」，可以看出兩者立場差異。不過，羅譯雖然不像梁譯那麼極端直譯，翻譯腔的句子還是不少，如「這個動機是為了一個以他的個人能包括我對愛德茄以及對我自己的情感的人的原故」、「三分鐘的停留會使你的離開成為不名譽和強迫性的」，都相當不易讀，結構也頗類似梁譯。羅譯本的錯誤還有些是沿襲梁譯的錯誤。如首句和梁譯一樣犯了預知未來的錯誤；又梁實秋在第五章把slapping看成shopping，譯出「但是出外買東西聽差遣我是受不了的」，山上本無處購物，為明顯的誤譯；羅塞譯本竟也犯同樣的錯誤：「但是只要我跑去買東西，聽她的指揮，我是受不了的。」應該有參考梁實秋譯本。

梁實秋譯本《咆哮山莊》雖享盛名，台灣印刷次數最多的譯本卻是羅塞的《魂歸離恨天》。儘管這個譯本訛誤甚多，翻譯腔嚴重，在台灣卻被易名抄襲多次，是一九五〇至七〇年代的主流譯本，只是書名往往被改為梁譯的《咆哮山莊》，連香港版本也改書名為《咆哮山莊》。遠景一九七八年版本採用羅塞譯本，一九八三年改採用梁實秋譯本，之後梁譯本逐漸成為主流譯本。《咆哮山莊》從一開始就是台灣定譯，大陸在楊苡的《呼嘯山莊》（1955）出現之後，所有譯本都採用《呼嘯山莊》；但引進台灣則皆改名為《咆哮山莊》，梁譯本的影響力可見一斑。

以下是戒嚴時期台灣流通的兩種譯本出版情形：

（1）梁實秋《咆哮山莊》（1942上海：商務印書館）

1955 梁實秋《咆哮山莊》台北：台灣商務
1971 梁實秋《咆哮山莊》台北：台灣商務台一版
1983 梁實秋《咆哮山莊》台北：遠景
1983 「羅玉蕙」《咆哮山莊》台北：志文

（2）羅塞《魂歸離恨天》（1945重慶：生活書局）

1957 「江濤」《魂歸離恨天》台北：新興
1957 「蕭虹」《咆哮山莊》台北：文友
1958 「李素」《咆哮山莊》台北：北星
1959 「李素」《咆哮山莊》台北：新陸
1968 「陶宗惕」《咆哮山莊》台北：新陸
1969 「吳文英」《咆哮山莊》台南：復漢
1971 「萬因愷」《咆哮山莊》台北：文友
1972 「施品山」《魂歸離恨天》台南：北一
1972 「楊人康」《咆哮山莊》台南：綜合
1978 未署名《咆哮山莊》台北：遠景
1978 「卓懿齡」《咆哮山莊》台北：正文
1979 未署名《咆哮山莊》台南：世一

1980 未署名《咆哮山莊》台北：喜美
1981 未署名《咆哮山莊》台南：文言
1981 未署名《咆哮山莊》台北：名家
1981 「賴純如」《魂歸離恨天》台北：裕泰㉑
1985 「萬因愷」《咆哮山莊》台北：陽明
1986 未署名《咆哮山莊》台北：自華。
1987 未署名《咆哮山莊》台南：世一

可見梁實秋譯本知名度高，但羅塞譯本的版本數多。解嚴之後，不少大陸譯本也陸續在台發行正體字版本，書名皆由《呼嘯山莊》改為《咆哮山莊》，如楊苡譯本㉒（1955）、方平譯本㉓（1986）、孫致禮譯本㉔（1991）、宋兆霖譯本㉕等。在這幾個譯本之中，楊苡的譯本翻譯腔比較明顯，如「注意——我在十二點鐘與一點鐘之間吃午飯，而可以當作這所房子的附屬品的管家婆，一位慈祥的太太卻不能也不願理解我請求在五點鐘用餐的用意」（頁17），同位語結構很容易造成混淆。方平的譯本最為流暢鮮活，歸化痕跡明顯，但有些用語如「漢子」、「堂客」、「莊稼漢」、「東家娘」、「貴人兒」、「長性子」、「妞兒」，都不是台灣今日習用的詞語。宋兆霖和孫致禮的譯本皆流暢可讀，可惜都仍有些錯誤未能改正，如第一部第十章的一開始，洛克伍德臥病四週後，說Mr. Heathcliff has just honoured me with a call. About seven days ago, he sent me a brace of grouse. 孫致禮譯為：「希斯克利夫先生剛剛賞光來看過我。大約七天前，他送給我一對松雞。」（頁128）此處是誤讀，因為前一句用現在完成式，是在抱怨希斯克利夫居然在臥病四週內只來探過一次病，也就是七天前送松雞那一次，否則前後語氣不能連貫。但這個錯誤從伍光建譯本（「希司克力夫方纔來探我」）、梁實秋譯本（「希茲克立夫先生剛來訪問過我。」、楊苡譯本（「希斯克利夫先生剛剛光臨前來看我。」）、方平譯本（「希克厲先生才來看過我。」）、宋兆霖譯本（「希思克利夫先生剛剛來拜訪過我。」）皆犯此病。孫致禮的「賞光」比其他譯本更能表現honour me with a call的諷刺語氣，可惜還是沒有譯對。

整體來說，方平和孫致禮的譯本，在正確性和可讀性兩方面，都勝過梁實秋、羅塞、楊苡和宋兆霖的譯本。

關於此譯註本的幾點說明

*Wuthering Heights*的書名，台灣以梁實秋的《咆哮山莊》最為知名。伍光建的《狹路冤家》在台灣不傳，在台灣流傳的羅塞譯本《魂歸離恨天》又多半都被改名《咆哮山莊》上市，以至於大多數台灣

㉑此版本略有修改。

㉒楊苡譯《呼嘯山莊》（上海：平明，1955），正體字版改書名為《咆哮山莊》（台北：時報，1996）。

㉓方平譯《呼嘯山莊》（上海：譯文，1986），正體字版改書名為《咆哮山莊》（台北：映像文化，1993）。

㉔孫致禮譯《呼嘯山莊》（太原：北岳文藝，1991），正體字版改書名為《咆哮山莊》（台北：林鬱，1993）。

㉕宋兆霖譯《呼嘯山莊》（石家莊：河北教育，1996），收在「勃朗特兩姐妹全集」，正體字版改書名為《咆哮山莊》（台北：商周，2006）。

讀者都不熟悉其他的書名。電影和後出的譯本也全都以《咆哮山莊》為名。

但楊苡在一九五五年已經把書名改為《呼嘯山莊》，她的理由是「我總覺得一個房主人不會把自己的山莊形容成『咆哮』」（1986，頁35-6）。的確，「咆哮」一詞指野獸或人的怒吼，偏負面意涵；而「呼嘯」指高而尖銳的聲音，比較中性，可用於形容風聲，是比「咆哮」高明。所以中國自從楊苡譯本出版以來，皆以《呼嘯山莊》為名，包括電影、後出譯本和衍生作品。但台灣在解嚴後出版中國譯本，台版皆改名《咆哮山莊》，連衍生作品的簡體字譯本《重返呼嘯山莊》，在台灣的正體字版本亦改名《重返咆哮山莊》；而中國重出梁實秋譯本，亦改名《呼嘯山莊》上市。超過半世紀以來，兩岸各擁其名。至於伍光建的音譯「烏陀令亥特」和羅塞的「烏色嶺山莊」，則早已為讀者所遺忘。

筆者在考慮重譯本書之始，就想在兩者之外另起書名。「咆哮」不適合作為居所名稱，楊苡已經提過，但論到居所的命名，「呼嘯」似乎也還是不夠正面，如飛機、飆車族呼嘯而過，僅有聲音隆隆的意思。因此我選擇用「嘯風」，取「虎嘯生風，龍騰雲起」之意，符合正面聯想的宅邸命名原則。此山莊為一五〇〇年恩蕭家族所建，既然選擇在多風的高地建此宅邸，必有愛好自由壯闊之意。而「嘯風山莊」與舊名「呼嘯山莊」僅一字之差，也易於聯想。本來另一個考慮的書名是「大風莊」，取「大風起兮雲飛揚」之意，更見豪情，可惜與舊名相差太遠，也有過於歸化之嫌，好像武俠小說中的莊名，只好放棄。

此書所有場景都在兩棟宅邸之間，除了恩蕭家族的嘯風山莊之外，就是林頓家族的莊園Throsscross Grange。伍光建命名為「塔拉柯山房」，梁實秋譯為「鶇翔田莊」，羅塞譯為「畫眉田莊」，楊苡沿用「畫眉田莊」之後，大多數譯本都採用「畫眉田莊」，殆取其通俗好記。但「山房」其實比較適合Heights，而「田莊」更有誤導之嫌。林頓家為地方上的第一大地主，他們的居所是英式莊園，佔地極為廣闊，有自己的花園、林地、大草坪、林蔭大道、馬廄，從大門到主屋就有兩英哩之遠。這種莊園雖然也有自己的農產，如牛奶、蔬果之類，但並不適合譯為「田莊」，一來是沒有「田」（莊園外才有由佃農耕作的農地），二來是不夠氣派。因此藉出版新譯本之便，筆者也把此莊園正名。至於「鶇翔」與「畫眉」，此莊園名為Throsscross，取眾鳥咸集之意，相較之下，「畫眉」有些單薄，不如「鶇翔」有氣勢，因此筆者譯本採用「鶇翔莊園」，向譯界前輩致意。

其實以中文的宅邸而論，山莊的「山」和莊園的「莊」都可以不用，直接用「嘯風莊」和「鶇翔園」亦可。後來的西方羅曼史也多與莊園相關，《彭莊新娘》、《孔雀莊上》、《藍莊佳人》、《夢斷白莊》、《狄園夢》、《孟園疑雲》、《七鵲園之謎》、《逸園狂歡》、《怡園驚夢》等都是。但為了避免過於歸化，保留英式風味，還是用了「嘯風山莊」與「鶇翔莊園」兩個名稱。

在章節安排上，大部分中譯版本都是根據一八五〇年版本，不分部，從第一章到三十四章㉖。此譯注本則根據一八四七年初版，分為第一部和第二部，第一部是十四章，第二部二十章。其實艾蜜莉原意是第一部和第二部各十七章，前三章是洛克伍德初訪嘯風山莊，最後三章是洛克伍德次年重返嘯風山莊；第一代故事結束在第一部，中間跳過十二年，第二部就從第二代凱瑟琳十二歲開始，結構非常

㉖在本文中討論過的中譯本，只有孫致禮譯本按照一八四七年版本分為兩部。日文譯本《嵐が丘》的情況也類似：早年的譯本大多是按照一八五〇年版本不分部，但二〇〇四年河島弘美的譯本（岩波文庫）則改照一八四七年版本，分為兩部。

對稱工整。但初版的小出版社純粹以厚度考量，為了讓一套三冊書（第三冊是《安格涅斯．葛雷》）並列起來好看，讓第一冊和第三冊厚薄一致，而採用了目前的分法（Gezari，頁227）。筆者曾考慮回復各十七章的安排，但這樣的編排雖符合作者原意，卻因學術研究皆以初版安排為準，擅自更動反而會造成讀者不便使用參考書，因此仍依照第一部十四章，第二部二十章的安排。

在翻譯策略上，由於小說大部分為管家的口述（再由洛克伍德記在日記中），筆者盡可能保持敘事的口語特質，避免訊息過於密集，難以聽懂的書面語結構。書中有些約克郡方言，尤其是老僕約瑟夫的話，筆者儘可能以不標準的腔調模擬，希望讀者可以略微感受到與其他人聲口不同。註解主要參照Janet Gezari（2014）編輯的*The Annotated Wuthering Heights*、Richard J. Dunn（2003）編輯的*Wuthering Heights: A Norton Critical Edition*和Kindle 版本的*Wuthering Heights-full version*（*Annotated*）（Literary Classics Collection Book 16）由Tatiana M. Holway提供的註解。

第一部

第一章

一八〇一年①——

我剛拜訪房東回來。此地要應酬的鄰居，僅此一人而已。果然是美好的鄉間！②放眼全英國，恐怕也找不到更遠離人間紛擾的地方了，簡直就是厭世者夢寐以求的仙境。而此間之寂寥蕭索，不但與我相契，與房東希斯克利夫③先生更是絕配。他可真是個人物！我一騎馬上前，就看到他眉毛一蹙，瞇起黑眼睛，疑心重重地打量我；等我報上姓名的時候，他的手更堅決地往背心口袋縮去。他一定沒想到，這些小動作可讓我整顆心都熱了起來。

「希斯克利夫先生？」我問道。

他點頭，沒開口。

「先生，我是您的新房客洛克伍德。能見到您真是榮幸。我一到此地就儘早過來拜訪，希望我堅持租下鶇翔莊園④沒有造成您的任何不便。我昨天聽說您本來想……」

「先生，鶇翔莊園是我的，」他打斷我的話，皺著眉頭說，「若有什麼不便，我就不會租給你了——進來！」

「進來」兩個字是從牙縫說出口的，意思大概等同於「去死吧」。他倚著柵門，文風不動，完全沒有要讓我進去的意思。看到這個人遠比我還不擅社交，讓我大感興趣。我想一定是這樣，我才會接受這份「邀請」。

我的馬身都已經碰到柵欄了，他才不得不伸出手來解開門鍊，陰鬱地領我往裡面走。我們走進前院時，他揚聲大喊：「約瑟夫，來牽洛克伍德先生的馬；再拿點酒來。」

聽到他叫同一個人又牽馬又拿酒的⑤，我想整個山莊的家僕大概就是這一個了吧。難怪石頭間長滿了草，樹籬也只能靠牛來修剪了。

約瑟夫已經有點年紀了。不，根本是個老人；雖然還很硬朗有力，但可能非常老了。他從我手上

---

① 這是日記體小說，根據小說事件發展推估，第一篇應寫於十一月中旬。洛克伍德的租約是一八〇一年十一月到一八〇二年十月。

② 十一月的約克郡已經滿目荒涼，可見敘事者說此地是a beautiful country，絕非為風景所動，而是渺無人跡，符合他自稱的厭世期望之故。多位譯者以「美麗」譯beautiful（梁實秋、羅塞、楊苡、宋兆霖），恐有誤導之嫌。伍光建以「此地果然甚好」，孫致禮以「美妙」譯之，避開美景的暗示。方平雖譯為「美麗」，但加註說明此敘事者好說反話，故意把荒涼說成美麗。

③ Heathcliff是非常罕見的名字，與書中其他人物的名字都不相類。heath是石楠，cliff是絕壁，是當地自然地景組合而成，且此名既是姓也是名，也與常人不同。

④ 一般認為此莊園的原型是西約克郡史坦伯利鎮（Stanbury）上屬於希頓家族（Heaton）的宅邸Ponden Hall。原希頓家族已在十九世紀末絕嗣，此莊園在二〇一三年經過整修後出售。也有人認為是另一座位於哈利法克斯（Halifax）的Shibden Hall。作者艾蜜莉十九歲時（1837-1838）曾在離此地不遠的寄宿學校Low Hall House當過半年的教師。

⑤ 一般英國莊園，拿酒是屋內管家之事，牽馬是屋外馬伕之事，各司其職，並不相混。對出身上流社會的洛克伍德而言，這樣的人力配置的確是前所未見。

把馬牽走時，惡聲惡氣地蹦出一句「求主保佑！」同時一臉不爽地盯著我的臉看。我很有風度地往好處想，或許他是消化不良，求主保佑他的腸胃吧，跟我不請自來應該沒有什麼關係才對。

希斯克利夫先生的住處名為「嘯風山莊」⑥。「嘯風」以當地方言發音叫做「呼吁」，描述暴風雨時的風聲。說實在的，他們住在這高地上，肯定一年到頭都通風良好，完全不缺純淨清新的空氣。從屋後那幾棵過於歪斜的樅樹，就可以看出北風的威力；還有那一排萎頓的荊棘，枝葉全往一邊長，彷彿在乞求陽光的憐憫。還好，當年的建築師有先見之明，房子蓋得十分堅固：窄窗都深深嵌在牆裡，角落有凸出的大石頭護著。

我在門檻前停下腳步，欣賞一下建築正面滿滿的古怪浮雕。整個正面都有浮雕，尤其在大門周邊最多。門楣上有幾尊快要風化的獅鷲獸和赤身露體的小男孩，其間隱然可見「一五〇〇」的年代字樣，還有一個名字「哈里頓．恩蕭」。我本待發幾句評論，請我那眉頭深鎖的主人解說解說這棟建築的歷史；但他站在門邊的樣子，顯然要我立刻進去，要不就直接走人；所以我想，在一窺堂奧之前，還是不要觸怒他比較好。

一進門就是起居間，沒有什麼玄關或是走廊，本地人就很乾脆稱之為「大廳」。大廳一般還包括廚房和餐桌，但我猜嘯風山莊的廚房應該是退到別的地方去了，至少我聽到房屋深處傳來說話聲和廚具碰撞的聲音，而且巨大的壁爐附近並沒有燒烤烘焙的痕跡，牆上也沒有掛著磨亮的銅鍋和白鐵、濾網之類的東西。大廳的一側有一個到頂的大橡木櫃，裡面擺滿了一排排錫盤、銀罐子、錫杯之類的，亮晃晃地映射壁爐火光，頗有生氣。屋頂沒有天花板，掛了一個裝滿燕麥餅的木架子、一堆牛腿、羊肉、火腿之類，大部分樑柱結構都可以讓好奇的來客一覽無遺⑦。壁爐上面擺著幾把陰森的老舊槍枝和一對馬鞍手槍；還有三個色彩俗麗的茶罐子排在邊上，作為裝飾。地上鋪著平滑的白石地板，樸實的高背椅漆成綠色，陰暗處還有一、兩把黑色的厚重椅子。木櫃下方的拱形空間躺著一隻暗紅色的大獵犬，身邊圍了一群吱吱叫的幼犬；其他地方也還有幾隻狗。

如果這棟房子和家具的主人是一個尋常的北地農民，表情頑固、四肢精壯、適合穿馬褲和綁腿，那也就沒有什麼好稀奇的。這個山區方圓五、六哩之內，只要在餐後走上一圈，隨便都可以看到這樣的農民坐在扶手椅上，椅子前面的小圓桌上還擺著一杯冒泡的麥酒。問題是希斯克利夫先生和這樣的住所風格並不搭調。他看起來是膚色黝黑的吉普賽人，衣著打扮卻像個紳士，類似那種鄉下有資產的鄉紳。也許打扮有點隨便，但因為他體格挺拔，所以並不難看。或許有人會猜他是否欠缺教養，才會舉止粗魯；但我內心深處與他有一種共鳴，我一眼就看出來，他的冷漠是由於討厭露骨的情感表現所致，而不是缺乏教養的緣故。他的愛恨都不欲人知，認為為人所愛或為人所恨都太俗氣。不行，我猜得太快了，我把自己的想像都任意加在他身上了。希斯克利夫先生遇到一個可能成為朋友的人（也就是區區在下我），卻不肯伸出手來相握，或許有他自己的理由，跟我的想像完全不同。或許我的個性是獨一無二的吧。我親愛的媽媽老說我永遠不配擁有一個舒適的家庭，我在這個夏天才剛證明她所言

---

⑥此莊園的原型很可能是哈利法克斯的High Sunderland Hall，位在山頂，而且正門口也有類似此處描寫的浮雕。此莊園在一九五一年傾頹，現已不存。也有一說是哈沃斯（Haworth）高沼地山頂的Top Withens山莊，此山莊在艾蜜莉寫作的年代就已經無人居住。作者可能都參考過這幾個宅邸，創造出她虛構的嘯風山莊。

⑦此處「讓來客一覽無遺」頗為諷刺，此山莊其實祕密甚多，反襯洛克伍德的天真與自以為是。

不虛。

今年夏天，我在海邊待了一個月，享受美好的天氣。當時有一位美麗的小姐也在那裡度假，簡直就是仙女下凡。一開始她沒注意到我。我雖然從未「向人吐露我的愛情」⑧，但眼神如果能說話，白癡也能猜出我對她的愛慕之情。她最後終於注意到了，也含情脈脈回看了我一眼——那可真是最最甜蜜的一眼啊。結果我做了什麼？我很丟臉地承認，我居然像蝸牛縮回殼中一樣，故意以冷漠無情的眼神回看她。最後那可憐的小姐開始懷疑是自己會錯意，無地自容，匆匆勸她媽媽一起提早離開了。

由於這件莫名其妙的事情，人人都說我是鐵石心腸。其實我根本就不是這樣的人，不過也百口莫辯就是了。

希斯克利夫先生往壁爐的一側走去，我則在另一側落座。此時那條母狗離開了她那一窩幼犬，陰沉地溜到我的小腿後方，嘴脣上掀露出白牙，一副準備要大咬一口的樣子。我因為不知道此時該說什麼好，就伸手想摸摸那條母狗。

誰知此舉立刻引來一陣低沉的咆哮。

「別碰牠，」希斯克利夫先生喊了一聲，同時頓了一下腳，以阻止那條狗進一步攻擊。「牠不是養來當寵物的，不習慣人家摸牠。」

然後他大步走向一個邊門，又喊了一聲：

「約瑟夫！」

約瑟夫從地窖深處含糊不清回應了一句，但完全沒有要上來的意思，所以主人就下去找他了，留下我一個人面對那隻一臉兇惡的母狗。另外兩隻長毛的牧羊犬也悄悄過來了，和母狗一起監看我的一舉一動，虎視眈眈。

我無意試驗這些犬類的牙齒是否鋒利，所以我乖乖坐著不動。但我猜牠們應該看不懂侮辱的表情，於是就對著這三犬組擠眉弄眼，大做鬼臉。沒想到我的臉部動作還是冒犯了狗夫人，她忽然間勃然大怒，竄上我的膝蓋。我把她格開，迅速拉過一張桌子擋在我們之間。這一來驚動了狗群，五、六隻大大小小的四腳牲畜都從窩裡衝出來，湧到中間來了。由於我的腳跟和大衣下擺都有受到攻擊之虞，我只好揮舞一根撥火棒，奮力抵擋大軍來襲，同時不得不高聲求援，希望屋裡有誰可以來維持秩序，重建和平。

希斯克利夫先生和老傭人就像多痰的人⑨似的，慢得讓人生氣。壁爐這邊已經陷入一片混戰，人喊狗吠，他們兩個老人家倒是不慌不忙，完全沒有加快腳步的意思。

還好廚房裡有人出來了，是一個壯碩的女人，裙擺吊了起來，光著手臂，臉紅撲撲的，揮著一個煎鍋衝到戰場中間，一邊趕一邊罵，於是狗群退散，風暴平息。只剩她一個站在那裡喘氣，宛如風暴過後的大海蕩漾，這時主人才現身。

「搞什麼鬼？」他看了我一眼，懷疑問道。經過這一陣無禮的接待，我實在無法好聲好氣了。

---

⑧出自莎士比亞《第十二夜》第二幕第四景，女主角薇歐拉（Viola）解釋女人是「從來不向人吐露她的愛情／讓隱藏在內心中的愛，像隱藏在蓓蕾裡的蛀蟲一樣／侵蝕著她的緋紅的的臉頰」。（朱生豪譯文）

⑨希臘醫學認為人的體質由四種體液組成，黑膽汁過多使人憂鬱，黃膽汁過多使人暴躁易怒，血過多使人熱情樂觀，黏液（痰）多使人冷漠遲鈍。這裡是說兩人冷漠無情，以希臘觀點來說就是黏液過多。

「我才想問搞什麼鬼哩！」我回了一句。「被鬼附身的豬⑩都比您這些畜生好些！您乾脆把一個生人丟進一群猛虎裡算了！」

「如果什麼都沒碰，牠們也不會亂來。」他把一瓶酒放在我面前，把桌子擺正。「看家狗是該警醒些。喝杯酒吧！」

「不必了，謝了！」

「您沒被咬吧？」

「要是被咬了，我就要在那畜牲身上留印子⑪了。」

希斯克利夫聽了，咧齒一笑。

「好了好了，」他說道，「洛克伍德先生，虛驚一場而已。來喝點酒吧。我們這兒幾乎沒有訪客來過，所以我和我的狗，不怕您笑話，還真是不懂待客之道。祝您身體健康！」

我回了一禮；開始覺得為了一群毛畜生而動怒，似乎有點傻氣。再說，我發覺這傢伙頗有揶揄我的興致，也不想讓他得逞。

主人或許也想到得罪一個好房客並不上算，也不再只用那種發號施令的短句說話，開始談起我現在住的鶫翔莊園有哪些好處和不便之處等等，大概就是一些他覺得我會想聽的話題。

他談起事情來頭頭是道，我意猶未盡，決定明天還要再去看他。

他顯然不希望我再次上門打擾，但我還是要去⑫。跟他比起來，我是多麼擅於社交啊，簡直難以置信。

第二章

昨天下午起了霧，天又冷。我有點想窩在書房的壁爐旁算了，何必穿越石楠沼地到嘯風山莊去，弄得一身泥濘呢。

但那是用餐前的想法。附帶一提，我雖然說過我不妨在下午五點鐘用正餐，但租下鶇翔莊園時也一併租用的中年女管家，不知是無法理解或是不願意配合，反正我現在的正餐時間就被改為十二點到

⑩出自路加福音第八章耶穌驅鬼的故事，第32-33節：「那裡有一大群豬在山上吃食。鬼央求耶穌，准他們進入豬裡去，耶穌准了他們。鬼就從那人出來，進入豬裡去。於是那群豬闖下山崖，投在湖裡淹死了。」本書引用聖經處皆採用中文和合本。

⑪洛克伍德戴著有印章的戒指，所以他的意思是說要狠狠揍狗一頓，在狗身上留下印子。但這顯然是無效的威脅，所以希斯克利夫才會嘲笑他。

⑫洛克伍德一開頭就說自己是「厭世者」，其實口是心非，不但一到就急著拜訪房東，而且還想緊抓著這唯一的社交對象不放。

一點之間了①。我用完餐，懷著想躲個懶②的心思走上樓梯，誰知一進房，就看到一個小女傭跪在地板上，身邊擺滿了刷子、煤鏟之類的，正捧著煤渣滅火，折騰得滿室大煙，風風火火的。我一見如此壯觀陣仗，立即倒退一步，取了帽子，走了四哩路到嘯風山莊去。我才走到山莊的柵門前，天空就開始飄下羽毛般的雪花了，剛好躲過一場大雪。

那片光禿禿的山頂，地面結了一層黑色的霜，硬梆梆的，冷風簡直穿透我的四肢百骸。我解不開柵門的鎖鏈，索性跳過柵門，跑過那條醋栗叢圍繞的龜裂石板路上，直奔正屋大門敲門。但我敲到指節發疼，狗也叫了起來，還是沒人理會。

「這屋裡的人真該死！」我在心裡狂罵，「這樣不近人情，活該一輩子老死在這山裡沒人理。至少我就不會在大白天把門閂上——我不管了——我一定要進去！」

我既下定決心，就抓起門閂猛搖一陣。臉皺成一團的約瑟夫從穀倉的圓窗探出頭來。

「幹啥？」他朝我喊道，「老爺在羊圈嘞，有啥話講，繞那邊穀倉後頭找他去！」③

「屋裡都沒有人可以開門嗎？」我立刻高聲喊回去。

「莫有囉，只有太太嘞，她不開門的啦，逆鬧到天暗她也不開。」

「為什麼？你不能跟她說我是誰嗎？你叫……約瑟夫是吧？」

「甭哩！不干俺事！」那顆頭嘀嘀咕咕地又縮回去了。

雪越發大了，我抓起門把又一陣猛搖。一個沒穿外衣的年輕人忽然從後院走來，肩膀上還扛著乾草叉。他要我跟他走，於是我們繞過洗衣房，又經過一塊磚地，堆放著煤鏟、抽水機、鴿籠等雜物，最後終於到了那間又寬敞、又溫暖、迷人的大廳，就是上次主人帶我來過的那間。

室內火光熊熊，火裡又有煤，又有泥炭和木頭，桌上已經擺了餐具，似乎將有一頓豐盛的晚餐。離桌子不遠的地方，我見到了「太太」，令人喜出望外。我從來沒想過希斯克利夫會有太太。我向她低頭行禮致意，等著她招呼我坐下。但她只是看著我，深深坐在椅子上動也不動，一言不發。

「天氣糟透了！」我先從天氣開始評論。「希斯克利夫太太，您府上的大門④恐怕要給底下人的散漫給拖累了：我費了好大的勁打門，他們才聽到我。」

她還是不開口。我看她，她也看我。至少她的視線一直在我身上，態度冷漠而不在乎，讓人極為

---

①正餐（dinner）是一天中最主要的一餐，通常有湯、前菜、主菜、甜點。正餐時間的差異，反映了洛克伍德出身倫敦上層階級的習慣。一七九〇年代左右，倫敦上層階級的作息習慣大約是早上十點鐘起床，近午吃過早餐後出門訪友社交，五點以後才用正餐，晚上還有諸多社交娛樂活動，往往持續至凌晨。但鄉間並無夜間社交娛樂，清晨即起勞作，正餐設於中午十二點至一點間，傍晚吃簡單的晚餐，以tea稱之，九點前就上床歇息。因此同是dinner一字，反映出階層與城鄉作息習慣的差異。

②由於用餐後出門訪友是倫敦上層階級的「義務」，洛克伍德前天臨別時又跟希斯克利夫說過要再次登門拜訪（雖然希斯克利夫並沒有邀請他上門），因此他覺得如果沒有去似乎是自己偷懶了。

③約瑟夫用的是約克郡方言。一般相信作者的參考來源是布朗忒家的傭人塔碧莎・艾克洛伊德（Tabitha Ayckroyd）。原文並不易懂，此處依據譯寫成標準英文的版本翻譯。標準英文版本參考Gezari(2014)、Dunn(2003)和Kindle版本的註解。一八五〇年版本經夏洛特修改，有稍微改動拼法，讓方言比較易懂，例如一八四七年版本原文為T' maister's dahn t'fowld.很難懂，一八五〇年版本則改為T' maister's down i't'fowld.就比較易懂一些。

④一八四七版本此處是floor，一八五〇版本改為door。由於前文描述洛克伍德用力搖門把，遭殃的是門比地板合理，因此此處根據一八五〇版本譯為「大門」。

窘迫不安。

「坐下，」那個年輕人粗聲粗氣地說話了。「他很快就進來了。」

我依言坐下，清清喉嚨，輕喚那隻大惡犬朱諾⑤。一回生，二回熟，這次牠老人家尾巴尖稍稍動了一下，算是承認見過我。

「真是漂亮的好狗！」我再次嘗試聊天，「不知太太會想要把小狗送人嗎？」

「狗又不是我的。」和藹可親⑥的女主人一開口，比希斯克利夫更讓人接不上話。

「啊，那麼您一定是喜歡那幾隻囉！」我轉頭看到一個暗色的靠墊，上面似乎有好幾隻貓。

「會喜歡那種東西才怪。」她冷笑一聲說。

原來那是一堆死兔子，我的運氣還真背。我只好又咕噥了一聲，把椅子拉近爐火一些，再次談起天氣有多惡劣的話題。

「你本來就不該出門。」她邊說邊站起來，在壁爐上頭摸索著要拿兩個彩繪茶葉罐。

她原來坐在陰影裡，這下子我終於把她整個人看了個清清楚楚。她很苗條，簡直還是個少女；長得很秀氣，尤其是那張精緻的小臉，真是我此生所見最美：五官小巧玲瓏，膚色白淨；纖細的脖子上垂著幾絲亞麻金或金黃色的鬈髮；還有那雙眼睛。萬一那雙眼睛流露出一絲絲的可親之意，那可真是難以抗拒了。還好，我在這對眼睛裡看到的，只有介於嘲諷和絕望之間的表情，對我這善感的心而言，還真是萬幸之至。只是這樣的眼神實在不應該出現在這麼可愛的女孩子身上。

她個子嬌小，差一點就搆不到茶葉罐，所以我忙起身幫忙；誰知她立刻轉向我，那神情就好像一個守財奴，討厭人家幫他數金子似的。

「不用你幫忙，」她很兇地說，「我自己拿得到。」

「是我冒昧了。」我連忙答道。

「有人邀請你來喝茶嗎？」她問我，然後在她齊整的黑衣裙⑦外繫上一件圍裙，拿著一匙茶葉，準備放進茶壺。

「能喝杯茶是我的榮幸。」我答道。

「有人邀請你嗎？」她又問一次。

「沒有，」我說，稍稍露出笑意，「您正好可以邀請我。」

結果她把茶葉、茶匙什麼都一扔，氣鼓鼓地坐回椅子上，眉頭深鎖，嘟起嘴來，一副小孩子快哭的表情。這時候，那個年輕人披了一件破得可以的上衣，站在爐火前面，從眼角俯視我，好像我們倆之間有什麼深仇大恨還沒有解決似的。我不太確定他到底是不是個下人。希斯克利夫夫婦倆顯然是上等人，這個年輕人的穿著和談吐卻都很粗俗。他一頭黑棕色的頭髮又粗又蓬，滿臉都是鬍子，雙手就像一般農工又黑又粗；但他的態度卻很隨便，甚至可以說是高傲。而且他對希斯克利夫太太的態度，也完全沒有家僕殷勤小心的樣子。

---

⑤朱諾（Juno）是希臘神話中天神朱彼特（Jupiter）的姐妹與妻子，是婚姻與家庭的守護神。此時嘯風山莊三人一鰥一寡一孤，家犬以朱諾命名格外諷刺。

⑥洛克伍德好說反話。希斯克利夫太太明明冷若冰霜，洛克伍德卻偏說amiable（和藹可親）。

⑦她還在服喪期間，穿的是喪服。

由於苦無證據了解他的身分，我想最好還是先別注意他的奇怪舉動。還好五分鐘以後，希斯克利夫就進來了，多少解除了我的尷尬處境，讓我鬆了一口氣。

「先生，您看，我昨天說過要來，今天就真的來了！」我裝出高興的樣子說。「不過這天氣恐怕要耽擱我半小時左右，這段時間只有承蒙您收留了。」

「半小時？」他把衣服上的白色雪花抖一抖。「真不知道您怎麼會選這種大風雪的時候出門溜躂。您知道您可能會在高沼地迷路嗎？即使是對這些高沼地很熟悉的人，也經常會在這種夜裡迷路。還有，我可以告訴您，這場雪眼看是不會停的。」

「或許您這邊可以派個底下人送我回去，在鶇翔莊園那邊過夜，明早再讓他回來？有這樣的人沒有？」

「沒有，我沒有這樣的人。」

「真的！那麼，我這下就只能靠自己的本事回去了。」

「嗯！」

「妳到底要不要弄茶？」衣衫襤褸的年輕人說話了，他的陰沉眼光從我轉到希斯克利夫太太。

「他也喝嗎？」她問希斯克利夫。

「泡茶就對了，問什麼問！」這回答實在太粗野了，把我嚇了一大跳。而且這句子的語調中有一種憎惡之意。我再也不想稱讚希斯克利夫是什麼人物了。

茶備好之後，主人邀我入席——

「來吧，先生，椅子拉過來。」我們全都圍著桌子，包括那個粗野的青年在內。一陣嚴峻的沉默籠罩在我們的茶上。

我心想，如果這朵烏雲是我造成的，那我就有責任將之驅散。他們不可能每天都這麼嚴肅沉默吧；脾氣再怎麼不好，也不可能每天人人都苦著一張臉相對啊。

「想來也真奇怪，」我喝完一杯茶，在等第二杯的空檔時開始找話說。「我們的品味和想法多麼容易受到環境習俗影響。很多人一定難以想像，像這樣完全與世隔絕的生活，竟然也會有其樂趣所在。但是，希斯克利夫先生，我敢說，您在家人圍繞之下，又有可愛的女主人像溫柔的天使一樣，時時照拂您的家和心靈……」

「可愛的女主人！」他打斷我的話，臉上掛著猙獰的冷笑。「她在哪兒——我可愛的女主人？」

「希斯克利夫太太，我是說，您的夫人。」

「她呀，沒錯——啊！您是暗示說，即使她肉體已經不在了，她的靈魂還會像溫柔的天使一樣，時時守護嘯風山莊的一切。是這個意思嗎？」

我發現自己失言了，連忙設法補救。我早該看出來，這兩人年紀相差太多，不像夫妻。主人年約四十，正當盛年，實際而少幻想，不會以為女孩會為了愛情而嫁給他；這種夢想通常是年老衰頹時的慰藉。而那女孩看起來還不滿十七。

忽然我靈光一閃。「坐我旁邊這個野人，看他用碗喝茶，手也沒洗就拿麵包來吃——說不定就是她的丈夫呢。小希斯克利夫，一定是了。這就是被活埋在鄉下的結果啊：她完全不知道有更好的人存在，才會把自己託付給這種鄉下人！真是悲劇啊。我得留意一些，別讓她因為我而感到懊悔才好。」最後的想法可能看起來有點自大，其實不然。我身邊這位簡直令人嫌惡作嘔；而我自己卻從經驗中知道，我多少還是有些魅力的。

「希斯克利夫太太是我的兒媳婦。」希斯克利夫證實了我的猜測。他說話時轉頭看了她一眼。除非他臉上的肌肉與常人有異，無法表示自己的心意；否則在我看來，那確實是無比厭惡的一眼。

「啊，自然了，我曉得了，那這位天仙一定是屬於您的了，您真幸運啊。」我轉頭與鄰座攀談。

結果更慘：那個年輕人滿臉通紅，握緊拳頭，看起來就像準備要出手揍人了。還好他似乎立刻克制自己，壓下怒氣，只罵了一句極為難聽的話，當然是針對在下我罵的了；只是我盡量不去注意到他在罵誰就是了。

「先生，可惜您都沒猜對，」主人開口了，「我們倆都沒福氣擁有您口中的仙女，她丈夫死了。我說過她是我媳婦，也就是說，她嫁給了我那死去的兒子。」

「而眼前這位——」

「當然不是我兒子。」

希斯克利夫又露出微笑，似乎覺得我以為他與那隻野熊有血緣關係，未免過於莽撞。

「我的名字是哈里頓．恩蕭，」我的鄰座咆哮起來，「我建議你好好尊重這個名字！」

「我絕無不敬之意。」我一本正經回答，但心裡暗笑他唱名時那一股了不起的氣勢。

他瞪著我看了好久，我卻不想回看他，以免忍不住想摑他巴掌，或是洩漏我肚子裡的笑意。我身處這謙和迷人的一家子之間，開始感覺到自己確實是格格不入了。陰暗的氛圍籠罩在餐桌上，抵銷了周遭的溫暖舒適；我警惕自己若第三次再來這個屋簷下，務必萬分謹慎。

大家吃喝已罷，全數不發一語，完全無從社交，我只好走到窗前查看天氣。眼前所見著實淒涼：黑夜提早降臨，天空和山嶺根本分不清楚，全捲在一陣疾風和窒人的大雪中。

「我看，要是沒有人帶路的話，我現在是不可能走回去的了。」我忍不住叫了起來。「回去的路會埋在雪裡；就算沒被埋起來，我也看不清楚前面一呎以外的路。」

「哈里頓，把那些羊趕到穀倉裡去，牠們快睡著了。如果讓牠們留在羊圈裡過夜，明天早上就會被雪埋起來了。在羊前面放塊木板擋著。」

「我該怎麼辦好呢？」我問道，愈來愈焦躁不安。

沒有人回答我的問題。我四下看看，約瑟夫拿了一桶粥要餵狗，希斯克利夫太太在壁爐邊，正在燒火柴⑧玩。這火柴是她剛才把茶葉罐放回去的時候，從壁爐上頭掉下來的。

約瑟夫倒完粥，嚴厲地看了室內一圈，忽然用破鑼嗓子開罵：

「真搞不懂逆，大夥都在忙，還有臉在那胡鬧！不過逆本來廢物一個，說啥也沒用，逆永遠也莫會改，就這樣下地獄去見撒旦吧，跟逆媽一樣！」

我一開始以為這是在罵我，怒火中燒，立刻向這老傢伙走過去，打算把他踢出房門。

不過希斯克利夫太太卻接了口，讓我停了下來。

「你才不要臉！虛偽的老傢伙！」她反擊道。「你敢提到撒旦，當真不怕被帶走嗎？我警告你，別惹我，否則我就去求魔王把你帶走。約瑟夫，別動，看著。」她邊說邊從架上拿下一本狹長的黑色書本。「我讓你看看我的黑魔法已經學到什麼程度了。我的能力很快就可以控制整個家了。那頭紅牛不是因為意外而死的；你的風濕恐怕也不是天意！」

---

⑧當時的火柴是用一塊布或木頭，浸在融化的硫磺中，便於引火。

「噯！邪惡，邪惡啊！」老人差點說不出話來。「願主救我們脫離兇惡！」

「不，上帝不要你！你被拋棄了——快走，否則別怪我傷你！我已經幫你們每個人都用蠟和泥土⑨做了芻像，誰要是越過我畫的線，他就會——我先不說他會如何⑩——但是你等著看吧！走，我在注意你！」

這小女巫美麗的眼睛裡裝出兇惡的樣子，約瑟夫真的嚇到了，一邊發抖，一邊急著出去，嘴裡不斷禱告，還不時冒出幾句：「邪惡啊！」

我覺得她應該是在跟約瑟夫開一種特別的玩笑。這下屋裡只剩我們兩個，我希望她能注意到我的困難處境。

「希斯克利夫太太，」我懇切地說。「真抱歉，要麻煩您了。因為，我從您的臉上看出來，您的心地一定很善良。可否告訴我一些我回家的路上會經過的路標？我實在不知道要怎麼回去，就像您一定也不知道怎麼到倫敦一樣！」

「怎麼來就怎麼回去。」她說了一句，縮在椅子上，拿著蠟燭，那本長長的大書攤開在她眼前。「雖然說得不多，但我能給的建議就這樣了。」

「那麼，如果您聽說我掉在什麼坑裡洞裡死了，您的良心不會有點兒不安，覺得自己也有點責任嗎？」

「怎麼會？我又不能送你出去。他們連花園圍牆那邊都不讓我過去。」

「您！在這樣的夜裡，我怎麼可能為了我自己的方便，請夫人您跨出這個門檻呢？」我叫起來。

「我只是請您告訴我怎麼走，不是帶我走。或許您可以說服希斯克利夫先生派個人陪我？」

「派誰？這裡就是他自己、恩蕭、琪拉、約瑟夫和我五個人。你要誰陪你？」

「山莊沒有其他小廝了？」

「沒有，就我們五個。」

「那麼，我就只能留下來了。」

「你自己去跟你的房東說。你留不留跟我一點關係也沒有。」

「我希望這可以給你一個教訓，以後別在這山上隨便走動。」廚房門口傳來希斯克利夫無情的聲音。「你想留在這裡，我可沒有客房；你得跟哈里頓或約瑟夫一起睡。」

「我可以睡在大廳的椅子上。」我說。

「不行，不行！不管有沒有錢，陌生人總是陌生人，我提防不到的時候，才不會讓任何人隨便待在這裡。」那傢伙的嘴臉簡直不是人。

聽到這種侮辱人的話，我終於受不了了。我罵了一句，從他身邊衝往院子，途中還撞到恩蕭。外面實在太黑了，我找不到出去的路。我在那裡摸黑找路的時候，他們的對話簡直是文明的極致。一開始，恩蕭似乎想幫我。

「我可以陪他走到鶇翔莊園的大園子外。」他說。

「你陪他去死吧！」他的主人（或什麼人，我還是不清楚）罵了一句。「那誰要看馬？」

---

⑨據說女巫會用火燒泥土或蠟做的芻像，以詛咒芻像主人。

⑩《李爾王》第二幕第四景：我要報復——／怎麼做，我還不知道，但這報復／將會撼動大地！

「一條人命總比一個晚上沒人看馬重要吧。總得有人陪他去。」希斯克利夫太太咕噥了一句，真沒想到她這麼好心。

「不用妳開口！」哈里頓反過來嗆她。「如果妳尊重他，妳就閉嘴。」

「那我希望他的鬼魂會永遠纏著你不放；我希望希斯克利夫先生再也找不到房客，鶇翔莊園會變成廢墟！」她也不甘示弱。

「可怕啊，可怕啊！她在詛咒他們！」約瑟夫低聲說。原來我正往他的方向過去。約瑟夫坐得不遠，正在擠牛奶，身邊放了一盞油燈。我一把搶過油燈，大叫我明天就會送還，然後衝向最近的門。

「老爺，老爺，他偷俺的燈！」老約瑟夫邊叫邊追我，「快，納斯！快，狗來！小狼，去咬他，去咬他！」

兩隻毛茸茸的大狗從小門竄出來，直撲我的喉嚨，把我撲倒在地上，燈也滅了。希斯克利夫和恩蕭爆出一陣狂笑，更讓我顏面無存，怒不可遏。

幸好那兩隻野獸似乎只想展現手腳，低吼幾聲，搖搖尾巴就滿意了，並無意把我生吞下去。不過他們倒也不想就此放過我，我不得不躺在地上，直到那兩個幸災樂禍的狗主人下令才得以起身。我帽子也掉了，全身氣到發抖，叫這幾個惡棍讓我出去，宣稱他們如果再不讓我走，後果自負之類的。在他們的惡意之間，我就這樣以李爾王的悲壯姿態，撂下一串詞不達意的威脅話語。

我實在太激動了，竟開始流鼻血，還流得不少。希斯克利夫笑不可抑，而我則繼續咒罵。這場鬧劇簡直不知道該如何收場，還好這時出現了一個比我理性、又比希斯克利夫好心的第三者，就是壯健的僕婦琪拉。她終於出來看看到底我們在鬧什麼。她以為有人出手打了我，但她又不敢質問老爺，所以就把矛頭指向年輕的恩蕭。

「老天，恩蕭先生！」她大喊。「真不知道你還會做出什麼好事來！我們下次要在自家門口殺人了嗎？我看這個家我是待不下去了。看看這可憐的孩子，他簡直不能呼吸了！噓，噓！這樣下去不行——進來，我給你治治。別動。」

說著說著，她忽然拿了一桶冰水從我頭上澆下去，然後把我拉進廚房。希斯克利夫先生也跟過來了，但他剛才一時的愉悅已經迅速消失無蹤，表情又回到一貫冷漠。

我覺得很虛弱，頭暈得厲害，不得不留宿在這個屋簷下。希斯克利夫先生叫琪拉給我一杯白蘭地，然後就回房去了，只剩下琪拉安慰了我一番，又拿酒給我喝。看看我恢復了一點力氣之後，就帶我去房間休息。

第三章

琪拉領我上樓，一路叫我把蠟燭拿低一點，別讓人看見，也別弄出聲音。她說，她要帶我去休息的那個房間，希斯克利夫先生有一種奇怪的堅持，從來不願讓人住在裡面。我問她為什麼。她說她也不知道原因，她來這裡不過兩、三年的時間；這家人怪事特別多，她要是好奇的話，就待不下去了。

我受了驚嚇，又累癱了，也沒心思想太多。我把門栓上，看了一下床在哪裡。整個房間的家具就是一張椅子、一個衣櫥，和一個龐大的橡木櫃，櫃子靠頂的地方有幾個方窗，跟馬車車窗很像。

我向這個大櫃子走過去，看看內部，發現這原來是一種很特別的老式廂床①，便於讓全家每個人都有自己的房間。這其實自成一個小房間，窗板還可以翻下來當桌子。

我推開滑門，拿著蠟燭走進廂床，再把門關攏，覺得希斯克利夫或其他人都看不到我，很有安全感。我把蠟燭放在翻下來當桌子的窗板上，窗板的一角堆著幾本發霉的書，書上滿滿都是筆跡。不過那些筆跡都只是人名而已，用各種不同的字體和大小寫出來：大多是「凱瑟琳．恩蕭」，有時候變成「凱瑟琳．希斯克利夫」，又有些是「凱瑟琳．林頓」。

我的頭靠在窗戶上，一片茫然，不知道要做什麼，就這樣反覆讀著凱瑟琳．恩蕭—希斯克利夫—林頓，不知不覺眼睛就閉上了。但不到五分鐘，黑暗中忽然閃現白色的字，就像幽靈一樣真切，空中到處都是凱瑟琳、凱瑟琳。我驚醒過來，要把這惱人的名字驅散，突然發現蠟燭芯碰到其中一本舊書，整個房間都是燒焦小羊皮的味道。我把火撲滅了，全身不對勁，又冷又想吐。我坐起身，把那本差點被燒掉的書打開來，放在膝蓋上看。那是一本窄欄距的新約聖經，聞起來霉味很重。扉頁上簽著：「此書為凱瑟琳．恩蕭所有」，還有一個二十多年前的日期。

我把書闔起來，拿起另一本來看，再拿下一本，把所有書都翻看過一遍。凱瑟琳的藏書不多，而且破損嚴重，看起來應該常用，儘管用途並不只是閱讀：幾乎每幾頁都有手寫註記，而且至少有一章把所有空白的地方都寫滿了。有些句子沒寫完，有些則像是日記，從不成熟的筆跡看來，應該是孩子寫的。在一個空白頁的頂端（凱瑟琳發現這個空白頁的時候應該很高興），居然畫了一個我們親愛的約瑟夫，雖然只有寥寥幾筆，卻神韻十足，讓我看了大樂②。

於是我對這位未曾謀面的凱瑟琳大感興趣，立刻開始解讀她那褪色的散亂字跡。

「這個星期天③糟透了！」這是一段的開頭。

---

①這種有滑門的廂床除了私密性之外，亦有保暖功能，睡在裡面比較溫暖，在寒冷的北方比較常見。洛克伍德來自南方，所以沒有見過這種家具。

②布朗忒姐妹也常利用書頁空白的地方寫東西，也喜歡畫圖。艾蜜莉的哥哥布蘭威爾有志成為畫家，曾畫下著名的布朗忒三姐妹肖像。

③這是一七七七年十一月的一個星期天，老恩蕭先生過世不久。凱瑟琳十二歲。整部小說中，凱瑟琳自己的敘述只有在這裡出現，其他都是透過轉述。

我眞希望父親還活著。我討厭代替他的興德里！他對希斯克利夫太過分了。希和我一定要反抗，我們今晚已經開始第一步了。整天都在下大雨，我們不能去教堂，所以約瑟夫一定要在閣樓進行我們的崇拜。興德里和他太太在樓下舒服烤火——我知道他們是不讀聖經的；希斯克利夫、我、和那個愁眉苦臉的農場助手，卻得帶著我們的祈禱書上樓，坐在燕麥④袋上，聽約瑟夫講道。我們冷得發抖，喃喃呻吟，希望約瑟夫自己也會冷得受不了，講快一點。一點用也沒有！他足足講了三個小時！我們下樓的時候，哥哥還有臉問：「咦，已經結束啦？」

星期天晚上，我們以前都是可以玩的，只要不要太吵就好；但現在只要不小心笑了一聲，立刻就被叫去角落罰站！「你們忘了家裡還有主人的嗎？」我哥那個暴君說，「哪個敢讓我發脾氣就完蛋了！我堅持你們要好好守規矩，一點聲音也不許出。臭小子，是你發出聲音嗎？法蘭西絲小寶貝，妳過去扯他的頭髮——我聽到他在折手指。」法蘭西絲用力扯了一下他的頭髮，然後回去坐在她丈夫的懷中；兩個人跟嬰兒一樣親來親去，整個小時都在講些莫名其妙的蠢話，我們覺得好丟臉。

我們躲在櫥櫃下面⑤，盡可能弄出一個舒服的小天地。我把工作圍裙綁在一起，掛起來當作門簾。但這時約瑟夫從羊圈回來，他一把扯下我的門簾，刮了我一巴掌，罵道：

「老爺才下土莫多久，安息日還莫過完，福音還在逆們耳邊響呢，逆們就開始胡鬧了！眞不要臉！逆們這兩個壞崽子！坐下看點書，這些書對逆們來說夠好了。坐下，爲逆們的靈魂想想唄！」

約瑟夫一邊說，一邊把書塞給我們，叫我們坐在離火遠遠的角落，靠著微弱的火光來讀書。

我受夠了。我從書背抓起書扔到狗圈中，大叫我討厭好書。希斯克利夫也把他那本踢到狗圈。然後就天下大亂了！

「興德里少爺！」約瑟夫這個自封的牧師大叫起來：「少爺快來！凱西小姐撕了《救恩的頭盔》

⑥，希斯克利夫還拿腳踢《引向滅亡的大路》⑦！您竟然讓他們這樣亂來！要是老爺還在，一定會好好揍他們一頓！可惜他不在了！」

興德里從他爐火邊的天堂過來，一手抓領子，一手拉手臂，把我們倆扔進後廚房。約瑟夫在後廚房加油添醋，說什麼「魔王」一定會在我們活著的時候就把我們帶走啦，說完還叫我們一人去一個角落，靜待魔王大駕光臨。

我從架子上摸到這本書和一罐墨水，然後把門稍稍推開，讓光線進來，就這樣寫了二十分鐘；但希斯克利夫很不耐煩，他說我們應該偷披牛奶女工的斗篷，利用斗篷掩護，去高沼地上好好跑一跑。這提議聽起來很不錯，而且，要是那討厭的老頭進來的話，他可能會以爲他的預言成眞了。反正我們

---

④原文用corn，可指任何穀類。以時代、季節、地區來看，此處可能是指燕麥。

⑤這就是洛克伍德第一次拜訪嘯風莊時看到的大櫥櫃，凱瑟琳和希斯克利夫鑽進去玩的地方，就是洛克伍德看到母狗朱諾和一窩小狗的地方。

⑥書名出自〈以弗所書〉第六章13-17節：「所以，要拿起神所賜他的全副軍裝，好在磨難的日子抵擋仇敵，並且成就了一切，還能站立得住。所以要站穩了，用真理當作帶子束腰，用公義當作護心鏡遮胸，又用平安的福音當作預備走路的腳穿在腳上。此外，又拿著信德當作藤牌，可以滅盡那惡者一切的火箭；並戴上救恩的頭盔，拿著聖靈的寶劍，就是神的道。」

⑦書名出自〈馬太福音〉第七章13-14節：「你們要進窄門。因為引到滅亡，那門是寬的，路是大的，進去的人也多；引到永生，那門是窄的，路是小的，找著的人也少。」這兩本書似乎是艾蜜莉自己發明的，實際上並沒有研究者找到這兩本書。

現在也是又溼又冷，和在雨中也差不多。

****⑧

我猜凱瑟琳真的跑出去了，因為下個句子就另起一個頭了，而且她似乎心情更惡劣了：

我真沒想到，興德里會害我哭成這樣！我頭很痛，痛到我都沒法好好躺在枕頭上了，但我還是要寫。可憐的希！興德里罵他是乞丐，不讓他跟我們平起平坐，以後也不能和我們同桌吃飯，他還說，以後我都不可以和希一起玩，還說如果我們不聽話，就要把希趕出家門。

他還一直怪爸爸（他怎麼敢這樣說？）對希太好，還發誓說他會讓希知道自己的身分地位——

****

我讀著這些模糊的字跡，開始昏昏欲睡。我的眼光從凱瑟琳的字跡飄向印刷字體，讀到一行花體紅字寫的標題：「七十個七次⑨，以及第七十一個七次的第一次——雅比斯・布蘭德罕牧師在吉默屯教堂的講道詞。」我在半睡半醒間，還想著布蘭德罕牧師到底是怎麼寫這篇講道詞的，不知不覺就躺下去睡著了。看，這就是喝了劣質茶和受了壞脾氣的影響！不然我這夜怎會過得如此悲慘恐怖？從我知道什麼叫做悲慘以來，從來沒有像這夜這麼悲慘過。

我開始做夢，但我還知道自己身在何處：我夢到已經是早上了，約瑟夫當嚮導帶我回鶇翔莊園。

路上積雪很深，我們掙扎著往前走，約瑟夫一路嘮嘮叨叨，怪我沒有帶一枝手杖，還說沒帶手杖是絕對進不了家門的。他自己揮著一根短棒，一頭包有沉重的金屬，應該是叫做釘頭槌吧，耀武揚威的。

我起先覺得這太荒謬了，我何至於要有這樣的武器，才能進自己家門呢。這時我忽然又有新的想法。我們並不是要回鶫翔莊園，而是要去聽那位有名的雅比斯．布蘭德罕牧師講道，講的就是「七十個七次」。而且不管是罵人的約瑟夫還是我，其實兩人犯的錯都已經超過七十個七次，晉級到第七十一個七次的第一次了，所以我們都要被公開譴責和逐出教區。

我們要到吉默屯⑩教堂——實際上我有兩、三次在散步時經過這個教堂，位於兩個山頭之間的谷地，附近有個沼澤，偏酸的泥炭據說可以讓棄置在那裡的屍體長久不腐。教堂的屋頂還很完整，但牧師年薪僅僅二十鎊⑪，本來的兩個房間也因為牆壁損毀，眼看要變成一個房間了，因此沒有牧師願意來此地，尤其聽說此地民眾寧可讓牧師餓死，也不願從口袋裡掏錢出來給牧師加薪。不過，在我的夢

⑧一八四七年初版有此行星號分隔，但一八五〇版本只有空一行。之後幾行又出現一次星號分隔，也是一樣。

⑨〈馬太福音〉18章21-22節：「那時，彼得進前來，對耶穌說：主啊，我弟兄得罪我，我當饒恕他幾次呢？到七次可以嗎？耶穌說：我對你說，不是到七次，乃是到七十個七次。」

⑩這地名吉默屯（Gimmerton）也是方言，Gimmer是小羊，ton是山谷的意思。

⑪這薪水極微薄。作者的父親派翠克．布朗忒年薪兩百英鎊，還有寬敞舒適的牧師宅可住。夏洛特．布朗忒第一年當家庭教師時，年薪也是二十英鎊。

中，布蘭德罕牧師的教堂裡坐滿了認真聽他講道的信眾。我的天啊！這講道還真是非比尋常！他的講道詞分成四百九十個部分，每一部分討論一種不同的罪，而且都相當於一般講道的長度！我實在不知道他從哪裡找來這麼多種罪惡可談，他有自己獨特的用語和詮釋，而且看起來每次都要犯不同的罪似乎有其必要。這些罪行都很奇怪，是我從來沒想過的。

我累到不行，整個人委靡不振、猛打呵欠、打瞌睡、又驚醒過來。我對自己又掐又戳，猛揉眼睛，站起來，又坐下去。我還頂頂約瑟夫，要他在牧師講完道的時候叫我一聲。

我被判要聽完所有講道。最後，牧師終於講到「第七十一個七次的第一次」。在那一刻，我忽然心有所感，站起來指責雅比斯．布蘭德罕有罪，而且所有基督徒都不必原諒他。

「先生，」我大聲說，「我坐在這四面牆之內，一次就忍受了您四百九十段的講道，也原諒了您。我拔我自己的頭髮想離開此地，已經有七十個七次了。但您也強迫我坐回我的座位七十個七次，實在很荒謬。第四百九十一次就真的太過分了！同樣受苦的同胞們，攻擊他！把他拉下來，讓他粉身碎骨，讓他的故土都不再認得他！⑫」

在全場一陣靜默之後，布蘭德罕牧師大喊：「你就是那人！⑬你扮鬼臉扮了七十個七次，我也跟我的內心掙扎了七十個七次，看，這就是人性軟弱的地方，是可以寬恕的！但第七十一個七次的第一次又來了！弟兄們！按照最終審判的旨意處決他！讓所有的聖人見證這份榮耀吧！⑭」

此話一出，所有聽道的會眾都舉起他們的手杖湧到我身邊，離我最近又最兇狠的就是約瑟夫；而由於我手邊沒有武器可以自衛，所以我只好伸手去搶約瑟夫的短棒。一片混亂之間，好幾根棒子砸在一起，有人出拳要打我，卻招呼到壁燈上面去了。整個教堂打成一團，當真是弟兄攻擊弟兄，鄰舍攻擊鄰舍⑮。布蘭德罕牧師也不甘寂寞，拼命拍打講道壇，最後終於把我鬧醒了，我還真是鬆了一口氣。

到底是什麼聲音吵成這樣？這場惡夢裡面的布蘭德罕牧師是怎麼來的？原來是強風吹過的時候，一根冷杉的樹枝掃過窗戶，乾毬果碰到窗板發出的聲音。我恍惚聽了一陣子，確認聲音是怎麼來的以後，就翻身又睡著了。然後我又做了一個夢，比前一個還要可怕。

這次，我記得自己躺在橡木廂床裡，清楚聽到一陣一陣的強風，還夾著大雪的聲音。我也聽到那根冷杉樹枝又打在窗板上的聲音。我雖然已經知道聲音是怎麼來的，但實在是太吵了，所以決定要想辦法解決這個問題。我在夢中爬起身來，把窗戶打開。其實那窗子的鉤子是焊到牆壁裡的，窗戶根本不能開；我醒時知道，夢中卻忘記了。

「不管怎樣，我一定要讓它安靜下來！」我邊說邊把手伸出窗外，想要抓住那根討人厭的樹枝。但我沒抓到樹枝，抓到的卻是一隻冰冷的小手！

---

⑫出處為〈約伯記〉第七章第9-10節：「雲彩消散而過；照樣，人下陰間也不再上來。他不再回自己的家；故土也不再認識他。」

⑬出處為〈撒母耳記下〉第十二章。大衛王覬覦拔示巴美色，藉故把拔示巴的丈夫烏利亞調去危險前線，讓他戰死，再娶拔示巴為妻。耶和華派先知拿單去譴責大衛王，拿單先講了一個富人跟窮人的故事：富人有很多羊，窮人只有一隻羊，但有客人來的時候，富人卻捨不得自己的羊，而殺窮人的羊待客。大衛王聽了很生氣，說那富人該死，結果拿單說：「你就是那人！」

⑭〈詩篇〉一四九篇第9節：「要在他們身上施行所記錄的審判。他的聖民都享榮耀。」

⑮〈以賽亞書〉十九章第2節：「弟兄攻擊弟兄，鄰舍攻擊鄰舍。」

我嚇得魂飛魄散，趕快要把手抽回來，但那隻小手緊抓著我不放，還聽到一個聲音哀哀哭泣：

「讓我進去！讓我進去！」

「你是誰？」我一邊努力掙脫，一邊問。

「凱瑟琳．林頓。」（為什麼我會想到林頓？明明我看到恩蕭的次數是林頓的二十倍？）那聲音抖抖地說：「我回來了，我在沼地迷路了！」

聽到這句話的時候，我隱約看出一個孩子的臉，透過玻璃往裡面看。恐怖讓我狠心起來，我既然沒辦法掙脫，就拖著這隻小手在破窗玻璃邊緣來來回回摩擦，鮮血流下來，浸溼了床單。但她還繼續哭喊：「讓我進去！」也不鬆手，幾乎要把我嚇到發瘋。

「我沒辦法啊！」最後我說。「如果妳要我讓妳進來，妳得先放手啊！」

手指頭果然鬆開了，我從破洞縮手回來，立刻把書本疊得高高的，堵住那個破洞，而且把耳朵塞住，不去聽那哀告的聲音。我塞住耳朵差不多有一刻鐘吧，但我一鬆開手，就聽到哭聲還在！

「走開！」我喊道。「就算妳求我二十年，我也不會讓妳進來的。」

「已經二十年了，」那聲音說，「二十年了。我無家可歸已經二十年了[16]！」

這時從窗外傳來刮窗板的聲音，整疊書也開始移動，好像有人在後面推。我想要跳起來，但全身動彈不得，所以我在恐懼中只好大喊起來。

沒想到我夢中的喊叫卻是真的：我聽到匆忙的腳步聲往這個房間移動，有人用力一把推開房門，廂床上方的窗格子也透進光線。我坐起身來，還不斷發抖，擦著額頭上的冷汗。來人似乎有點猶豫，不知在自言自語什麼。最後，他用一種有點像耳語，似乎不求回答的語氣問道：

「有人在那兒嗎？」

我聽出來那是希斯克利夫的聲音，所以我想還是自首為妙；如果我不吭聲，恐怕他也會進來搜查。所以我就把廂床的滑門推開。我這舉動引發的效果之強烈，恐怕我也很難忘掉。

希斯克利夫穿著短衣和長褲站在門邊，手裡拿著一根蠟燭，燭油不斷往下滴，而他的臉毫無血色，簡直跟他背後的牆壁一樣蒼白。他聽到橡木廂床發出的第一個聲音時，簡直像被閃電擊中一樣：他把蠟燭扔到幾呎遠的地上，而且他太激動了，幾乎沒辦法把蠟燭撿起來。

我看到他膽小成這樣，趕快喊道：「在這裡的是您的客人，」以免讓他更丟臉。「我因為做惡夢的關係，在睡夢裡叫了起來，打擾您了，真是過意不去。」

「噢，該死！洛克伍德先生！你該下地——」他把蠟燭撿起來，但手還是抖得拿不穩，只好把蠟燭放在椅子上。「是誰帶你來這個房間的？」他緊緊握拳，指甲陷進掌心裡，而且咬牙切齒，臉都變形了。「是誰？我想立刻就把他們攆出去！」

「是府上的傭人琪拉。」我邊說邊下床，站在地板上，快快把衣服穿上。「希斯克利夫先生，您最好把她攆出去，她真的太不應該了。我覺得她只是利用我來證明這裡鬧鬼。對，這裡鬧鬼，到處都是妖魔鬼怪！您不讓人來是對的；睡在這種鬼地方，沒有人會感激您的！」

「你這話是什麼意思？」希斯克利夫問道，「還有你在幹嘛？既然人已經在這裡了，你就好好躺

---

⑯凱瑟琳死於一七八四年，到一八〇一年未滿二十年。二十年前應指一七八〇年希斯克利夫出走之事，此後凱瑟琳即感魂魄無依。

到天亮吧。但拜託你別再發出那麼可怕的聲音：除非有人在砍你的脖子，不然不應該這樣喊的！」

「萬一那小鬼從窗戶跑進來的話，她說不定真的會勒死我呢！」我回嘴道。「我才不要再繼續忍受您這些好客的祖先幽靈了。那個雅比斯．布蘭德罕牧師是您母親那邊的親戚嗎？還有那個小女妖凱瑟琳．林頓？還是恩蕭？不管她叫什麼名字，她一定是調包兒⑰，邪惡的醜妖怪！她說她已經在外面徘徊二十年了：活該，誰叫她要越過陰陽界線，這是她應得的懲罰！」

我話才說出口，就想起睡前在書裡，看到希斯克利夫和凱瑟琳的名字寫在一起。我本來全忘記了，這會兒才忽然想起來。我覺得自己太過莽撞，臉都紅了。但為了假裝沒注意到自己說錯話了，趕快又再加一句：「先生，事實上，我在睡前——」說到這裡，我趕快打住。我本來要說「看了那些舊日記」，但這樣他就會知道我看過那些書和手寫字跡，似乎不太妙；所以我改口說：「都在唸那些刻在窗台上的名字。聽起來是很無聊，但我的用意是想幫助我入睡，就像數數字一樣，或是——」

「你怎麼可以對我這樣說話！」希斯克利夫暴怒了。「你——你怎麼敢這樣說話，在我家這樣說話！天啊！他一定是瘋了！」他氣得猛打自己的額頭。

我不知道該對他的話生氣，還是繼續解釋我的夢。但他看起來大受打擊，我有點同情他，所以就繼續說我的夢。我跟他保證我從沒聽人說過「凱瑟琳．林頓」這個名字，但因為唸了很多次的關係，留下了印象，在我無法控制的夢境中就真的成了一個人了。

我還在說著，希斯克利夫慢慢退到廂床後面我看不到的地方，坐了下來。但我從他忽快忽慢的呼吸聲可以聽出來，他的怒火一觸即發，正在努力壓抑。我已經聽出來他快失控了，但我不想讓他知道，所以我故意很大聲穿衣服梳頭、看錶，還自言自語，說這夜也未免太長了：「還不到三點！我本來還以為六點了呢！這裡時間好像停住了一樣：我們昨晚一定八點就睡了。」

「冬天我們都是九點上床，四點起床。」希斯克利夫接了話，勉強壓下一聲詛咒。而且我從他手臂影子的動作看來，好像他還抹了一滴眼淚。「洛克伍德先生，」他又說，「你可以去我房間。現在下樓太早了，但被你這一鬧，我已經沒法再睡了。」

「我也是，」我回答道。「我就在院子裡散散步，天亮就走，您也不必擔心我會再來叨擾了。不管是在鄉下或是城裡，我這想找人作伴的毛病算是完全給您治好了。一個成熟的人應該知道如何自處，自己跟自己作伴就夠了。」

「跟你作伴還真是愉快！」希斯克利夫咕噥了一句。「拿蠟燭出去吧，隨你要去哪裡都行，我待會就去找你。但別去院子，那些狗都沒上鍊。也別去大廳，朱諾守著呢。哎呀，你只能在樓梯和走道待著了。但快走吧你！我再兩分鐘就來！」

我聽他的話走出房間，但因為不知道狹窄的過道會通到哪裡，只好停在門外，卻意外目睹了希斯克利夫先生奇怪的舉動，簡直像作法一樣，完全不符合他理性的外表。

---

⑰歐洲傳說若有小孩在森林中失蹤，有精靈會變成他們的形貌返回家中，與家人一起生活。父母可能會察覺有異，卻又無法確切指出這不是他們的小孩。愛爾蘭詩人葉慈的*The Stolen Child*（1886）、日本作家大江健三郎的《取り替え子（チェンジリング）》（2000年，中譯本《換取的孩子》）、美國小說家凱斯・唐納修（Keith Donohue）的小說*The Stolen Child*（2007，中譯本《失竊的孩子》）、美國電影*Changeling*（2008，中文片名為「陌生的孩子」）都跟這個傳說有關。

他爬上床，撬開窗櫺，拉開窗戶時迸出熱淚。

「進來！進來啊！」他哭著說。「凱西，快進來啊。拜託妳進來，再一次就好！⑱噢！我的寶貝！凱西，這次聽我的話吧！總要聽我一次吧！」但鬼魂就是這樣難以捉摸，這會兒她又不現身了，只有風雪呼呼灌進室內，甚至吹到門外，把我的蠟燭吹熄了。

希斯克利夫的聲音悲苦異常，讓我不忍心去想這整件事有多可笑，於是我抽身走了，有點生氣自己看到這個場面，也有點後悔自己幹嘛說了這個惡夢，讓希斯克利夫如此悲痛。但他為什麼這麼傷心，我實在毫無頭緒。我小心翼翼走下樓，發現自己走到廚房了，爐裡還有餘火，我就把蠟燭重新點亮了。四處悄然，只有一隻斑紋灰貓從熱灰裡爬出來，老大不高興地對我喵了一聲。

火爐前有兩把長椅圍著，我佔了一把，灰大姐⑲爬上另一把，我們倆就這樣一起打瞌睡。後來屋頂上一個暗門開了，一個木梯放了下來，約瑟夫出現了。我猜上面是他的房間。他陰沉地看了一眼我從爐架縫隙中維持的小火，把貓趕下椅子，自己坐下來，開始往一個三吋長的菸斗裡填菸草。我竟然出現在他的小天地，顯然是過於無禮的舉動，所以他也不想招呼我，只是默默地把菸管舉到唇邊，兩手交抱，開始吐菸圈。我讓他好好享受個人時光，沒有出聲。他吐出最後一口菸，重重地嘆了一口氣，站起身來，一臉陰沉走了，跟出現的時候一樣陰沉。

下一個來的人腳步比較輕快，我正打算開口道聲「早安」，隨即把嘴巴閉起來；因為哈里頓．恩蕭走往一個角落去找圓鍬或鏟子之類的要鏟雪，一路碰到什麼東西就詛咒什麼，彷彿是他個人特別的禱告儀式一般。他從長椅背後向我瞥了一眼，鼻孔略張，一點也沒有要和我互道早安的意思，和那隻貓一樣不重視禮節。我看他都準備要幹活了，猜想現在應該可以自由活動了，於是我從長椅上站起來，作勢要跟他出去。他看到我的動作，就用圓鍬頂開一個內門，口齒含混地發出一個指令，意思是如果我要離開現在所處之地，就只能往那裡去。

那道門通往大廳，琪拉和希斯克利夫太太已經在裡面了。琪拉用一個巨大的風箱把壁爐裡的炭火燒旺；而希斯克利夫太太跪坐在壁爐前，藉著火光看書。她舉起一隻手擋著強光，看書看得很專心，只有偶爾罵一下琪拉把火花弄到她身上了；或是一隻狗把鼻子湊到她臉上，她得伸手把狗推開。希斯克利夫也在那裡，讓我頗為驚訝。他站在壁爐邊，背對著我，正把可憐的琪拉罵了一頓；她在照料炭火的同時，不時拉起圍裙角拭淚，發出不滿的咕噥聲。

「還有妳這個沒用的——」我走進去的時候，他正轉向媳婦開罵，後面加的是鴨還是羊之類的畜生，但反正我也不會寫出來⑳。「又在玩妳那些廢物了！其他人都努力工作，只有妳，是靠我的善心才有東西吃！把手上的廢物放下！去找點事情來做！我看到妳就心煩，妳真該為此付出代價！聽到沒

---

⑱這段讓人聯想到英國詩人拜倫在一八一七年寫的詩劇〈曼弗雷德〉(*Manfred*) 第二幕第四景：「向我說話吧！即使是憤懣的話——你還是說吧／我不管你說的是什麼——只要再讓我聽一次你的聲音／這一次——再一次吧！」（參考劉讓言譯本，1949，上海：光華）劇中主角曼弗雷德與繼妹愛斯塔蒂（Astarte）相戀，愛斯塔蒂因亂倫之愛而死，曼弗雷德讓精靈喚出愛斯塔蒂的鬼魂，這段就是曼弗雷德懇求愛斯塔蒂的鬼魂開口跟他說話。希斯克利夫和凱瑟琳的關係也類似異母兄妹，凱瑟琳也先死，希斯克利夫呼喚亡靈的場景與用語和曼弗雷德非常相似。曼弗雷德與愛斯塔蒂長相極為相似，凱瑟琳也說過：「我就是希斯克利夫！」（第一部第九章）參考Gezari(2014：78)。

⑲原文用Grimalkin，是《馬克白》裡三女巫之一的母貓。這個貓名常跟女巫聯想在一起，看來這裡可能是洛克伍德為了打趣這屋子鬧鬼，而臨時決定這樣叫牠，並非真的貓名。

⑳希斯克利夫的用語非常粗鄙，洛克伍德秉持倫敦仕紳的教養，連日記都不肯筆記之。有可能是bitch（母狗）之類。

有，小賤人㉑！」

「我可以放下我手上的廢物，反正你也會逼我，」媳婦把書闔起來，扔在椅子上。「但我才不要做事，就算你把舌頭都罵爛了，我也不做事，我只做我想做的事情！」

希斯克利夫舉起一隻手，他媳婦立刻跳到安全距離之外，顯然早已知道這巴掌的分量。我不想看到這種雞飛狗跳的場面，就故作輕快地走進去，一副貪圖爐火溫暖的模樣，而且假裝對剛才的衝突一無所知。還好兩個人都還算識趣，希斯克利夫收回了拳頭，把手插進口袋；希斯克利夫太太微微一笑，走到遠遠的一張椅子上坐下來，到我離開之前都跟雕像一樣動也不動，算是說到做到。我也沒待太久。主人邀我共進早餐，我拒絕了，一看到曙光，我立刻告辭，外面的空氣自由、清爽、沉寂、冷得像冰一樣。

我還沒走到院子另一頭，希斯克利夫就把我叫住，說要陪我走過高沼地。還好有他陪我走這段路，因為整座山頭已經像一片無際的白色汪洋，浪頭洶湧，完全看不出地表的起伏，許多坑洞已經至少與路面齊高。整座山脊和廢棄的採石坑都和我昨天走來時的印象完全兩樣。昨天我有注意到高沼地沿路每隔六、七碼都立有界石，並刷上石灰，以便在黑暗中作為指引的路標；或是在降大雪的時候，讓行人可以分辨較堅實的路面與路旁深陷的沼地。但現在這些立石已經不見蹤跡，只有偶爾見到一點髒污的痕跡罷了。我常常自以為順著正確的路走，希斯克利夫卻得警告我左轉或右轉才對。

我們一路上幾乎沒怎麼說話。到了鶇翔莊園地界，希斯克利夫就停步了，說我這下子已經不致於走丟了。我們匆匆點頭作別，之後我就只能靠自己往前走了，因為門房小屋沒有人住。

從莊園大門到主屋有兩哩路，但我不時在林間迷路，或是誤踏進深達頸部的積雪中，我想我足足走了四哩路才到家。其中的種種苦況，只有身歷其境的人才能體會。我就這樣一路徘徊摸索，進門時正好鐘響十二點，算起來從嘯風山莊到鶇翔莊園正好一個小時走一哩路㉒。

那位跟房子一起租用的管家和她的手下，全都衝出來迎接我，七嘴八舌地說什麼他們已經放棄希望啦，每個人都深信我昨晚已命喪風雪之中，他們正在想該怎麼去找我的遺體。

我說他們既然已經看到我平安回來了，就不要再嚷嚷了。我冷到連心臟都快麻痺了，勉強拖著腳步上樓，換上乾衣服後又來回踱步三、四十分鐘，體溫才恢復正常。然後我縮在書房裡，像隻小貓一樣虛弱，甚至覺得爐火過於旺盛，連傭人準備好讓我提神的咖啡也過於熱氣騰騰，有點消受不起呢。

㉑原文用jade，指無用的劣馬，也有暗指女人淫蕩之意。

㉒嘯風山莊到鶇翔莊園的距離是四哩，差不多是六公里半，一般人步行速度約每小時五到六公里，大約一個多小時可以走到。他卻走了四個小時，大概是平常的三、四倍時間。

第四章

我們人類真是無用的風信雞啊！像我本來已下定決心獨來獨往，不與人交往；而且運氣很好，終於找到這樣一個近乎完美的孤寂所在，沒想到我自己這般軟弱無用，不過在低落的情緒中獨處了一個下午，就撐不住了。黃昏一到，我舉旗投降，趁迪恩太太①送晚餐②來的時候，假意要多了解這個莊園的必要資訊，央求她坐下來陪我吃。我真心希望她能跟我閒扯一番，無論是引起我的興趣，或無聊到讓我入睡都好。

「妳住這裡很久了吧？」我開始找話說，「妳是說十六年嗎？」

「先生，十八年了。太太嫁過來的時候，我就跟著過來了。她過世以後，老爺留我管家。」

「原來如此。」

然後就無話了。我怕她是不慣閒談的，恐怕她只關心自己的事情，可我對她的事卻毫無興趣。不過，靜默了一陣子之後，她放在膝上的兩手握成拳頭，紅潤的臉上出現沉思的表情，忽然長嘆了一聲：「啊！跟那個時候比起來，變化好大啊！」

「沒錯，」我接口，「我想妳一定見過不少人事變遷吧？」

「是啊，也見過很多傷心事。」她說。

「好極了，我要讓她講講房東的家事！」我在心裡盤算。「這真是個適合閒聊的題目！還有那個漂亮的小寡婦，我真想知道她的來歷：是本地人呢，還是跟這些鄙俗的鄉民毫無關係的外地人呢？我看後者比較有可能吧。」

這樣想著，我就問迪恩太太為什麼希斯克利夫要把鶇翔莊園出租，自己卻住在環境差很多的嘯風山莊。「他是財力不足，沒辦法好好維護嗎？」我問道。

「先生，他有錢得很呢！」她反駁道。「沒人知道他多有錢，每年他的財富都還在增加。沒錯，他是很有錢，可以住在比較好的宅邸，但他很小氣；就算他想過要搬來鶇翔莊園，只要他聽說有好租客，就捨不得每年少賺幾百鎊的機會。真奇怪人怎麼會這麼貪心，尤其是孤零零一個人在世上！」

「他好像本來有個兒子對嗎？」

「沒錯，他原有個兒子，但已經死了。」

「那位年輕的希斯克利夫太太，就是嫁給這個兒子了？」

「是的。」

「她原來是哪裡人？」

「先生啊，她就是我原來老爺的女兒啊，閨名凱瑟琳．林頓。她是我帶大的，還真可憐！我本來

---

①此處稱她「太太」是對英國莊園高階女管家的通稱，與結婚與否無關。迪恩太太名為艾倫（Ellen），小名奈莉（Nelly），從小在嘯風山莊，後來陪嫁到鶇翔莊園，應無結婚。

②鶇翔莊園的正餐是在中午吃的，晚餐（supper）只有輕食，可能只有牛奶餅乾，所以送到房間來。

指望小希斯克利夫先生可以搬回來住，這樣我們還可以住在一起。」

「什麼？凱瑟琳．林頓？」我嚇了一大跳，失聲叫了起來。但略微一想，就知道她不會是我遇到的那個女鬼凱瑟琳。「也就是說。」我繼續問，「前主人姓林頓囉？」

「沒錯。」

「那麼，那個恩蕭又是誰？跟希斯克利夫先生一起住的那個哈里頓．恩蕭？他們是親戚嗎？」

「不是，恩蕭是林頓太太的姪子。」

「也就是希斯克利夫太太的表哥囉？」

「是的。她丈夫跟她也是表親。恩蕭是她舅舅的孩子，她丈夫則是她姑姑的孩子，因為希斯克利夫娶了林頓先生的妹妹。」

「我看到嘯風山莊前門上刻有『恩蕭』這個姓。他們是老世家嗎？」

「這家族很久了，哈里頓是恩蕭家的最後一個，而凱西小姐是我們家，就是林頓家的最後一個。您去過嘯風山莊對吧？我想問問，小姐好不好？」

「希斯克利夫太太嗎？她看起來很好，很漂亮；不過我想她不是很快樂。」

「是嗎，這也難怪。那您覺得希斯克利夫老爺如何？」

「怎麼說呢，是條鐵錚錚的硬漢吧。迪恩太太，他是這樣的人吧？」

「跟鋸子一樣利，跟石頭一樣硬！您最好少跟他往來。」

「他一定經過什麼大風大浪，才會變成這樣的人吧。妳是否知道一些他的來歷？」

「先生，他就是隻忘恩負義的杜鵑鳥③啊——我知道得一清二楚：我不知道的只有他在哪裡出生的，父母是誰，還有他一開始是怎麼弄到錢的。哈里頓就像羽毛還沒長齊的小鳥，被硬生生扔出巢外！在我們這整個教區裡，只有他這可憐的孩子還不清楚自己是怎麼被騙的。」

「好迪恩太太，妳要是肯說說這些鄰居的往事，就實在太感激了。我現在就是上床也睡不著，拜託妳發發好心，坐下來陪我說說話，就個把鐘頭。」

「先生，這當然好囉！我去拿點針線活過來，就陪您坐坐，坐多久都行。但您受涼了，我看您在發抖呢，得喝點熱粥去去風寒。」

這能幹的管家匆匆走了，我往壁爐更靠近一些；我的頭發熱，身體發寒；但我的神經激動，腦子轉個不停，幾乎有點傻氣了。這讓我覺得今天和昨晚的一連串事情，或許會帶來什麼嚴重的後果也說不定，這種想法讓我覺得有些憂慮（我到現在也還是覺得有點憂心），心裡並不很舒坦。迪恩太太很快就回來了，帶了一個冒煙的熱鍋和一籃針線活。她把鍋子放在火上，拉近座椅，顯然覺得我不失為一個良伴。

---

③杜鵑鳥有寄生習性，會在其他鳥巢下蛋，杜鵑幼鳥孵出之後，還會把原巢中的其他鳥推出巢外致死，增加自己的存活機會。艾蜜莉曾短期任教的羅黑德學校，原屋主就有一段類似的歷史：屋主傑克・夏普（Jack Sharp）原為孤兒，為舅舅約翰・沃克（John Walker）收養，沃克自己雖有兒子，後來產業卻為夏普所佔，沃克女兒之子還為夏普工作。艾蜜莉既然在那裡教書，想必聽說過這段十八世紀中期的家族恩怨。參考Gezari(2014:84)及網站The Reader's Guide to Wuthering Heights (http://www.wuthering-heights.co.uk/inspirations.php 擷取日期：2017/3/2)。夏普的詳細歷史，可參考Kathrine Frank(1992), *A Chainless Soul: A Life of Emily Bronte.*(Boston: Houghton Mufflin)

「我來這裡以前，」我還沒說話，她就開始說了。「一直都住在嘯風山莊，因為我媽是興德里・恩蕭的奶媽。興德里就是哈里頓的爸爸。我一直都和恩蕭家的孩子玩在一起，有時跑跑腿啦、幫忙綑稻草、看看農莊上有什麼需要幫忙的事情之類的。」

＊＊＊＊

有一個夏天的早上，天氣很好，我記得是剛開始收成的時候吧，我和興德里、凱西坐在一起吃粥，恩蕭老爺穿著旅行的衣服下樓，吩咐約瑟夫當天要做的事情之後，就跟我們說話。他先跟興德里說：「好孩子，我今天要去利物浦④，要我帶什麼東西回來給你？想要什麼都可以，不過東西不要太大，因為我要走路來回，單程就要六十哩⑤，路還真長呢！」興德里說他要小提琴。老爺又問凱西要什麼。她那時還不滿六歲，但我們馬廄裡的任何一匹馬，她都能騎了，所以她要一根馬鞭。

老爺也沒有忘記我；他雖然有時有點嚴厲，但心地很善良。他答應要帶一袋蘋果和梨子給我，親親他的兩個孩子，跟我們說再見，然後就出發了。

老爺一共去了三天。我們都覺得他去了好久，小凱西常常問他何時回來。第三天傍晚，恩蕭太太以為老爺晚餐前就會到家，所以一直延後用餐的時間，延了一次又一次。但他還是沒有回來，我們小孩一次又一次跑到大門邊去張望，也都累了。後來天黑了，太太叫他們上床睡覺，但他們苦苦哀求說要等爸爸回來。最後，差不多十一點鐘的時候，門閂輕輕地被舉起來，老爺走進來了。他癱坐在椅子上，又是笑又是呻吟，說他快累死了，叫小孩別靠過來。他說就是把英倫三島都送給他，他也不願意再走這麼遠的路了。

「走到最後，簡直就快沒命了！」他把大衣解開，抱出一團東西。「太太，妳看！我這輩子還沒有這麼累過。雖然這傢伙黑得像是從地獄來的一樣，但他實在是上帝恩賜的禮物啊！」

我們都擠過去看。我越過凱西小姐的頭，瞥見一個黑頭髮黑皮膚的小孩，衣服破破爛爛的，已經大到可以走路、說話了。事實上，從他的臉看起來，年紀比凱西還要大些，但他站在地上，也只會睜著眼四處看，嘴裡重複說著一些誰也聽不懂的話。我嚇壞了，恩蕭太太也打算要把他扔出門外。她大發脾氣，質問老爺為什麼把這種吉普賽雜種帶回家，到底在想什麼？他們自己又不是沒有孩子，這麼做是什麼意思，他是不是瘋了？

老爺想好好解釋，但他實在是累壞了，也說不清楚。從太太的叫罵言詞中，我大概聽出來事情是這樣的：老爺在街上看到這流浪的孩子快餓死了，又不會說話，老爺就把他撿起來，四處詢問這是誰家的孩子。但沒有人知道這孩子是哪來的，老爺又沒有錢和時間繼續到處問下去。他不想讓這小孩在

④一八〇七年英國通過反奴隸交易法之前，利物浦是英國最大的奴隸交易港。因此希斯克利夫的族裔背景有可能是非洲奴隸、南美洲原住民或印度船工。老恩蕭先生沒有交代去利物浦的目的，但當時約克郡不少仕紳都有參與奴隸買賣。一八〇七年之後雖然不能交易奴隸，還是可以蓄奴，在一八三三年才正式廢止奴隸制度。

⑤差不多就是哈沃斯到利物浦的距離。英國第一條連接大都市的鐵路在一八三〇年開通，連接利物浦與曼徹斯特，之前的旅行都是以徒步為主。

街上餓死，所以他想不如立刻帶他回家，總比在利物浦耗下去來得好，可能還沒有結果。

最後，太太總算住口了，老爺就叫我去把這孩子洗乾淨，給他換上乾淨的衣服，讓他跟孩子們一起睡。

興德里和凱西本來只在一邊旁觀大人吵架，等到他們吵完了，他們才去摸老爺的口袋找禮物。興德里那時都十四歲了，但他發現父親大衣裡的小提琴已經被壓成碎片的時候，竟然還大聲哭了起來。而凱西發現老爺為了照顧這小孩，把她的馬鞭弄丟了，氣得對這小傢伙吐口水，結果老爺賞了凱西一巴掌，叫她不可以那麼野蠻。

兄妹倆不肯跟這小子一起睡，也不讓他進房間；我也不懂事，就把他放在梯廳，希望到天亮時他就會自動消失。結果他不知怎麼爬到老爺的房門口，也許是聽到老爺的聲音吧。所以老爺早上一出房門，就看到這小孩。老爺問這是怎麼一回事，我只好承認，結果老爺罵我膽小又壞心，把我趕出嘯風山莊。

希斯克利夫就是這樣來到嘯風山莊的。過了幾天，我想老爺只是一時生氣才趕我走，我回到嘯風山莊，我發現他們已經給他取名叫「希斯克利夫」了。老爺以前有個夭折的兒子就叫做希斯克利夫。後來他就一直叫這名字，既是名也是姓。

凱西小姐和他已經玩在一起了，但興德里很討厭他。老實說，我也討厭他，說起來有點丟臉，我們倆都一直欺負他。我當時還太幼稚，沒有發現自己這樣做是不對的；太太看到希斯克利夫被欺負，也沒替他說過一句話。

他看起來是個陰鬱、很能忍耐的孩子，也許是被虐待慣了。興德里打他，他不眨眼，也不掉淚；我捏他，他也只抽一口氣，張大眼睛，好像是他自己不小心傷了自己，不能怪人。

後來老爺發現興德里常欺負這可憐的孤兒，他又很能忍耐，老爺非常生氣。說來奇怪，老爺很喜歡希斯克利夫，他說什麼老爺都相信（不過話說回來，希斯克利夫很少說話，說的也大都是實話）。老爺疼他更甚於凱西。凱西實在太調皮，很難得人疼。

就這樣，打從一開始，希斯克利夫就讓家庭失和。不到兩年，恩蕭太太過世了。興德里老爺覺得老爺都不站在他那邊，是個壓迫者；而希斯克利夫搶了老爺的愛，又奪他長子的地位，愈想愈是不滿。

我一開始是同情興德里的。後來孩子們出麻疹，我不得不代替主婦的角色照顧他們，我的想法就變了。希斯克利夫病得很重，他最嚴重的那一陣子，希望我一直留在床邊陪他。我猜他覺得我為他付出很多，但他也想不到其實我不是自願的，即使如此，我還是得說，他是我照顧過的孩子裡面最安靜的一個。他和興德里兄妹倆完全不同，讓我開始改觀。凱西和興德里一直煩我，希斯克利夫卻像一隻小羊一樣，一句抱怨的話都沒有。雖然我也知道他這麼安靜，並非出於善意，而是出於堅忍。

希斯克利夫康復了，醫生說我功勞最大，誇獎我照顧得好。我被誇得飄飄然，對希斯克利夫也就沒那麼壞了，興德里於是失去了最後一個盟友。但我也沒辦法都站在希斯克利夫那邊，我常覺得奇怪，不知道老爺到底是看上他哪一點，為什麼那麼喜歡他，畢竟他那麼陰沉，而且就我記憶所及，他從來也沒有對老爺的寵愛表達過一絲感恩之情。他對老爺這個恩人雖不至於無禮，只是好像無感。但他又很清楚老爺對他的心意，也很知道自己只要開口，沒有要不到的東西。

我舉個例子給您聽：我記得有一回老爺去我們教區的市集，買回來一對小馬，給兩個男生一人一匹。希斯克利夫要了比較漂亮的那一匹，但那匹馬沒多久就跌跛了。他發現以後，就跟興德里說：「你得跟我換馬：我不喜歡我那匹。如果你不跟我換，我就要告訴老爺你這個禮拜打了我三次，並且讓他看我的手臂，我整隻手到肩膀都是瘀黑的。」

興德里對他吐舌頭，打他一巴掌。

希斯克利夫從馬廄跑到門廊，還是堅持要換馬：「你最好現在就跟我換，非換不可。不然我要跟老爺說你打我，你就會被打，而且比你打我更厲害。」

興德里大罵：「出去！你這隻賤狗！」還拿起一個用來秤馬鈴薯和乾草的鐵砝碼。

希斯克利夫站著不動，說：「你丟啊，我就去跟老爺說，你誇口說只要他一死，就要把我趕出去。我們看看他會不會現在就把你趕出去。」

興德里真的對希斯克利夫丟出砝碼，打到他胸口。希斯克利夫倒下去了，但又立刻搖搖晃晃站起來，呼吸困難，臉色發白。要不是我攔著他，他打算就這樣去找老爺，讓老爺看到他的樣子，說是誰幹的，以達到報復的目的。

最後興德里說：「臭吉普賽人！我的馬是你的了！我詛咒牠會跌斷你的脖子，你就騎去死吧！你這不要臉的闖入者！只會哄我父親，把他的東西都給你以後，才會露出你的真面目！你這魔鬼的爪牙！」

希斯克利夫這時已經走去牽興德里的馬，準備牽到他自己的欄舍去。希斯克利夫走到馬後方的時候，興德里罵了最後一句：「去騎呀，我希望牠把你踢死！」一拳把他打倒在馬下。但興德里打完就立刻飛快跑了，沒有留下來看看希斯克利夫究竟有沒有被馬踢死，像他詛咒的那樣。我看著希斯克利夫淡定地爬起來，繼續做他要做的事情，把兩匹馬的馬鞍換好，然後坐在一綑乾草上，讓自己從重擊恢復過來，才走進屋子。

我勸他騙老爺說瘀傷是馬踢的，他一下子就接受了，反正他已經拿到他要的東西，根本不在乎說法。說實在的，他很少抱怨這種事情，我還以為他不是會記仇的人。但我完全被他騙了，您聽下去就知道了。

第五章

後來，老爺開始衰老了。他身子本來是很硬朗、很能活動的，忽然之間卻精力衰頽，只能待在壁爐邊，哪裡都去不了。老爺於是變得很易怒，一點小事都會讓他不高興。要是有人有一點點懷疑他的判斷，他就要大發脾氣。

特別是如果有人對他心愛的希斯克利夫不客氣，或說句希斯克利夫的不是，老爺完全聽不進去，似乎覺得就是因為他喜歡希斯克利夫，其他人就討厭那孩子，想要害他。

這對那孩子來說也不是好事，因為我們底下人裡面本來比較同情他的，也不想跟老爺過不去，所以看老爺偏心也不說什麼。這麼一來，又助長了那孩子的驕縱與乖僻。我們也不得不這麼縱容：有兩、三次老爺在場的時候，興德里對希斯克利夫露出很不屑的樣子，把老爺氣得發狂，抓起拐杖想要打兒子，卻又因為沒力氣打，更是氣到發抖。

最後，我們的副牧師說話了。當時我們這兒有個副牧師，負責教林頓家和恩蕭家的小孩，自己也種一小塊地。他勸老爺，不如把興德里老爺送去唸大學。老爺也同意了，但心情很沉重。他說：

「興德里不成材，他到哪都不會有出息。」

興德里走了之後，我真心希望我們從此可以平靜度日。看到老爺因為做好事，弄得全家上下不安，我覺得很痛心。我甚至覺得，他的衰老病痛也都是由於家庭紛擾所致，他自己也這麼想。先生您知道嗎，他整個人都垮了。

我們本來也還能過得去，偏偏凱西小姐和約瑟夫不讓我們好過。約瑟夫是那個僕人，您應該見過吧，在嘯風山莊的。他那個人真是壞透了，自以為是的法利賽人①，專門把聖經裡寫的的福報都攬在自己身上，詛咒丟給其他人去承受。他看起來很虔誠，滿口教義，故意要老爺聽他的話。老爺愈是老邁昏聵，就愈聽約瑟夫的話。

約瑟夫總是要提老爺最煩心的事，又叨念著要他嚴格管教小孩。約瑟夫要老爺把興德里當作廢物，每晚都要說一大堆希斯克利夫和凱瑟琳又做了什麼壞事，而且還要迎合老爺的成見，把最大的錯處都推在凱瑟琳身上。

說到凱瑟琳，她真的很怪，跟其他孩子都不一樣。一天之內，她就可以讓所有人都動氣五十次以上：每天從她起床下樓開始，到她上床睡覺為止，我們分分鐘都要提防她搗蛋作怪。她總是興致高昂，嘴巴從沒停過，不是在唱歌、大笑，就是纏著旁邊的人跟她一起唱歌說笑。她真是個精力充沛②的

---

①猶太人中的文士和律法師，遵行律法，但有些法利賽人態度傲慢，覺得自己懂得律法，高人一等，耶穌曾罵他們偽善。

②原文用wicked，但此處不是邪惡之意，而是北方方言的quick，精力充沛之意。前譯大多作「邪惡」解，伍光建譯本作「野性女孩子，是個不好的孩子」，梁實秋譯本做「野而壞」，楊苡和方平譯本均作「又野又壞」，但如此譯法與下文「她從來沒有什麼惡意」矛盾。羅塞譯本作「狂放而胡鬧」比較接近。

野孩子，但她的眼睛那麼美，笑容那麼甜，腳步又輕盈，全教區沒有人能比得上她。而且，我想她從來也沒有什麼惡意。如果她把你弄哭了，多半會陪著你一起哭，而且可能比你更傷心，你還得停下來安慰她。

她太喜歡希斯克利夫了。我們若要罰她，最重的處罰就是不讓她跟希斯克利夫在一起。她為了希斯克利夫的緣故，挨的罵比誰都多。

她最喜歡玩的遊戲就是假扮女主人，她會打人巴掌，還會指使她的玩伴：她也打過我巴掌，但我不受她的巴掌，也不受她指使，我就跟她說清楚。

但老爺不了解孩子是在玩，他對孩子一向很嚴肅，也很嚴格。凱瑟琳又弄不清楚為什麼父親身體不好以後，脾氣會變壞，比以前更沒耐性。

老爺愈是容易生氣，愈是罵她，反而激起她的興致，愈想逗他生氣。最好我們所有人都一起罵她，這樣她最高興，因為她就可以用大膽挑釁的眼神看我們，伶牙俐齒跟我們對罵：她把約瑟夫的詛咒當成笑話、激怒我、又做老爺最討厭的事，要讓老爺看看希斯克利夫多聽她的話。她假裝對希斯克利夫頤指氣使，叫他做什麼他就做什麼；老爺對希斯克利夫那麼好，但他的話希斯克利夫也未必全聽，高興聽才聽。老爺不知道凱瑟琳是在鬧著玩，常常很氣惱。

凱瑟琳有時一整天鬧得不得了，晚上卻想跟老爺撒嬌。

老爺就會說：「凱西，不成的，我沒辦法疼妳，妳比妳哥哥還要壞。去禱告吧，請上帝原諒妳。我想妳母親和我都會後悔養了妳這樣的孩子！」

凱瑟琳一開始聽到這種話的時候會哭，但多聽幾次以後她就不在乎了。我叫她去跟老爺道歉，請他原諒，她就大笑。

但老爺的時辰終於到了，他在塵世間的所有苦惱都結束了。那是十月間的一個晚上，他在火爐邊的椅子上，靜靜地過世了。

房子周邊風聲很大，煙囪裡也有呼呼作響的風聲。聽起來像是暴風雨要來了，但還沒有很冷。我們全都在大廳：我離壁爐有一點距離，在做我的針線活。約瑟夫在桌子那頭讀他的聖經。當時我們這些傭人做完工作之後，也都是在大廳起坐的③。凱西小姐病了，所以她那天很安靜，靠著老爺的膝蓋，希斯克利夫枕著凱西的腿，躺在地上。

我記得老爺還沒睡著以前，摸著小姐漂亮的頭髮。他很少看到小姐這麼乖巧安靜，覺得很高興。他說：「凱西，妳為什麼不能總是當個乖女孩呢？」

凱西轉頭看他，笑著說：「爸爸，您為什麼不能總是當個好人呢？」

然後她看到老爺不高興了，就拉著老爺的手到唇邊親吻，說她要唱歌唱到他睡著。她開始低聲唱起歌來，直到老爺的手指鬆開了，他的頭也垂在胸前。然後我叫小姐別唱了，動作輕一點，不要吵醒老爺。接下來差不多有半個小時的時間，我們都躡手躡腳，盡可能安靜，都沒發現不對。後來約瑟夫讀完他的聖經，站起身來，說他要叫老爺起來祈禱，再上床睡覺。約瑟夫往前走，叫喚老爺，又碰碰

---

③一般仕紳家中，僕人有自己的活動空間，不會與主人共同使用起坐空間。從這裡看起來，恩蕭家當時規矩比較隨便，主僕沒有那麼嚴格的區分，但並非常態，所以迪恩太太才會加這句解釋。

老爺的肩膀，但老爺一動也不動。約瑟夫拿蠟燭照老爺的臉。

他把蠟燭放下來的時候，好像有點不對勁，所以我一手抓住一個孩子，對他們小聲說：「上樓去，別出聲。他們今晚可能要禱告，他還有事要做。」

凱瑟琳說，「我要先跟爸爸說晚安。」我們還來不及攔她，她已經攬著老爺的脖子。

她立刻就發現自己是孤兒了。她尖叫一聲：

「他死了！希斯克利夫！他死了！」

他們倆立刻就大哭起來，誰聽了都要不忍心。

我也跟他們一起痛哭，但約瑟夫說，老爺是個聖人，聖人上天堂去了，我們有什麼好哭的？他叫我披上斗篷去吉默屯鎮，請醫生和牧師過來。我不知道這時請他們來還有什麼用，不過我還是冒著風雨去了。醫生跟我一起回來，牧師說他第二天早上再來。

約瑟夫跟醫生解釋老爺過世的情況，我跑去孩子的房間看他們④：他們房間門微開。雖然已經過了午夜，他們還沒躺下來睡覺，不過已經平靜多了，也不需要我來安慰他們。那兩個孩子彼此安慰，比我能想到的方法更好：他們描述天堂有多美好，我想世界上沒有一個牧師能像他們一樣，把天堂說得那麼美。我邊流淚邊聽他們說話，不禁希望我們大家都能一起上天堂。

第六章

興德里老爺回家奔喪，還帶回來一個太太，把我們嚇了一大跳，鄰居也都議論紛紛。她是什麼樣的人、是哪裡人，興德里都沒說。或許她沒什麼財產，也沒什麼家世，要不然他也不必瞞著老爺結婚。

這新太太倒是沒特別麻煩我們什麼。打從她一進門開始，她看到什麼都很喜歡，對一切都很滿意。她唯一不喜歡的就是喪禮的準備工作，還有來弔唁的賓客。

我覺得她在喪禮中的表現很怯懦：我該幫孩子們穿衣服的時候，她要我跟她一起去她房間，一進去她就坐下來發抖，兩手交纏，一直問：「他們走了嗎？」然後情緒亢奮地說，她一看到黑色就怕，說著她又嚇到了，又發抖，最後開始哭起來了。我問她怎麼回事，她說她也不知道，但她很怕死！

④到這時為止，凱瑟琳和希斯克利夫還都是睡在同一個房間。凱瑟琳十二歲，希斯克利夫稍大一點。

我根本沒想過她會死，就像我也沒想過我會死一樣。她很瘦，但很年輕，臉上青春洋溢，眼睛像鑽石一樣閃閃發光。我的確有注意到，她一爬樓梯就會喘；一點點聲響就會嚇到她；還有她有時咳得很厲害。但我當時並不了解這些病徵，所以也不同情她①。洛克伍德先生，我們這裡人一般是不會跟外人親熱的，除非他們先對我們好。

興德里老爺離家三年，簡直變了一個人。他變得很瘦，臉色蒼白，說話和穿衣方式都完全不一樣了。他回來當天，就告訴約瑟夫和我，以後我們只能待在後廚房，大廳要留給他用②。他本來還打算隔個小起居室出來，鋪上地毯，貼上壁紙，讓太太更舒適；但太太說她喜歡原來的白石地板和巨大的火爐、錫盤、櫥櫃、狗窩，還有可以走來走去的寬敞空間，興德里老爺才作罷。

太太發現自己有個小姑，也很開心。她很寵凱瑟琳，又親吻她，又跟著她跑來跑去，還給她很多禮物。不過這只是一開始的時候，後來太太很快就厭倦了。她一開始不耐煩，興德里就成了暴君。太太只要稍稍表示不喜歡希斯克利夫，興德里就想起了所有的舊恨。他叫希斯克利夫只能跟僕人在一起，又不許他跟著副牧師上課，要他去農地工作，跟其他工人一樣辛苦勞動。

一開始，希斯克利夫對於身分的轉變③沒有太大怨言，畢竟凱瑟琳會把自己學到的功課教他，又跟他在農場上一起做事，一起玩。看來他們倆長大一定會變成野蠻人了。只要他們躲得遠遠的，少爺完全不管束他們，也不管他們在做什麼。少爺甚至也不管他們禮拜天有沒有去教堂，有時他們沒去，約瑟夫和副牧師責備少爺沒有負起管教責任，少爺就會命人鞭打希斯克利夫一頓，並處罰凱瑟琳不能吃午餐或晚餐。

但對希斯克利夫和凱瑟琳來說，他們最高興做的事，就是一早跑到高沼地去，在那裡待上一整天，後續的處罰他們根本一笑置之。副牧師儘可以叫凱瑟琳背多少章聖經，約瑟夫可以打希斯克利夫打到手痠，但他們倆只要在一起，就把什麼都忘了；他們只要在一起籌劃孩子氣的復仇計畫，就都不在乎這些處罰。我看著他們一天比一天頑劣，常常自己一個人哭，但我也不敢說他們，畢竟他們已經什麼朋友都沒有了，倒是還聽我一、兩句，要是我也說他們，只怕他們連我的話也不聽了。

有一個禮拜天的晚上，他們倆又因為發出噪音，或是差不多的什麼小錯，被趕出大廳。我去叫他們吃晚餐的時候，卻到處都找不到人。

我們把全家都找遍了，從上到下，也去了院子和馬廄，還是沒看到人。最後，興德里老爺氣壞了，叫我們把門栓上，說當晚誰也不准放他們進來。

那時下著雨，全部的人都睡了，我急得不能睡，開窗探頭出去聽外面的動靜。我下定決心，要是他們回來了，我怎樣也要違背少爺的命令，放他們進來。

過了一陣子，我聽到路上有腳步聲，也看到大門邊出現了提燈的光暈。

我趕快拿了條披肩把頭包起來，跑下去開門，以免他們敲門吵醒興德里老爺。門口只有希斯克利

---

①除了容易被嚇到以外，其他症狀都是典型的肺結核病徵，如一動就喘、劇烈咳嗽、消瘦、眼睛發亮、容易煩躁等。作者艾蜜莉對這些症狀很熟悉，她自己、哥哥和妹妹全都死於肺結核。

②表示原來嘯風山莊的主僕並沒有嚴格的區分，主僕活動空間大致相同；但興德里從南方回來之後，決意要把主僕階級分開，所以命令僕人不得在大廳起坐。

③希斯克利夫是養子，從小和凱瑟琳平起平坐，一同上課，地位比較類似主人一家；但此後明確被降為僕人身分。

夫一個人，我嚇了一跳。

我趕忙問道：「凱瑟琳小姐呢？沒出什麼事吧？」

「在鶇翔莊園。」希斯克利夫說，「我本來也要待在那裡，不過他們太沒禮貌，沒叫我留下來。」

我說：「你這次要倒大楣了！你真的要鬧到被趕走才甘願！你們到底為什麼要跑去鶇翔莊園？」

他說：「奈莉，讓我先把濕衣服脫掉，我再跟妳說。」

我叮囑他小心點，不要吵醒少爺。他在換衣服的時候，我就在邊上等著吹熄蠟燭。這時他開始說了：「凱西和我從洗衣房跑出去，隨意亂逛，後來看到鶇翔莊園的燈光。我們就想去瞧瞧，看在這禮拜天的晚上，林頓家的孩子是不是站在角落發抖，而他們的父母坐著談笑風生，又吃又喝，因為距離爐火太近而眼睛發熱？妳覺得他們會這樣嗎？或是讀牧師的教訓，被僕人質問教義，答不出來而被罰背一行聖經的人名？」

我答道：「可能不會吧。他們是好孩子，不像你們這麼壞，當然不會受到處罰。」

他說：「奈莉，別假惺惺了。看妳說的是什麼話！我們從高地跑到鶇翔莊園的大園子，一路都沒停。凱西鞋子掉了，跑不過我。妳明天得去沼澤幫她找鞋子。我們從圍籬的缺口爬進去，沿路摸進去，最後站在客廳窗戶下面的一個花盆邊。他們沒上窗板，窗簾也半開，所以客廳裡的光從窗戶照出來。我們倆站在突出的窗框上，攀著窗框往裡面看。啊！裡面真是美極了！深紅色的地毯和牆壁，深紅色的桌椅，天花板是純白鑲金邊，中間掛著銀鏈水晶吊燈，一根根小蠟燭散發出溫柔的光芒。林頓老爺和太太都不在那裡；只有艾德格和他妹妹在。這樣不是很棒嗎？換作是我們的話，簡直跟天堂一樣了！但妳猜猜看，妳所謂的『好孩子』在做什麼？伊莎貝拉躺在客廳比較遠的那邊尖叫，好像有女巫拿燒紅的針頭在戳她似的。她都十一歲了吧，比凱西小一歲而已。艾德格站在靠我們的這一頭默默流淚，桌子中間有一隻小狗，邊發抖邊叫。我們從他們的相互指控聽出來，他們差點把那隻小狗拉成兩半！這兩個白癡！這就是他們的樂趣！為了誰可以抱那一團溫暖的毛球，兩人吵了半天，最後兩個都不要了，開始在那邊哭。我們看到他們那種可笑的樣子，就笑了出來。真是讓人瞧不起！妳幾時看過我想要凱瑟琳的東西？或見到只有我們兩人在一起的時候，還在房間兩頭叫罵、哭泣、在地上打滾？我再活一千次，也不願意拿我現在的處境跟鶇翔莊園裡的艾德格交換！就算我可以把約瑟夫摔到最高的三角牆，或是拿興德里的血來塗滿房子正面，我也不換！」

「噓！噓！」我打斷他的話。「你還沒告訴我，你是怎麼丟下凱瑟琳的？」

「我說過我們笑了，」他說，「林頓兄妹聽到聲音，兩人立刻像射箭一樣衝到門邊，先是不敢作聲，然後就開始大叫：『媽媽啊！媽媽！爸爸啊！媽媽啊，快來！爸爸啊，快來！』他們真的就這樣鬼吼鬼叫的。我們又故意弄出可怕的聲音來嚇他們，後來聽到有人打開門閂的聲音，我們覺得最好快逃，所以就從窗框跳下來。我拉著凱西的手，正要拉她一起跑時，她忽然跌倒了。

她小聲跟我說：『希斯克利夫，你快跑，快！他們放了鬥牛犬出來，我被咬住了。』④

奈莉，那個畜牲咬住她的腳踝，我可以聽到狗發出討厭的喘氣聲。凱西沒有叫，她才不會叫！就

④作者艾蜜莉十五歲的時候，曾被狗咬傷過；她怕得狂犬病，以燒紅的熨斗消毒傷口，勇氣過人。

算她被發瘋的母牛用角頂住，她也不會叫出聲音。但我出聲了：我連聲詛咒，惡毒的程度大概足以消滅信基督教的任何敵人了。然後我找到一塊石頭，把石頭塞進那隻鬥牛犬的嘴巴，用盡全力要把石頭推進他的喉嚨。後來，一個壯碩的男僕拿燈過來，還一邊叫：『咬緊了，斯卡克，咬緊了！』

不過，他看到斯卡克的獵物時，語氣就變了。那隻鬥牛犬被我扼住喉嚨，紫色的大舌頭垂了半呎出來，往下垂的嘴角流出帶有血絲的口水。

那個人把凱西扶起來，凱西昏倒了，我敢說不是因為害怕，而是因為傷口很痛。那個人抱凱西進去，我跟在後面，一路惡狠狠地詛咒。

林頓老爺在門口喊：『羅勃，抓到什麼啦？』

僕人回答說：『老爺，斯卡克逮到一個小女孩，這兒還有一個小子。』他看我一眼，又補一句：『看起來是外地人！很可能是強盜讓這兩個小孩從窗戶爬進來，等我們都睡了以後再開門放他們進來，這樣就可以輕輕鬆鬆把我們都殺了。別吵了，你這滿口髒話的小偷，就是你！你該被吊死才對。林頓老爺，別把槍放下。』

那個蠢老爺說：『羅勃，我知道。那些壞蛋知道昨天是我的收租日⑤：他們想得美。快進來，看我怎麼處置他們。那個約翰，把鏈子綁好。珍妮，給斯卡克喝點水。敢來治安法官⑥家裡打劫，還在安息日！還有沒有天理？呀，親愛的瑪麗，過來看看！別怕，只是個孩子。不過從他臉上就可以清楚看到惡毒的樣子了。也許現在就把他吊死⑦，對大家都比較好，以免他做出更可怕的事情出來？』

他把我拉到水晶吊燈下面，林頓太太戴起眼鏡，嚇得舉起兩手。那兩個膽小的兄妹也悄悄靠過來，伊莎貝拉含糊不清地說：『太可怕了！爸爸，把他關在地牢。他很像那個算命師⑧的兒子，就是偷我養的雉雞那個。艾德格，你說像不像？』

他們還在討論我的時候，凱西醒過來了。她聽到最後伊莎貝拉講的話，笑了出來。艾德格仔細看了半天，終於認出凱西是誰。妳知道，他們在教堂見過我們，雖然我們很少在別的地方看到他們。他跟他媽媽小聲說：『那好像是恩蕭小姐耶？看斯卡克把她咬得很厲害，她的腳在流血呢！』

『恩蕭小姐？怎麼可能！』林頓太太說。『恩蕭小姐會跟一個吉普賽人到處遊蕩？不過，天啊，這孩子穿著喪服——一定是了——而且她可能要一輩子跛腳了！』

『她哥哥也實在太不像話了！』林頓老爺也不管我了，去看凱西。『我從謝爾德那裡聽說過（謝爾德就是我們的副牧師），恩蕭都不管他妹妹，恐怕他妹妹要變成異教徒了。但這小子是誰？恩蕭小姐從哪裡找來這種玩伴？我知道了，這一定是老恩蕭先生去利物浦的時候帶回來的奇怪孩子。不知道是印度船工⑨的孩子，還是從船上逃跑的美洲黑奴⑩。』

---

⑤鶇翔莊園有佃農，此處是指收地租。
⑥林頓是當地的治安法官（magistrate），也稱為太平紳士（Justice of Peace）。這是英國從十二世紀開始的制度，各地由有聲望的仕紳自願出任，負責地方上的行政治安諸事，且為無給職。
⑦當時法律嚴苛，法官有權判人死刑，尤其是涉及財產及入侵的案件，被判吊死的比例很高。根據一七八五年的紀錄，當年因為入侵、強盜被起訴的罪犯中，高達九十七%被判絞刑。
⑧暗示希斯克利夫的長相頗似吉普賽人，因為算命是吉普賽人常見的行業。

『總之是個來歷不明的野孩子。』林頓太太說。『完全不適合有身分的家庭！你聽到他說的話了嗎？想必我們的孩子應該都聽到了，真是嚇壞我了。』

我又開始詛咒。奈莉，別生氣。所以林頓老爺就要羅勃把我趕出去。我不願意留下凱西自己走，羅勃把我拖到花園，把燈塞在我手裡，跟我保證恩蕭先生一定會知道我做的好事，然後叫我快走，又把門鎖上。

那時窗簾還是掀起了一角，所以我又溜回原來偷看的位置。我的想法是，如果凱西想回家的話，我打算把他們家的大玻璃窗全都打得粉碎，也一定要帶她走。

但她靜靜坐在沙發上，林頓太太幫她把灰色的牛奶女工斗篷脫下來，那是我們為了夜遊而順手偷拿的。林頓太太搖搖頭，我猜是在責備凱西。但她畢竟是位小姐，所以他們對她和對我的態度大不相同。後來一個女僕端了一盆熱水過來，幫她洗腳；林頓老爺幫她調了一杯熱香料酒；伊莎貝拉倒了一盤餅乾在她懷裡；艾德格站遠遠的，簡直看呆了。然後他們幫她把頭髮弄乾，又幫她梳理那頭漂亮的頭髮；他們給她一雙很大的拖鞋，把她的椅子推到火爐前。凱西把餅乾分給小狗和斯卡克吃，還在斯卡克吃的時候，捏了一下牠的鼻子。我看她很安樂的樣子，我就走了。凱西迷人的臉，映在林頓一家人空洞的藍眼睛裡，稍稍點起了火花。我看他們完全都被凱西迷住了，她比林頓一家人都了不起，她比世界上所有的人都棒，妳說是不是呢，奈莉？」

我幫他穿好衣服，把燈吹熄，說：「這件事的後果比你想的要嚴重多了。希斯克利夫，你沒救了；興德里老爺一定會狠狠整你，你等著看好了。」

我說的果然成真，甚至更慘。他們這次倒楣的夜遊，把興德里給氣壞了。第二天，林頓老爺親自來訪，交代事情經過，也把我們家少爺訓了一頓，叫他要好好管管自己的家庭，所以興德里開始警覺周邊有些事不對勁。

　　希斯克利夫這次倒沒有挨鞭子，但興德里說，要是他敢再跟凱瑟琳小姐說一句話，就一定把他趕出家門。等小姐回家之後，恩蕭太太則會負責管教小姑的行為舉止，但這次要用謀略，不能用強：她知道對凱瑟琳用強是不可能的。

---

⑨這是希斯克利夫身分的另一個線索。伊莎貝拉和林頓太太只知吉普賽人，而且吉普賽是個很混淆的詞彙，所有低身分的外族人都可以稱為吉普賽人。林頓所見較廣，知道在利物浦港口有各色人種。因此希斯克利夫也有可能是南亞船工的後代，或是從美洲奴隸船上逃跑的非洲黑奴。

⑩十八世紀的約克郡，有不少人從事黑奴的買賣工作，恩蕭家族或許也有經手黑奴買賣。因此也有一說：或許老恩蕭去利物浦的目的就是帶回希斯克利夫。希斯克利夫或許是他自己與女黑奴的私生子，或朋友的私生子，因此以恩蕭早夭的兒子命名，跟他也特別親密。希斯克利夫有名無姓，符合黑奴的慣例；他小時候的表現，如善於忍耐與寡言，也暗示黑奴的出身。參考Cassandra Pybus, “*Tense and Tender Ties: Reflections on Lives Recovered from the Intimate Frontier of Empire and Slavery.*” In Paul Longly Arthur (2013) ed. *International Life Writing: Memory and Identity in Global Context.* (5-17)

第七章

凱瑟琳在鶫翔莊園住了五個禮拜，到聖誕節才回來。那時她的腳踝已經全好了，舉止也有大幅進步。我們太太在這五個禮拜期間經常去看她，也開始進行她的改造計畫：給凱瑟琳昂貴精緻的衣服，又常讚美她，來培養她自重自愛的態度。凱瑟琳也很自然就接受了。本來以為我們迎接的，會是一個沒戴帽子的野女孩，衝進屋裡把我們每個人都擁抱到喘不過氣；結果卻看到一個騎著漂亮黑馬的高貴小姐，戴著有羽毛裝飾的海狸皮帽，深棕色的鬈髮一束束從帽子垂下；她的騎馬服下襬很長，她得用雙手拉起裙襬才能往前走。

興德里扶她下馬，很高興地說：「哎呀，凱西，妳好美啊！我幾乎認不得妳了，妳現在可真是位淑女啦。法蘭西絲，伊莎貝拉．林頓根本比不上她，妳說是不是？」

太太說：「伊莎貝拉是沒有凱西漂亮，但凱西要注意點，別再野了。艾倫①，幫凱瑟琳小姐脫衣服。親愛的，妳別動，否則妳的髮捲會亂掉。我來幫妳解下帽子。」

我幫她脫下騎馬服，裡面是一襲華貴的絲質格子裙裝，裙下微微露出白色長褲花邊，腳上是一雙閃亮的皮鞋。家裡那些狗全都衝上前迎接她，她雖然眼裡冒出興奮的神色，卻不敢摸狗，生怕狗會弄壞她那身華美的衣服。

她輕輕吻我一下：我正在做聖誕蛋糕，全身都是麵粉，所以她也不敢抱我。然後她轉頭找希斯克利夫。興德里夫婦很緊張，要看兩人見面的情景，來判斷他們的計畫有沒有成功，可以把兩人分開。

一開始她沒看到希斯克利夫。如果說五個禮拜之前，希斯克利夫就沒人照料，也不在意自己的樣子，這五個禮拜的情況還要更糟糕十倍。

只有我一個人會說他髒，好心叫他一個禮拜去洗一次澡；他這個年齡的孩子，本來就很少人會喜歡肥皂和洗澡的。更別說他的衣服了，已經積了三個月的泥巴灰塵；他厚重的頭髮也沒梳，臉和手都灰灰的。他本來以為會看到自己熟悉的、一頭亂髮的野女孩，沒想到走進來的卻是這樣一個明艷動人的大小姐，所以就想躲在高背長椅後面。

凱瑟琳問：「希斯克利夫不在嗎？」她邊說邊脫下手套，露出白皙的手指，因為她這段日子都沒做什麼事，也沒出門。

「希斯克利夫，你可以走過來。」興德里看到希斯克利夫那麼窘迫，十分得意，要看這個討人厭的小鬼被迫現身。「你可以過來歡迎凱瑟琳小姐，跟其他僕人一樣。」

凱西瞥見希斯克利夫躲在後面，立刻衝過去擁抱他，先在他臉上連續吻了七、八次，然後才退後一步，笑出來：「哎呀，你怎麼看起來這麼黑又這麼兇啊！好可笑又好可怕！但這一定是我已經習慣

---

①這是迪恩太太的名字。原本其他人都叫她奈莉，法蘭西絲是第一個叫她艾倫的。奈莉是親暱的小名，艾倫是正式的稱呼。法蘭西絲可能來自倫敦，開始叫她艾倫。

看到艾德格和伊莎貝拉的關係。咦，希斯克利夫，你忘了我嗎？」

凱西會這樣問，是因為希斯克利夫又自卑又驕傲，一臉陰鬱，動也不動。

興德里假好心地說：「希斯克利夫，握個手吧。偶爾握個手沒關係。」

「我才不要，」希斯克利夫終於說話了，「我才不要在這裡被你們取笑。我不幹！」他就要走了，但凱瑟琳小姐抓住他。

「我沒有要笑你的意思，」她說，「我只是忍不住。希斯克利夫，至少握個手吧！你在生什麼氣？你只是看起來很奇怪而已啊。如果你洗洗臉，把頭髮梳一梳，就好了啊。但你真的好髒！」

她看著自己手中那隻灰黑的手，有點擔心，又看看自己的衣服，怕被弄髒了。

希斯克利夫順著她的目光看，把手奪回來：「妳沒必要碰我！我愛多髒就多髒，我喜歡髒，我還要繼續髒下去。」他說完就衝出去了，興德里夫婦樂滋滋的，凱瑟琳則非常不安，不知道自己才說幾句話，為什麼希斯克利夫會發那麼大的脾氣。

我陪著新回家的小姐當了一會兒貼身女傭②，把蛋糕放進烤箱，又把大廳和廚房的火都燒得興興旺旺，才有節日的氣氛。然後我準備要自己坐下來一個人唱唱聖誕頌歌，儘管約瑟夫批評我選的曲子都太世俗。約瑟夫已經回房禱告去了，先生和太太買了各式各樣精巧的小玩意，要送給林頓兄妹作為謝禮，正拿給小姐看。他們已經邀請林頓兄妹第二天來作客，林頓太太也已經答應，只有一個要求：務必別讓她的寶貝見到那個「滿口髒話的壞孩子」。

就這樣剩下我一個人獨處。我聞著加熱香料散發出的濃郁香氣；心滿意足地看著廚房用具全都閃閃發亮；擦亮的時鐘也用冬青樹枝裝飾好了；銀色的杯子整齊排在托盤上，等著晚餐時用來喝熱熱的香甜酒。還有在我的努力之下，刷得乾乾淨淨、一塵不染的地板。

這些都是我做的，我不禁覺得有點驕傲。然後我想到已經過世的恩蕭老爺，他都會在這種一切收拾停當的時刻過來，稱讚我是個能幹③的小姑娘，然後在我手裡塞個一先令的銅板，當作聖誕節的打賞。然後我就想到，老爺是那麼疼愛希斯克利夫，總是擔心他身後沒有人照顧這孤兒，我又想到希斯克利夫目前的苦境，想著想著我就哭了，歌也不唱了。但我又想，與其在這裡哭，不如幫幫他。所以我站起來，走到院子裡去找他。

他沒有走遠；他在馬廄裡幫小姐騎回家的那匹小馬刷毛，餵其他牲畜之類的。我說：「希斯克利夫，快來！廚房舒舒服服的，約瑟夫在閣樓上；你快來，我可以在凱西小姐出來以前，幫你換上乾淨的衣服，然後你們可以一起坐坐，整個壁爐都是你們的，你們可以好好聊到上床時間。」

他繼續做他手上的事，根本沒有轉頭看我。

---

②奈莉此句用play lady's maid，語氣很酸，表示林頓家裡的小姐是有貼身女傭服侍的，不像嘯風山莊這裡，奈莉要身兼廚子、管家、清潔婦、褓母多職，沒空當小姐的貼身女傭。

③這裡原文用cant lass，前一章希斯克利夫也用過cant這個字來形容奈莉。但這兩字語意不同。希斯克利夫的用法是標準語，意思是「虛偽的」；而此處是老恩蕭說的，他用的語言和約瑟夫一樣都有濃重的北方方言色彩，這裡的cant是活力充沛的、能幹的意思。此處梁實秋譯本作「假虔誠的」；楊苡譯本作「假正經的」都不通，因為老恩蕭顯然是在讚美奈莉，還給她賞錢。

我繼續勸他：「來嘛。你不來嗎？我給你們一人準備了一塊小蛋糕，你大概需要半小時來整理儀容。」我等了五分鐘，他一聲不吭，我只好走了。凱瑟琳和哥哥嫂嫂同桌吃晚餐；我和約瑟夫同桌，完全沒有交談，一頭罵個不停，另一頭充耳不聞。希斯克利夫④的蛋糕和起司整晚都沒動，大概要留給聖誕仙子吃。他還繼續工作到九點，才一言不發回到房間，滿臉陰鬱。

凱西很晚才睡，因為她為了隔天接待新朋友的事情忙個不完。她只來過廚房一次，想找她的老朋友希斯克利夫講話，但他已經回房了。小姐只問了一句他怎麼了，然後又出去了。

第二天早上他起得很早。那天是聖誕節不必工作，他就鬱鬱寡歡地一個人去高沼地走走，直到大家都去上教堂的時候才回來。一個晚上沒吃東西，加上一個早上的反思，他好像振作了一點。他在我身邊跟前跟後了一陣子，忽然鼓足勇氣說：「奈莉，幫我打點打點。我想要體面些。」

「希斯克利夫，這就對了，」我說。「你害凱瑟琳小姐很傷心，我敢說她一定後悔回家來了！看起來好像你在嫉妒她似的，因為大家都只想到她，沒有想到你。」

他無法想像什麼叫做嫉妒凱瑟琳，但他很清楚知道什麼叫做傷心。

「她有說她很傷心嗎？」他一臉正經地問我。

「今天早上，我說你又出門了的時候，她哭了。」

「噢，我昨晚也哭了，」他不甘示弱的樣子。「我比她更有理由哭。」

「沒錯，你儘管有骨氣吧，你是有理由餓肚子睡覺。」我說。「但你的骨氣只會給自己帶來悲哀。現在如果你覺得自己這麼強硬有點不好意思，你一定要趁小姐進來的時候，請她原諒你。你得上前去，吻她，跟她說──你自己最知道該說什麼，不過一定得真心誠意，不要因為她穿了好衣服，就覺得她變成一個陌生人。我這會兒還得準備大餐，但我可以撥點空出來幫你打扮打扮，讓那個艾德格．林頓站在你旁邊的時候，看起來就像個娃娃。他還真是個娃娃。你年紀比他小，但我敢說你比他高，肩膀有他的兩倍寬。你一下就可以把他打倒，不覺得嗎？」

希斯克利夫的臉色開朗了一點，然後他嘆了一口氣，又眉頭深鎖。

「奈莉，但即使我打倒他二十次，他也不會變醜，我也不會變好看。我真希望我有他那樣的金髮和白皮膚，有他那樣的好衣服、文雅的動作，而且和他一樣有機會變成有錢人！」

「而且動不動就哭著找媽媽！」我加了一句。「看到一個鄉下孩子的拳頭就發抖，下點雨就整天坐在家裡不敢出門。哎呀，希斯克利夫，提起精神來！來鏡子這邊，我告訴你，你該變成什麼樣子。你看到你眉間的兩條線了嗎？還有你的濃眉，往中間陷下去了，而不是向外開展的。你那對黑色的眼睛深深埋在眉毛下面，總是像魔鬼的間諜一樣，好像在偷看什麼，從來沒有正大光明往前看。學著點，把那些陰暗的皺紋弄平，坦坦白白抬起眼睛來看人，不要老是疑神疑鬼的，眼神要有自信，要相信人，不是敵人的就當他是朋友。不要露出那種雜種狗的兇惡神色，好像明明知道會給人踢，被踢的時候還是怨天怨地，痛恨踢他的人。」

「妳的意思還不是說，我最好有艾德格．林頓那樣的藍色大眼睛，和平平滑滑的額頭。」他回嘴

---

④這裡的「他」在原文雖然沒有寫得很清楚，但從上下文判斷，當指希斯克利夫。其一，約瑟夫沒有理由不吃東西；第二，奈莉關心的只有希斯克利夫。下文提到fasting，表示晚上沒吃東西的是希斯克利夫。

道，「我也想啊，但這樣想有什麼用。」

「相由心生，」我繼續說，「就算你是純種黑人⑤，好心也會讓你變好看；如果心地不善良，最好看的也會變得醜陋不堪。你看，我們這會兒臉也洗了，頭髮也梳了，也不生氣了——老實跟我說，你覺得自己不好看嗎？要我說的話，我覺得你很英俊呢。簡直說是王子我也相信。誰知道呢，說不定你的父親是中國皇帝，媽媽是印度女王⑥，隨便哪個都可以用一個星期的進帳，就把嘯風山莊和鶇翔莊園都一起買下來？說不定你是被什麼壞心的水手綁架，帶來英國的呢。如果我是你的話，我就會想像自己出身有多高貴；這樣想的話，我就有勇氣、有尊嚴，不怕一個小小莊園主人的威脅！」

我就這樣一直說下去，希斯克利夫的眉頭漸漸鬆開了，看起來心情比較開朗了。這時我們忽然聽到馬車輪子爬坡的聲音，接著就進了院子。我們停下來不說話了，希斯克利夫跑到窗邊看，我跑到門邊，正好看到林頓兄妹裹在一堆皮毛、斗篷之間，從他們家的馬車下來。恩蕭兄妹是騎馬的，他們冬天常騎馬到教堂去。凱瑟琳一手拉一個客人，帶他們進大廳，把他們安頓在壁爐前，他們倆蒼白的臉上很快就有了血色。

我叫希斯克利夫趁這個時候跟凱瑟琳和好，他也同意了。但他運氣很差：他打開廚房通往大廳的門時，興德里正好從另一側開門，兩人就這樣打了照面。少爺看他這樣乾淨清爽，很不高興；不然就是他想起他答應林頓太太的事情，反正他把希斯克利夫一把推回廚房，很生氣地吩咐約瑟夫說，「別讓這傢伙進來，把他關在閣樓，等我們用完餐再說。如果讓他跟客人在一起，他會把手指伸進水果塔裡面，偷水果乾吃。」

「才不會呢，」我忍不住幫他說話。「他不會偷東西，他不會的：而且他就跟我們所有人一樣，也有權利吃聖誕甜點。」

「他只能吃我的巴掌啦！要是天黑以前，我在樓下逮到他，他就給我試試看！」興德里惡狠狠地說。「還不走，你這混蛋！什麼？你還想梳髮捲，當少爺啦？是不是？好，我就來扯你這些秀氣的小髮捲，看能不能把你的頭髮扯得更長！」

林頓從門口偷看這場騷動，忽然插嘴說：「本來就已經夠長了，好奇怪他怎麼不會頭痛。簡直就像是小馬的馬鬃，都蓋到眼睛了！」

林頓這話本來沒有什麼太大的惡意；但希斯克利夫生性火爆，說話的又是他討厭的情敵，所以他順手抓起手邊的一碗熱蘋果泥，直接往林頓的臉和脖子倒下去。林頓立刻慘叫一聲，伊莎貝拉和凱瑟琳衝過來查看。興德里直接抓住犯事的希斯克利夫，拖到他房間去，顯然用了些粗暴的手段讓希斯克利夫冷靜下來，因為興德里出來的時候，一副臉紅脖子粗的樣子。我抓起一條擦盤子的布，隨便幫艾德格抹一抹鼻子嘴巴，跟他說他活該，誰叫他要多管閒事。他妹妹開始哭著要回家，凱瑟琳站在一旁面紅耳赤，不知所措。

---

⑤這句奈莉用的是與事實相反的假設語氣：if you were a regular black，暗示希斯克利夫並非純黑人，或許是混血，或許是南亞人。

⑥雖然中國人與印度人相貌差異甚大，但對當時一般英國人來說，可能不是很清楚兩者的差別。這句也暗示希斯克利夫是亞裔，尤其可能來自英國比較熟悉的印度。在一九三九年的電影版本中，這段話改由凱瑟琳說出。

「你不該跟他說話的！」她怪罪林頓少爺。「他本來脾氣就不好，現在都給你搞砸了啦；他會挨鞭子，我討厭他挨鞭子！我不想吃大餐了。艾德格，你幹嘛跟他講話？」

「我才沒有，」林頓少爺邊哭邊說，躲開我的手，拿出他自己上好的手帕來擦蘋果泥。「我答應媽媽說我一個字都不會跟他講，我也沒跟他講話。」

「好啦，別哭了，」凱瑟琳很瞧不起他的樣子。「他又沒殺你。別再鬧了，我哥來了，安靜點！伊莎貝拉，別吵了！有人打妳了嗎？」

「來，來，小朋友！快坐好來吃東西了！」興德里進來了，招呼他們。「天氣這麼冷，揍那小子一頓正好可以暖暖身子。林頓少爺，你下次也試試看用拳頭來說話，保證讓你胃口大開！」

孩子們看到香氣四溢的聖誕大餐，原來的騷動很快都平息了。他們乘馬車來這一趟已經餓了，而且也沒有真的受到什麼傷害，很容易安撫。興德里老爺分配分量十足的大餐，太太也跟他們親切談笑，大家都興致高昂。我站在太太後面伺候⑦，眼看凱瑟琳動刀切她眼前的鵝翅，並沒有流淚的跡象，也好像不在乎希斯克利夫的樣子，我就在心裡想：「這孩子真無情！一起長大的玩伴正在受苦，她好像都無所謂的樣子！我真沒想到她這麼自私。」

凱瑟琳把食物舉到嘴邊，忽然又放下來；她的臉漲紅了，眼淚流了下來。她讓叉子滑落到地上，然後鑽到桁布下面以掩飾自己的情緒。看到她這樣，我就不再說她無情了。我知道她一整天都很難過，一直想找機會獨處，好溜去看希斯克利夫。希斯克利夫被興德里老爺關起來了，我也一直在找他，想偷偷帶些吃的給他。

晚間我們有個舞會。伊莎貝拉沒有舞伴，所以凱瑟琳就懇求興德里把希斯克利夫放出來。但興德里拒絕了，他叫我去當伊莎貝拉的舞伴。

我們跳舞跳得很開心，後來吉默屯樂隊過來了，一共有十五個人之多：除了歌手之外，還有小號、長號、黑管、巴松管、法國號和低音提琴。他們每年聖誕節都會到附近有錢人家演奏領賞，這在我們這裡算是第一流的音樂了。

他們跟往年一樣，唱了聖誕歌曲之後，我們又讓他們表演了一些歌曲和重唱。太太很喜歡這些音樂，他們也就表演了很久。

凱瑟琳也很喜歡聽音樂，但她說音樂要從樓梯最高的地方聽最好，所以她就摸黑上樓；我也跟著她。大廳的門關著，裡面人太多了，沒有人注意到我們不在。凱瑟琳並沒有停在樓梯頂聽音樂，她繼續往上爬到閣樓外邊，叫希斯克利夫的名字。希斯克利夫一開始不願應聲，但凱瑟琳堅持下去，最後他們倆終於隔著牆板說話了。

我可憐他們，讓他們說了一陣子話，後來音樂漸漸停了，我想樂手要吃點心了，所以我就爬上去警告凱瑟琳。

沒想到她不在閣樓外面了，我聽到裡面傳出她的聲音。這小猴子從另一間閣樓的天窗爬出去，再從這一間的天窗爬進去。我費了很大的勁才把她哄出來。

⑦平常奈莉並不會在桌邊伺候，這表示與德里夫婦特意要顯示他們跟林頓家社會地位相若，要奈莉在桌邊伺候主人和客人用餐。

她出來的時候，希斯克利夫也跟著出來。她要我帶希斯克利夫去廚房吃東西，反正約瑟夫已經去鄰居家了。約瑟夫嫌我們聽的是「魔鬼的詩篇」，去鄰居家圖個耳根清淨。

我跟他們說清楚，我並不贊成他們這樣做，不過念在希斯克利夫從前晚中午就沒有再吃過東西，我這一回就睜隻眼閉隻眼，不會讓興德里知道。

希斯克利夫下樓來，我讓他坐在爐火邊，給他很多好東西吃；但他身體不舒服，吃得很少，我說什麼他都聽不進去。他兩隻手肘擱在膝蓋上，支著下巴，陷入沉思。我問他在想什麼，他很嚴肅地回答：「我正在想要怎麼報復興德里。只要可以做到，不管等多久我都會去做。我只希望他不要太早死，免得我來不及動手！」

「希斯克利夫，要不得！」我說。「上帝自然會懲罰惡人，我們要學會原諒人。」

「不，上帝不會有快感，但我報仇有快感。」他說。「我只希望我知道怎麼做最好！別煩我，讓我好好來規劃：我想著如何動手的時候，就不覺得痛苦。」

「哎呀，洛克伍德先生，我都忘了這些陳年往事，您大概沒興趣聽吧。真是的，我怎麼會說這麼仔細呢。您的粥都涼了，您也該上床睡覺了！您想知道希斯克利夫的事情，我應該幾句話就說完才對。」

＊＊＊＊

管家太太就這樣忽然不說故事了，站了起來，把針線活放在一邊就要走；但我既沒力氣離開壁爐前的位子，也一點都不想睡。

所以我說：「迪恩太太，請坐下，再坐半個小時吧。妳這樣細細說故事才是對的，我就是喜歡這樣，請務必繼續這樣講下去。妳提到的每個人物我都很感興趣。多多少少。」

「可是時鐘已經打十一點了，」

「沒關係。我不習慣在十二點前睡覺。反正我早上十點才起床，一、兩點都還算早。」

「十點起床太晚了。到那個時候，寶貴的早上時光都要過完了。一個人如果十點前還沒有做完一半的工作，大概整天也做不完另一半了。」

「迪恩太太，隨便妳怎麼說，請坐下；反正明天我要睡到下午。我覺得我快要重感冒了。」

「希望您不會生病。那，請允許我跳過三年的時間；在那三年間，恩蕭太太——」

「等一下！不，不可以這樣！妳想想看：要是妳自己一個人坐著，看地毯上的母貓舔她的小貓；妳看得很認真，卻發現母貓漏了一隻耳朵沒有舔到，這樣妳不會覺得很生氣嗎？」

「我得說，這樣看貓也未免太懶散了。」

「不，剛好相反，這一點也不懶散，而是好奇。這就是我現在的心情，所以，拜託，請繼續慢慢講下去。我覺得住在鄉下的人，比都市人更能體會他們所做的事情有什麼價值，就像是一隻住在地窖的蜘蛛，比住在農舍的蜘蛛更能專注於每件事情；也不是因為旁觀者看來比較有趣。鄉下人本來就生活得更認真，更為自己而活，不那麼注重表面，那些外在的、多變的、世俗的事情。我本來不相信任何愛情可以撐過一年，但在這裡，我幾乎要相信終身的愛情了。就好像是在一個飢餓的人眼前，如果只給他一盤吃的，他一定會全心全意地吃，完全領略食物的滋味；反過來說，要是給他一桌子法國菜，他雖然也能一樣吃飽，但每種食物他都只會吃一點點，也只記得一點點而已。」

迪恩太太有點聽不懂我的論點。她說：「呀！您住久就知道，我們這兒的人跟別處沒有什麼不同的。」

「恕我不能同意妳的說法，」我說，「以妳自己來說好了，就跟其他地方的人有很大的不同。除了一些不太要緊的鄉下習慣⑧以外，妳的氣質跟一般我知道的管家完全不同。我敢說，妳比一般的僕人想得更多。妳因為沒有機會把生命浪費在虛華的世俗雜務上，便自然而然培養了反省的能力。」

迪恩太太笑了。她說：「我的確覺得自己是可靠、講理的人。倒不是因為住在山裡，整年到頭都看一樣的人，做一樣的事情。其實是因為我受過嚴格的訓練，所以有了智慧，而且我看的書可能比您想像的更多。洛克伍德先生，這間書房裡的每一本書我都看過，也從書裡獲得我的知識。當然希臘文和拉丁文除外，法文我也不懂，您知道像我們這種窮人家的女兒，不可能會這些語言。不過，如果我真的要這樣仔細講故事，最好就繼續講下去吧。不要一次跳過三年的話，就從隔年的夏天開始說吧：那是一七七八年的夏天，差不多二十三年以前的事了。」

第八章

那年六月，一個天氣很好的清晨，古老的恩蕭家族最後一個孩子出生了，也是我第一個照料的嬰兒。那天，我們在一塊很遠的田地上割牧草，送飯來的女孩提早了一個小時來，一路跑過草地，上了小路後一直喊我的名字。

「哎呀，真是個體面的孩子！」她邊喘邊說。「從沒看過這麼漂亮的嬰兒！但醫生說太太保不住了，他說太太的癆病拖好久了。我聽醫生跟興德里老爺說，太太生了孩子以後，沒有牽掛了，眼看是活不過冬天了。奈莉，妳得趕快回家，這孩子得歸妳照顧了，餵他牛奶和糖水，日裡夜裡都得顧著他。我真羨慕妳：太太走了以後，這孩子就是妳的了！」

「太太病得很重嗎？」我丟下草耙，把帽帶綁好。

「我想是吧，不過她看起來很有精神，」那女孩子回答。「她說話的語氣，好像以為她可以活到

⑧此處是抱怨迪恩太太堅持在中午幫洛克伍德準備正餐，而不像倫敦人在傍晚才吃正餐。

兒子長大成人似的。她樂壞了，孩子實在太好看了！換成我的話，我也不死了，光看到這孩子就覺得會好起來。不過肯尼斯醫生不是這樣說的。我真氣他。那時老爺在大廳，產婆阿契太太把孩子抱下樓給老爺看，他才剛高興起來，那老傢伙就湊上前說：『恩蕭啊，你太太能為你生下這個兒子，實在是你的福氣。你帶她回來的時候，我就知道她活不長。現在我得老實說，她看來是挨不過冬天了。別太傷心，這是天意，再說，你本來也不該娶個身體這麼單薄的太太！』」

「那老爺怎麼說？」我問她。

「就罵了幾句吧，但我也沒在聽，我一心都在看寶寶。」然後她就非常熱切形容那個寶寶的樣子。我趕著回家，像她一樣想看寶寶，但也為興德里難過。他心裡向來只有他自己和太太兩個人，他很自戀，更把太太捧上天，真不知道他要怎麼面對喪妻之痛。

我們回到嘯風山莊的時候，興德里站在大門口。我走過他身旁，問他：「寶寶好嗎？」

「簡直就快要會跑了！」他一臉笑意地回答我。

「那太太呢？」我有點提心吊膽地問。「醫生說她——」

「去他的醫生！」他臉紅起來，打斷我的話。「法蘭西絲說的沒錯，她下禮拜就全好了。妳要上樓嗎？跟太太說，如果她答應不說話，我就上去陪她。我下來是因為她說個不停，都不肯停下來，但她一定要……跟她說，肯尼斯醫生吩咐她要保持安靜。」

我把話傳給太太聽。她看起來神采奕奕，心情很好，說：「艾倫，我幾乎一句話都沒說呢，倒是他出去哭了兩次。好啦，就跟他說我答應不講話了，但總不能叫我不要對他笑吧！」

可憐的太太！她到死前一個星期，始終都還是這樣高高興興的。老爺固執地說她一天比一天健康，說到簡直要生氣。肯尼斯醫生跟他說，太太病成這樣，什麼藥也沒用了，不必再花錢請他出診了。結果老爺說：「我知道你不必來了，因為她已經好了，你不必再來看她了！她從來沒有得過肺癆。她只是發燒而已，現在燒也退了：她的脈搏跟我一樣慢，她的臉也是涼的，一點問題都沒有。」

他也這樣跟太太說，太太似乎也相信了。但有一天晚上，太太靠著老爺的肩膀，還在說她覺得好多了，明天應該就可以下床了，忽然咳了起來；不是很嚴重的，只是輕輕咳了一下。老爺把太太抱在懷裡，她用兩手攬著他的脖子，忽然間臉色一變，就這樣走了。

就像送飯的女孩說的一樣，這孩子哈里頓就完全歸我照管了。老爺根本不關心孩子，只要看孩子健健康康、不哭不鬧，他就滿足了。至於他自己，卻是愈來愈絕望。他的苦是說不出來的；他不流淚，也不禱告，而是詛咒謾罵，罵人也罵上帝，放縱無度。

僕人受不了他的暴虐惡行，紛紛求去，只有我和約瑟夫留下來沒走。我捨不得離開孩子，再說，您也知道，興德里是我媽帶大的，我和他情分不同，比外人更容易原諒他一些。

約瑟夫繼續照管佃農和農場工人，畢竟他以除惡為己任，哪裡有惡可除，他就往哪裡去。

對凱瑟琳和希斯克利夫來說，老爺的惡行惡狀和他所謂的朋友，都不是什麼好榜樣。老爺對希斯克利夫尤其惡劣，聖人都可以被他逼成惡徒。說起來，希斯克利夫當時也好像有魔鬼附身一樣。他樂於見到興德里老爺一蹶不振，陷於無救的境地；他自己也一日比一日陰暗兇狠。

我們當時那種陰慘慘的景況，我連一半也說不出來。副牧師不再來了，有頭有臉的正經人家都不敢靠近我們；唯一的例外就是艾德格．林頓少爺，他還繼續來探望凱西小姐。小姐當時十五歲，美麗動人，已經是我們這一帶的女王了，她也日漸高傲固執。我承認，她長大以後我就不喜歡她；我也常常頂撞她，想挫挫她的銳氣；但她對我倒是從不記恨。她極為念舊，希斯克利夫在她心中的地位也從來沒變過。林頓少爺條件再好，在小姐心中還是沒有希斯克利夫重要。

「林頓少爺就是我已故的東家，壁爐上那張是他的畫像。本來他的畫像掛在一邊，太太的畫像掛在另一邊；但太太的那張已經拿走了，不然您就可以看看她的長相。您看得清楚嗎？」

迪恩太太把蠟燭舉高，我看出一張線條柔和的臉，和嘯風山莊那位年輕的太太極為相像，但看起來沉穩些，也比較和藹可親。畫像很好看：一頭淡色的長髮，鬈髮垂在額際，眼睛大而莊重，身形苗條優雅。如果說凱瑟琳．恩蕭為了這畫中人而忘了舊友，我一點也不驚訝；倒是這畫中人的心性如果和外貌一樣溫和的話，他居然會愛上我想像中的凱瑟琳，這才叫人難以置信。

「畫得真好，」我跟管家說。「跟本人像嗎？」

「很像。」管家說。「他精神好一點的時候更好看。這畫像差不多就是他平時的樣子，有點沒精神。」

自從那次凱瑟琳在林頓家住了五個禮拜以後，就一直跟他們保持往來。因為林頓家的人對她一向彬彬有禮，她自然也不好意思粗魯待人，所以她在林頓家的人面前，舉止相當收斂。這麼一來，林頓老爺和太太覺得她聰敏熱情，伊莎貝拉崇拜她，艾德格更是深深愛上她。凱瑟琳是好勝的人，所以從一開始，林頓一家對她的喜愛就讓她樂陶陶的。她雖然無心騙人，卻也漸漸有點像兩面人：在林頓家，聽到人家說希斯克利夫是「粗野的小流氓」、「毫無教養」，她就自己留心，不要學他的舉止；但在家裡，反正家人只會嘲笑教養，沒有人會稱讚她守禮，她也就放任自己的野性，不在乎禮節了。

艾德格少爺沒什麼勇氣公然來嘯風山莊拜訪。他害怕興德里老爺的惡名，很怕遇到他。但只要他來，我們總是盡力以禮相待。我們老爺很清楚艾德格少爺來訪的目的，也覺得自己當不了好主人，索性避不見面，彼此方便。其實我覺得凱瑟琳也不是那麼喜歡艾德格來。凱瑟琳不是心機重的人，她並沒有要騙艾德格的感情，尤其不喜歡她的兩個朋友碰面。希斯克利夫本來就看不起艾德格，如果艾德格不在場，她還可以稍稍附和一番，要是艾德格在場，她就為難了。反過來說，艾德格如果看輕希斯克利夫，她也不能毫無表示，任由他貶低自己的玩伴。

她的種種為難和說不出的苦，都瞞不過我的眼睛，我笑了她好多次。別說我心地不好：她實在太驕傲了，除非她能謙虛一點，否則實在很難讓人同情。

最後她還是得來跟我說心事，找我商量：除了我之外，她身邊也找不到其他可以商量的人了。

有一天下午，興德里老爺不在家，希斯克利夫決定趁機放自己一天假。他當時大概是十六歲吧，雖然五官端正，也沒有特別笨，但全身上下散發出一種討人厭的氣息，和現在大不相同。

首先，他早年受教育所養成的氣質，到了那個時候已經消失了。他本來很喜歡讀書，但長年早出晚歸的沉重勞動，已經澆熄了他所有求知的慾望。他從小受老爺疼愛，因此自視甚高，但這種自信也已流失殆盡。曾經有一段滿長的時間，他還努力要趕上凱瑟琳的課業，但後來也深深了解到這是不可能的，於是默默放棄。他從此徹底自暴自棄：他知道自己的退步無可避免，便完全喪失了任何向上的動力。他的相貌也隨著變難看了，不但走路垂頭喪氣，眼神也猥猥瑣瑣。他天生就內向，到這時更變本加厲，孤僻到不行。而且看起來，他不但沒有要讓我們看重的意思，反而故意要惹我們反感，樂此不疲。

他不做工的時候，凱瑟琳和他還是形影不離。但他不再跟她說喜歡她，甚至於凱瑟琳碰他的時候，他還會有點生氣躲開，似乎意識到小姐對他的喜愛也不能保證什麼未來。我剛說到那個下午，我在幫小姐打扮的時候，希斯克利夫走進大廳，宣布他下午要休息，不出去做工了。小姐本來沒有想到希斯克利夫會趁機休息，她以為哥哥不在家，整個家都是她的，所以已經叫人去通知艾德格少爺過來，正忙著準備接待他。

「凱西，妳今天下午要忙什麼？」希斯克利夫問。「妳要出去？」

「沒有，外面下雨呢。」小姐答道。

「那妳為什麼換上這件外出服？」他說。「沒有人會來吧，我想？」

「就我所知是沒有，」小姐有點支支吾吾。「但你該去田裡了。午餐都過一小時了，我以為你早就出去了。」

「興德里在的時候，從來不讓我們休息。」希斯克利夫說。「我今天不做工了：我要陪妳。」

「噢，可是約瑟夫會告狀，」小姐說，「你還是去吧！」

「約瑟夫這會兒在潘尼斯頓岩那邊載石灰①，要到晚上才會回來，他不會知道的。」

他一邊說，一邊走到壁爐前坐下來。凱瑟琳皺著眉頭想了一下，覺得還是在客人之來前說一下比較好，所以她沉默了一分種以後說：「伊莎貝拉和艾德格說過今天下午要來。現在下雨了，他們來的機會不大。但如果他們來了，你就有可能被罵。」

「凱西，叫艾倫去跟他們說妳今天有事。」他很堅持，「別為了妳那兩個傻裡傻氣的朋友把我趕出去！我有時真忍不住要說他們——算了，我……」

「說他們什麼？」凱瑟琳繃著一張臉瞪他。「喂，奈莉！」我本來在幫她梳頭，她忽然不耐煩地甩開，「妳把我的捲髮都梳直了啦！夠了！別弄了。希斯克利夫，你說你忍不住要說他們什麼？」

「沒什麼。只是妳看看牆上的年曆，」他指著掛在窗邊的一張年曆。「打叉的是妳和林頓家的人在一起的日子，畫點的是我們在一起的日子。妳看到了嗎？我每天都有做記號。」

「看到了又怎樣？很無聊啊，好像我會在意這種事情！」凱瑟琳很不高興地回答。「這樣有什麼意義？」

「讓妳知道我在意。」希斯克利夫說。

「難道我就應該永遠跟你在一起？」凱瑟琳愈來愈生氣。「我有什麼好處？你會說什麼話？你說的話跟啞巴差不多，你做的事情也跟嬰兒沒兩樣，我有什麼好開心的？」

「凱西！妳以前從來沒嫌過我話太少，也沒說過不喜歡跟我在一起！」希斯克利夫的聲音也大了起來。

「什麼都不知道，什麼都不說，在一起有什麼用？」小姐嘟囔著說。

希斯克利夫站起來，但還來不及說話，就聽到馬蹄聲愈來愈近，林頓少爺輕輕叩了門就走進來，因為突然被叫來而容光煥發，非常高興。

林頓一進門，希斯克利夫就出去了，這一進一出之際，凱瑟琳一定看出這兩個朋友有多大的不同。就好像一個是美麗肥沃的山谷，一個是荒涼貧脊的煤鄉。他們倆的聲音和言詞也和外表一樣差異甚大。林頓少爺說話的聲音低沉甜美，他的發音和先生您很像，比較輕柔，不像我們本地人這麼硬。

「我不會來得太早吧，會嗎？」他邊說邊看我一眼。我開始擦盤子，整理櫃子深處的抽屜。

「當然不會，」凱瑟琳說。「奈莉，妳在這裡幹嘛？」

---

①潘尼斯頓岩是哈沃斯附近的一個採石場，在布朗忒寫作的時代，不少村民受僱於這個採石場。約瑟夫去載的石灰是用來改良農地土質的。

「小姐，做我該做的事情啊。」我回答說。其實是興德里老爺之前有吩咐我，如果林頓少爺私下來訪，我得在場看著。

凱瑟琳走到我後面，很兇地低聲說：「快拿抹布走啦！有客人來的時候，僕人不應該在客廳刷地打掃才對！」

我故意大聲回答：「既然老爺不在家，我正好可以好好打掃。他不喜歡我在他面前打掃。我相信艾德格少爺一點都不會在意。」

小姐不讓客人有機會回答，就搶著說：「我討厭妳在我面前打掃。」她剛才跟希斯克利夫口角，心情還沒有平復。

「凱瑟琳小姐，不好意思了。」我回她一句，繼續忙我手上的工作。

她以為艾德格不會看到，就從我手上把抹布搶走，還狠狠在我手臂上捏了一把。

我說過我不喜歡她，偶爾還要挫挫她的銳氣，再說她捏我捏得很痛，所以我從跪姿站起來大叫：「噢，小姐，妳怎麼可以這樣！妳沒有權力捏我，我不要妳捏我！」

「我才沒有碰妳，妳說謊！」她邊叫邊想再捏我一下，耳朵都氣紅了。她向來喜怒都藏不住，一生氣就滿臉通紅。

「那這是什麼？」我把手臂上的瘀青給她看。

她又跺腳又氣到發抖，然後拗性大發，揚手賞了我一巴掌，痛到我眼淚都流下來了。

「凱瑟琳！親愛的！凱瑟琳！」林頓少爺看到心上人又說謊又打人，大為震驚，想要阻止她。

「艾倫②，妳出去！」凱瑟琳說了幾次，全身發抖。

小哈里頓總是跟在我身邊，這時坐在我旁邊的地板上，看到我流眼淚，他也跟著哭起來，邊哭邊說：「凱西姑姑壞壞！」這下凱瑟琳的怒氣就發到他身上去了：她抓住哈里頓的肩膀用力搖他，搖到小孩的臉色都變灰白了。艾德格想都沒想，連忙過去抓住凱瑟琳的手要救孩子。凱瑟琳掙脫了一隻手，順手就給了艾德格重重一巴掌，絕不是打情罵俏那種。

艾德格嚇得退後一步，我趁機抱著哈里頓躲到廚房去，但故意不關門，因為我想看看他們這下要怎麼和解。挨了一巴掌的客人臉色蒼白，嘴唇發抖，走到放帽子的地方準備走人。

「這就對了！」我在心裡想。「這是給你的教訓，快走！讓你看到她的真面目，對你也是好事一件。」

「你要去哪？」凱瑟琳也往門邊走去。

艾德格往旁邊閃了一下，還是要出去。

「你不可以走！」凱瑟琳很激動地大聲說。

「我要走，我非走不可！」他低聲回答。

「不可以，」凱瑟琳抓著門把不讓他走，「艾德格．林頓，你不可以現在走，你不可以這樣生氣就走。這樣我整晚都會很慘，我不要為了你而覺得很悲慘。」

「妳都打我了，我還能留下來嗎？」林頓少爺問。

---

②凱瑟琳向來叫她奈莉，這裡叫她「艾倫」是端出小姐架子了。

凱瑟琳沒說話。

「我怕妳，也為妳感到丟臉，」他繼續說。「我不會再來了！」

凱瑟琳的眼睛開始閃著淚光，眼皮顫抖。

「而且妳還故意說謊！」他說。

「我沒有！」她找到話說了，「我不是故意的。算了，你走吧，隨便你！快走！我要哭了！我要哭到生病！」她跪坐在一張椅子旁邊，開始哀哀切切地哭了起來。

艾德格的決心只維持到院子那麼遠：他才走到院子就遲疑了。我決定幫他一把。

「先生，我們家小姐很任性的，」我從廚房往外喊。「她是被寵壞了，您最好趕快騎馬回家吧，否則她會哭到吐，讓我們不好過。」

但艾德格狠不下心，還是一直從窗戶偷瞄凱瑟琳。他終究離不開凱瑟琳，就好像一隻貓捨不得離開半死的老鼠，或吃到一半的小鳥一樣。我想，唉，這下他沒救了，命運已定！

果然，他忽然轉身衝進大廳，還把門關上。後來興德里老爺喝得醉醺醺回來，只怕又要大鬧一場，弄得全家上下不安，我連忙進去報信。只見這場口角反而讓他們更親密，把年輕人的拘謹都打破了，讓他們不再假裝只是朋友，而承認他們是一對戀人了。

艾德格聽到興德里老爺回來了，立刻上馬走人，凱瑟琳也回到自己的臥房去了。我忙著把哈里頓藏起來，還有把老爺打鳥槍的子彈取出來。他喝醉酒的時候老愛玩槍，對於頂撞他的人，或只是引起他注意的人來說，都有生命危險，所以我早就打算拿出子彈，萬一他真的開槍了，至少傷害可以降低一些。

第九章

興德里進來了，滿口難聽的髒話。我正忙著把哈里頓藏進廚房櫃子，可惜被他看到了。這孩子很怕父親：如果興德里心情好，他會大力緊抱狂吻孩子，哈里頓可能會被擠死；如果興德里暴怒，哈里頓又可能會被拋進火爐，或被扔去撞牆。所以無論我把這可憐的小傢伙藏在哪裡，他都一聲不吭。

「哈，終於被我抓到了！」興德里抓住我後頸往後拖，就像拖小狗一樣。「老天在上，你們一定串通好要謀殺我兒子！我就奇怪為什麼我老看不到他，現在我知道了。但奈莉，撒旦會幫我，我今天就要叫妳吞下這把菜刀！別笑，我才剛把肯尼斯頭下腳上塞進黑馬沼澤；多殺一個也沒差。我想在你們當中殺一、兩個，否則我也不安心！」

「興德里老爺，我不喜歡那把菜刀，」我說，「剛才切過鯡魚乾。如果可以，我寧可吞子彈。」

「妳寧可去死啦！」他說，「妳非死不可。英國法律可沒有說，一個主人不能維護自己家的門風，看看我家是多麼烏煙瘴氣！張開嘴巴！」他拿起刀子，把刀尖往我上下牙齒間塞。但我從來就不怕他胡來。我把刀吐出來，說味道果然很差，我才不要吞這把刀。

他忽然放過我，說：「哎呀！我看出來了，這小怪物根本不是哈里頓嘛！①奈莉，對不住。如果這是哈里頓的話，他沒跑來迎接我，還鬼吼鬼叫的，好像把我當成妖怪一樣，看我不剝了他的皮才怪！你這調包的小鬼，過來！敢欺騙一個好父親，看我怎麼教訓你！來，你不覺得這小子剪剪耳朵會更好看嗎？獵犬剪了耳朵，看起來更兇悍，兇一點才好。拿把剪刀給我！又兇又整齊最好！再說，珍惜耳朵幹嘛呢？魔鬼才珍惜耳朵！我們不用耳朵就已經夠像驢子了！噓！孩子！噓！咦，是我的寶貝呀！別哭，擦乾眼淚——爸爸跟你開玩笑的，親親我。什麼？你不願意？哈里頓，該死的，快親我！上帝呀，好像我想養大這個小怪物似的！只要我活著，我會扭斷這小混蛋的脖子。」

可憐的小哈里頓，一直在他父親懷中用盡全力尖叫踢打。興德里還挾著他往樓上走，把他懸在樓梯扶手外面，哈里頓更是加倍尖叫。我斥責他要把孩子嚇出病來了，一邊跑上樓去救孩子。

我才剛趕上他們，興德里就聽到樓下有動靜，把身子探出去看，幾乎忘了手上還抱著孩子。

他聽到腳步聲往樓梯這邊來，問道：「是誰？」

我聽出是希斯克利夫的腳步，也探出身子去，想給他打暗號，叫他不要過來。但我才一下子沒看著哈里頓，他就突然奮力一扭，掙脫他爸爸的手，直直往下墜了。

我們還來不及嚇傻，就看到那小傢伙得救了。希斯克利夫那時剛好走到樓梯底下，自然而然伸手接住了從天而降的哈里頓。他把小孩放在地上讓他站好，抬頭看看怎麼會發生這種意外。

他一看到樓上是興德里，頓時整個人僵住了。如果說有一個守財奴，前一天以五先令把彩券賣給別人，第二天發現那張彩券中了五千鎊，大概也不會有希斯克利夫那麼痛心。他一句話都不必說，臉上的表情就把一切都說清楚了：他親手破壞了自己報仇的良機，追悔莫及。我敢說，如果當時天色已黑，他恐怕會抓起哈里頓往地板砸，以補救自己的過失，但我們都看到他救了孩子。我立刻衝下樓去，把孩子抱在心口。

興德里慢一點才下來，整個嚇醒了，臉有愧色。「艾倫，都是妳不好，」興德里說。「妳不應該讓我看到他，應該讓他遠離我才對！他有受傷嗎？」

「受傷！」我氣壞了，「他這樣摔下來，不死也會變成白癡！噢！我真覺得奇怪，你這樣弄他，他媽媽怎麼不從墳墓裡爬起來看看！你比野蠻人還糟糕，這樣對待自己的骨肉！」

哈里頓發現是我抱著他，立刻嗚咽起來。興德里想摸摸孩子，但他的手指一碰到哈里頓，哈里頓就又尖叫哭鬧起來，比剛才更厲害，好像要痙攣一樣。

「別碰他了！」我又說。「他討厭你，他們全討厭你，這是真的！看你有個多和樂的家庭，現在多體面！」

「奈莉，我將來還會更體面呢！」這不知悔改的人故態復萌，笑著說，「現在你們快走吧。還有你，希斯克利夫，別讓我聽到你或看到你。我今晚不殺你，除非我放火燒了這房子。但那也說不定，就看我的興致了。」他邊說邊從櫃子裡拿了一瓶白蘭地，倒了一杯酒。

「欸，別喝了！」我求他。「興德里老爺，剛才那件事是個警告。就算你不愛惜自己，也要為這可憐的孩子想想啊！」

「誰來照顧他都比我強。」他答道。

「那就可憐你自己的靈魂吧！」我壯起膽子去搶他手中的酒杯。

---

①興德里的意思是說哈里頓是個「調包兒」。見第三章註17。興德里喝醉了，一下覺得哈里頓是調包兒，一下又覺得是自己的孩子，反覆不定。

「我才不幹！正好相反，我要把靈魂送進地獄，懲罰造物主！」這無法無天的人這樣說，「為進地獄敬一杯！」他把酒喝下，不耐煩地叫我們快走，又講了一大串不堪入耳的下流髒話，我不想記得，也不想再說一次。

門一關上，希斯克利夫也回敬一串髒話，說：「可惜他不能如願喝到死。他已經盡力在喝了，只可惜他身體太好。肯尼斯醫生說，他可以拿自己的馬打賭，吉默屯這一帶的人，沒有人會活得比興德里更久。興德里一定活到白髮蒼蒼，才會帶著一身罪孽進棺材。除非有什麼意外讓他解脫，那對他倒是好事一件。」

我走進廚房，坐下來哄孩子睡覺。我以為希斯克利夫走去穀倉了，後來才知道他只走到高背長椅的另一側，躺在牆邊的長凳上，離壁爐遠遠的，不發一語。

我把哈里頓放在膝蓋上搖，一邊唱起歌來：

天黑黑，孩子哭，
地底下的媽媽聽見了，②

剛才一片混亂的時候，凱西小姐一直躲在她房間沒有出來。這會兒安靜下來了，她把頭探進廚房，小聲說：「奈莉，妳一個人嗎？」

「是啊。」我回答道。

她走進廚房，往壁爐這邊走過來。我想她有話要說，就抬頭看她。她臉上的表情很焦慮不安，嘴唇半開，好像要說什麼，然後她深吸一口氣，卻沒說話，只是嘆氣。我沒忘了她下午的惡劣行徑，繼續唱歌不理她。她打斷我的歌，說：「希斯克利夫呢？」

「在馬廄做事。」我這樣回她。

希斯克利夫並沒有出聲反駁，說不定他那時已經睡著了。凱瑟琳久久都沒有說話，但我看到一、兩滴眼淚從她的臉頰滴落到地面。我問我自己，她是在後悔下午的失態嗎？那倒是新鮮事：說不定她會開口道歉？但我才不幫她！然後我又想，不可能，她那個人從來就只關心自己，不關心別人。

「哎，天啊！」她終於說話了。「我很不快樂！」

「還真可憐，」我說。「妳很難取悅。妳有那麼多朋友，又不需要擔心什麼事，還不能滿足。」

「奈莉，跟妳說個祕密，妳別說出去好嗎？」她在我身邊跪下來，抬眼看著我的臉。她那雙眼睛和那副表情，你再有理由生她的氣，也會煙消雲散。

「值得守的祕密嗎？」我語氣稍微和緩了一些。

「值得的，而且我很不安，我一定要說出來！我要知道該怎麼辦才好。今天，艾德格．林頓跟我求婚了，我也已經回覆他了。我先不說我是答應他還是拒絕他，妳覺得我該不該答應？」

---

②奈莉唱的是一首丹麥民謠*Svend Drying*，華特．史考特（Sir Walter Scott）翻譯為*The Ghaist's Warning*（意為鬼魂的警告，Ghaist是Ghost的蘇格蘭拼法）。故事是有七個小孩被繼母虐待，他們死去的生母從墳墓裡出來照顧他們，並警告孩子的父親，如果他再不照顧孩子，她還要從陰間回來。奈莉唱這首歌是在為哈里頓抱不平，呼應上文「他媽媽怎麼不從墳墓裡爬起來看看」。

「凱瑟琳小姐，說真的，我怎麼知道？」我說。「當然啦，今天下午妳在他面前那樣出醜，他還跟妳求婚，我看不如拒絕他比較明智：看起來他不是笨到無可救藥，就是膽大包天。」

「妳要這樣說話，我就不跟妳說了。」她悻悻然地站起來說。「奈莉，我答應他了。快說我這樣做對不對！」

「妳答應他了！那還有什麼好說的？妳已經許下諾言，就不能反悔了。」

「但妳說我該不該這樣做呢？快說！」她很不耐煩，雙手絞在一起，眉頭皺起來。

「真的要好好回答這個問題的話，有很多事要考慮。」我擺出講道理的樣子問她。「首先第一個問題就是，妳愛不愛艾德格少爺？」

「我當然愛啊，這有什麼辦法？」她回答道。

然後我就跟她一問一答。我當時二十二歲了，這樣問她並不算過分。

「凱西小姐，妳為什麼愛他？」

「廢話，我愛他，這就夠了。」

「一點都不夠，妳得說出理由。」

「那麼，因為他長得好看，跟他在一起很快樂。」

「不好！」

「還有，他很年輕、很快活。」

「還是不好。」

「還有他愛我。」

「這不相干，不成理由。」

「還有他以後會很有錢，我會變成這附近最有地位的夫人，我覺得有這樣的丈夫很有面子。」

「這理由最糟。好，現在告訴我妳有多愛他？」

「就像別人談戀愛的時候一樣啊。奈莉，妳這樣問很無聊耶。」

「一點都不無聊。回答我。」

「我愛他腳下的土地，愛他頭頂的空氣，愛他碰到的一切，愛他說的每一個字。他的樣子，他做的事情，我無一不愛，全部都愛。就是這樣！」

「為什麼？」

「妳好壞，根本在跟我開玩笑：實在很不應該！這可不是什麼玩笑的事！」小姐生氣了，把臉轉向壁爐。

「凱瑟琳小姐，我一點都沒有開玩笑的意思。」我說。「妳愛艾德格少爺，因為他好看、年輕、快活、有錢，而且愛妳。但最後一個理由不能算數：他不愛妳，妳還是有可能會愛他。如果他不好看、不年輕、不快活又沒錢，即使他愛妳，妳也不會愛他。」

「那當然，我只會同情他。要是他又醜又作怪，我可能還會討厭他。」

「但世界上還有其他英俊、有錢的年輕人，說不定比艾德格少爺更好看、更有錢。妳為什麼不去愛他們？」

「有的話我也沒遇過。像艾德格這樣的人，我只認識他一個。」

「說不定妳將來會認識，而且艾德格不會永遠英俊年輕，說不定也不會永遠都那麼富有。」

「他現在是英俊、年輕、有錢就好，我只管現在。我希望妳講道理一點。」

「這就對啦，如果妳只管現在，就去嫁給林頓少爺。」

「我不需要妳批准，我會嫁給他。但妳還沒說我這樣做對不對。」

「對極了！如果人結婚只是為了眼前，當然對極了！好，現在說說妳有什麼好不高興的。妳哥一定很高興，我想林頓老爺和太太也不會反對，妳可以脫離我們這個亂七八糟的家，嫁到一個有錢有勢的富裕人家；而且妳愛艾德格少爺，他也愛妳。一切看起來都很順遂如意，妳有什麼為難的地方？」

「這裡！還有這裡！」凱瑟琳一手拍額頭，一手拍胸口。「靈魂所在的地方。我的靈魂、我的心都告訴我，我做錯了！」

「這就奇怪了！我不懂。」

「這就是我的祕密。妳別取笑我，我會講給妳聽。我沒辦法講得很清楚，但我會告訴妳我的感覺是什麼。」

她又再次坐在我旁邊，她的表情變得很凝重而哀傷，兩手交握，微微顫抖。

她想了幾分鐘，忽然問我：「奈莉，妳有沒有做過奇怪的夢？」

「有啊，偶爾會做。」我回答道。

「我也是。我做過幾個夢，一直都忘不掉，而且改變了我的想法。那些夢對我來說，就像是水中摻了酒，顏色就永遠改變了。我要說其中的一個夢給妳聽，但妳不准笑我。」

「小姐，別說！」我連忙阻止她。「我們現在就已經夠悲慘了，叫出鬼魂鬼怪還得了。來，笑一下，就像妳平常一樣開開心心的不好嗎？看看小哈里頓！他沒有做什麼可怕的怪夢。妳看他在睡夢中微笑得多甜啊！」

「是啊，他爸一個人的時候，詛咒得也很甜啊！我敢說妳還記得哥哥小時候，跟哈里頓一樣胖墩墩的，一樣天真無邪的模樣。話說回來，奈莉，妳一定要聽我說這個夢：很快就講完了，而且我今天晚上也不可能高興起來。」

「我不聽，我不要聽！」我很快說了兩次。

我那時對夢是很迷信的，其實現在也是。凱瑟琳的樣子很陰鬱、很不尋常，我怕她的夢會是什麼預言，會聽到什麼可怕的災難。她有點不高興，但並沒有堅持。過了一會兒，她似乎提起另一個話頭，說：「奈莉，如果我在天堂，我會很悲慘。」

「因為妳不配上天堂，」我說。「有罪的人在天堂都會很悲慘。」

「不是配不配的問題。我有一次夢到我在天堂。」

「小姐！我說過我不要聽妳的夢！我要去睡覺了。」我打斷她的話。

我起身要走，她大笑起來，拉我坐下。

「這個夢沒什麼啦，」她說。「我只是要說，天堂似乎不是我該去的地方。我哭得好傷心，只想回到地上，結果天使很生氣，把我摔回嘯風山莊後面的高地上。我高興到哭，然後就醒了。這個夢可以解釋我的祕密，我的祕密也可以解釋這個夢。天堂不是我該去的地方，就好像艾德格・林頓不是我該嫁的人一樣。如果不是那個人這樣欺負希斯克利夫，我根本不會想過要嫁給林頓。我現在如果嫁給希斯克利夫，會貶低我的身分，所以他永遠都不會知道我有多愛他。奈莉，我愛他，不是因為他好看，而是因為他比我更像我自己。不管靈魂是用什麼東西做的，希斯克利夫的靈魂和我的靈魂是一樣的，而林頓的靈魂和我們完全不同，簡直就像是月光和閃電那樣不同，或是冰霜和火焰那樣不同。」

她話還沒說完，我就發現希斯克利夫也在廚房。我聽到一點動靜，轉頭就看到他從長凳上站起來，無聲無息地出去了。他一直聽到凱瑟琳說嫁給他會貶低身分那句，就起身走了。

凱瑟琳坐在地上，被高背長椅擋住，沒看到他出去。但我嚇了一大跳，連忙叫她別說了。

「為什麼？」她緊張地張望了一下。

「約瑟夫來了，」我正好聽到約瑟夫的手推車靠近，所以就趁機回答。「希斯克利夫會和他一起回來。我不確定他有沒有在門口。」

「還好，他在門口聽不到我說話的！」她說。「哈里頓交給我，妳去準備晚餐，好了再叫我一起吃。我良心不安，但我想騙自己的良心，相信希斯克利夫不懂什麼是愛情。他不懂吧？他應該不知道什麼是愛吧！」

「妳知道什麼是愛，我看不出來為什麼他就不知道？」我回她。「如果他愛的是妳，那他真是天下最倒霉的人了！妳一旦變成林頓太太，他就沒有朋友，也沒有愛情，什麼都沒了！妳有沒有想過，妳自己受得了跟他分開嗎？他這樣被遺棄在世界上，妳要叫他怎麼承受？小姐，因為——」

「他被拋棄！我們分開！」她義憤填膺。「請妳說請楚，誰要把我們分開？想分開我們的人，都會像米羅③一樣不得好死！艾倫，妳聽清楚，只要我活著，沒有人能把我們分開！就算全世界姓林頓的人都死光了，我也不會拋棄希斯克利夫。我沒有要拋棄他，這不是我的意思！如果這是成為林頓太太的代價，那我就不嫁了！我向來對他怎樣，將來也是這樣。艾德格必須放下敵意，至少要容忍他。只要我跟艾德格說我對希斯克利夫的感情，艾德格會做到的。奈莉，我懂了，妳覺得我是自私的壞人，但妳有沒有想過，如果我嫁給希斯克利夫，我們會變成乞丐？但如果我嫁給林頓，我可以幫助希斯克利夫自立，把他從我哥哥的手上救出來。」

「小姐，用妳丈夫的錢嗎？」我說。「妳會發現，他不像妳算計的這麼容易擺佈。雖然我不該說，但這是妳要嫁給林頓的動機裡面，最不好的一個。」

「才不是，」她反駁道。「是最好的一個！其他動機都是為了滿足我自己的虛榮，也是滿足艾德格的虛榮。但這一個理由，是為了希斯克利夫，他懂我，也懂我對艾德格的感情。我不知道怎麼說，但妳和所有人一定都會知道，除了妳自己以外，還有一個妳存在。如果沒有另一個我存在，那我生來又有何用處？我生在世上最大的苦，就是希斯克利夫的苦。我從一開始就看到他的苦，感受到他一切的苦。我活著最重要的牽掛就是他。如果所有人都消失了，只有他一個人活著，那我還能活；要是所有的人都活著，只有他一個人死了，這世界對我來說就變成完全陌生的異鄉，我不屬於這世界。我對艾德格的愛，就像樹林中的葉子，我知道這份愛會隨時間而變，就像冬天時葉子會變色一樣。我對希斯克利夫的愛，卻像腳底下永恆不變的岩石：看起來並不美，卻是必要的。奈莉，我就是希斯克利夫！他永遠在我心中。不是因為他好看，而是因為他就是我。我愛我自己，也不是因為我好看。所以，別再說我們會分離：那根本就不可能，而且——」

她說到這裡停住了，把臉埋在我的裙褶裡，但我把裙子拉開。她這麼糊塗，我已經沒有耐性了。

「小姐，妳這些亂七八糟的話我都聽不懂，」我說，「我只曉得妳完全不知道婚姻的義務，要不然就是妳心地很壞，沒有原則。不要再跟我講什麼祕密了，我不會答應幫妳守密。」

「那這一個祕密呢？」她很著急地問。

③米羅（Milo）是西元前六世紀的希臘摔跤好手，曾多次得過奧林匹克冠軍。他在老年時有一次想徒手劈開樹幹，結果雙手卡在樹幹中動彈不得，為狼群所噬。

「我不要幫妳守密。」我還是這麼說。

她還想繼續纏我答應，但約瑟夫進來，我們也就不說了。凱瑟琳坐到角落去照顧哈里頓，我去煮晚餐。晚餐煮好以後，我和約瑟夫為了誰要拿去給興德里老爺吃，爭執不下，後來晚飯都涼了，我們才說好，等興德里自己開口要，我們才送去給他吃。興德里一個人的時候，我們都很怕去他的房間。

「都這時候了，那傢伙怎麼還莫從地裡回來？他幹啥哩？」約瑟夫覺得奇怪，開口問希斯克利夫到哪去了。

「我去叫他，」我說。「我想他一定在穀倉。」

我去穀倉叫他，但沒有回應。回到廚房以後，我偷偷跟凱瑟琳說，剛才希斯克利夫有聽到不少她說的話。我說我有看到他走出廚房，差不多就是她在抱怨興德里虐待他的時候。

凱瑟琳嚇得跳起來，把哈里頓摔在高背長椅上，自己去找人了，也沒有時間想想她為什麼怕成這樣，還有她的話會對他有什麼影響。

凱瑟琳好一陣子都沒回來，約瑟夫說不如我們別等了。他不懷好意地猜測那兩個人故意不回來，就是因為不想聽他超長的禱告。他說：「他們倆什麼壞事都做得出來。」為了他們倆的靈魂好，約瑟夫當晚特別在平常費時一刻鐘的餐前禱告，再加了一段禱告，本來還打算在餐前禱告結束後要再加一段的，不過這時小姐從外面衝進來打斷他，叫他立刻沿路去找希斯克利夫，不管希斯克利夫在哪裡，都務必要叫他馬上回來！

「我想跟他說話，我一定要跟他說話，不然我不上樓睡覺，」小姐說。「大門是開的，他一定跑很遠了，聽不到我喊他：我在羊圈上用最大的聲音喊他，他也沒回我。」

約瑟夫一開始不願意去，但小姐態度非常強硬，容不得他反對，最後約瑟夫只好戴上帽子，邊罵邊走。這時小姐來來回回走動，一直喊：「他在哪裡呢，他到底能去哪裡！奈莉，我那時都說了什麼？我已經想不起來了。他是不是因為今天下午我發脾氣，還在生我的氣？老天！告訴我，我說了什麼，讓他這麼傷心？我希望他快回來，我真的好想他回來！」

「別這樣大驚小怪！」雖然我自己也很不安，但我說，「一點小事就把妳嚇成這樣！希斯克利夫一定是趁著月光，在高沼地那邊散步，或是心情不好，躺在乾草堆上，不想跟我們說話而已，沒什麼大不了的啦。我敢說他一定躲在哪裡，看我不把他找出來！」

我又去找了一次，還是找不到人，約瑟夫也一樣找不到人。

「這崽子愈來愈不像話！」約瑟夫進門的時候說，「他把柵門全開，小姐的小馬跑了，踏壞了兩排玉米，跑到大草原去了！明天老爺要大發脾氣啦，他很該發脾氣！他對這粗心的廢物太有耐性了，真是太有耐性了！但他以後不會這樣了。逆們每個都給俺注意一點，逆們就要惹毛他了！」

「老頭，到底找到希斯克利夫了沒有？」凱瑟琳打斷他。「你有沒有照我說的去找他？」

「俺還寧願去找馬哩，」他說，「找馬還比較值得。但天這麼黑，俺馬也找不到，人也找不到！再說希斯克利夫又不是俺一吹口哨就會來的，小姐逆叫的話可能還有用些！」

那天雖然是夏天，傍晚卻特別黑，烏雲密布，看來要下大雷雨了。我說我們不如都坐下來等，一下大雨，希斯克利夫肯定要回來躲雨的，我們就不必去找他了。

但凱瑟琳不聽勸，安靜不下來。她在花園柵門和屋子大門間一直走來走去，激動異常，最後終於靠在牆邊停下腳來，望著大路，完全無視於我的好意相勸，也不管雷聲隆隆，大顆的雨滴開始下在她身邊，她還是維持不動，隔一會兒就喊喊希斯克利夫的名字，又停下來聽，聽不到回應就大哭。她這場大哭，比哈里頓或所有其他的小孩都還厲害得多。

我們到半夜都還沒睡，暴風雨掃過嘯風山莊，風雨交加。屋子角落有一棵樹，不知道是被一陣狂風吹倒，還是受到雷擊，反正一枝大樹幹橫掃過屋頂，打到東側的煙囪，廚房的壁爐裡紛紛掉下一堆碎石和煤灰。

我們以為屋子遭到雷擊，約瑟夫立刻跪下來，哀求上主要記得舊約中挪亞和羅得④的例子，饒恕義人，擊殺不敬神的人就好。我也隱約覺得這雷擊是對我們的審判。我心中的約拿⑤就是興德里老爺，所以我連忙去動他房門手把，想知道他是不是還活著。他的粗魯回應我們都聽到了，約瑟夫一聽更是哀嚎連連，祈求上帝千萬要把像他這樣的聖人和老爺那樣的罪人分清楚。但風雨二十分鐘就過去了，我們都毫髮無傷，只有凱瑟琳因為不肯躲雨，也不肯戴帽子披圍巾，所以頭髮和衣服都濕透了。

她走進廚房，一身濕淋淋地倒在高背長椅上，把臉轉向椅背，用兩手把臉蓋起來。

「小姐！小姐！」我推推她的肩膀說，「妳不是故意要傷風而死吧，是嗎？妳知道現在幾點了？都十二點半了。去，去睡覺！不必再等那個傻小子了，他一定是到了吉默屯，要在那邊過夜了。他一定猜說我們不會等他等到這麼晚，至少他會猜想只有興德里老爺還沒睡，所以他不會回來，以免讓老爺替他開門。」

「不，不，他不在吉默屯，」約瑟夫說，「俺敢說他一定沉在沼澤底了。這場風雨不是無故來的，小姐逆要注意一點，下一個就是逆。感謝上天！咱們這些愛祂的人會按祂的旨意蒙召⑥，跟罪人區分開來！逆們知道聖經上都有寫的。」

然後他開始背誦幾段經文，還告訴我們在聖經的第幾章第幾節。

我叫任性的小姐起來換掉濕衣服，但她都不理我，我只好任由約瑟夫繼續講道、凱瑟琳繼續發抖，逕自帶著小哈里頓去睡了。小哈里頓睡得很香，好像身邊所有人都在安睡一樣。

我聽到約瑟夫又繼續讀了一會兒經，然後聽到他爬上木梯的腳步聲，再來我就睡著了。

第二天早上，我比平常晚下樓。下樓的時候，陽光已經穿過木頭百葉窗的縫隙照進屋內，凱瑟琳小姐還坐在壁爐前面。往大廳的門也半開著，陽光透過窗戶照進來，興德里已經出了房間，站在廚房壁爐前，神情憔悴，睡眼惺忪。

「凱西，妳怎麼啦？」我進去的時候，興德里正在說話，「妳看起來好像溺水的小狗一樣。妹妹，妳怎麼這麼濕？臉色這麼白？」

「我淋雨了，」她不情不願地回了一句。「我很冷，就這樣。」

「她很不聽話！」我看興德里還算清醒，連忙跟他說。「昨晚下大雨的時候，她跑去淋雨，然後就在那裡坐了一整夜，我都叫不動她。」

興德里驚訝地看著我們。「一整夜！」他重複我的話。「她為什麼不睡？我想不是害怕打雷吧？那也是好幾個小時前的事了。」

---

④《創世記》第六章描述挪亞是個義人，所以上帝以洪水毀滅世人的時候，只有挪亞一家得救。十九章則描述羅得是義人，上帝毀滅所多瑪城的時候，讓羅得一家人逃出。

⑤《約拿書》記載先知約拿的故事，他拒絕聽從耶和華的命令，躲到船上，海上風浪大作，幾乎要翻船。船員很害怕，把約拿丟到海裡去，海就平息了。這裡奈莉的意思是說如果興德里是約拿，那約拿死了，其他人就平安了。因為他沒死，所以約瑟夫覺得危機還沒過去，才會哀嚎。

⑥《羅馬人書》第八章二十八節：「天主使一切協助那些愛祂的人，就是那些按祂的旨意蒙召的人，獲得益處。」

我們倆都不想提希斯克利夫失蹤的事，能拖多久就拖多久；所以我說，我不知道她為什麼不睡覺，她也不說話。那天早上空氣清新，我把外層木窗推開，房間裡立刻充滿花園裡的芬芳氣息。但凱瑟琳很生氣地罵我：「艾倫，把窗戶關起來。我快凍死了。」她牙齒格格打戰，又更縮近快要熄滅的爐火。

興德里握住她的手腕說：「她病了，我想這就是她不睡覺的原因。討厭！我不想家裡又有人生病。妳為什麼要去淋雨？」

「還不是去趕小子！」就在我們兩個支支吾吾的時候，約瑟夫逮到機會，開始嚼舌根。「老爺，俺是逆的話，俺就在他們面前把門甩上，就這麼簡單！每次逆一出門，那個林頓就像貓一樣偷偷摸摸溜過來，還有奈莉小姐，真是好姑娘！就睜著眼在廚房把風，逆一個門進來，他就從另一個門出去。這個走了，咱們大小姐還有自己的樂子呢！到了半夜十二點，還在外頭跟那個吉普賽惡魔希斯克利夫廝混，真是有本事！他們以為俺看不見，可俺全看在眼裡！俺看到林頓來了又走了，俺也看到逆（他轉向我），一聽到老爺的馬蹄聲，就立刻跳起來把門閂上。」

「閉嘴，你這愛偷聽的！」凱瑟琳叫起來。「不要在我面前撒野！興德里，林頓昨天不巧來了，是我叫他走的；因為我知道你不想那樣見他。」

「凱瑟琳，妳在說謊，我知道，」興德里說。「真是個搞不清楚狀況的小笨蛋！但現在先別管林頓了。妳說，妳昨晚是不是跟希斯克利夫在一起？別騙我。妳不必擔心說實話會害到他：雖然我還是一樣恨他，但他剛為我做了件好事，如果現在要扭斷他的脖子，我會良心不安。為了避免我不小心，今早我就要攆他走。他走了以後，勸大家眼睛放亮一點：我的脾氣就只有讓你們來受了。」

「我昨晚根本沒有見到他，」凱瑟琳說，開始啜泣，「如果你要把他趕走，我會跟他一起走。但你可能永遠都沒有這個機會了，他已經走了。」說到這裡，她痛哭失聲，下面說的話都聽不清楚了。

興德里痛罵她一頓，叫她立刻回房間去，不然就不要沒事亂哭。我催小姐回房，我們一到房間，她的樣子就把我嚇壞了，我永遠不會忘記當時的情景。我想她瘋了，哀求約瑟夫快去請醫生來。

肯尼斯醫生儘快趕來，一看到她就說她病況很危急，發高燒，而且開始譫妄。

醫生給她放血，吩咐我只能讓她吃乳清和薄粥，而且要小心提防她跳樓或從窗子跳下去。然後醫生就走了，因為他在我們教區還有很多事要忙，住得又遠，每戶人家之間相隔兩、三哩是常有的事。

雖然我不能說自己是多有耐性的看護，約瑟夫和興德里老爺也好不到哪裡去，何況我們的病人又是最麻煩人、最固執的病人，但她還是撐過來了。

林頓太太來看過幾次，教我們該怎麼做事才對，罵罵我們，也支使我們。等到凱瑟琳病況有起色，林頓太太就堅持要接她去鶇翔莊園休養。我們對此都感激萬分。但這可憐的太太沒想到自己好心沒好報：林頓太太和她丈夫雙雙被感染而發燒，幾天內就相繼過世了。

我們小姐從鶇翔莊園回家時，比以前更容易生氣、更情緒化，也更高傲。自從那個風雨夜之後，希斯克利夫音訊全無。有一天我運氣不好，小姐特別惹我生氣，我就指責她，說希斯克利夫會失蹤都怪她。事實也是如此，她自己也知道。從那次以後，足足好幾個月的時間，她都不跟我說話，除了當我是僕人之外。她也不跟約瑟夫說話：約瑟夫還是想到什麼講什麼，還會教訓她，當她是個小女孩；但她卻覺得自己長大了，是我們的女主人，而且她大病初癒，大家都應該特別善待她。醫生說過不能激怒她，應該要隨她去，所以只要有人站起來反對她，她就覺得等於是在謀殺她了。

她不理會興德里和他那群朋友，興德里受了肯尼斯醫生訓誡，知道妹妹發怒很可能會再次發病，所以平常都避免激怒她。興德里什麼都聽他妹妹的，並不是出於手足之情，而是出於虛榮：他希望妹妹能嫁入林頓家，重振家聲。只要凱瑟琳不煩他，她要如何作賤我們，把我們當奴隸，他都不管！

林頓老爺過世三年之後，艾德格．林頓領著凱瑟琳到吉默屯教堂完婚，當時他就和千千萬萬在他之前與之後的男人一樣，被愛情沖昏了頭，深信自己是全世界最幸福的男人。

我本來是不想離開嘯風山莊的，但他們勸我陪嫁過來。那時小哈里頓差不多五歲，我剛開始教他認字。我們倆難分難捨，但凱瑟琳的眼淚比我們的眼淚更有力。我本來是不肯過來的，凱瑟琳發現她沒辦法說服我時，就去跟丈夫和哥哥哭訴。她丈夫願意給我很好的工資，她哥哥直接叫我打包走人，說家裡既然沒有女主人，他也不需要女傭人。至於哈里頓，副牧師慢慢可以接手教他了。所以我沒有選擇餘地，只能離開嘯風山莊，陪嫁過來。我跟興德里老爺說，他把身邊所有好人都趕走了，只會墮落得更快；我親吻哈里頓，跟他道別。從此以後我們就是陌生人了。儘管哈里頓曾經是我生命中最重要的人，我也曾是他最大的依靠，但我敢說他已經完全忘了艾倫．迪恩我這個人，想想還真是奇怪呢！

＊＊＊＊

管家說到這裡，無意間抬頭看了一下壁爐上的時鐘，發現竟然已經一點半了，她嚇了一大跳，立刻走人，一秒都不願多留。事實上，我自己也覺得改天再繼續聽好了。既然現在她已經去休息了，我又耽擱了一、兩個鐘頭⑦，雖然頭痛發懶又四肢痠痛，但我也該收拾收拾去睡了。

第十章

我的隱居生涯就是這樣開始的，說來還真令人興奮！整整四個星期的病痛、折磨、輾轉難眠！噢，凜冽的風和苦寒的北地天空、冰封的道路、拖拖拉拉的鄉下醫生！還有，根本看不到幾個人！更糟的是，肯尼斯醫生還警告我說，到春天來之前我都別想出門！

希斯克利夫先生只大駕光臨了一次①。那是七天前的事了，他帶了兩隻松雞給我，是狩獵季節結束

---

⑦洛克伍德又花時間寫這篇日記。

①歷來中譯本對這個句子多半解讀錯誤，如伍光建的「希司克利夫方纔來探我」；梁實秋的「希茲克利夫先生剛來訪問過我」；楊苡的「希斯克利夫先生剛剛光臨前來看我」；方平的「希克厲先生才來看過我」；宋兆霖的「希斯克里夫先生剛剛來拜訪過我」；孫致禮的「希斯克利夫先生剛剛賞光來看過我。」其實這句是現在完成式：Mr. Heathcliff has just honoured me with a call.，是說洛克伍德臥病以來的這段時間，房東只來探過一次，就是下句說的七天前來訪那次，語氣諷刺（房東做人太差，太沒禮貌）。如果是日記當天的事，應該用簡單過去式才對，不必用完成式。

前②的最後一批。

這惡棍！我本來很想告訴他，這場病都是拜他所賜，他倒是一點罪惡感也沒有。但是，唉！他既然大發慈悲，在我床邊坐了一個鐘頭之久，而且談的都不是藥丸啦、過堂風啦、水泡③啦、水蛭④之類的，我又怎麼忍心說他呢？

對纏綿病榻的我來說，他的來訪是輕鬆愉快的插曲。我還太虛弱，沒辦法看書，但我覺得應該可以做些有趣的事了。何不讓迪恩太太來講完她的故事？我還記得她講過的主要事件。沒錯，我記得她的主角跑了，三年都沒有音訊；她的女主角嫁人了。我來拉鈴叫她：她見我可以如此談笑自如，應該也會很高興。

迪恩太太來了。

「先生，還有二十分鐘才吃藥呢。」她說。

「拿走，把藥拿走！」我說。「我想要——」

「醫生說你不能再吃藥粉了。」

「樂意之至！聽我說。過來這邊坐好。妳的手別碰那排難吃的小藥瓶。把妳的針線活從口袋裡拿出來。對，就是這樣。然後繼續說希斯克利夫的故事，從妳上次停下來的地方開始講，一直講到現在為止。他是不是在歐洲大陸受了教育，當了紳士回來？還是他在學院裡當優惠生⑤？還是他逃到美洲去了，為了利益而不惜背叛養育他的土地⑥？還是在英國的大道上當了強盜？」

「洛克伍德先生，他或許都做過一些吧，但我什麼都不能確定。我已經說過，我不知道他的錢是怎麼來的，我也不清楚他的見識如何從原來的野蠻無知，長進到紳士的程度；但如果您不反對，也覺得這故事還有點意思，聽起來不會煩膩，我就繼續用我的方法講下去了。您今天早上好點了嗎？」

「好多了。」

「那真是太好了。」

＊＊＊＊

我陪著凱瑟琳小姐嫁到鶇翔莊園來。小姐的舉止比我預期好太多了，讓我十分意外，也有點失落。她似乎有點過於喜愛林頓先生了，也非常疼愛小姑。當然，林頓兄妹倆都急於讓凱瑟琳高興。這不是荊棘倒向忍冬樹，而是忍冬樹過來抱住荊棘。沒有相互退讓的事情，而是一個站得直挺挺的，其

②在布朗忒寫作的一八四〇年代，英國開放狩獵松雞的季節是八月十二日到十二月十日。但其實這個狩獵季節的法令是一八三一年才頒布的，在故事設定的一八〇〇年時還沒有狩獵季節的規定。如果希斯克利夫在十二月十日左右來探視臥病三週（七天前）的洛克伍德，可以推測洛克伍德第一次去嘯風山莊是在十一月中旬。

③這裡是指十八世紀的水泡療法：在皮膚上貼熱膏藥引起水泡，以治療躁動等病症。

④水蛭是放血用的，是十八世紀治療發燒的方法。

⑤優惠生（Sizar）是英國幾所古老的大學中特有的制度，讓一些窮學生以較低的學費入學，但要從事打掃等服務性工作。作者的父親派翠克．布朗忒即曾以優惠生的身分就讀劍橋大學。

⑥指參加美國獨立戰爭，與英國開戰。希斯克利夫身世不明，但顯然不是白人，因此洛克伍德稱呼英國為其foster country（收養國家）而不稱father country。關於希斯克利夫如何在三年內累積財富，作者從未明言，歷來也有多種猜測。但以傭兵身分參加美國獨立戰爭的可能性最高。一七八三年九月美英簽署巴黎協定，結束獨立戰爭；希斯克利夫在當年九月即回到嘯風山莊。

他兩個都讓她。既然沒有人反對她，也沒有人忽視她，她又能發什麼脾氣呢？

我看得出來，艾德格先生很怕她發脾氣。先生並沒有讓太太知道這件事，但如果他聽到我對太太語氣不善，或看到其他僕人因為太太的頤指氣使而擺臉色，他就會皺起眉頭，非常不悅。但他從來沒有因為自己的事情而不悅過。他有很多次嚴厲說我過於傲慢，他說看到太太不高興，比拿刀刺他更讓他心痛。

我為了不讓好心的老爺⑦憂煩，也就盡力收斂，不那麼話中帶刺。所以有半年的時間，火藥附近既然都沒有火去引爆，也就像沙堆一樣無害。凱瑟琳不時會鬱鬱寡歡，什麼都不說；而老爺也完全體諒，沉默相伴。他認為凱瑟琳的憂鬱是因為先前那一場大病，改變體質所致，因為凱瑟琳在病前從未抑鬱過。等到凱瑟琳的憂鬱過去了，她的陽光又回來了，那麼先生也回報以溫暖的陽光。我想我可以說，他們的確擁有一種深刻的、滋長中的幸福。

但幸福結束了。畢竟，人終究還是為自己的，溫和大方的人，自私起來比霸道的人更理直氣壯。等到環境改變，兩個人都不覺得對方最在意的是自己，幸福就結束了。

九月的一個傍晚，天氣晴好，我從花園採了一籃子蘋果回來，籃子很重。天色漸暗，月光穿過中庭的高牆，建築物凹凹凸凸的地方留下了形狀各異的陰影。我把籃子放在廚房門口的石階上，略作休息，深深吸了幾口甜美溫和的空氣，背對著廚房看月亮。這時背後忽然傳來聲音：

「奈莉，是妳嗎？」

那聲音很低沉，語調有點怪⑧；但唸我名字的方式聽起來又有點熟悉。我轉過身去看是誰在說話，心裡有點怕，因為門是關著的，剛才也沒看見有人從石階走上來。這時門廊上有動靜，我走過去看，看出一個高高的男人，穿了一身黑，臉和頭髮都是黑的。他靠在牆上，手握著門閂，好像要自己開門似的。

「那會是誰？」我在心裡想著，「恩蕭先生嗎？不，不是他！聲音一點都不像他。」

我還繼續瞪著他，他又說：「我已經等了一個小時了，這一個小時內，周遭所有一切都安靜得像死亡似的。我不敢進去。妳不認得我了？看，我不是陌生人！」

一道光照在他臉上，兩頰深陷，臉上一半都是黑鬍子；眉毛很低，眼眶很深，眼睛很特別。我記得這對眼睛。

「什麼！」我叫起來，驚訝得把手舉起來，不敢確定他是人是鬼。「什麼！你回來了？真的是你嗎？是嗎？」

「是我，是希斯克利夫。」他說，眼光從我身上往上移到窗戶，窗上反射出晶亮的月光，但屋裡完全沒有點燈。「他們在家嗎？她在哪？奈莉，妳看到我並不高興！妳不必這麼苦惱。她在家嗎？快說！我要跟她說句話，跟妳的太太說。去，就說有人從吉默屯來，想見見她。」

「她要如何見你？」我說。「她會做什麼？我都已經嚇成這樣了，她看到你不是要瘋了！你真的是希斯克利夫！但完全變了！我不懂，真的不懂。你去從軍了嗎？」

---

⑦艾德格・林頓的父母已死，現在他已成家，又是一家之主，所以中文改用老爺稱呼他。

⑧暗示希斯克利夫這些年在外國生活，而學得了不同於本地的腔調。

「快去傳話，」他不耐煩地打斷我。「妳不去，我好像在地獄一樣！」

他把門閂往上一提，我進來了；但我走到先生太太的起居室外就停住了，不知道該怎麼辦。最後，我總算想好一個藉口，就是問他們是否該點燈了，然後我開了門。

他們倆一起坐在窗邊，窗戶的木窗框全開，靠在牆邊；往窗外看，越過花園的樹梢頂端，可以看到鶇翔莊園的大片綠地和吉默屯谷，谷上籠罩著一條長長的山嵐。您過了教堂不遠，就會看到一條小溪從沼澤區流下來，和沿著山谷的溪流交會；說不定您已經注意到了。在這片銀白色的山嵐上方，可以看到嘯風崗，不過看不到山莊，山莊在另一側的山坳裡。

這間起居室、老爺夫婦和這片風景都那麼平靜，我對於自己的任務實在說不出口。我說完要不要點蠟燭的藉口之後，真的轉頭要走了，但最後還是不知哪來一絲笨念頭，讓我回去支支吾吾說：

「太太，有一個吉默屯來的人想見您。」

「他要做什麼？」林頓太太問。

「我沒問他。」我說。

「好吧，奈莉，把窗簾拉上，備茶。」她說。「我馬上回來。」

她走出房間，艾德格先生不經意地問我來人是誰。

「是太太想不到的人，」我說。「那個希斯克利夫，您記得他吧，以前住在恩蕭先生家裡的。」

「什麼！那個吉普賽人，做工的小子？」他叫起來。「妳為什麼不跟凱瑟琳說？」

「噓！老爺，別用這些詞說他。」我說。「太太聽到會很傷心。當年他跑掉的時候，太太幾乎要心碎了。我猜他回來，太太會高興得不得了。」

起居室另一側的窗戶是面向庭院的。林頓先生走到窗邊，推開窗戶，探身出去。我猜太太他們兩人在下面，因為先生很快就大聲說：「親愛的，別站在那裡。如果是重要的客人，就帶上來吧。」

沒一會兒，我就聽到門閂的聲音，凱瑟琳飛奔上樓，氣喘吁吁，表情狂野。她太激動了，完全看不出高興的樣子。說真的，只看她的臉，還以為她遇到了什麼悲慘的大災難似的。

「噢，艾德格，艾德格！」她雙手環抱著先生的脖子，喘著氣說，「噢，艾德格，親愛的！希斯克利夫回來了！他真的回來了！」她愈抱愈緊，先生簡直不能呼吸了。

「好了好了，」先生不太高興地說，「也不必把我勒死吧！我從來不曉得他是這樣的寶貝。沒有必要高興成這樣吧！」

「我知道你不喜歡他，」太太稍微收斂一點。「但是，為了我，你們一定得和好。我去請他上來？」

「來這裡？」先生說，「起居室？」

「不然要在哪？」太太問。

先生看起來有點不高興，說廚房可能比較適合接待他。太太又氣又好笑地瞪他一眼，覺得他迂腐勢利。

「不行，」太太想了一下說。「我不能在廚房見客。艾倫，在這佈置兩張桌子，一張給先生和伊莎貝拉小姐坐，他們身分高貴；另一張給希斯克利夫和我坐，畢竟我們兩人階級比較低。親愛的，這樣你滿意了嗎？還是我非得另找一個地方，另起一個壁爐？如果是這樣的話，請直接下令。我要到樓下去留住我的客人了。我怕這樣天大的好事不是真的！」

太太準備要衝下樓去的時候，先生拉住她。

「妳去叫他上來，」先生吩咐我。「還有，凱瑟琳，妳可以高興，但也別太離譜了。讓全家上上下下都看著妳，把一個脫逃的僕人當兄弟一樣歡迎。」

我到樓下去，發現希斯克利夫在門廊下方等著，顯然知道有人會來請他進去。他沒說什麼話，一路跟著我上樓。我帶他進房間的時候，先生和太太兩人的臉都紅紅的，看來是有過口角。但太太一看到她的好友出現在門口，整個臉都亮了起來：她飛奔過來，抓住希斯克利夫的兩隻手，把他拖往林頓旁邊，然後太太抓住林頓不情不願的手指頭，硬塞進希斯克利夫的手裡。

到這個時候，在爐火和燭光的映照之下，我才發現希斯克利夫的變化有多大。他已經長成一個高大、強健、儀表堂堂的男人，相較之下，我們老爺顯得有點纖細稚嫩。希斯克利夫體態挺拔，有一種軍人的味道。他的表情比我們先生老成而果決，看起來很有教養，完全沒有早年失學的跡象。雖然他壓低的眉毛和黑眼睛裡的火焰，仍殘存有半開化的野性，但這野性是被壓下去的。他的舉止高雅無瑕，毫無粗俗的痕跡，但有點過於一板一眼，反而不夠從容優雅。

老爺跟我一樣驚訝，或應該說比我更驚訝：他呆了一分鐘左右，完全不知道該如何稱呼他口中「做工的小子」。希斯克利夫放開先生的小手，冷冷站在那裡，看他如何開口。

「先生，請坐。」老爺終於開口說，「林頓夫人顧念舊情，要我熱切款待您。當然，一切能使她高興的事情，我都樂意去做。」

「我也是，」希斯克利夫說，「尤其是與我有關的事情。我很樂意留下來一、兩個鐘頭。」

希斯克利夫在凱瑟琳對面落座。凱瑟琳的眼光一直沒有離開希斯克利夫，彷彿她怕眼光一轉開，他就會消失不見。希斯克利夫倒是不常看凱瑟琳，只是不時偶爾一瞥。但每次匆匆一瞥，都會看見凱瑟琳毫不掩飾的狂喜，讓他愈來愈有自信。

他們倆滿心歡喜，一點都不覺得難為情。但艾德格先生卻是另一種心情：他愈來愈不高興，臉色愈來愈慘白。最後太太站起身來，直接走到對面抓住希斯克利夫的雙手，笑得不能自己；先生的不悅也到了頂點。

「我明天會以為這是一場夢呢！」太太喊著。「我簡直不能相信，我居然能再見到你、摸到你、還跟你說話！但你這狠心的希斯克利夫！你不配讓我這樣歡迎你。你走了三年，什麼話都沒有，從來都沒有想到我！」

「我想妳，比妳想我還要多一點。」他小聲說，「凱西，我前不久才聽說妳結婚了。我剛才在下面庭院裡等妳的時候，已經想了一個計畫，我只要看妳一眼，如果妳表現出驚訝的表情，或許還有虛情假意的喜悅，那我就要去找興德里算舊帳，然後自殺，以免法律來索命。但妳熱切的歡迎已經讓我打消了這些念頭。下次見我的時候，妳千萬不能又有別的想法！不會的，妳不會再把我趕走了。妳真的後悔了，對吧？妳是應該後悔的。自從最後一次聽到妳的聲音以來，我過著非常艱苦的生活。妳一定得原諒我，因為我所有的奮鬥都是為了妳一個人！」

「凱瑟琳，請回座，不然我們的茶都要冷了，」老爺打斷他們的話，努力想表現出平常的語調和應有的禮貌。「希斯克利夫先生無論今晚要在哪裡留宿，都還有一段長路要走；再說我也口渴了。」

太太回到茶罐前的女主人位置，伊莎貝拉小姐也聽到鈴聲過來了。我伺候他們都坐好之後，就離開了起居室。

但他們不到十分鐘就喝完茶了。凱瑟琳的茶杯根本沒有倒滿過，她什麼都吃不下也喝不下。艾德格大概只喝了一口，盤子上留下不少茶漬⑨。客人當晚只留了一個鐘頭不到。他告辭的時候，我問他是否要住在吉默屯。

「不是，我住嘯風山莊，」他說。「我今早去看恩蕭先生時，他邀請我留宿。」

恩蕭先生邀請他！他拜訪恩蕭先生！他走了以後，我還苦澀地回想他說的這兩句話。他是不是變得有點虛偽，回到家鄉來是想施行什麼詭計？我陷入沉思：不知怎麼我心底有種不祥的預感，覺得他不如不要回來。

那天晚上我睡到半夜，太太溜進我的臥房，坐在我床頭，拉我的頭髮把我叫醒。

「艾倫，我睡不著，」她有點抱歉地說，「而且我這麼快樂，希望有人可以陪我！艾德格在發脾氣，因為我高興的事情跟他沒有關係，他不願意張嘴說話，說出來都是那種小心眼的傻話。他還說，他這麼不舒服又想睡覺，我還一直跟他說話，真是殘忍又自私。他只要有一點點不順心就會生病！我不過稱讚了希斯克利夫幾句，他不知道是因為頭痛還是嫉妒，竟然就哭了！所以我只好離開他出來了。」

「妳幹嘛在他面前稱讚希斯克利夫？」我說，「他們從小就看對方不順眼，如果妳在希斯克利夫面前稱讚林頓先生，他一定也很生氣。這是人性。別再跟林頓先生談他了，除非妳想看他們倆大吵一架。」

「這樣不是很軟弱嗎？」她繼續說，「我就不會嫉妒，伊莎貝拉的金髮那麼閃耀、皮膚那麼白、舉止那麼優雅，全家上下都喜歡她，我從來也沒有覺得受傷啊。有時我跟她爭執，連妳也立刻站在她那邊，我就像個癡心的媽媽一樣寬容：我喊她小寶貝，哄她開心。她哥哥喜歡看到我們和睦相處，所以我也喜歡。但他們兄妹很像：都是被寵壞的孩子，以為世界是為他們而造的。我雖然讓他們，但我想有時跟他們唱唱反調，對他們也是好事。」

「林頓太太，妳錯了，」我說，「是他們在讓妳。我很清楚，如果不是他們讓妳的話，事情會變成什麼樣子。只要他們都以妳為重，都在為妳設想，妳的確是可以容忍他們一時的脾氣。但可能終有一天，如果什麼事情對雙方都一樣重要的時候，你們可能就會大吵一架了。到那個時候，妳以為軟弱的人，也能像妳一樣固執。」

「那我們就只好吵一輩子了，對吧？」她笑著反駁我，「奈莉，不會的，我告訴妳，我對林頓的愛很有信心。我相信即使我殺了他，他也不會想報復我的。」

我勸她要珍惜丈夫的愛情，要更看重他。

「我很珍惜啊，」她說，「但他也不必為了小事這樣哭哭啼啼的吧。這實在太孩子氣了。我說現在希斯克利夫不會再被看不起了，全鄉最一流的紳士做他的朋友也應該覺得光彩，他就流眼淚了。其實這話是他應該說的，而且也應該為我高興才對。他一定得習慣希斯克利夫，或許還應該喜歡他呢。說起來希斯克利夫是很有理由討厭他的，我覺得希斯克利夫的表現很棒！」

「他說要去嘯風山莊，妳覺得怎樣？」我問，「看起來，他從內到外都變好了：甚至很像基督徒了，到處對他的敵人伸出手來談和！」

「他有跟我解釋這件事，」太太說，「我跟妳一樣覺得奇怪。他說他本來以為妳還在那裡，所以他去找妳，要問我的消息。約瑟夫跟興德里說他來了，興德里出來問他這些年在做些什麼，過得如何，後來就請他進去坐坐。裡面有些人在玩牌，希斯克利夫就加入牌局。我哥輸了，欠了希斯克利夫

---

⑨表示林頓心情激動，手在顫抖，潑出不少茶來。

一些錢。後來他發現希斯克利夫很有錢，就問他要不要晚上再過去，希斯克利夫也答應了。興德里很莽撞的，對於邀請誰去一點都不謹慎，他也不想想看，以前他對人家那麼惡劣，現在應該要提防一點才是。不過希斯克利夫跟我保證，他住在以前的仇人家裡，只是為了離鶇翔莊園比較近，走路就可以到，而且對於我們一起住過的家也有所眷戀。他也希望，這樣我會有更多機會去看他；如果他住在吉默屯，這種機會就少了。希斯克利夫想付租金住在嘯風山莊，我哥那麼貪婪的人一定會立刻接受。我哥總是貪得無厭，但他一隻手抓進來，另一隻手就拿去扔掉。」

「可真是適合年輕人住的好地方啊！」我說。「太太，妳不擔心會發生什麼事嗎？」

「我不擔心希斯克利夫，」她說。「他很聰明，會避開危險。興德里是有點讓人擔心，但他已經淪喪到底，不可能更沉淪了；至於生命危險，有我在，應該還不必擔心。今天晚上的事情，已經讓我和上帝和解，我也跟人類和解了！我曾經憤怒反抗上帝。哎，奈莉，我受了多少的苦啊！如果那傢伙知道我吃了多少苦，他就會覺得自己真的不應該說那些意氣的話。但我出於對他的一片好意，願意自己一個人吞下來。如果我跟他說，我有多麼常心痛欲裂，他一定會像我一樣熱切地想要減輕這種痛楚。但不管怎麼說，都過去了！他這麼愚蠢的行為，我也算了。從今以後，我什麼苦都不怕了。就算全世界最壞的人打我一巴掌，我不但會把另一邊的臉轉過去讓他打，還會因為我惹他生氣而道歉。為了證明給妳看，我立刻去跟艾德格講和。晚安了！我真是個天使！」

凱瑟琳就這樣得意洋洋走了。她也的確實現了她的話：第二天，老爺不但不生悶氣了（雖然他的氣勢還是比不過凱瑟琳的神采飛揚），甚至太太說下午要帶伊莎貝拉去拜訪嘯風山莊，他也沒有反對。太太也回報以甜蜜的愛情，所以接下來幾天，鶇翔莊園簡直就像是伊甸園一樣美好，主僕都享受了普照的陽光。

希斯克利夫——我該改口稱呼他為希斯克利夫先生了——一開始的時候，並沒有常常來鶇翔莊園，他似乎在評估老爺能夠容許他到什麼地步。凱瑟琳也知道，接待他的時候不要過度表露興奮之情是比較明智的。久而久之，希斯克利夫先生就成為鶇翔莊園的常客了。

他小時候就沉默寡言，這時候也還是如此，感情也不大形諸顏色。我們老爺的侷促不安也漸漸和緩下來，後來還起了意想不到的變化。

老爺的新煩惱起於意料不到的地方：伊莎貝拉小姐對於這客人，忽然生出一種強烈的愛戀之情。伊莎貝拉小姐當時十八歲，是個美麗的年輕淑女，雖然聰明伶俐、感情敏銳，被激怒的時候脾氣也很大，但處事還像個孩子。老爺很愛護這個妹妹，對於妹妹的戀情簡直嚇壞了。與這樣一個來歷不明，沒有家世的男人聯姻，已經是有辱門風了，更別說鶇翔莊園有可能落入這個人的手中，要是老爺沒有男性子嗣的話⑩。而且他也很了解希斯克利夫的性情：儘管外表變了，他的個性不會變，也沒有變。老爺很畏懼希斯克利夫，他很不喜歡，想到伊莎貝拉愛上這樣一個人使他憂心忡忡。

老爺如果曉得，伊莎貝拉是單相思，並不是兩情相悅，他可能會更加害怕。他一發現伊莎貝拉愛上希斯克利夫，就指責希斯克利夫存心引誘。

---

⑩鶇翔莊園的繼承權是男性優先，所以艾德格有權繼承。但如果艾德格只有女兒而沒有兒子，繼承權就會落在最近的男性親屬手上，也就是艾德格的外甥（伊莎貝拉之子）。

其實我們已經注意到，那一陣子，林頓小姐常為了一點小事而生氣，明顯有了心事。她很煩人、容易生氣、不斷跟凱瑟琳頂嘴和鬥氣，凱瑟琳有限的耐性都快被她磨光了。伊莎貝拉日漸消瘦憔悴，我們念在她身體不好的份上，沒有太跟她計較。但有一天早上，她特別折騰人：抱怨僕人沒有照她的話去做，所以不要吃早餐；又說太太沒有把她看在眼裡啦，抱怨先生都不照顧她啦；又說我們把門開著害她受涼、說我們故意把起居室的爐火熄滅，目的就是要惹她不高興等等，大概抱怨了一百件瑣事。太太很兇地命令她上床睡覺，又罵了她一頓，還說要請醫生來。

伊莎貝拉一聽到要請肯尼斯醫生來看，立刻宣稱她身體無恙，都是凱瑟琳的跋扈才讓她不舒服。

「妳這不講道理的孩子，怎麼說我跋扈？」太太聽到這種沒道理的指控，大吃一驚。「妳昏頭了。我什麼時候跋扈了，妳說？」

「昨天，」伊莎貝拉啜泣著說，「還有現在！」

「昨天！」太太說。「什麼時候？」

「我們在高沼地散步的時候：妳叫我愛去哪就去哪，而妳自己卻跟希斯克利夫先生悠哉悠哉地漫步！」

「這就是妳所說的跋扈？」凱瑟琳笑出來，「我並沒有說妳是多餘的，我們才不關心妳是否跟我們在一起；我只是以為希斯克利夫說的話，妳應該沒有什麼興趣才對。」

「才不是這樣，」小姐哭著說，「妳要我走開，因為妳知道我想待在那裡！」

「她是不是瘋了？」林頓太太問我。「伊莎貝拉，我現在就把我們的對話，一字不漏說給妳聽，請妳告訴我妳到底想聽哪一句。」

「對話不是重點，」小姐說，「我想要跟——」

「跟——」凱瑟琳逼小姐把話說完。

「跟他在一起，我不要老是被趕走！」小姐繼續說，火氣更大了。「凱西，妳是馬槽裡的狗⑪，妳只要他愛妳一個人，不能愛別人！」

「妳這沒有禮貌的小猴子！」林頓太太吃驚地叫起來，「我真不敢相信妳這麼笨！妳怎麼可能會希望希斯克利夫愛慕妳，還有妳居然會覺得他是可以愛的人！伊莎貝拉，我希望我誤會妳了？」

「沒有，妳沒有誤會，」這個執迷不悟的小姐說，「我愛他，比妳愛艾德格更真心。如果妳放手的話，他也許會愛我的！」

「那麼妳就是拿一個王國跟我交換，我也不願當妳！」凱瑟琳義憤填膺宣稱，而且她看起來是認真的。「奈莉，幫我勸勸她，讓她知道她瘋了。告訴她希斯克利夫是什麼樣的人：他沒有教養、沒有文化，沒有人要；是只有金雀花和黑岩石的荒地。叫妳愛他，不如在冬天把金絲雀放到園子裡去！妳這孩子，竟然會幻想跟他談戀愛，證明妳完全不了解他。千萬不要以為他嚴肅的外表下面，有什麼真摯的善良與愛情！他不是未琢磨的鑽石，也不是含有珍珠的粗糙蚌殼：他是個殘忍、無情、像狼一樣的男人。我從來不對他說：『放過這個敵人或那個敵人吧，傷害他們太殘忍了。』我只對他說：『放過他們，因為我討厭他們被傷害。』伊莎貝拉，如果他覺得妳很礙事，他會像捏碎一顆麻雀蛋一樣把

⑪出自伊索寓言。狗不吃草，卻在馬槽裡睡覺，讓馬都不能吃。

妳揑碎。我知道他不可能愛上你們姓林頓的，但他很可以為了妳的財富和未來的子嗣而娶妳。他愈來愈貪婪，就像是揮之不去的罪孽。這是我對他的了解。但我是他的朋友，就這點來說，如果他真的想要誘惑妳，也許我應該少說一些，讓妳落入他的陷阱才對。」

林頓小姐怒目瞪著她的嫂嫂。

「真是無恥！真是無恥！」她生氣地重複說。「妳這種惡毒的朋友，比二十個敵人還要狠毒！」

「所以妳不相信我囉？」凱瑟琳說，「妳以為我是因為什麼惡毒的私心，才說這些話的嗎？」

「一定是這樣，」伊莎貝拉回嘴道，「我真怕妳了！」

「好！」凱瑟琳說。「妳這麼喜歡，就自己去試試看好了：我已經受夠妳的無禮，不再跟妳說了。」

太太走了，小姐抽噎著說：「我就必須這樣忍受她的自大嗎！每個人都在跟我作對，她毀了我唯一的安慰。但她是騙我的，對吧？希斯克利夫先生不是惡人：他有高貴真誠的靈魂，否則他怎麼還會記得凱瑟琳？」

「小姐，不要再想他了，」我說，「他是一隻不祥的孤鳥，不是妳的好伴侶。太太話說得很重，但我也不能說她不對。太太比我更了解希斯克利夫，或許該說是最了解他的人。他只有可能比她說的更壞。誠實的人不會隱瞞他們的所作所為。他這些年是怎麼過的？他是怎麼發財的？他為什麼要住在嘯風山莊，明明山莊主人是他的仇人，不是嗎？聽說自從他回來以後，恩蕭先生愈來愈不像話。他們整晚不睡覺，就是玩牌喝酒；興德里還一直拿土地抵押借錢。一個星期以前，我在吉默屯遇到約瑟夫，他告訴我說：

『奈莉，咱們很快就要請驗屍官來驗屍了。有人想要像殺牛一樣自殺，攔他的人差點手指都被砍斷了。逆知道俺說的就是老爺。他就快要去最後的審判了。但他也不怕那幫子聖徒，不管審判的是聖保羅、聖彼得、聖約翰還是聖馬太。他誰都沒在怕的！他還想，應該說他渴望拿他的厚臉皮去見他們呢！還有那瘦小子，希斯克利夫，俺跟逆保證，他真是少見的奇才！魔鬼開的玩笑，他也能和別人一樣大笑。他去逆們鶇翔莊園的時候，都莫提過他在這裡過的是什麼樣的好日子嗎？他是這樣過的：黃昏的時候起床，擲骰子啦、喝白蘭地啦，晚上關起窗簾，點上蠟燭繼續玩，鬧到隔天中午，那個笨蛋就會一路罵髒話回他的房間，他的詛咒難聽到一般有身分的人都會用手指塞住耳朵不敢聽。然後那個惡棍就會數錢、吃東西、睡覺，再去鄰居家找人家太太閒聊。他們倆在一起的時候，他就可以跟凱瑟琳夫人說，她父親留下的金幣如何流入他的口袋，還有她哥哥如何衝向毀滅的大道，這惡棍還搶在前面幫他開閘門。』

林頓小姐，妳聽我說，約瑟夫是個老壞蛋，但他不會說謊。如果他說希斯克利夫的事情是真的，妳就不會想要他當丈夫了吧，是不是？」

「艾倫，妳跟他們都是串通好的！」小姐說，「我不要聽妳說他壞話。妳們就是希望我在這世界上永遠得不到幸福，真是壞透了！」

如果讓她自己想一想，她會從不切實際的夢中清醒過來，還是會更加執著，我也沒辦法說，因為她沒有時間可以想了。第二天隔壁鎮有一個法官會議，我們老爺一定得去。希斯克利夫先生知道老爺不在，比平常更早來鶇翔莊園。

凱瑟琳和伊莎貝拉坐在書房，兩人都不說話，怒氣沖沖。伊莎貝拉一時衝動說出心裡的祕密，惶惶不安；凱瑟琳經過一番思考，覺得小姑實在得罪她了；下次她再這麼唐突的話，就不是什麼好笑的事情了，一定要她受罪。

所以凱瑟琳看到希斯克利夫從窗前經過時，果然笑了。我正在清掃壁爐，看到凱瑟琳露出一個不懷好意的微笑。伊莎貝拉不知道在想什麼，還是在專心看書，她到門開的時候才驚覺不對，但已經來不及閃躲了。要是可能的話，她一定躲得遠遠的。

「進來，來得正好！」太太歡欣地叫道，拖了一把椅子到壁爐前。「這裡有兩個人悶悶不樂，非常需要有第三者來破冰，而你正是我們倆的首選。希斯克利夫，我要為你介紹一個比我還愛你的人，終於有這樣的人出現了，我真是欣慰啊！我想你也應該覺得很榮幸。不，不是奈莉，別看她！我可憐的小姑一想到你的俊美和高貴人品，心就快要碎了。你要不要當艾德格的妹夫，就全看你了！不，不，伊莎貝拉，妳別想跑，」伊莎貝拉驚慌失措，憤然站起身來要走，凱瑟琳卻假意跟她鬧著玩，不讓她走。「希斯克利夫，我們為了你，吵得像兩隻貓一樣，她那樣崇拜和愛慕你，我真的比不過她。還有，有人告訴我說，如果我有風度一點，往旁邊站的話，我的情敵，這是她自己說的喔，就有機會永遠贏得你的心，讓你永遠忘記我的身影！」

「凱瑟琳！」伊莎貝拉掙脫不開，忿忿不平，索性放棄掙扎。「就算是開玩笑，也請妳不要造謠，不要污衊我！希斯克利夫先生，請叫您的朋友放開我：她忘了您和我並不是熟識多時的朋友，她覺得好玩的事情，對我卻是無比難堪。」

客人什麼話都沒有說，只是坐下來，看起來對伊莎貝拉的感情一點都不在意。伊莎貝拉只好轉頭，小聲拜託凱瑟琳放她走。

「想都別想！」太太這樣回答，「我不要再被人罵馬槽裡的狗。妳乖乖待著：別想走！希斯克利夫，你聽到我說這樣的好事，為什麼沒有表示呢？伊莎貝拉發誓說，艾德格對我的愛，根本比不上她對你的愛。我敢說，她說過類似的話，艾倫，妳可以作證吧？而且她從前天我們散步以來，就不吃東西了，只是心懷怨恨，說我不願讓她跟你相處，是很過分的事情。」

「我想妳冤枉她了，」希斯克利夫把椅子轉向，面對她們倆。「她現在一心只想從我眼前逃走呢！」

然後希斯克利夫認真打量他們討論的人，就像看什麼奇怪的噁心動物一樣，像是印度來的蜈蚣之類的，雖然令人反感，但又在好奇心的驅使之下仔細觀察一番。

可憐的伊莎貝拉受不了這種眼光，她的臉色一下白一下紅，淚珠開始從睫毛滴下來。她的小手很努力地想要扳開凱瑟琳的手，但她只要一扳開一隻手指，另一隻就會蓋下來，她根本就沒有辦法全部掙脫。所以她只好用指甲掐凱瑟琳，尖銳的指甲立刻在凱瑟琳手上留下紅色的新月形痕跡。

「真是隻母老虎！」林頓太太痛得甩手，放小姑走了。「快走吧，看在上帝份上，把妳那潑婦的臉藏起來！竟然在心上人眼前露出爪子，也太蠢了吧！妳覺得他會怎麼想？希斯克利夫，注意一點！這以後就要用來對付你了，你要小心眼睛。」

伊莎貝拉走了，門也關上以後，希斯克利夫說：「如果她敢用指甲來對付我，我會把指甲從她手上剝下來。但凱西，妳幹嘛這樣欺負她呢？妳說的不是真的吧，我猜？」

「我保證是真的，」她說。「好幾個禮拜以來，她都想你想得要命，今天早上還為了你大鬧一場。我只是很老實地把你的缺點說給他聽，想要減輕她對你的崇拜，她就大罵了我一頓。但別多想這件事了，我只是受不了她的壞脾氣，想挫挫她罷了。親愛的希斯克利夫，我喜歡我的小姑，不能讓你把她給活吞了。」

「而我太討厭她了，也不想吞她。」希斯克利夫說。「我又不是食屍鬼。要是我跟那個乏味的蠟像臉住在一起，妳會聽到很多怪事：像是每隔一、兩天那張白臉就變得五顏六色啦，或是藍眼珠變黑色啦⑫，都算是平常的了。那對眼睛真像林頓，看了就噁心。」

「可愛的眼睛！」凱瑟琳說。「那是鴿子的眼睛，天使的眼睛！」

希斯克利夫沉默了一會，問：「她是她哥哥的繼承人，對吧？」

「輪到她來繼承，就很悲哀了，」凱瑟琳說。「也許還有五、六個姪子排在她前面呢⑬。老天！別再想這件事了：你太覬覦鄰人的財富；別忘了這個鄰人的財富是我的。」

「如果是我的，也等於是妳的，」希斯克利夫說。「雖然伊莎貝拉很笨，她倒是沒有瘋。好吧，就像妳說的，我們別管這事了。」

他們的確沒有再談下去，凱瑟琳可能根本也就沒有再想過這件事。但我覺得希斯克利夫當天晚上還一直在琢磨這件事。我親眼看到，太太偶爾離開客廳的時候，希斯克利夫陷入不懷好意的沉思，還自顧自微笑起來，甚至可以說是獰笑。

我下定決心要好好監視他的一舉一動。在老爺和凱瑟琳之間，我的心是偏向老爺的。理由是他比較善良，可以信任，是個正人君子；而太太呢，雖然也不能說是壞人，但似乎有點過於縱容自己，我也不覺得她有什麼原則，所以也不是太同情她。我很希望發生什麼事情，可以讓嘯風山莊和鶇翔莊園脫離希斯克利夫先生，讓事情回到他出現以前。他一次又一次來訪，不但是我的惡夢，也是老爺的惡夢。他住在嘯風山莊更讓我憂心不已。我覺得上帝已經放棄住在那裡的迷途羔羊，任由他走上毀滅的道路，而一隻邪惡的野獸正匍匐在那隻羊和羊圈之間，等待時機成熟，就要跳出來毀滅一切。

第十一章

有時候，我獨自一人想著這些事情的前因後果，愈想愈害怕，就站起來戴上軟帽，去看看山莊的情況如何。我說服自己的良心說，我有義務要警告興德里，告訴他別人都是怎麼說他的。但接下來，我又想起他的惡行，覺得自己也不可能改變他，遂又不敢走進那間悲慘的房子，怕萬一我想的事情成真，我不知是否受得了。

有一次我去吉默屯辦事，途中轉過去嘯風山莊大門看看。那就是我們故事差不多說到的時候：那個下午雖然有霜，但天氣晴朗，地上禿禿的，路面又乾又硬。

我走到一塊岩石，馬路在那裡往左就可以走到高沼地。那裡有一塊石碑，北面刻著嘯字，東面刻

---

⑫ 這兩句是說希斯克利夫會動手打她，讓她的白皮膚留下青紫瘀傷，或眼圈被打黑。

⑬ 如果輪到伊莎貝拉來繼承家產，表示凱瑟琳無子，因此她說那樣的話就很悲哀了。下一句是說她預期自己將會替艾德格生好幾個兒子，輪不到伊莎貝拉來繼承。這句話也可以證明凱瑟琳對於自己的婚姻是很有信心的。

著吉字，西南面刻著鶇字。那是個路標，分別指向嘯風山莊、吉默屯鎮和鶇翔莊園。

灰色的石碑頂上閃著金色的陽光，讓我想起夏日，我也說不上為什麼，但童年回憶忽然回到我的心上。二十年前，興德里和我最喜歡的就是這個地方。

我盯著這塊經過長年風吹雨打的大石塊，然後蹲下來查看一個底下的洞，裡面仍然有很多蝸牛殼和鵝卵石，那是我們小時候很喜歡藏在那裡的，還藏了許多更容易腐壞消失的東西。忽然間，我似乎看見了我早年的玩伴就坐在那塊枯萎的草地上，他一頭黑髮，方方正正的頭往前傾，小手裡拿著一塊石板正在挖土。

「可憐的興德里！」我不由自主地叫出來。我嚇了一大跳：因為我的眼睛似乎真的看到那小小的興德里仰起臉來，直直看著我！雖然我一眨眼，他就消失了；但我覺得非去嘯風山莊看看不可。我是迷信的，我想這或許是表示興德里死了，或是快要死了！我總覺得這是跟死亡有關的異象。

我愈接近山莊，愈是忐忑不安；看到屋子的時候，我手腳都在發抖。我看到的幻影比我快一步，已經在裡面了，透過柵門看著我。我的第一個念頭，就是柵欄邊那個棕色眼睛、胖嘟嘟的孩子是個精靈。但回神想了一下，就知道這孩子其實是哈里頓，我的哈里頓。他跟十個月前我離開他的時候沒什麼變。

「寶貝，上帝保佑你！」我立刻忘了我那些無稽的恐懼。「哈里頓，我是奈莉啊！奈莉，你的保姆啊。」他退後一步，撿起一塊大石頭。「哈里頓，我是來看你父親的。」從他的動作看起來，我猜他就算還記得有我奈莉這個人，也已經不認得我了。

他舉起石頭要丟，我趕快說了些安撫的話，但他還是沒有停手：石頭打到我的帽子。接下來，從這孩子口中居然冒出一串髒話。不管他自己懂不懂這些髒話的意思，他看起來是說得很習慣，稚嫩的五官也因此被恨意所扭曲，看起來很嚇人。

您一定想得到，我與其說是生氣，不如說是傷心。我雖然眼淚都快流下來了，但還是連忙從包包裡拿出一個橘子哄他。他遲疑了一下，從我手上把橘子搶走，可能是他以為我只想要逗弄他，而沒有真的要給他吧。我又拿出另一個橘子，不讓他碰到。

「小寶貝，誰教你這些話的？」我問他，「副牧師嗎？」

「去他的副牧師，還有去妳的！給我！」他說。

「你先說誰教你的，我就給你。」我說。「你跟誰學的？」

「死老爸。」他說。

「你跟爸爸學了什麼？」我繼續追問。

他跳起來搶橘子，我把橘子舉得更高。「他都教了你什麼？」我問。

「什麼也沒有，」他說。「他只有叫我別擋路。爸爸討厭我，因為我都罵他。」

「喔！是魔鬼教你罵他的嗎？」我問。

「嗯——不是。」他拖長了聲音說。

「那是誰教的？」

「希斯克利夫。」

我問他喜不喜歡希斯克利夫先生。

「喜歡！」他說。

我想知道他為什麼喜歡希斯克利夫先生，但他說得不清不楚，只有說：「我不知啊：爸爸怎麼對我，他就怎麼對爸爸。爸爸罵我，他就罵爸爸。他說我要幹嘛都可以。」

「那副牧師沒有教你讀書寫字囉？」我又追問。

「沒有。希斯克利夫跟我說，副牧師如果敢跨過門檻進來，他的——牙齒①就會被打進他的——喉嚨。希斯克利夫答應我的！」

我把橘子放在他手裡，叫他去跟爸爸說，有位奈莉．迪恩在花園門口等著跟他說句話。他順著小路往裡走，進了屋子；但興德里沒出來，倒是希斯克利夫出現在門口。我立刻轉身就跑，盡全力一口氣跑到路標那邊才敢停下來，心裡非常害怕，覺得我好像撫養了一個山鬼。這跟伊莎貝拉小姐的事情沒什麼關係，只是讓我更下定決心，要好好守護鶇翔莊園，不要讓這股邪惡的勢力蔓延過來：即使我必須跟太太過不去，要掀起家庭風暴也在所不惜。

希斯克利夫下一次來訪的時候，林頓小姐正好在花園裡餵鴿子。她已經三天沒有跟她嫂嫂說過一句話，但她也沒有像從前那樣抱怨不停了，讓我們鬆了一口氣。就我所知，希斯克利夫本來對林頓小姐是一眼都不多看的，但這次一看到小姐，他立刻就先把屋子正門周邊掃視一次，確定沒有人在。我站在廚房窗前，立刻躲在他看不到的地方。他走到小姐身邊說了什麼，小姐似乎很難為情，想要走開，但他伸手拉住小姐的手臂，不讓她走。小姐把臉轉開：似乎他問了什麼她不想回答的問題。接下來這壞蛋又很快看了屋裡一眼，覺得沒人會看到他，竟然就把小姐擁入懷中。

「猶大！叛徒！」我脫口而出。「還是偽君子呢！大騙子。」

「奈莉，妳在說誰啊？」凱瑟琳的聲音忽然在我身後響起來，原來是我太注意看外面那一對了，沒注意到她什麼時候進來廚房了。

「妳那個下流朋友！」我的火氣不小。「像蛇一樣狡猾的傢伙。喔，他已經看到我們，他要進來了！他不是跟妳說他討厭伊莎貝拉小姐嗎？現在他卻跟小姐求愛，看他要用什麼藉口來跟妳說！」

太太看著伊莎貝拉小姐掙脫了希斯克利夫，跑進花園裡了。過了一分鐘，希斯克利夫開門進來。我忍不住罵了幾句，但凱瑟琳很生氣，叫我閉嘴，還說我如果管不住嘴巴，就要把我攆出廚房。

「聽聽妳的語氣，人家還以為妳才是太太呢！」她說。「妳是什麼身分就說什麼話！希斯克利夫，你為什麼要惹出這樣的風波？我叫你放過伊莎貝拉的！難道你不想再來這裡了，希望林頓會把門閂起來，把你關在門外？」

「上帝不准他這麼做！」這黑臉的惡人說，讓我更看不起他了。「上帝要他乖乖聽話，要有耐性！每天我都愈來愈想送他上天堂！」

「噓！」凱瑟琳把廚房通往客廳的門關起來。「別惹我生氣。為什麼你不照我說的做？她是故意去等你的嗎？」

「妳這算什麼？」希斯克利夫生氣地說，「我有權利吻她，只要她願意的話，妳卻沒有權利反對。我不是妳的丈夫，妳不必嫉妒我！」

「我不是嫉妒妳，」太太說，「我是為你不值。別給我臉色看，你不該兇我！如果你喜歡伊莎貝拉，就去娶她。但你真的喜歡她嗎？希斯克利夫，跟我說實話！你看！說不出話了吧。我知道你不喜

---

①「牙齒」和「喉嚨」前各有一個破折號，代替髒話。這裡可能是洛克伍德在筆記時，因為教養的關係，用破折號取代髒話。

歡她。」

「再說林頓先生會贊成他妹妹嫁給這種人嗎？」我插嘴說。

「林頓先生不能反對。」太太很果斷地說。

「他也不必費神了，」希斯克利夫說。「我要娶就娶，不必他同意。至於凱瑟琳，既然我們都說到這裡了，我倒有幾句話想跟妳說。我希望妳知道，我很清楚妳是如何殘忍折磨我的，非常殘忍！妳聽清楚了嗎？如果妳騙自己說我不曉得，那妳就太愚蠢了。如果妳以為說幾句甜言蜜語，就可以安撫我，那妳更是白癡。如果妳以為我受過的苦，我都無怨無悔、不思報仇，我告訴妳正好相反，妳很快就會看到了！在我報復之前，多謝妳告訴我妳小姑的心事，我發誓我會善加利用。別擋我的路！」

「你的惡性格又有新發展啦？」林頓太太大吃一驚，「我殘忍折磨你！你要報仇！你這忘恩負義的小子，到底在想什麼？你說，我是怎麼折磨你了？」

「我沒有要對妳報仇，」希斯克利夫的氣焰稍微低了一點，「我沒有這樣的計畫。暴君折磨他的奴隸時，奴隸並不會反抗，他們只會折磨比他們更低下的人。妳高興起來要折磨我到死，我也沒有怨言；但請讓我有點自由，可以用同樣的方法折磨別人。而且不要侮辱我。妳剷平了我的宮殿，不要隨便給我一間草屋，就好像給了我不得了的恩賜。如果妳真心希望我娶伊莎貝拉，我還不如現在就抹脖子自殺算了！」

「所以，我是錯在不嫉妒囉，是這樣嗎？」凱瑟琳叫道，「算了，我不會再請你娶親了，那簡直像是把迷失的靈魂獻給撒旦一樣罪過。你跟他一樣，都有使人痛苦的天分！你已經證明了。你剛來的時候，艾德格脾氣很大，好不容易才收斂下來，我才剛開始過幾天安穩平靜的日子，你現在就看不得我們平安過日子，非要惹事不可。希斯克利夫，你要去跟艾德格吵架，要去騙他妹妹，都隨便你了：

你這是在報復我，而且是最有效的方法。」

他們至此就不再說話了。太太在壁爐前坐下來，兩頰泛紅，心情很壞。本來聽她指揮的精靈愈來愈難以捉摸，她已經沒辦法控制了。希斯克利夫站在壁爐邊，兩手交抱，轉著他的壞念頭。我這時悄悄離開廚房去找老爺。他正在覺得奇怪，凱瑟琳為什麼在下面這麼久不上來。

「艾倫，」我進去的時候他說，「妳有看到太太嗎？」

「有的，她在廚房，」我說。「希斯克利夫先生做的事情讓她很難過，而且，說真的，我覺得不能再放任他這樣來訪了。對他太軟弱是有害的，現在已經到了該硬起來的時候——」然後我就說了花園裡發生的事情，也盡可能壯起膽子說了接下來的那段爭吵。我以為我這樣做，對太太並沒有太不公平，是她後來自己要捍衛她的客人，才變得不可收拾。

林頓先生差點就聽不下去，勉強才聽我說完。他一開口說話，就聽得出來他覺得太太也有責任。

「這實在是難以忍受了！」他說。「太太居然會有這樣的朋友，太丟臉了，她還強迫我跟他來往！艾倫，去大堂叫兩個人來。凱瑟琳不能再跟這種流氓來往——我已經縱容她太久了。」

先生跟我下樓，吩咐那兩個僕人在過道等著，然後跟著我走進廚房。裡面的兩個人又吵了起來：至少林頓太太正在起勁罵他，希斯克利夫已經走到窗邊去了，垂著頭聽她猛烈批評。

他先看到老爺，連忙打手勢叫太太別說了，太太也發現了，立刻住口。

「現在是怎樣？」林頓對太太說。「這流氓對妳說了這種聽不下去的話，妳居然還能留在這裡不走，有沒有羞恥心？我猜，因為他平常說話就是這樣，所以妳覺得沒什麼：妳已經習慣他的無恥下流，所以以為我也可以習慣！」

「艾德格，你在門外偷聽我們說話嗎？」太太的回答既不在乎先生的話，語氣又瞧不起他，就是故意要激怒他。

希斯克利夫聽到先生說話的時候，本來挑高了眉毛；但聽到太太的回答後，就很不屑地冷笑一聲，顯然是要吸引林頓的注意。林頓的確把矛頭轉向他了，但並沒有激烈的痛斥。

「先生，我至今都一直在容忍你，」他小聲地說，「並不是因為我不了解你的卑劣人格，而是因為我覺得錯不在你一個人身上；凱瑟琳也希望我們能保持來往。我默認了，這是我的愚蠢。你是道德的毒藥，會污染周圍最純潔高尚的人。因此，為了防止更不幸的後果出現，我此後禁止你再踏進這個家，而且我要求你現在立刻離開。你若三分鐘內還不走，恐怕就要被強力攆走，那時就很難看了。」

希斯克利夫以嘲弄的眼光，打量先生的身高和體型。

「凱西，妳這隻小羊在威脅我，還以為他自己是隻公牛呢！」他說，「恐怕他的頭骨要碎在我的拳頭下了。老天！林頓先生，我怕你還不值得我動手！」

老爺向走道方向看了一眼，暗示我去叫人過來：他並無意跟希斯克利夫單挑。

我照著他的指示走出去，但林頓太太有點起疑，跟在我後面。我正要開口叫人的時候，她一把將我拉回廚房，把門甩上，並且上鎖。

林頓先生又驚又怒，但太太說：「要打就公平一點！你如果沒有勇氣打他，你就道歉，不然就等著挨打。不要假裝你很有勇氣，又不敢打。不，我寧願把鑰匙吞下去也不給你！我對你們兩個那麼好，結果你們就這樣回報我！我一直容忍你的軟弱，又容忍你的壞脾氣，結果兩個都忘恩負義、愚蠢、又固執！艾德格，我一直在為你說話，保護你的家庭；現在我希望希斯克利夫可以好好教訓你一頓，誰叫你把我想得那麼壞！」

老爺根本不需要什麼教訓，就已經很有效果了。他跟凱瑟琳搶鑰匙，結果凱瑟琳把鑰匙往火裡一丟，讓他根本拿不到。先生臉色灰白，全身發抖，他一直都很怕情緒激動：驚懼加上恥辱，讓他無法承受。他靠著一張椅背，把臉埋在雙手中。

「噢，老天！在古時候，你可以因此得到騎士的封號呢！」太太說。「我們戰敗了！我們戰敗了！希斯克利夫只要舉一根手指頭，就像國王的大軍橫掃過老鼠的領地。振作一點！別這麼受傷的樣子！你連羔羊都不是，只是隻嘴巴動不停的兔子而已。」

「凱西，妳會喜歡這種血管裡流著牛奶的膽小鬼！」希斯克利夫說，「我真看不起妳的品味。妳居然因為這樣一個流口水、發抖的傢伙，而放棄我！我不會用拳頭打他，但我要用腳踢他，讓我滿足一下。他是在哭嗎？還是已經嚇到要昏倒了？」

希斯克利夫走向林頓靠著的椅子，推了椅子一把。他應該要保持距離才對：因為老爺立刻站直身子，對準希斯克利夫的喉頭就是一記重擊，要是換了比較瘦弱的人，這一下就倒在地上了。

希斯克利夫窒息了一分鐘，林頓先生趁機從廚房後門走到屋外，再繞到正門。

「這下好了，你以後也不必來了，」凱瑟琳叫道，「快走，現在就走，他會帶手槍回來，還會帶五、六個幫手來。如果他剛才真的聽到我們說的話，他是永遠不會原諒你的。希斯克利夫，我被你害慘了！但走吧，快點！我寧願艾德格不高興，也不想看到你被困在這裡。」

「妳覺得他這樣打我一拳，我現在喉嚨還像火在燒，我會吞下去嗎？」他怒道，「不可能，去他的！我要打碎他的肋骨，像壓扁的榛果一樣，然後才離開！如果我今天不把他撂倒，以後就要殺他了。所以，如果妳想讓他活命，就讓我進去教訓他！」

「先生沒有要過來，」我趕快編了個謊。「外面有馬車伕和兩個園丁：你不會想要等著被他們扔到大路上吧！他們每個人都拿著棍子，主人很可能只會在樓上起居室的窗邊，看著他們動手而已。」

園丁和馬車伕是在外面沒錯，但先生也跟他們一起，都已經進了中庭。希斯克利夫轉念一想，覺得沒有必要跟三個下人打架，所以他抓起火鉗，把通往室內的門鎖敲掉，那些人從後門進來的時候，他從裡面逃走了。

林頓太太情緒非常激動，要我陪她上樓。她並不知道這場亂子是我去跟先生通風報信的，我也很怕她知道。

「奈莉，我真是頭痛得不得了！」她倒在沙發上說，「好像有一千個鐵匠在敲我的頭！叫伊莎貝拉離我遠一點，這次都是她害的。要是她或其他人再來惹我生氣，我大概要瘋掉了。還有，奈莉，如果今天晚上妳看到艾德格，就跟他說，我看起來快要生一場大病了。我希望能真的生一場病。他這樣讓我傷心，實在想都想不到。我想嚇他一下。還有，他可能來了又要罵人或抱怨不停，然後我一定要罵回去，天曉得我們會怎麼樣？我的好奈莉，妳肯幫我做這件事嗎？妳知道這件事不能怪我。誰知道他是什麼鬼迷心竅，居然偷聽我們講話？妳走了以後，希斯克利夫的話很過分，但我就快要讓他對伊莎貝拉死心，以後就沒什麼事了。但現在什麼都完了，都是因為那個傻子像被惡魔附身一樣，想要偷聽惡魔說話！要是艾德格沒有偷聽，他也不會這麼壞。真的，我已經很嚴厲地罵過希斯克利夫了，艾德格還用那種不高興的語氣教訓我，我真是不想管了，他們要怎樣都隨他們去。尤其是我覺得無論最後結局是什麼，我們都會糾纏很久，天知道多久！但是，如果我不能再跟希斯克利夫來往，如果艾德格真的這麼小心眼又愛嫉妒，我會讓他們倆心碎，就像他們讓我心碎一樣。把我逼急了，我只好結束一切！但只要還有希望，我就不會輕易這麼做，我不想讓林頓突然承受這種痛苦。他到目前為止，都還小心翼翼避免激怒我；妳一定要讓他知道，如果改變做法的話，會有什麼風險，還要提醒他我有多狂暴的脾氣，如果被激怒的時候，會怒到發瘋。我希望妳臉上不要這麼面無表情，可以多為我擔心一點嗎？」

我聽到太太這些指示的時候面無表情，當然讓她很氣，因為她是非常認真在說這些話的；但我相信一個人如果能夠事先計畫如何利用自己的暴烈脾氣，那儘管情緒激動，或許也可以控制自己的脾氣。我也不想像她說的那樣嚇嚇她的丈夫，為了她自私的目的而讓先生更添煩惱。

所以先生過來起居室的時候，我什麼都沒說，但我沒走遠，留下來聽聽他們是否還繼續吵架。

先說話的是先生：「凱瑟琳，待在那裡別走，」他說話的語調沒有一絲憤怒，但非常哀傷頹喪。「我不會留在這裡。我不是來跟妳吵架，也不是要來談和。我只是想知道，今晚的事情之後，妳是否還要繼續跟——」

「噢，發發好心，」太太跺腳，不讓他說下去。「拜託你好心一點，我現在不想聽到這件事！你的血是冷的，熱不起來；你的血管裡都是冰水，但我的血在沸騰，看到你這麼冷血，讓我更是渾身發熱。」

「要我走的話，就回答我的問題。」林頓先生很堅持，「妳一定要回答我；我沒有被那場暴力嚇到。我已經看出來，妳高興的話，可以跟任何人一樣無情。從今以後，妳會放棄希斯克利夫嗎？還是會放棄我？妳不可能既當我的朋友，同時又是他的朋友。我要知道妳的選擇。」

「我只要你走開！」凱瑟琳狂怒不已，「讓我一個人就好！你看不出來我幾乎站不起來了嗎？艾德格，你——你走開！」

她用力搖鈴，搖到繩子都碰地一聲斷了。我不慌不忙走進去。用這種毫無道理、存心不良的方法來試探一個聖人的脾氣，實在太過分了！太太躺在沙發上，用她的頭去撞沙發扶手，又猛咬牙齒，好像要把牙齒咬斷似的！

先生站在一旁看，忽然一臉內疚和恐懼。他叫我去拿水。太太呼吸不過來，沒辦法說話了。我端了一滿杯水過來，她也不能喝，所以我把水潑在她臉上。沒過幾秒，她忽然四肢僵硬，眼睛上翻，臉頰灰白，散發出死亡的氣息。

先生嚇傻了。

「這沒什麼大不了的。」我小聲說。我心裡也還是有點怕，但我不希望先生讓步。

「她的嘴唇流血了！」他邊說邊發抖。

「不要緊的！」我尖酸地說。我跟先生說太太剛才如何下定決心，要在他眼前演一場發瘋的戲。我不小心講太大聲，被太太聽到了，她忽然坐起來，頭髮散在肩膀上，眼睛閃著異光，脖子和手臂青筋畢露。我想她可能會攻擊我，也有被她打斷骨頭的心理準備了，但她卻只是四下看了一眼，就衝出房間。先生叫我跟著她，我一路跟到她的臥房，她卻把門關起來不讓我進去。

第二天早上，她沒說要下樓用早餐，所以我去問她是否要把早餐端上去給她。

「不必！」她很堅決地說。

中午和晚茶時間我又各問了一次，再過一天的早上也問了，她還是一樣說不吃。林頓先生一直待在書房，完全沒有過問太太在做什麼。先生找伊莎貝拉談了一個小時，希望讓妹妹了解希斯克利夫的可怕，但小姐的回答總是含糊其詞，先生也不知道是什麼意思。最後先生雖然不滿意，還是只能結束這場談話，不過在最後警告小姐，如果她真的失去理智，去接受那個下流的追求者，那麼先生將和她斷絕兄妹關係。

第十二章

接下來幾天，林頓小姐整日愁眉不展，什麼話也不說，只在鶇翔莊園綠地和花園裡走來走去，淚眼汪汪；她哥哥則窩在書房裡，一本書也看不下去，我猜他鎮日就是想著凱瑟琳會不會後悔自己的行徑，自己跑來道歉，尋求和解，等得都累了；太太則是固執地不吃不喝，或許她以為每一餐用餐的時候，艾德格都會因為見不到她而傷感，只是因為面子放不下，所以才沒有跑到她跟前來。這幾天裡，我照樣做我的家務，深信鶇翔莊園上上下下只有一個人是有理智的，那個人就是我。

我不願說什麼話安慰小姐，也不想跟太太爭辯，更不想理會先生的嘆息：他聽不到太太的聲音，卻渴望聽到太太的近況。我決定等他們自己來找我再說。雖然我等得有點不耐煩，但最後還是覺得看到一絲曙光而高興起來。這是我一開始以為的。

太太在第三天終於開了門。她把水壺和杯子裡的水都喝光了，要我倒水給她，還要了一碗粥。她覺得自己快死了。我覺得她這話是故意說給先生聽的，我才不相信她快死了，所以我沒有跟先生回報，而是端了一些茶和烤麵包給她。

她狼吞虎嚥吃完了，又倒回枕頭上，握拳呻吟著說：「唉，我想死了算了，」她說，「都沒有人關心我。我不要吃就好了。」

過了好一會兒，我又聽到她自言自語：「不，我不要死，這樣他會稱心如意——他一點都不愛我，他永遠都不會想念我！」

「太太，還要什麼嗎？」雖然她的神色怪異恐怖，舉止也很誇張，但我還是盡力維持鎮定，不讓她看出來。

她臉色枯槁，披頭散髮。「那個沒感情的人在做什麼？」她把一綹亂髮從臉上撥開，問道：「他是昏睡了幾天，還是死了？」

「都不是，」我回答說，「如果您是指林頓先生的話。他還好，不算太糟糕。他看書是看得太久了一點，因為也沒有別人可以說話，所以他一直待在書房。」

如果我當時就知道太太的病況，我是不該這樣說。但我還是一直覺得她發瘋這件事情，至少有一部分是裝出來的。

「看他的書！」太太又驚又怒。「我都快死了！都已經在墳墓邊了！我的天！他知道我變了多少嗎？」她盯著掛在牆上的鏡子說，「那是凱瑟琳．林頓嗎？也許他以為我的憂鬱是裝出來的。妳就不能告訴他說，那絕對是真的嗎？奈莉，只要我知道他是怎麼想的，又不會太晚的話，我會二選一：要不就絕食而死，但這對他也不痛不癢，除非他還有良心；要不就好起來，離開此地。妳說他一直在看書，沒有騙我嗎？別騙我。他真的完全不關心我的死活嗎？」

「可是太太，」我說，「先生又不知道您心煩意亂，當然他也沒有想過您會想把自己餓死。」

「妳以為我做不到嗎？妳可以告訴他說我快死了嗎？」她說。「讓他相信！說妳的想法，說妳很確定我在自殺！」

「沒有的事，太太。您忘了，」我說，「您剛才還津津有味吃了東西，明天就會更有力氣的。」

「如果我自殺就一定會害死他的話，」她不理會我。「我立刻自殺！這三個可怕的夜晚！我從來都沒有閉上眼睛。哎，我被折磨得好慘，就好像有鬼纏著我似的！但奈莉，我開始覺得妳好像不喜歡我。多奇怪啊！我本來以為，就算人們互相討厭、彼此憎恨，他們都還是會愛我的。結果他們一下子就都變成敵人了。我知道他們是這樣的，這裡的人啊。多可怕！面對死亡的時候，周圍只有這些冰冷的臉孔！伊莎貝拉會被嚇到，又覺得噁心，所以她不會走進這間房間的：看著凱瑟琳死去實在太可怕了。艾德格會很嚴肅地站在一旁看著我死，然後會禱告，感謝上帝讓他的家重獲安寧，然後就回去看他的書！我都要死了，他到底是用什麼心情在看書？」

我告訴她林頓先生的好學和鎮定表現，讓她很受不了。她翻來覆去，看起來更加瘋狂。她還用牙齒撕開枕頭，然後在狂怒中坐起來，叫我去打開窗戶。當時是冬天，東北風很強勁，所以我拒絕了。

她臉上閃過的表情，還有情緒的變化，開始把我嚇到了，我想起她三年前的那場大病，還有醫生警告說不能激怒她的話。她前一分鐘還很火爆，但忽然間用一隻手撐著身子，完全沒注意到我有沒有去開窗，開始從枕頭的縫把羽毛一根一根拉出來，像小孩子似的，還分門別類排在床上。她的心思已經不知道飄到哪裡去了。

「這是火雞毛，」她自言自語。「這根是野鴨子的，這根是鴿子的。咦，枕頭裡面有鴿子毛啊，難怪我死不了①。我要躺下來的時候，要記得把這根鴿子毛丟到地板上才行。這根是紅頭松雞的，還有

---

①約克郡人相信，枕頭被褥中如果有鴿子毛，可以延緩死亡的時間。

這個——啊，我在一千根羽毛中也可以認出來——是小辮鴴的羽毛。瘦巴巴的鳥，在沼原中間飛過我們頭頂。牠急著要回巢，因為水面上積起雲來，就快要下雨了。我們沒有打這隻鳥，這根羽毛是在荒原上撿來的，我們在冬天看到牠的巢，裡面都是小小的骨頭。希斯克利夫在鳥巢上設了陷阱，親鳥不敢過來，小鳥都死了。我要他答應我，從此以後不能再殺一隻小辮鴴，他也真的沒有再殺過了。這裡還有更多！奈莉，他是不是動手殺了我的小辮鴴？其中有沒有一隻是紅色的？我來看看。」

「不要再做這麼幼稚的事情了！」我看不下去，把枕頭搶走，翻面把那個洞朝下放在床墊上。她已經抓了一大把羽毛出來了。「躺下來，閉上眼睛。您在胡言亂語了。弄得亂七八糟！羽毛飛得到處都是，像下雪一樣了。」我忙著到處撿羽毛。

「奈莉，我看到妳了，」她繼續像說夢話一樣說，「妳是一個老女人，頭髮灰白，肩膀下垂。這張床就是潘尼斯頓岩下面的仙人洞②，妳正在收集精靈的石箭頭③，要來射殺我們的小母牛；但我一靠近，妳就假裝只是在收集羊毛。那是五十年以後的妳，我知道妳現在不是長這個樣子。我沒有在說夢話，妳錯了，不然我會以為妳真的就是那個老老的巫婆，而我就在潘尼斯頓岩下面。錯，我知道現在是晚上，而且桌上有兩支蠟燭，照著黑色的大櫃子，亮亮地像黑玉一樣。」

「大櫃子？在哪裡？」我問，「您根本就在作夢！」

「就在牆邊啊，一直都在那裡啊，」她說。「但看起來是有點怪——我看到上面有一張臉！」

「這個房間裡沒有大櫃子，以前也沒有。」我說。我坐下來，把床簾捲起來，可以好好看著她。

「妳沒看到那張臉嗎？」她很緊張地盯著鏡子說。

不管我怎麼說，她就是聽不懂那是她自己的臉，所以我站起來，拿了一條布巾把鏡子蓋起來。

「還在那後面！」她很不安地說，「還在動！那是誰？我希望妳離開以後，他不會跑出來！啊！

奈莉，這房間有鬼！我很怕一個人在這裡！」

她嚇到全身發抖，還是一直盯著鏡子的方向看，所以我握住她的手，要她冷靜下來。

「沒有人在那裡！」我說，「太太，那是妳自己的臉，妳明明知道。」

「我自己！」她驚呼一聲，「鐘敲十二點了！所以一切都是真的了！太可怕了！」

她的手指緊抓著被子，並且用被子把眼睛蓋起來。我想溜到門邊去叫先生，但她忽然尖叫起來，我只好回來。原來是蓋住鏡子的那塊布滑掉了。

「又怎麼了？」我大聲起來。「現在誰是膽小鬼了？快醒醒！那是鏡子，太太，不過是一面鏡子，妳在鏡子裡可以看到妳自己，還有我在妳旁邊。」

她又發抖又混亂，緊緊抓著我不放，但臉上的恐懼漸漸消失了，原來的蒼白變成不好意思的通紅。「哎，老天！我還以為我在家呢，」她嘆一口氣說，「還以為躺在嘯風山莊的房間裡呢。我太虛弱，頭腦一片混亂，我是無意識尖叫的。別說出去，陪我就好。我想睡了，我的夢在呼喚我。」

「太太，好好睡一覺就沒事了，」我說，「我想有了這次教訓後，您以後應該不敢再餓肚子了。」

---

②很可能是有名的石灰岩洞約達斯洞（Yordas Cave）。

③原文是Elf-bolt，是一種石製箭頭，在蘇格蘭一些島上的石器時代遺跡，相傳精靈會用這種箭頭來攻擊牛隻。

「哎，如果我在老家，在自己床上就好了。」她悶悶地絞著手說，「還有風吹杉樹打到窗戶的聲音。讓我感受一下風——這風是從高沼地直直吹過來的——讓我吸一口！」為了安撫她，我把窗戶抬起一個小縫幾秒鐘。一陣冷風直竄進來，我立刻關上窗，回到我的座位。她還是躺著不動，臉上都是淚水。她實在太累了，所以已經完全靜下來了：暴烈的凱瑟琳現在就跟一個愛哭的小孩差不多。

「我把自己關在這裡多久了？」她忽然清醒地問。

「那天是星期一晚上，」我說。「今天是星期四晚上，其實應該說星期五凌晨了。」

「什麼！還在同一個禮拜？」她驚呼起來。「就只有這麼短的時間？」

「什麼都不吃，只喝冷水和發脾氣，這樣已經算很久了。」我反駁道。

「是嗎，好像過了很久呀，」她有些疑惑地自言自語。「應該更久才對。我記得他們吵過架，我在起居室，然後艾德格很殘忍地說話激怒我，後來我受不了，跑進這個房間。我一把門閂上，眼前就一片黑，我昏倒在地上。我沒辦法跟艾德格解釋，我知道自己一定會發狂，會變成瘋子。我沒辦法好好說話，也沒辦法想，而他可能也猜想不到我有多悲痛。我只能奮力逃開他，不要聽他的聲音。我開始能看到東西和聽到聲音的時候，已經天亮了。奈莉，我跟妳說我那時在想什麼，還有什麼事一直糾纏著我，讓我害怕。剛醒過來時，我躺在地上，頭頂著椅子腳，眼睛模糊分辨出灰色的窗戶，那時我以為我在老家的橡木廂床裡，我的心非常痛，但想不起來為什麼。我一直想，很著急地想要知道我為什麼心痛，但很奇怪，過去的七年④全都消失了！我什麼都想不起來。我還是個孩子，父親剛過世了，興德里說我得和希斯克利夫分開，我覺得非常悲慘。我一個人睡，這是頭一次。我哭了一整晚後睡著了，醒來時想要把橡木門板推開，碰到的卻是桌面！我把地毯上的桌子推開，忽然間記憶回來了：我原來的悲哀，更陷入一陣突然的絕望。我說不上來為什麼我會覺得這麼悲哀：我一定是瘋了，因為沒有什麼道理。但妳想想看，十二歲的時候，我在嘯風山莊受苦，我所有童年的事情，所有的一切都跟希斯克利夫有關，忽然間我就變成了林頓太太，鶇翔莊園的女主人，陌生人的太太，我簡直就是個異鄉人，一個流落外邦的人，被我原來的世界放逐了。這樣妳大概可以有點了解，我徘徊在什麼樣的深淵上！奈莉，妳儘管搖妳的頭吧，我現在如此不安，妳也有份！妳應該跟艾德格說，真的，妳該強迫他，叫他不要煩我！啊，我全身都像火燒一樣。我希望我在外邊！我希望我還是個女孩子，有點野蠻、有點固執，自由自在；遇到傷害只會一笑置之，不會這樣陷入瘋狂！為什麼我變成這樣？為什麼我聽了幾句話，就覺得全身血液沸騰，好像要衝入地獄？我敢說，如果我現在在山上，在石楠沼地上，我就會變回原來的自己了。把窗戶打開！把窗板固定好！快點！為什麼妳還不去？」

「因為我不想害您凍死。」我說。

「妳的意思是不給我活下去的機會，」她很陰沉地說，「不過，我也還有辦法；我自己去開。」

我還來不及攔她，她就溜下床，走過房間，搖搖晃晃地把窗板打開，探頭出去，也不管冰冷的風刮在她肩膀上，像刀子一樣鋒利。我求她回到床上，最後只好出手拉她。但她狂亂起來，力氣比我還大。接下來她的舉動和胡言亂語，更讓我相信她已經瘋了。

---

④凱瑟琳這時十九歲，七年前是十二歲，就是她父親過世、哥哥回來的那一年。到那時候為止，她和希斯克利夫都一起睡在橡木廂床，所以下文她說：「我一個人睡，這是頭一次。」

那天晚上沒有月亮，外面一切都在霧濛濛的黑暗中，看不到任何一棟屋子透出燈光，差不多所有蠟燭都已經熄滅許久，嘯風山莊的燈光更是從來都看不到的。但她堅持她看到嘯風山莊的燈光。

「妳看！」她熱切大叫。「那是我的房間，還有燭光，外面有樹在搖動，還有約瑟夫的閣樓也還有光。約瑟夫很晚睡，對吧？他還在等我回家，才要鎖大門。好吧，他還要等一陣子呢。這段路不好走，走起來也很傷心。我們得過了吉默屯溪，才能開始走！我們常挑釁那裡的鬼魂，還在墓地比誰的膽子大，叫鬼魂出來。但希斯克利夫，如果我現在跟你比膽子，你敢嗎？如果你敢，我就跟定你。我不會自己一個人躺在那裡：他們儘管把我埋在十二呎深⑤的地下，把整座教堂壓在我身上，我也還是不會安寧，直到你來。我絕不安息！」

她稍停下來，浮出一個奇異的微笑，又說：「他還在考慮呢，他寧願我去找他！那你就想個辦法呀！不要來教堂墳墓。你太慢了！別爭了，你總是跟著我的！」

她既然已經瘋了，跟她爭論也沒有用處，所以我想著要拿條什麼布巾來包著她，又不放心放開她，因為她就在大開的窗戶旁，我不敢信任她。更讓我驚恐的是，我聽到門把窸窣的聲音，林頓先生進來了。他從書房出來，經過走廊，聽到我們的講話聲音。他不知道我們這麼晚還在講什麼，既好奇又恐懼，所以進來查看。

「啊，先生！」我叫了一聲。先生因為眼前所見，還有臥房裡的淒慘狼狽，而正要驚呼時，我搶在他說話前開口。「可憐的太太病了，而且她力氣比我大：我完全拉不動她。拜託過來勸她回床上躺著。先別生氣，因為她一意孤行，誰的話都不聽。」

「凱瑟琳病了？」他趕忙走過來。「艾倫，把窗戶關起來！凱瑟琳！為什麼——」

他不說話了。太太憔悴的臉把他嚇到說不出話來，只能看看我又看看她，一臉震驚。

「太太一直在鬧脾氣，」我說，「什麼都不吃，也不說：誰都不讓進來，一直到今天晚上，所以我們也不知道她的情況，沒辦法跟您報告。不過這也沒什麼。」

我的解釋結結巴巴，先生皺起眉頭。「艾倫．迪恩，妳說這也沒什麼，是嗎？」他很嚴厲地說，「妳為什麼不告訴我，最好解釋得更清楚一點！」然後他把太太抱在懷裡，憂心忡忡地看著她。

一開始她根本沒認出先生：她眼神渙散，誰都看不到。還好她的狂亂沒有持續太久，她盯著外面的漆黑累了，慢慢把眼光集中在先生身上，終於發現抱著她的是誰。

「啊！你來了，艾德格．林頓，是你吧？」她憤憤地說，「你就是那種人，人家不需要你的時候就會在，人家需要你的時候，就永遠找不到人！我想我們都會有無盡的悔恨，一定的，但再怎麼悔恨，也不能阻止我走向我狹小的家，我最終的歸宿！是的，我的歸宿，但不在教堂屋頂下的林頓家墓地，而是在沼地立一塊墓碑就好，至於你要去林頓家，還是跟我，就隨你了！」

「凱瑟琳，妳做了什麼？」先生開始說，「難道在妳眼中，我什麼都不是？難道妳愛的是那個卑賤的希斯——」

「別說了！」太太大喊。「別說了，住口！你敢再提那個名字，我就立刻從窗戶跳出去，結束一切！你現在手裡抱著的身體也許是你的，但我的靈魂立刻就到了那邊的山頭。艾德格，我不要你：

---

⑤西方一般土葬，是葬於六呎之下。十二呎就是埋在雙倍深的地方。

我已經過了要你的時候。你回去看你的書吧。我很高興你還能有書安慰你，因為你已經不再擁有我了。」

「先生，太太神智不清了，」我插口說道，「她整晚都在胡說八道，我們得讓她安安靜靜的，小心照料，她就會恢復健康的。以後我們都一定要小心，不要惹她生氣才好。」

「我不要再聽妳的了，」先生說。「妳明明知道妳家小姐的個性，還鼓勵我去激怒她，而且這三天都沒告訴我她的情形！妳實在是太沒良心了！就是生幾個月的病也沒有這麼厲害！」

我覺得明明是別人的惡行，為什麼是我受責備，所以開始辯解。

「我是知道太太個性強硬、很跋扈，」我說，「但我不知道您想縱容她的壞脾氣！我不知道，我應該假裝沒看到希斯克利夫先生，來迎合太太！我之所以告訴您，是因為我是個盡責的下人，結果這就是我拿到的酬勞！好，我得到教訓了，我以後會小心一點。下次您自己去蒐集情報吧！」

「艾倫．迪恩，下次妳再騙我，我就不要妳了。」他說。

「所以，林頓先生，您寧願什麼都不知道囉？」我說。「希斯克利夫得到您的允許，來跟小姐求愛；還有每次您一出門，希斯克利夫就會來家裡，刻意要挑動太太對您不滿，這些您都不想知道？」

凱瑟琳雖然神智昏亂，但還是從我們的對話中聽出端倪。

「喔！原來奈莉當了叛徒！」她狂亂地叫起來。「原來奈莉是我的敵人，我卻不知道！妳這個女巫！所以妳真的在找石箭頭要丟我們！放開我，我要讓她後悔！我要讓她哭著求饒！」

她拼命想掙脫先生的懷抱，眼裡燃起瘋狂的怒火。我不想被她打，決定要去找醫生來分擔我的責任，所以就離開房間了。我往外頭走，經過花園的時候，看到牆上一個掛馬韁的吊勾上有個白色的東西在動，而且顯然不是風吹的。我雖然趕著要去請醫生，但還是停下來看看那是什麼，不然我會一直覺得那是什麼鬼怪之類的。結果那竟是伊莎貝拉小姐的史賓格獵犬芬尼，被人用一條手巾吊在那裡，差不多就要斷氣了，讓我大吃一驚，又大惑不解。

我趕快救下小狗，放到花園裡去。伊莎貝拉小姐上樓睡覺的時候，我明明看到這隻小狗跟著小姐的，怎麼會跑到花園裡來？又是誰惡作劇，把小狗吊在那裡？

我在幫小狗解開手巾的時候，似乎一直聽到遠處有馬蹄奔馳的聲音，但事情實在太多了，我沒有多想。後來回想起來，在我們這地方，半夜兩點的馬蹄聲，的確很不尋常。

我運氣不錯，一走到街上，就正好遇到肯尼斯醫生從他家出來，要去村裡看一個病人。我跟他說了太太的病況，他立刻陪我走回鶇翔莊園。肯尼斯醫生是個坦率質樸的人，他毫不猶豫就說，他不看好凱瑟琳這回可以活下來，畢竟她已經是第二次崩潰了。除非她能比上次更聽醫生的所有指示。

「奈莉．迪恩，」他說，「我猜她這次發作一定還有別的原因。鶇翔莊園最近有發生什麼事嗎？我們聽到一些奇怪的消息。像凱瑟琳這樣強健、有活力的少婦，不會因為一點小事就生病；像她這種人也不會隨便生病。要讓他們平安度過這種瘋狂什麼的，非常困難。到底是怎麼開始的？」

「老爺會告訴您，」我說。「但您很清楚恩蕭一家人的狂暴個性，林頓太太尤其狂暴。我能說的就是，起因是一場口角。她大發脾氣，然後就發作了。至少她是這樣說的，因為她吵架吵到中途就跑走了，把自己鎖在房間。後來她又不肯吃東西，現在有時狂亂，有時像在說夢話；她知道身邊發生的事情，但腦子裡又充斥著各種奇奇怪怪的想法和幻象。」

「林頓先生會難過嗎？」肯尼斯醫生問道。

「難過？如果太太出事，他會心碎！」我說。「別說太多嚇他的話，有必要再說。」

「其實，我跟他說過要小心的，」醫生說，「他既然忽視我的警告，就必須接受後果啊！他最近是不是跟希斯克利夫先生走得很近？」

「希斯克利夫經常來鶇翔莊園作客，」我說，「但並不是因為主人喜歡，而是因為太太從小跟他很親近的關係。現在他是不會再登門造訪了，因為他對林頓小姐表現出踰越的舉動。我不認為鶇翔莊園會再讓他進門了。」

「林頓小姐是否不理睬他呢？」醫生接著追問。

「她不會跟我說這些。」我不太想繼續這個話題。

「沒錯，她很難了解，」醫生搖搖頭說。「她什麼事都不會跟別人說。但她還真是個小笨蛋。有可靠的來源跟我說，昨天晚上（夜色很好的晚上），林頓小姐和希斯克利夫在鶇翔莊園後面的農園裡，散步了兩個多小時，希斯克利夫還一直叫她不要回去了，直接上他的馬，跟他一起走！跟我說的那個人說，林頓小姐最後承諾，他們下一次見面的時候，就要跟他走，希斯克利夫才作罷。至於他們下一次是什麼時候見面，那個人沒聽到，但妳要提醒林頓先生提防點！」

我一聽到這消息，心生恐懼，連忙拋下肯尼斯醫生先走，差不多一路跑回來。小姐的狗還在花園裡汪汪叫。我開了柵門讓小狗進去，但小狗沒有跑進屋子去找小姐，反而在草地上到處聞來聞去，還差點跑到外面的路上，還好我即時抓到，抱著牠一起進門。

我上樓到伊莎貝拉的房間去查看，我的懷疑成真了：房間是空的。如果我早幾個小時知道這件事，林頓太太的病或許還可以留住她。但現在還能做些什麼呢？就算立刻去追，追上他們的希望也很渺茫。我不能去追他們，我也不敢驚擾全家上下，讓鶇翔莊園更添混亂。我更不想讓老爺知道這件事，因為他現在的災難就已經夠嚴重了，沒有辦法再承受第二件悲痛的事情！

我沒別的辦法可想，只好先不說，任由事情發展。這時肯尼斯醫生也到了，我勉強做出鎮靜的樣子，去跟老爺報告醫生來了。凱瑟琳睡了，但很不安穩；先生居然有辦法安撫她，讓她平靜下來。醫生來的時候，先生正俯視她睡覺，仔細看著她臉上痛苦的表情，任何變化都不放過。

醫生檢查了病人，很有希望地跟先生說，如果我們有辦法提供病人完全安靜的環境，而且持續下去，或許可以有好的結果。他對我說，太太送命的危險不大，倒是比較可能永久性喪失神智。

當天晚上我沒有闔眼，林頓先生也一樣，我們倆都沒有上床休息。所有僕人都比平常還更早起床，在屋子裡到處悄聲行走，相遇的時候就交換耳語。每個人都在活動了，獨缺伊莎貝拉小姐一人不聲不響；僕人開始注意到小姐睡得也太熟了，先生也問了小姐起床沒有，對她遲遲不見蹤影頗感不耐煩，也覺得她太不關心嫂嫂，讓人傷心。我很害怕先生會派我去叫小姐，還好最後她私奔的消息不是由我宣布的。我們有一個莽撞的女僕，一早去吉默屯辦事，回來時衝上樓來，嘴巴張得大大的，喘著氣大叫：「啊，天啊，不得了！接下來還會怎樣呢？老爺，老爺，我們小姐——」

「不要吵！」我趕快制止她，對於她這種好像大禍臨頭的態度很不滿。

「瑪麗，小聲點。發生什麼事了？」林頓先生說。「小姐怎麼了？」

「她跑了，她跑了！跟那個希斯克利夫跑了！」那女孩子張大嘴說。

「這不是真的！」林頓先生氣得站起來說，「不可能的！妳怎麼會這樣想的？艾倫．迪恩，去找小姐過來。不可置信，完全不可能。」

他一邊說，一邊把瑪麗帶到門口，問她為什麼這樣說。

「真的，我剛剛在路上遇到一個送牛奶的小子，」她結結巴巴說，「他問我說鶇翔莊園是不是出事了。我以為他說的是太太生病的事，所以我就說對。結果他說：『我想你們一定派人去追他們了吧？』我瞪著他。他看出我不知道他在說什麼，所以就說，昨天晚上午夜過後不久，有一位紳士和一位女士曾在一家離吉默屯兩哩的鐵匠鋪釘馬蹄鐵。鐵匠的女兒起來偷看，這兩個人她都認得。她很肯定那個男的是希斯克利夫，其實他很好認，沒有人會認錯。他放了一枚金幣在鐵匠手裡作為酬勞。那個女的穿斗篷蓋著臉，但她想喝一點水，喝水的時候斗篷帽兜掉了，鐵匠女兒看得很清楚。他們上馬的時候，兩匹馬的轡繩都在希斯克利夫手中。他們往村子裡去，雖然路很不平，但他們還是騎得很快。鐵匠的女兒沒跟她父親說，但她一早就跟全吉默屯的人都說了⑤。」

我做做樣子，跑去伊莎貝拉的房間看看，以確認瑪麗說得沒錯。林頓先生已經坐回床邊。我進房的時候，他抬眼看我，看我面無表情就知道了。然後他垂下眼睛，什麼話都沒說，也沒下命令。

「我們是不是要設法去追他們，帶小姐回來呢？」我問道。「該怎麼辦？」

「是她自己要走的，」主人說，「只要她喜歡，她當然有權利離開。以後不要再提她了。從今以後，她只是我名義上的妹妹而已。並不是我放棄她，是她先放棄我的。」

先生對這件事就說了這麼多而已，他沒有再問過這件事，也沒有再提過小姐。他只吩咐我說，等我知道小姐的新家在哪的時候，把她留在家裡的東西送過去給她。

第十三章

兩個月過去了，私奔的人仍然毫無音訊。在這兩個月之間，林頓太太撐過了名為「腦熱病」①的重病。艾德格照顧太太的細心，任何照顧獨生子的母親都比不上。他日日夜夜都在守護，病人受驚擾的神經所引發的種種煩人症狀，他都一一承受，耐心十足。肯尼斯醫生說，雖然先生從鬼門關把太太強拉回來了，最後能得到的，還要讓他無止盡憂慮下去。也就是說，先生犧牲健康和體力換回來的，只是一具沒有靈魂的殘軀而已。儘管如此，醫生宣布太太已經沒有生命危險的時候，先生簡直是感激涕

⑤希斯克利夫和伊莎貝拉應該是去蘇格蘭結婚。英國在一七五三年的婚姻法規定，結婚必須在教堂舉行，而且有公開的結婚啓事，未滿二十一歲的新人須得到父母同意。但蘇格蘭不受此法約束。蘇格蘭只要求有兩個證人在場，新人年滿十六歲，且宣稱出於自願即可結婚。因此許多英國私奔的男女都到蘇格蘭結婚，尤其是離邊界不遠的格雷特納·格林（Gretna Green）更成了英格蘭情侶的私奔聖地。

①十八世紀末以前，醫生用「腦熱病」（brain fever）來代替「瘋狂」。醫生相信神經系統受到驚嚇或精神耗弱會引發腦熱病。

零，喜極而泣。他會一連好幾個小時坐在太太床邊，看著她一點一滴恢復活力，滿懷希望，幻想太太的神智也能夠恢復如前，很快就能完全痊癒。

太太直到來年三月初，才第一次離開她的臥房。那天早上，林頓先生在她枕頭上放了一把金線番紅花。她的眼睛已經很久都看不出任何喜悅了，但那天她一醒來就看到花，她很高興地拿起花來，眼裡閃耀著光彩。

「這是嘯風崗上最早開的花了，」她嚷道。「啊，讓我想起溫柔的和風，溫暖的陽光，還有快融掉的雪。艾德格，開始吹南風了嗎？雪都融了嗎？」

「親愛的，我們這裡的雪已經差不多都化了，」先生回答她說，「整條沼地的山脊上也只看得到兩個白點了。天空很藍，雲雀在唱歌，大小溪流都漲滿了水。凱瑟琳，去年春天這個時候，我熱切地迎接妳來這個家②；現在，我希望妳能往山上走個一哩、兩哩：因為風這麼和暖，我覺得吹吹風妳就會好起來的。」

「我只會再去那裡一次，」病人說，「然後你就會離開我，而我會永遠待在那裡。等到明天春天，你會再一次希望我在這個家裡，到那時你回想今日，就會覺得今天你是快樂的。」

林頓極其溫柔地安撫她，又說了許多甜蜜的話來逗她開心。可是她只是淚眼朦朧地看著花，睫毛上的淚珠一串串落下來。我們知道她身體確實是比較好了，所以猜想這番灰心喪志的話，只是因為太久關在房間裡所造成的，也許換換環境就好了。

先生吩咐我先去好幾週沒用過的起居室生火，並且在窗邊照得到陽光的地方放好一張扶手椅。然後先生帶她下來，她在那裡坐了很久，享受春天明媚的陽光。如我們所料，她看到身邊的東西相當高興，雖然也是熟悉的東西，但與她痛恨的病房大不相同。傍晚時她看來已累壞了，但不管我們怎麼說，她都不肯回房間去，我只好讓她在起居室的沙發歇息，再佈置另一間房間。

怕她上下樓太辛苦，我們就在起居室的同一層樓佈置了這間讓她住，也就是您現在這個房間。她很快就可以倚著艾德格，從房間走到起居室。我當時想，也許太太真的可以復原吧，所以我就等著。我們希望她好起來，還有一個理由，就是現在有另一個生命在她身體裡面：我們懷著希望，也許再過一陣子，林頓先生有了兒子，他可以再度快樂起來，他的土地也可以免於落入陌生人的手中。

還有一件應該要說的事，就是伊莎貝拉出走六週以後，曾寄了一封短信給她哥哥，宣布她已經和希斯克利夫結為夫婦。這封信看來頗為正式冷酷，但在信的底端用鉛筆寫了句含糊的道歉，希望哥哥能記得她，如果她之前的作為讓他生氣，請原諒她。她說自己當時沒辦法拒絕，事後也不能補救。

我想林頓沒有回信。兩個禮拜之後，我收到一封長信。我覺得剛度完蜜月的新娘會寫出這樣的信，實在是件怪事。我還收著這封信呢，我唸給您聽。如果我們重視死者，那他們的每一件遺物都是珍貴的。

親愛的艾倫（信是這樣開頭的），

我昨晚來到嘯風山莊，才第一次聽說凱瑟琳病了，而且到現在還病得很重。我想我不應該寫信給

②他們是前一年的三月結婚的。

她，我哥也太氣我了，或是太傷心，都不回我的信。但我非得寫信給誰不可，唯一的選擇就只有妳了。

請轉告艾德格，我願意用全世界來交換，只求能再見他一面。我離開鶇翔莊園不到二十四小時，我的心就已經飛回去了，到現在也還在那裡，充滿對艾德格的愛，還有對凱瑟琳的愛！但我不能隨心所欲了（這句話下面加了底線），他們不必指望我回去，對我有什麼評斷也都隨他們高興，但請不要說我意志薄弱，或是我不愛他們。

這封信接下來是寫給妳一個人的。我想問妳兩件事情：

第一，妳住在這裡的時候，是如何維持正常的人性？我覺得周遭所遇到的人，與我完全沒有共同的情感。

第二，也是我亟想知道的：希斯克利夫到底是不是人？如果是人的話，他是不是瘋子？如果不是人的話，他是惡魔嗎？我不告訴妳我爲什麼這樣問，但如果可以的話，希望妳能告訴我，我到底嫁了個什麼東西。請妳來看我的時候告訴我。艾倫，妳一定要來看我，愈快愈好。別寫信來，直接來就好，幫我帶些艾德格的東西來。

妳應該聽說了，我已經住進新家。我本來以爲嘯風山莊會是我的歸宿。我自己想起來都覺得好笑，我居然會因爲生活不便而耿耿於懷：我從來沒想過舒適的生活是什麼樣子的，直到失去時才開始懷念。但如果我所有的災難就只有生活不便而已，其他種種都是一場古怪的夢，那我可眞該要大笑幾聲，手舞足蹈了。

我們抵達高沼地時，落日正在鶇翔莊園後方，所以我想大概是傍晚六點左右。希斯克利夫在那裡停了半個小時，查看鶇翔莊園的綠地、花園，可能還有高沼地本身，直到他滿意爲止；所以我們在嘯風山莊的院子下馬時，天已經黑了，妳的老同事約瑟夫拿著油脂蠟燭③出來迎接我們。以他的標準來說，他接待我們已經夠有禮貌了。他第一個動作是把蠟燭舉到我臉的高度，不懷好意地斜眼瞟我一眼，嘟了一下嘴就走了。然後他把我們兩匹馬牽去馬廄，再出來鎖外門，好像我們住的是古堡似的。

希斯克利夫有話跟他說，我就進了廚房。那裡又髒又亂，跟妳在的時候完全不一樣了，我敢說妳也不知道吧。壁爐旁站著一個凶暴的孩子，體格健壯，衣服很髒，眼睛和嘴巴都像凱瑟琳。

「這一定是艾德格的姪子，」我想著。「算來也是我的親戚了。我得和他握個手，還有，沒錯，親吻他一下。我們應該一開始就打好關係。」

我靠近他，想要握住他胖胖的小手。我說：「親愛的，你好嗎？」

他回我一句話，我完全聽不懂。「哈里頓，我們是不是該做朋友啊？」我又試著跟他說話。

我一片好意，換了的卻是一聲咒罵，還說如果我不「滾出去」。他就要放「活塞」咬我。

「來，活塞，出來！」那小壞蛋吹了聲口哨，從角落裡叫出一隻混種的鬥牛犬。「現在妳還不走？」他氣焰很高地問。

我為了保命，當然就走了。我退出廚房門檻，等其他人進來。希斯克利夫不見了，我跟著約瑟夫到馬廄，要他陪我進去。約瑟夫先是瞪我，然後要喃喃自語不知道在說些什麼，最後皺起鼻子，這樣

③嘯風山莊的蠟燭是用牛脂做的，不像鶇翔莊園的蠟燭是用蜂蠟做的，後者比較高級。

回我：「咻！咻！咻！咻！哪有基督徒這樣說話的？請來請去的！誰聽得懂逆在說啥？」

「我說，希望你陪我進屋去！」我以爲他重聽，又大聲說一次。我覺得這人眞是粗魯到不行。

「甭找俺！俺有別的事做，」他說，一邊動著他的長下巴，一邊繼續做他的工作，還很不屑地打量我的衣服和表情。我穿得是過分華貴了，但我想我的表情一定很沮喪，正如他所願。

我繞過前院，走到另一個門，舉手敲門，希望能遇到某個比較文明講理的僕人。過了一會兒，門開了，門口有一個又高又瘦的男人，沒有戴領結，衣衫極爲不整；頭髮亂七八糟披在肩膀上，五官都被頭髮遮住了，看不清楚。他的眼睛也很像那個鬼氣森森的凱瑟琳，只是沒有凱瑟琳美麗。

「妳有什麼事？」他陰鬱地問。「妳是誰？」

「我是伊莎貝拉・林頓，」我說。「先生，我們以前見過面的。我剛嫁給希斯克利夫先生不久，他帶我來這裡。我想，您應該不會不准。」

「所以他回來了嗎？」這個離群索居的男人忽然眼神一亮，好像餓狼一樣。

「是的，我們剛回來，」我說。「但他把我留在廚房門口。我要進去的時候，您的兒子守護著那個地方，還叫一隻鬥牛犬把我趕走。」

「那死魔頭倒還會守他的諾言！」我未來的房東低吼一聲，往我後頭漆黑的夜色裡看，搜尋希斯克利夫的蹤跡；接著就一個人喃喃咒罵了一陣子，說要是那惡魔敢欺騙他的話，他就要怎樣怎樣。

我很後悔想從這第二個入口進門，在他罵完之前就打算要開溜了，但我還沒動，他就吩咐我進去，然後把門關上，重新上門。

裡面火燒得很旺，整個大廳沒有別的光了，地板都是灰沉沉的。我小時候每次來都很喜歡看的那些錫盤，本來都是亮晶晶的，現在就跟地板一樣黯沉，髒兮兮的都是灰塵。

我問他可否叫女僕過來，幫我收拾一間臥房。恩蕭先生毫無反應。他走來走去，兩手放在口袋裡，顯然早就忘了我在那裡。他如此心不在焉，態度又好像要殺人，我根本不敢再開口。

我坐在那個冷淡寡情的地方，簡直比獨自一個人還要淒慘。艾倫，當我想到四哩之外就是我可愛的家，裡面住著我唯一愛的人，但我們之間卻好像有大西洋那麼遠，根本不可能相見時，妳可以想像我的心情有多麼悲愴了。我問我自己，該向誰尋求安慰？除了傷感以外，還有更嚴重的絕望，我根本找不到人可以跟我一起對抗希斯克利夫！但妳別跟艾德格講這個，也別跟凱瑟琳講。

我本來以爲來嘯風山莊可以尋求庇護，我也滿高興的，覺得不必跟他單獨相處似乎比較安全；但他很知道這裡的人，根本不怕他們會幫我。

我坐在那裡，很悲慘地想了很久，鐘敲八點鐘，然後九點鐘了。恩蕭還是走來走去，頭低低的，一言不發，只有不時發出一聲呻吟或咒罵。

我聽了半天，希望能聽到女性的聲音，但都沒聽到。我懊悔不已，又覺得前景黯淡，最後終於忍不住哭出聲來。我本來還沒注意到自己的失態，直到恩蕭停下腳步看我，似乎大夢初醒一樣驚訝。趁著他還清醒，我說：「我一路過來很累了，想上床睡覺！女僕在哪裡？她不來帶我，請帶我去找她！」

「我們沒有女僕，」他說。「妳得自己來！」

「那我該睡哪？」我啜泣著說，我已經又累又悲慘，不顧尊嚴了。

「約瑟夫會告訴妳希斯克利夫的房間在哪，」他說。「打開那扇門，他就在那裡。」

我正要去開門，他忽然攔住我，用一種奇怪的語氣說：「好心點，千萬要記得鎖門，還要把門閂上——別忘了！」

「但是，」我說，「恩蕭先生，那是爲什麼呢？」我並不想要刻意把自己和希斯克利夫關在一個房間裡。

「妳看！」他從背心口袋裡掏出一支形狀奇特的手槍，槍管上還有一支雙刃的彈簧刀。「這對一個絕望的人來說，是很大的誘惑，對吧！我每個晚上都帶這傢伙上樓，推推看他的門。我沒辦法。如果哪一天他沒鎖門，他就完了。我每天如此，從無例外，即使我才剛想到一百種收手的理由：一定是惡魔催我去殺了他，破壞我自己的計畫。妳可以爲了愛，盡可能與那個惡魔對抗，但等時候到了，整個天堂的天使也救不了他！」

我很仔細地看了那把槍，忽然起了一個可怕的念頭：如果我有這樣一把武器該有多好！我從他手上拿過槍，用手試了一下刀刃。我臉上的表情嚇到他了，因爲我顯然在覬覦他的武器，而不是害怕他怕我不還他，把手槍搶回去，收起刀刃，放回口袋。

「妳去跟他說，我也不在乎。」他說。「叫他提防一點，替他看緊一點。妳聽說他面臨生命危險，也不怎麼驚訝，看來妳也知道我們倆不合。」

「希斯克利夫對你做了什麼？」我問。「他做了什麼對不起你的事情，讓你恨他恨成這樣？叫他離開你家，不是比較明智嗎？」

「不行！」恩蕭怒吼一聲。「要是他說要離開，那他就死定了。妳要他死，就去勸他離開。難道什麼扳回一城的機會都不留給我，就要讓我輸掉一切嗎？難道哈里頓注定要當乞丐嗎？啊，去他的！我一定要討回來；連他的金子也會是我的；還有他的血。他的靈魂就留給地獄吧！地獄收了他，會比以前更黑暗十倍！」

艾倫，妳以前就跟我說過妳老東家的脾氣。他顯然已經瀕臨瘋狂邊緣：至少昨晚看起來是如此。

我一靠近他就發抖，覺得老約瑟夫雖然粗魯不堪，跟他比起來還好一些。

趁他又開始心事重重地走來走去，我把門閂抬起來，逃到廚房裡去。

約瑟夫在火爐旁，彎著腰查看吊在火上的大鍋，身旁的高背長椅上放著一個木碗，碗裡有燕麥。鍋裡的東西開始沸騰，約瑟夫轉身去拿木碗，我猜這可能就是我們的晚餐了。我實在太餓了，怕他煮的不能吃，所以我忽然叫了一聲：「我來煮粥！」就把木碗拿走了，讓他拿不到，再脫了帽子和騎裝。我說：「恩蕭先生吩咐我要自己服侍自己。我聽他的話，我不再當什麼太太了，免得我餓死。」

「老天保佑！」約瑟夫咕噥幾聲，坐下來捶腳，從膝蓋捶到腳跟。「俺才習慣了侍候兩個主人，怎麼又有新的主子來了。如果非要俺聽這個太太指揮，俺也該走了。俺從來莫想過要離開這個老地方，但現在可能該走了嘍！」

我不去理他在哀嘆什麼，只是很敏捷地開始做事。我想起以前也曾把這些當做好玩的事，不禁嘆了口氣，但又叫自己快快停住，別想往事。想到過往的快樂時光讓我心痛，我愈心痛，攪粥的木杓就動得愈快，撒燕麥的手也動得愈快。約瑟夫看我這樣煮東西，看得很生氣。

「好啦！」他叫起來。「哈里頓，逆今晚吃不到粥啦，都結塊啦，跟俺拳頭一樣大！看，又來了！如果俺是逆的話，乾脆連碗都丟下去煮算囉！只有上面一層可以吃了，沒了。碰！碰。還好鍋底莫有燒掉！」

我承認，從鍋子裡倒進盤子的只是一團亂七八糟的糊。這樣的糊總共有四盤，還有一加侖從牛棚拿來的新鮮牛奶。哈里頓抓起牛奶罐就開始喝，牛奶從他的大嘴巴滴濺出來。我斥責他，說他應該用杯子喝，還說這麼髒的牛奶我不要喝。我不過是要求很一般的禮節，那個老傢伙卻大爲生氣，說了好幾次這孩子身分和我一樣高，也和我一樣健康，不必我來教訓，說我太自以爲是。我們在說話的時候，那粗野的小孩繼續喝他的牛奶，還挑釁地看我，口水都滴到牛奶罐裡了。

「我要在別的地方吃晚餐，」我說。「你們沒有起居室嗎？」

「起居室！」他學我說話，還嗤之以鼻。「起居室！莫有，咱們莫有。逆不喜歡咱們，還有老爺。逆不喜歡老爺，就只有咱們。」

「那我到樓上去，」我說。「帶我去一間臥房。」

我把我的盤子放在托盤上，自己去拿了些牛奶。

那老東西抱怨連連，但還是站起來帶我上樓。我們走到閣樓，他不時打開某扇門，看看我們經過的房間。「這裡有一間，」他終於說了，推開一扇咿呀作響的門。「吃粥夠好了。角落還有一袋作物，乾淨的。如果逆怕弄髒逆的絲裙子，可以先鋪條手巾在上面。」

他所謂的「房間」是間木屋，聞起來有很重的麥芽和麥子的味道。四周堆了裝有各種作物的袋子，中間留了一塊空地，還滿大的。「老東西，你在做什麼？」我轉向他說，非常生氣。「這根本不是可以睡覺的地方。我要去我的臥房。」

「屋—臥—房！」他又學我說話，語氣很嘲諷。「每一間『臥房』逆都已經看過啦！不然看俺的。」他指著第二間閣樓房間，跟第一間很像，只是牆邊沒有堆那麼多東西，房間的一頭有一張大而低矮的床，沒有床帷，只有一床深藍色的被子。

「我要你的臥房幹什麼？」我罵他。「我想希斯克利夫先生總不會住在閣樓吧，是不是？」

「喔！逆要的是希斯克利夫老爺的房間啊？」他好像有什麼新發現似的，「怎麼不一開始就說哩？如果逆早點說，咱就不必看這麼多間啦！只有那間逆不能看，他老鎖著門，不讓人進去，只有他自己能進去。」

「約瑟夫，你們家眞是好地方啊，」我沒辦法不說幾句諷刺的話，「每個人都這麼親切。自從我的命運跟這家人連在一起，我想全世界的瘋狂都濃縮在我的腦子裡了！不過，現在還有更要緊的事情，總有別的房間吧！看在老天份上，快一點，讓我在哪裡住下來吧！」

約瑟夫聽了我的懇求，也沒說什麼，只是慢吞吞地從木樓梯走下去。然後在一個房間前停下腳步。這個房間的家具很精美，我想應該是嘯風山莊裡最好的房間了。

這房間有鋪地毯，還是很好的地毯，但花紋已經被灰塵蓋住了，看不出是什麼；壁爐上掛著花樣剪紙壁飾，但已經破爛不堪。細緻的橡木床，深紅色的床帷質料昂貴，剪裁也很時髦，但使用者相當粗魯：床頂垂下的緣飾被扯離束環，支撐床幢的鐵支架也歪了，床帷下緣都拖在地上。幾把椅子也壞了，有些還壞得很嚴重；牆上的鑲板也有嚴重的凹痕。

我正鼓起勇氣要把這個房間佔爲己用，結果那笨管家忽然宣稱：「這是老爺的房子④。」

這時我的晚餐已經冷了，我也沒胃口了，我的耐性被耗盡了。我堅持要他立刻給我找一個地方，讓我睡覺。

「哪裡呀？」這個虔誠的老管家說。「上帝保佑！上帝原諒咱！逆到底要啥？逆這個被寵壞的，討人厭的傢伙！逆每間都看過了，只剩下哈里頓的房間。在這個屋子裡，莫有別的房間可以讓逆睡

---

④這間是輿德里的臥房，是嘯風山莊最好的一個房間。但從伊莎貝拉的描述，可以想見輿德里的暴力。

覺！」

我氣壞了，把我的托盤和上面的東西都摔在地上，然後坐在樓梯口，用手蓋住臉開始哭泣。

「噯！噯！」約瑟夫叫道。「凱西小姐⑤，幹得好！幹得好啊，凱西小姐！等一下老爺在這些破盤子上摔一跤，咱就會聽到他怎樣罵人啦，咱一定會聽到的。廢物！瘋婆子！把上帝賜的食物丟到腳底下！逆應該受罰，到聖誕節就知道！壞脾氣！不過我敢說逆發脾氣也發不了多久，逆以爲希斯克利夫會忍受這種幼稚脾氣嗎？俺只希望希斯克利夫會抓到逆胡搞。俺希望他看到。」

然後他就邊罵邊走下樓去，也把蠟燭拿走了，留我一個人在黑暗中。

我一時發脾氣摔了盤子，之後想了一想就後悔了，了解到我必須要放下自尊，嚥下怒火，收拾殘局才行。這時忽然來了一個助手，就是那隻鬥牛犬活塞。我認出這隻狗是我們家那隻老鬥牛犬斯卡克⑥生的，小時候住在鶇翔莊園，後來是我父親送給興德里的。我想牠認出我來了，因爲牠用鼻子頂我的鼻子，似乎是在安慰我，然後又趕忙去舔地上的粥。而我則在黑暗中一階一階收拾盤子碎片，並且拿出手帕來把灑在樓梯扶手上的牛奶擦乾淨。

我們還沒收拾完，就聽到恩蕭走到走廊了，小狗夾著尾巴，身體貼著牆壁；我則溜到最近的房門口。小狗沒能躲過一劫：我聽到東西摔下樓的聲音，也聽到小狗長長的哀號。我運氣好些：他走過去，進房關門，沒注意到我。

接著約瑟夫也帶著哈里頓上樓，讓他上床睡覺。我躲在哈里頓的房間，那老管家看到我，說：

「大廳夠大啦，夠逆用啦，也適合逆的自尊。現在那裡莫人，逆可以佔下來自己用，說不定還有惡魔作伴。」

我很高興接受他的暗示，跑到樓下，在壁爐前找了一張椅子坐下，立刻就睡著了。

我睡得又沉又香，可惜只睡了一下子，就被希斯克利夫先生叫醒了。他剛回來，用他那種充滿愛意的語氣，問我爲什麼在那裡？

我跟他說，我爲什麼這麼晚還沒睡，就是因爲我們臥房的鑰匙在他的口袋裡。

他聽到「我們」這個詞，就勃然大怒。他說那房間不是我的⑦，永遠不會是我的，他要——算了，我不要重複他的話，我也不要描寫他對我做了什麼。反正他就是眞心誠意，努力要讓我恨他！我有時實在太詫異了，連害怕都忘了：但我告訴妳，我就算面對一隻老虎或一條毒蛇，都沒有面對他那麼害怕。他告訴我說凱瑟琳病了，說都是我哥哥害的，又說我得代兄受過，直到他逮到艾德格爲止。

我眞的好恨他。我過得好慘，我眞是傻極了！但別讓鶇翔莊園任何一個人知道這件事。我每天都等著妳來看我，別讓我白等了！

伊莎貝拉

⑤此處爲何約瑟夫會提到凱瑟琳，有多種解釋。一種說法是約瑟夫覺得，這討人厭的伊莎貝拉嫁給希斯克利夫，增加他的麻煩，凱瑟琳是要負責的：如果不是凱瑟琳，希斯克利夫不會常常去鶇翔莊園，也就不會有這樁婚事。另有一種解釋是約瑟夫把兩個人弄混了：兩人都是驕縱的小姐，脾氣也都很大。或他明知眼前是伊莎貝拉．林頓，卻叫她凱西，加強凱瑟琳和伊莎貝拉角色互換的形象：這兩人一個從嘯風山莊嫁入鶇翔莊園，一個從鶇翔莊園嫁入嘯風山莊。這樣的解釋讓人懷疑約瑟夫的神智是否正常，也有凱瑟琳陰魂不散的味道，更讓人毛骨悚然。

⑥就是第六章咬了凱瑟琳的那隻鬥牛犬。

⑦希斯克利夫的臥房就是原來凱瑟琳住的那間。所以他聽到伊莎貝拉的說法，才會那麼生氣。

第十四章

我一看完這封信，立刻就去找老爺，跟他說他妹妹已經抵達嘯風山莊，並且寫了一封信給我，信中對太太的病情表達憂慮，也非常希望能見先生一面。伊莎貝拉小姐希望先生能給她什麼東西，表達原諒她的意思，由我轉交。

「原諒？」林頓先生說。「艾倫，我沒有什麼可以原諒她的。妳想去的話，今天下午就可以去嘯風山莊看她，跟她說我並沒有生氣，但失去一個妹妹讓我難過，特別是我覺得她不會幸福。然而，我不可能去看她，我們已經永遠分別了。如果她真的非見我不可，請她說服那位她嫁的惡人離開此地再說。」

「先生，您不寫點什麼短信給她嗎？」我懇求他。

「不，」他說。「沒有必要。我不與希斯克利夫的家人來往，他也不應與我的家人來往。我們不相往來！」

艾德格的冷漠讓我非常沮喪。我從鶇翔莊園走去嘯風山莊，一路上都在想，轉述的時候該怎麼說，聽起來才不會那麼無情；還有他連一句話都不肯寫給伊莎貝拉，我該怎麼說這件事才好。

伊莎貝拉一定從早上就在等我出現了：我靠近花園小徑時，看見她在窗花後面看我，就跟她點頭致意。但她立刻退後一步，好像怕被人看到似的。

我沒敲門就走進去。這原本是個生氣盎然的家，現在卻變得殘破而淒涼。我承認，如果我是伊莎貝拉，至少會掃掃壁爐前面，或拿撢子把桌面灰塵清一清。但她連自己都已經散發出懶散邋遢的氣味。她漂亮的臉蛋憔悴無神，頭髮沒有好好上捲子，有幾束直直垂下來，另一些則亂糟糟地堆在頭上。她可能從昨晚就沒有換過衣服。

興德里不在。希斯克利夫先生坐在桌邊，翻著隨身的小筆記本看。我一進去，他就站起來問候我，請我坐。

這屋裡唯一整齊像樣的就只有希斯克利夫了，看起來儀表堂堂、神清氣爽。他們兩人的處境變化如此之大，如果陌生人見了，可能會以為希斯克利夫生來就是身分高貴的紳士，而他的太太則是骯髒邋遢的隨便女人！

她很心急，走上前來迎接我，伸出一隻手要拿信。我搖搖頭。她不懂我的暗示，跟著我走到放帽子的邊桌，小聲叫我趕快把帶來的東西給她，非常不耐煩。

希斯克利夫猜到她在做什麼，就說：「奈莉，如果妳有帶什麼東西給伊莎貝拉的話，我想妳一定有帶，直接給她就好。妳不需要遮遮掩掩的：我們之間沒有祕密。」

「啊，我什麼都沒帶。」我覺得還是立刻說出實話比較好。「我們老爺要我轉告小姐，不必等他的信，他也不會過來看她。希斯克利夫太太，老爺說他愛妳，希望妳幸福快樂，也原諒妳帶給他的痛苦；但他覺得從此以後，他的家人與貴府不應再有任何往來，一切往來都沒有意義。」

希斯克利夫太太的嘴唇輕輕顫抖，回到窗邊的座位坐下。她先生則站在壁爐前方，靠近我，開始問凱瑟琳的病情。

我儘可能只說能說的部分，但希斯克利夫反覆交叉詢問，還是問出了大部分她病發的事實。

我說這都要怪她自己，是她自找的。最後我說，希望他能以林頓先生為榜樣，斷絕兩家任何往來，無論是好是壞。

「林頓太太才剛開始恢復，」我說，「她命是保住了，但永遠不是從前的她了。如果你真的為她好，就不要再靠近她；不，你應該徹底離開這個地方才對。你不會後悔的，因為我告訴你，凱瑟琳．林頓和你以前認識的凱瑟琳．恩蕭完全是兩個人了，就好像伊莎貝拉小姐和我是兩個人一樣。她的外表變得很厲害，個性也是如此。那個迫不得已，必須陪伴她一生的人，此後只能靠著回憶她往日的風采，並且出於同情和道義，才能維持對她的感情了。」

「是的，」希斯克利夫勉強維持鎮靜，「妳家老爺很有可能對她只剩下同情和道義了。但妳以為我會把凱瑟琳留給他的道義和同情？我對凱瑟琳的感情，他怎麼能比？妳今天一定要答應讓我見她：不管妳贊不贊成，我都要見她！妳說呢？」

「希斯克利夫先生，我會說，」我說，「別去。你永遠不該利用我去見她。你和我家老爺再碰面一次，就會送了太太的命！」

「有妳幫忙就可以避免我們碰頭，」他說。「再說，如果碰頭會有危險的話，而且如果他是讓凱瑟琳為難的主因，那我乾脆除掉他算了！我希望妳能老老實實告訴我，如果他死了，凱瑟琳會不會難過。我是害怕她難過，所以還沒動手。妳這就可以看出我們的感情距離有多大：如果我們兩個人易地而處，就算我恨他，恨到我的生命如膽汁一樣苦澀，我也不會舉起一隻手來碰他。妳看來好像不太相信，隨便妳！只要凱瑟琳想見他，我永遠不會把他擋在外面，不讓他們見面。但如果她變心了，不關心他了，我立刻就會把他的心挖出來，喝他的血！到那之前——如果妳不相信我，就是不了解我這個人——在她變心之前，我寧願一寸一寸死去，也不會碰他一根頭髮！」

「但是，」我打斷他，「現在她已經差不多忘記你了，你沒有立場去逼她想起你來，完全毀掉她復原的希望，只會讓她陷入新的一波爭端與狂亂。」

「妳說她已經差不多忘記我了？」他說。「奈莉啊！妳明明知道她沒忘記我！妳跟我一樣心知肚明，如果她有一個念頭想到林頓，就有一千個念頭想到我！在我人生最悲慘的時候，我有想過她也許忘記我了；我去年夏天回到這附近的時候，這個想法也揮之不去；但除非她親口承認，否則我不會再有這種可怕的想法。如果她忘了我，不會再有林頓，也不會再有興德里，我所有做過的夢也都將化為烏有。我的未來只剩下兩個詞：『死亡』和『地獄』。我如果失去她，將猶如活在地獄。

我曾經以為她重視林頓的愛甚於我，真是太傻了。林頓就算用盡他的小力氣去愛，他八十年的愛也比不上我一天的愛。凱瑟琳的心和我的一樣大：如果說林頓能獨佔凱瑟琳的愛，就好比馬槽可以容下大海一樣！哼！他之於凱瑟琳，不過比她的狗或她的馬更親密一點點罷了。他不是我，並無凱瑟琳可以愛的地方，她要怎麼愛不存在的東西？」

「凱瑟琳和艾德格，就像其他相愛的人一樣相愛。」伊莎貝拉忽然恢復活力地說，「沒有人有權利那樣說他，我不會坐視自己的哥哥被人這樣看輕！」

「妳哥不是也深愛妳嗎，對吧？」希斯克利夫不懷好意地評論，「結果他還不是任妳一個人在世上飄零，速度快得讓人驚訝。」

「他又不知道我過得不好，」伊莎貝拉說，「我沒告訴他。」

「那麼，妳告訴他別的啦？妳寫過信給他了，是不是？」

「對，告訴他我結婚了，我是寫過。你有看到那張字條。」

「後來沒有再寫過？」

「沒有。」

「我家小姐由於生活處境惡化，看起來很可憐。」我說，「顯然是有人不夠愛她。至於不夠愛她的是誰，我可以猜到，但也許我不該說出來。」

「我猜不夠愛她的就是她自己，」希斯克利夫說，「她完全變成一個懶散邋遢的女人！她很早就不想再取悅我了。妳應該很難相信，我們婚禮的第二天，她就哭著要回家。不過，她這樣邋遢反而跟這屋子比較匹配，不會太做作，只是我得防她出去走動，以免丟我的臉。」

「先生，先生，」我說，「我希望您有想到，希斯克利夫太太向來都有人照料服侍，而且她是獨生女，身邊每個人都隨時服侍她。您得給她找一個女僕來幫她收拾，對她好一點。無論您對艾德格先生有什麼看法，您都不能說伊莎貝拉小姐對您沒有強烈的愛情，否則她也不會拋棄原有的身分、舒適的生活和親友，心甘情願與您住在像這樣的荒涼地方。」

「她是為了一種幻想拋棄所有，」他說。「她把我想像成浪漫小說中的主角，期待我會像騎士一樣奉獻所有、寵愛她。我實在很難想像她是一個有理性的人。她執著要塑造出一種我沒有的個性，然後根據這錯誤的印象來行動。但，我想她終於開始認識我了：剛開始時，我一看就生氣的那種傻笑和鬼臉，現在已經看不到了。我很真心誠意告訴她，她對我的迷戀很傻，我不喜歡她，但她總是聽不懂。她花了好多心力和智力才發現我不愛她。有一陣子，我還以為她怎樣都無法理解這一點呢！不過她終於開竅了：今天早上，她宣稱我已經成功了，她恨我！真是聰明啊！我告訴妳，這工程簡直可比海克力斯的任務①呢！如果真的成功了，我真要謝天謝地。伊莎貝拉，我可以相信妳的話嗎？妳確定妳恨我？如果我讓妳一個人獨處半天，妳會不會又跑來跟我又嘆氣說好話？奈莉，我敢說，她一定很希望在妳面前，我可以看起來很溫柔的樣子。讓妳看到事實真相，實在有傷她的虛榮心。但我不在乎誰知道，這種癡戀完全是單方面的，我從來沒有騙過她。她不能說我對她表示過一點欺騙她的柔情。我們離開鶇翔莊園時，她看到我做的第一件事，就是把她的小狗吊死。她為小狗求情的時候，我說我想吊死任何與她有關的東西，除了一個人以外。或許她以為那個例外就是她自己。但她對我的殘忍並無反感：我想她或許天生崇拜殘忍吧，只要她本人的貴體無傷！所以，這不是無比荒謬、糊塗至極的事情嗎？這個可悲的、奴隸似的、小心眼的賤貨居然會幻想我能愛她？奈莉，回去告訴妳家老爺，我一生中從未見過像她這樣無骨氣的人，她簡直辱沒了林頓這個姓。我做過種種試驗，看她能忍受到什麼地步，有時甚至已經想不出新花樣了，但她始終不要臉地爬回來纏著我！不過，也跟妳家先生說，做為兄長和地方官，他倒是可以放心：我不會逾越法律一步的。到現在為止，我一直避免給她任何藉口來要求分居②；再說，她自己也不希望有人把我們分開。如果她想走，她可以走。雖然折磨她是有小小的滿足感，但看到她的厭惡感強過這種滿足感！」

「希斯克利夫先生，」我說，「這是瘋子說的話；您的夫人很可能也相信您瘋了。因此，她才容忍您至今。現在您說她可以走了，她一定會抓住這個機會的。小姐，您不至於被他迷住了，自願留在

---

①希臘神話中，大力士海克力斯因為殺妻兒，為了贖罪，而照神諭去做十二件艱難的任務。希斯克利夫是嘲諷伊莎貝拉，花了這麼多力氣才知道自己真的不愛她。

②當時法庭判准離婚的情形只有通姦、遺棄和極度暴力。希斯克利夫很清楚法律，因此對伊莎貝拉的暴力是有節制的。

這裡吧？」

「艾倫，小心點！」伊莎貝拉說，她的眼睛閃著怒火，可以看出來她丈夫的計畫的確非常成功，讓她恨透了他。「他說的話，妳一個字都不要相信。他是滿口謊言的惡魔！怪物！他不是人！他以前也說過我可以離開，我信以為真要走，現在我不敢再犯同樣的錯了！但艾倫，答應我，他這種下流的話，一個字都不要說給我哥哥嫂嫂聽。不管他怎麼假裝，其實他就是想要激怒艾德格。他說他娶我的目的，就是要利用我來控制艾德格；我寧死也不讓他這麼做！我只希望，他能忘記那些魔鬼的算計③，失控殺了我！我唯一能想像的樂趣，就只有一死，或是看他死！」

「好了，今天到此為止！」希斯克利夫說。「奈莉，如果法院傳妳作證，妳要記得她說的話④。還有，仔細看看她的臉：現在差不多可以配上我了。伊莎貝拉，妳現在沒有辦法保護自己，而我又是妳的法定保護人，所以我也只能看管妳，雖然我很討厭這份工作。現在到樓上去，我還有幾句話要單獨跟艾倫說。不是往那裡走，我說，上樓去！這裡，孩子，這才是上樓的路！」

他抓住伊莎貝拉，把她推出房間，回來時還叨唸著：「我沒有同情心！我沒有同情心！蟲愈是蠕動，我就愈想把牠的腸子擠出來！簡直就像是出牙疼：愈痛，我就愈要花力氣咬牙忍下來呀！」

「你知道同情心是什麼意思嗎？」我說，一邊戴上帽子，把帽帶繫好。「你一輩子有感受過什麼是同情心嗎？」

「把帽子放下！」他看到我想走了，趕快攔我。「妳還不能走。奈莉，過來這裡：我如果說不動妳，也要逼妳幫忙，讓我去看凱瑟琳，而且立刻就要做。我發誓我無意傷人：我一點也不想引起紛爭、激怒林頓先生、或是侮辱他。我只想親口聽凱瑟琳說她好不好，還有她為什麼病了；還有問她我能做什麼，能幫她什麼。昨晚我在鶇翔莊園的花園裡待了六個小時，我今晚還要去，每天晚上我都會去，每天都去，直到我有機會進門。如果我遇到艾德格．林頓，我會毫不猶豫一拳把他打倒，再多打幾拳，確保我在那裡的時候他都會安靜不動。如果他的僕人攔我，我會用手槍威脅他們離開。可是如果我不會遇到僕人或林頓，豈不是更好？妳很容易就可以辦到。我到的時候會通知妳，妳就等到凱瑟琳一個人在的時候，悄悄讓我進去，幫我把風，等我離開。妳的良心也不會不安：因為妳阻止了一場亂事⑤。」

我不想在我東家的屋子裡當奸細，所以我嚴正抗議，再說，我也說他只為了自己而去摧毀林頓太太的平靜，未免殘忍又自私。

「一點點小事都會把她嚇到，讓她痛苦不堪，」我說，「她很神經質，我敢說她一定承受不住驚嚇。先生，不要堅持！否則我就必須告訴我家老爺你的計畫，他就會採取一些防範措施，確保他家和家人不會受到不法的入侵！」

---

③希斯克利夫的算計是指繼承財產：如果艾德格無男性子嗣，鶇翔莊園就會落入伊莎貝拉手中。所以如果他殺了伊莎貝拉，當然就繼承無望。伊莎貝拉已經知道希斯克利夫的圖謀，故意激怒他。

④希斯克利夫顯然想過跟伊莎貝拉對簿公堂的可能性。他要奈莉記得的，就是伊莎貝拉充滿仇恨、暴力、威脅性的語言，這樣他就有可能取得伊莎貝拉的監護權。以《簡．愛》的例子來看，希斯克利夫要把伊莎貝拉送進精神病院拘禁一生，也不無可能。

⑤從這句話可以看出希斯克利夫非常了解奈莉，知道她需要一個卸責的說法。

「如果是這樣的話，奈莉，我就不能讓妳走了！」希斯克利夫說，「妳到明天早上才能離開嘯風山莊。妳說，凱瑟琳看到我會受不了，真是胡說八道。我也不想嚇到她：妳得先告訴她，問她我能不能去。妳又說，她從來沒提到我，也沒人跟她說我的事情。但既然我在鶇翔莊園是不能提的名字，她要跟誰提到我？她覺得你們所有人都是她丈夫的奸細。喔！她在你們之間，一定覺得身在地獄！從她的沉默，我就可以猜到她的感受了。妳說她常常焦慮不安：這可以證明她很平靜嗎？妳說她的心智混亂。她被這樣恐怖地隔離起來，心智還能不混亂嗎？而那個無趣的小人，竟然還是出於道義和同情來照顧她！他以為自己這種淺薄的照料，就能讓凱瑟琳恢復活力，等於是把一棵橡木種在花盆裡，妄想它能枝繁葉茂！現在就讓我們決定：妳要待在這裡，等我去跟林頓和他的手下打一架，見凱瑟琳？還是妳願意當我的朋友——我們到現在為止都一直是朋友，照我所說的去做？快決定！如果妳這麼頑固，硬起心腸不幫我，我就沒有理由再在這裡多延遲一分鐘！」

洛克伍德先生，就這樣，我又爭辯又抱怨，拒絕了他至少五十次；但最後他還是逼我答應了。我答應幫他帶封信給太太；如果她同意的話，我會在林頓下一次出門時，通知希斯克利夫，讓他知道可以什麼時候來，自己設法進來：我不會在場，我的同事也都不會在場。

這樣做是對是錯？我怕終究是錯了，雖然我也是不得已的。我以為跟他合作，可以避免另一場爭執；我也覺得這對凱瑟琳的心病來說，說不定是一個轉機。然後我想起艾德格先生那樣嚴厲責備我說謊的事，我心裡很不安，只好一再跟自己保證，這種背叛老爺的事，下不為例。

雖是這樣，我走回家的路上，心情比出門的時候更為沉重，而在我把信交到林頓太太手上之前，更有種種不妙的預感。

肯尼斯醫生來了，我到樓下去，跟他說你好多了。我講的故事沒什麼讓人開心的，改天要消磨時光的時候再繼續說吧。

悲哀，沉悶！管家下樓去迎接醫生時，我就回想這個故事。如果讓我來選，應該也不會選這樣的題材。但無所謂！從迪恩太太的苦澀草藥中，還是可以提煉出有益的良藥。頭一件事，就是要小心別被凱瑟琳·希斯克利夫那對閃亮的眼睛迷住了。萬一那少婦奪走了我的心，而她又是她母親的翻版，那我可就有苦頭吃了。

第二部

第一章①

又過了一個星期。我已經快要恢復健康了，春天也快到了！我已經聽完希斯克利夫的所有經歷。管家趁她手上沒有在忙的時候，分了好幾次才講完。我會繼續用她的口氣寫下去，只是稍微精簡一些。整體說來，她還滿會說故事的，我想我也沒辦法說得更好了。

「那天晚上，」她說，「就是我去嘯風山莊那天，我很知道希斯克利夫先生就在附近，好像我親眼看到他一樣。但我不敢出去，因為他的信還在我口袋裡，我不想再被他威脅或調侃了。」

我下定決心，要等先生不在家的時候才要拿信給凱瑟琳，因為我實在無法預測她會有什麼反應。結果三天過去了，我都找不到機會拿信給她。第四天是星期天。我等全家都去教堂之後，帶著信去她的房間。

全家只剩下另一個男僕和我看家。我們平常在大家上教堂的時候，都會把每一扇門鎖上。但那天天氣暖和，非常怡人，我把所有門都打開了，我知道他一定會來。所以我就按照約定，把其他人支開：我跟那個留守的僕人說，太太非常想吃橘子，要他去鎮上拿一些回來，隔天再去付錢。等他一走，我就到樓上去。

林頓太太穿著寬鬆的白衣裙②，肩膀上圍著一條薄紗，跟平常一樣坐在窗邊。豐厚的長髮在她生病初期就剪掉了一些，現在沒有特別梳理，自然垂在額際和脖子上。就像我跟希斯克利夫說的一樣，她的樣子變了。不過在她平靜的時候，似乎美得不像世間的人。

她眼中的火焰消失了，取而代之的是一種夢幻般的憂傷；她不像在看周遭的東西，好像看得更遠，非常遠，可以說是看到這個世界以外去了。她漸漸豐腴起來，所以臉頰不再凹陷下去了，但臉色還是很蒼白，加上那種由於精神狀態而浮現的特殊神情，雖然提醒著我們病因，還是免不了讓我想到，所有見到她的人也都會這麼想，她是沒有希望復原的了，已經註定走向盡頭了。

她前面的窗台放了一本打開的書，幾乎感覺不到的微風不時擾動書頁。我想一定是林頓放在那兒的，因為她從來沒有想要看書，也沒想過要做任何事情。但林頓還是會花上好幾個小時的時間，拿她以前喜歡的東西想要吸引她的注意。

---

①此處分章是依據一八四七年的版本。一八五〇版經過夏洛特編輯後，取消了原本兩部的安排，所以第二部的第一章變成十五章，結束在三十四章。今天大部分的版本都按照一八五〇年的版本安排。據說艾蜜莉原來的手稿也是分兩部，各十七章，所以一八五〇版的十八章才是第二部的第一章。十八章一開頭跳過了十二年，直接從凱瑟琳二世十三歲開始敘述，就結構上來說的確是比較合理的安排。一八四七年的兩部分法，可能是出版商紐比（Newby）的決定，理由只是為了裝幀：紐比同時出版《嘯風山莊》兩冊和《安格涅斯．葛雷》，所以刻意讓第一部的篇幅和《安格涅斯．葛雷》差不多，讓中間的《嘯風山莊》第二部最厚，三冊並列時看起來比較對稱。（Gezari 227）雖然各十七章的分法四平八穩，但一八四七年版本讓第一部結束在懸念：到底奈莉有沒有送信傳話？有沒有讓兩人見面？見了面之後的結局呢？讀者不可能不看第二部，也是頗有意思的安排。

②因為她已懷孕七個月。

她知道先生的用意；心情好的時候就默默看著他做這樣那樣的努力，偶爾疲憊地輕輕嘆口氣，表示什麼都沒用，最後再以悲傷的微笑和親吻讓他打住。但心情不好的時候，她會惱怒地轉頭，把臉埋在兩手中間，或甚至憤怒地把他推開。這種時候，先生知道什麼也不能做，只能讓她獨處。

吉默屯教堂的鐘聲還在響，後面山谷小溪也傳來潺潺的水聲，聽起來讓人心情平和。如果是夏天的話，鶇翔莊園繁茂的樹葉會發出沙沙聲，非常悅耳；但夏天還沒來臨，還聽不到樹葉的聲音，溪水的聲音也是不錯的替代品。嘯風山莊也能聽到溪水的聲音，通常是在大雪化了之後，或是連續下了幾天雨之後。如果凱瑟琳在聽溪水聲的話，一定是在想嘯風山莊。但我說過她的表情很迷茫而遙遠，似乎什麼都聽不到，什麼都看不到。

「太太，有封給您的信。」我說。她一隻手擱在膝蓋上，我把信塞到她手中。「您必須立刻就打開來看，因為有人在等回信。要我打開嗎？」

「好。」她說，但眼睛仍然看著窗外。

我把信拿出來，信很短。

「好了，」我說，「趕快看信吧。」

她把手拿開，信掉落到地上。我撿起來，重新放在她的懷中，站著等她什麼時候高興看一眼。但等了好久她都沒有動作，最後我只好提議：

「太太，要我讀給您聽嗎？這是希斯克利夫先生寫的。」

她有點驚跳，似乎想起了什麼，又想不起來，十分焦急。她拿起信，好像在讀，但她看到簽名時嘆了口氣，我發現她根本沒有看懂信的內容。我急著要聽她是見或不見，她卻只是指著希斯克利夫的名字看我，又是哀傷，又是疑問。

「是這樣的，他想見您，」我猜她需要有人幫她解說。「他現在人就在花園裡，急著想知道您要不要見他。」

我說話的時候，看到陽光下的草地上，一隻躺著的大狗忽然豎起耳朵，好像準備要吠，但又垂下耳朵，搖起尾巴來，宣告某個牠認識的人來了。林頓太太往前傾，很仔細地聽，幾乎喘不過氣。過了一分鐘，走廊上就響起了腳步聲：看到大門洞開，希斯克利夫無法克制自己不進來。他很有可能以為我退縮了，失信於他，所以決定自己大膽闖進來。

凱瑟琳眼睛直盯著房間的門，熱切至極。希斯克利夫一開始沒有找對房間③，凱瑟琳做手勢叫我去帶他，但我還沒走到門口，希斯克利夫就已經進來了，一、兩個大步就已經到了凱瑟琳身邊，把她擁入懷中。

他沒說話，也沒有鬆手，就這樣緊抱著她五分鐘那麼久，不斷親吻她，親吻的次數大概比他一輩子都還要多；不過是凱瑟琳先親他的，而且我也看出來，希斯克利夫因為過於悲痛，幾乎不忍心看凱瑟琳的臉。他從見到凱瑟琳的第一眼，就跟我一樣知道她註定會死，完全沒有復原的希望，她的終點已近。

「噢，凱西！噢，我的命！我怎麼受得了？」希斯克利夫一開口，就沒有掩飾他的絕望。

③因為這間臥房是她病後才佈置的，在二樓的起居室旁邊，希斯克利夫沒來過。

他直直盯著凱瑟琳看，我以為他一定要流淚了，但他的眼睛只是灼灼燃燒著悲痛，並沒有淚水。

「現在又怎麼了？」凱瑟琳往後仰，看著他的眼，忽然皺起眉頭：她的喜怒就像風向雞一樣隨時在變，難以預測。「希斯克利夫，你和艾德格都讓我心碎！然後你們兩個又都跑來哭，好像你們才是應該被同情的人！我才不同情你。我不要。你殺了我，而且還因此而更加茁壯。看你是多麼強壯啊！我死了以後，你還打算活多少年哪！」

希斯克利夫本來是單膝跪地抱住她的；他想起身，凱瑟琳卻抓住他的頭髮不讓他站起來。

「我希望我可以一直抱著你，」她苦澀地說，「直到我們倆都一起死！我才不在乎你吃過什麼苦。我不在乎你吃苦。為什麼你就不該吃苦？我吃了多少苦！你會忘記我嗎？我埋在土裡以後，你會快樂嗎？你會不會在二十年後說：『這是凱瑟琳．恩蕭④的墓。我很久以前愛過她，她死的時候我很痛苦，但這些都過去了。後來我又愛過很多人：對我來說，我的子女比她更親，我死的時候，並不會因為可以見她而高興，而會因為我要離開子女而不捨！』希斯克利夫，你以後會說這種話嗎？」

「不要這樣逼我，不然我會和妳一樣瘋掉。」他大叫，用力掙脫，咬牙切齒。

如果是不知情的旁觀者，會覺得這兩人構成一幅很奇怪也很恐怖的圖像。除非她肉身一死，她的個性也跟著改變，否則凱瑟琳可能會覺得天堂之於她，不過是放逐之地⑤。凱瑟琳蒼白的臉上有一種狂野的恨意，嘴唇毫無血色，眼神激動，手裡緊握著剛才抓下的一撮頭髮。希斯克利夫用一手撐地而起，另一手抓住凱瑟琳的手臂。希斯克利夫毫無溫柔可言，也不顧及凱瑟琳的病體，我看到她那蒼白的肌膚上浮現了四個清楚的藍紫色手印。

「妳是被什麼魔鬼附身了嗎？」他蠻橫地逼問她，「妳都快死了，還這樣跟我說話？妳有沒有想過，等妳一走，這些話會烙印在我的記憶中，永永遠遠啃著我的心？妳說我殺了妳，妳知道妳在說謊，妳明明知道，我只有死了才可能忘記妳！妳安息的時候，我還活在地獄裡受苦，這樣妳還不夠自私嗎？」

「我不會得到安息的。」凱瑟琳嗚咽地說。在這場激動之下，她的心臟跳得很厲害，從外表都看得出來，也聽得到心跳的聲音，讓她一時虛弱到不能說話。

等這陣心臟狂跳過去之後，她才又開口說話，比之前溫和了一些：

「希斯克利夫，我並不希望你受的苦比我更厲害。我只希望我們永遠不要分離。以後如果想到我說的話而難過，你就想，我在地下也一樣難過。所以為了我，原諒我吧！過來我身邊，再跪下來吧！你一輩子都沒有傷害過我。別這樣，如果你含著憤恨，那比記得我那些傷人的話更不好。你不過來嗎？來！」

希斯克利夫走到她椅子後面，從後面斜倚著她，但不讓她看到自己的臉，因為他面如死灰。凱瑟琳轉過去要看他，他不肯，猝然轉身走到壁爐前，站在那裡背對我們。

凱瑟琳盯著他看，有點奇怪。他的一舉一動都引發她新的感觸。她默默盯著他看了一陣子，又說

---

④她以林頓夫人的身分下葬，墓碑上當然不會用「凱瑟琳·恩蕭」。但她自稱「凱瑟琳·恩蕭」而不用「凱瑟琳·林頓」，也可以看出她在昏亂的狀態，選擇回到她還是恩蕭的時代。

⑤這裡奈莉想到的應該是第九章凱瑟琳跟她說的那個怪夢：凱瑟琳夢到她在天堂哭泣，被天使拋回嘯風山莊，她就高興到哭。

話了，不過是對我說的，又生氣又失望：

「奈莉，妳看，他都不肯對我好一點，讓我晚一點進墳墓。這就是他愛我的方法！算了，算了。這不是我的希斯克利夫。我還是愛我的希斯克利夫，我會把他帶走，他就在我靈魂裡面⑥。再說，」她有點高興地說，「我最討厭的就是這個殘破的監獄。我被關在這裡已經很不耐煩了。我等不及要逃到那個光亮的世界，永遠待在那裡，我不要再總是淚眼汪汪地遠望，總是在這些牆後面渴望到心痛。我就要過去了，就要在那裡了。奈莉，妳以為妳比我強，比我幸運，又健康又有活力，妳為我難過，但很快就不是這樣了。以後是我為妳難過。我會遠遠在妳之上，在你們所有人之上。我想他是不會過來了！」她繼續自言自語。「我想他願意這樣。希斯克利夫，我的愛！你不要鬧彆扭了。來我這邊！希斯克利夫。」

她心裡著急，抓著椅子扶手站了起來。希斯克利夫在她熱切呼喚之下轉頭看她，已經絕望至極。他的眼睛終於濕了，現在睜得很大，炯炯地盯著她看，胸前劇烈起伏。他們互望了一下，然後凱瑟琳縱身一跳，希斯克利夫抱住她，我還看不清楚，他們就已經緊緊抱在一起，抱得那麼緊，我想應該會抱到她死了才放手。事實上，在我看來，她已經動也不動了。希斯克利夫抱著凱瑟琳，順勢坐進身旁的椅子。我趕上前去要查看太太是否昏倒了，但希斯克利夫像瘋狗一樣對我齜牙咧嘴，口吐白沫，緊緊抱著太太不放，怕我搶走似的。我覺得他好像不是人類：即使我跟他說話，他也聽不懂。所以我只好站遠一點，把嘴巴閉起來，完全不知所措。

還好凱瑟琳動了一下，讓我稍稍放心。她舉起一隻手攬著希斯克利夫的脖子，讓她的臉貼近他的臉。希斯克利夫則瘋狂撫摸她，狂亂地說：

「妳讓我知道妳可以多殘忍，又殘忍又虛偽。妳為什麼看不起我？凱西，妳為什麼要背叛妳的心？我說不出一句安慰的話，這是妳自找的。妳殺了妳自己。沒錯，妳可以吻我、可以哭、可以逼出我的吻和我的淚：但我的淚水會讓妳枯萎，會帶給妳詛咒！妳明明愛我，妳有什麼權利離開我？回答我！妳有什麼權利去喜歡林頓？所有上帝或撒旦加諸於我們身上的艱辛困苦、甚至死亡，都不能分開我們，但妳出於自己的意願，妳自己讓我們分開了！我沒有讓妳心碎，妳的心是妳自己打碎的，而且妳打碎了自己的心，也把我的心一起打碎了。我比妳更慘，因為我很強壯。我想活下去嗎？我以後會怎麼活下去，等妳——老天！如果妳的靈魂在墳墓裡，妳會想活下去嗎？」

「讓我去吧，讓我去吧。」凱瑟琳哭著說，「如果我錯了，我也害死自己了。夠了！你當時也離開我啊。但我不會怪你！我原諒你。你也原諒我吧！」

「要怎麼原諒？尤其看著妳的眼睛，摸著妳這消瘦的手，」他說，「再吻我吧，閉上眼睛，別讓我看到！我原諒妳對我做的事情。妳殺了我，我還是愛妳。但殺了妳的人！我怎能原諒？」

他們不說話了，他們臉貼著臉，兩人臉上都是淚水一片。至少，我猜兩人都哭了。看來希斯克利夫在這樣重大的關頭也還是會哭的。

但我愈來愈坐立不安，因為下午已經快過完了，被我支去買東西的僕人已經回來了。在山谷方向的夕照下，我看到吉默屯教堂的門廊外面，人愈來愈多。

---

⑥呼應凱瑟琳在第九章的獨白：「我就是希斯克利夫！」

「崇拜結束了，」我跟他們宣布。「我家老爺在半個小時內就會回來。」

希斯克利夫咬牙切齒地罵了一句髒話，把凱瑟琳抱得更緊。她一動也不動。沒過多久，我看到一群僕人走在路上，往廚房這一側過來。林頓先生也跟他們一起。他親自開門，悠閒地走上來，或許因為這天下午簡直像夏天一樣溫暖，讓他心情很好。

「他回來了，」我叫起來。「看在老天份上，快走！別在前面樓梯上跟他碰面。動作快，待在樹林裡，直到他進來以後再走。」

「凱西，我得走了，」希斯克利夫說，開始想從凱瑟琳的懷抱脫身。「只要我還活著，我會在妳睡前再來見妳。我不會離開妳的窗戶五碼以外。」

「你不能走！」凱瑟琳用盡力量抱著他，「我說你不可以走。」

「一個小時就好。」他很急地求她。

「一分鐘都不行。」她說。

「我非走不可，林頓馬上就要上來了。」闖進來的希斯克利夫意識到危險，堅持要走。他大可以站起身來，凱瑟琳的手指就會鬆開。但凱瑟琳死命抓住他，張大嘴巴喘氣，一臉狂亂的堅決表情。

「不要！」她放聲尖叫。「不，別走，別走。這是最後一次了！艾德格不會傷害我們的。希斯克利夫，我要死了！我就要死了！」

「該死的笨蛋！他來了，」希斯克利夫叫了一聲，坐回原來的位置。「別哭，寶貝！噓，噓，凱瑟琳！我不走了。如果他開槍把我打死，我也是吻著妳而死。」

然後他們倆又抱在一起了。我聽到主人上樓的腳步聲，我的額頭冷汗直冒，我簡直嚇壞了。

「你就聽她胡言亂語?」我動氣地說,「她根本不知道她在說什麼。她糊塗了,沒辦法救她自己,你就這樣毀了她?站起來!你立刻就能走。你不走,實在是你做過的壞事裡最壞的一件。我們都完了:老爺、太太、還有我都完了。」

我絞著雙手大喊,林頓先生聽到房裡吵鬧的聲音,加快腳步上樓。我在激動中,看到凱瑟琳的手臂一鬆,頭也垂下來,我還真有點高興。

「她是昏過去或死了都好,」我想,「這樣好多了。她這樣麻煩別人,又專門造成不幸的人,還不如死了好。」

艾德格又驚又怒,臉色發白,衝向希斯克利夫這不速之客。我看不出來他打算做什麼,因為希斯克利夫把懷中毫無知覺的凱瑟琳往艾德格手上一放,他什麼也做不了。

「看看她!」希斯克利夫說。「除非你是惡魔,不然就先救她,再跟我說話!」

希斯克利夫走進起居室,坐下來。林頓先生叫我過去幫忙,我們費了好大力氣,用了各種方法,好不容易才讓太太恢復知覺。但她完全瘋了;她又嘆氣、又呻吟,誰都不認得。艾德格一心都在凱瑟琳身上,忘了她那討厭的朋友。我趁空叫他快走,跟他保證凱瑟琳比較好了,我明天早上一定會跟他回報凱瑟琳夜裡的情況。

「我是可以走,」他說,「但我會守在花園裡。奈莉,明天妳一定要遵守諾言。我會在那裡的落葉松下面。千萬別食言!不然我還會再來,無論林頓在不在。」

他瞥了一眼房門半開的臥房,確認我說的都是真的,這災星才終於離開了。

第二章

那天半夜十二點鐘①，您在嘯風山莊見過的那個凱瑟琳出生了。才七個月的早產兒，又小又弱。兩個小時以後，她母親就死了，一直沒有恢復神智，既不記得希斯克利夫，也不認得艾德格。

艾德格的悲痛就不必說了，想起來就難過，而且這悲哀極為深沉，後來還一直持續下去。在我看來，讓他更難過的是，凱瑟琳沒有為他生下一個繼承人。我看著那個幼小的孤女嘆息，心裡很怨老林頓先生的偏心（雖然我也知道這是自然的）：把財產留給女兒②，而不給孫女。所以這小嬰兒一開始就不受歡迎，真是可憐！在她出生的頭幾個小時，她哭著要活下來，卻沒有人要給她一口奶吃。我們後來有努力彌補，但她一開始就沒有朋友，可能結束時也沒有朋友吧。

第二天早上，外面晴朗明媚。晨光從百葉窗裡流瀉進安靜的房間裡，臥榻和睡在上面的人都染上一層溫和甜美的光線。

艾德格·林頓躺在枕頭上，雙眼緊閉。他旁邊的人是死了，林頓那年輕好看的臉看起來也像死了一樣，動也不動。他是因為過度悲痛，筋疲力竭；而太太是永遠安息了。太太的眉頭舒展，眼皮緊閉，雙唇還帶著一抹微笑，天堂裡的天使也沒有她那麼美。她散發出永恆的平靜，我也受了感染，看著她那無憂無慮的聖潔臉龐，我的心也虔誠了起來。我想起她幾個小時前的話，不知不覺覆誦出來：

「比我們所有人都高得多！無論在世間或在天上，她現在跟上帝在一起了！」

我不知道自己是不是很怪，但我看著這間有人死去的臥房時，要不是有其他傷心的哀悼者和我一起守夜，幾乎可以說是快樂的。我見到一種安寧，世間和地獄都沒有辦法擾動；我很肯定死者進入了永恆，此後都是無盡的、無陰影，生命無限，愛無缺憾，歡樂圓滿。那時，我覺得即使像林頓先生這樣的人，畢竟也還是自私的：凱瑟琳已經這樣幸福地解脫了，他還要惋惜悔恨！

當然，有人可能會想，凱瑟琳生前的行事和做人，是不是配享天堂的安寧。事後冷靜回想時可能會這樣想，但那時看著她的遺體，倒是不會這樣想。她的遺體是平靜祥和的，似乎表示凱瑟琳的靈魂也一樣平靜祥和。

「洛克伍德先生，您相信這樣的人在另一個世界會快樂嗎？我真的很想知道。」

我覺得迪恩太太這個問題有點異教色彩，所以不願回答。她又繼續講下去：

回想凱瑟琳．林頓的一生，我怕我們不應該覺得她死後能夠快樂。但這就留給上帝去決定吧。

老爺還在沉睡，所以我在日出不久以後就離開房間，悄悄走到外面去呼吸新鮮的空氣。其他僕人

---

①一七八四年三月十九日晚上，或說三月二十日凌晨。凱瑟琳是前一年的三月嫁給林頓的，差不多剛好一年。

②根據老林頓先生的遺囑，如果艾德格沒有男性子嗣，死後財產將歸伊莎貝拉所有。如果伊莎貝拉有兒子的話，就可以繼承伊莎貝拉的遺產。

以為我是折騰了漫長的一夜，要去透透氣，清醒一下；其實我主要的目的，是要去見希斯克利夫先生。他如果真的整夜都在松樹下，就不會聽到鶇翔莊園裡面的種種動靜，除非他看到報信人騎馬往吉默屯的方向去。如果他比較靠近屋子的話，可能會注意到有人拿著蠟燭來來去去，外門開開關關，知道屋裡有大事發生了。

我想找到他，又怕見到他。我覺得一定要跟他說這可怕的消息，也想趕快跟他說，但我卻不知道要如何啟口。

最後，我看到他了。他在園裡幾碼遠的地方，倚著一棵老梣樹，樹上的枝葉正在冒芽，積了不少露水，滴滴答答往下滴。他沒戴帽子，頭髮被滴下的露水浸濕了。他一定站在那裡很久都沒動，因為我看到兩隻黑鶇鳥，在他頭上三呎的地方飛來飛去，忙著做巢，完全把他當作是一塊木頭了。我走過去的時候，黑鶇鳥才飛走。希斯克利夫抬眼看我，說：

「她死了！我不是等妳來告訴我這個的。把妳的手帕拿開，不要在我眼前哭！你們都去死吧！她不希罕你們的眼淚！」

我既為凱瑟琳哭，也為希斯克利夫而哭。有些人不曉得可憐自己，也不可憐別人，但我們有時候還是會同情他們。我一看到他的臉，我就知道不必我宣布了。因為他的嘴唇在動，他又一直看地上，讓我起了一個傻念頭，以為他已經平靜下來，正在禱告。

「是的，她走了！」我勉強自己不哭，把臉上的淚擦乾。「我希望她上天堂去了，這樣的話，我們只要好好做人，不要做壞事，以後就可以與她相見了。」

「那她有好好做人嗎？」希斯克利夫冷笑一聲。「她死的時候，像聖徒一樣嗎？告訴我真正發生的事。昨晚凱——？」

他想要說出凱瑟琳的名字，但還是說不出口；他緊緊抿著嘴，可以看出他正在與內心的傷痛奮戰，同時又用一種堅毅可怕的眼神看著我，拒絕我的同情。

「她是怎麼死的？」他終於問出口。即使他很冷酷的樣子，他還是必須找東西撐著，因為他整個人在發抖，連手指尖都在抖。

「可憐的傢伙！」我心裡想，「你畢竟還是個人，一樣有心有感覺！為什麼這麼想把感覺藏起來呢？你的驕傲騙不過上帝！你想反抗上帝，想要壓抑情感，結果上帝還是讓你屈辱地哭了。」

「安靜得像小羔羊一樣！」我大聲回答他。「她嘆了一口氣，伸了一下手腳，就像小孩在睡夢中醒過來，又繼續睡一樣。過了五分鐘，我摸她的心口，輕輕跳了一下，然後就停了。」

「那——她有提到我嗎？」他遲疑了一下才問，好像他很怕聽到的答案，會讓他繼續追問他不忍聽的細節。

「她的神智一直沒有恢復；從你離開以後，她就誰也不認得了。」我說。「她躺在那裡，臉上帶著甜甜的微笑；她最後的念頭一定回到小時候快樂的日子了。她的生命結束在一個甜美的夢裡，希望她在另一個世界醒來的時候也一樣快樂！」

「我希望她醒來時痛苦不堪！」他跺著腳大叫，憤恨不已，因為一陣無法控制的激動情緒而呻吟。「啊！她到死都是個騙子！她在哪？不在那裡，不在天堂，也沒有消失，那在哪裡？噢！妳說妳才不管我受苦！我要祈求，一直祈求到我的舌頭僵硬：凱瑟琳・恩蕭，只要我還活著，我就希望妳不得安寧；妳說我殺了妳，那麼，快來纏住我！我相信被殺的人會纏著兇手不放！我知道有鬼魂在世間遊蕩。來找我吧，不管妳的鬼魂是什麼樣子，把我逼瘋吧！就是不要把我一個人留在這深淵，讓我找不到妳！噢，上帝！我說不出我的意思！我沒有靈魂要怎麼活！我沒有靈魂要怎麼活！」

他用頭去撞那長滿樹瘤的樹幹，然後抬起眼睛來哀嚎，看起來根本就不像個人，而像一隻被刀劍所傷，快要死去的野獸。

我發現樹皮上有幾處血跡，他的手和額頭也有血跡；也許我看到的，在夜裡已經發生好幾次了。我嚇到幾乎沒辦法同情他，不過我還是不想這樣就走。但他稍稍恢復理智，發現我在看他的時候，立刻命令我走。我聽他的話走了，我沒辦法讓他安靜下來，也沒有能力安慰他。

林頓太太的葬禮在她死後的星期五舉行。在葬禮之前，她的遺體一直放在大宴客廳，棺蓋沒有覆上，棺內滿是鮮花和香草葉。林頓日夜都守在棺木旁，也不睡覺。但所有人都不知道，只有我一個人知道，希斯克利夫每晚都守在外面，也跟林頓一樣守靈。

我沒有跟他說過話，但我知道他很想找機會進來。星期二天黑以後不久，我家老爺因為實在太累了，不得不去休息一、兩個小時。希斯克利夫的執著感動了我，所以我趁機去打開一扇窗戶，給他一個機會進來，得以和死去的心上人道別。

他沒有放過這個機會，很謹慎地進來了一下子。他非常小心，一點聲音都沒有發出來。事實上，連我都不知道他是什麼時候來的，是後來我發現遺體遮臉的布巾沒有擺正，還看到地上有一束淡色的頭髮，用銀線綁著，我才知道他來過了。我撿起頭髮來看，發現那原來放在凱瑟琳脖子上掛著的一個墜子。希斯克利夫把墜子打開，把這束頭髮丟在地上，放進一束自己的黑頭髮。我把兩束頭髮纏在一起，都放進去。

林頓先生當然通知了恩蕭先生，請他來送妹妹最後一程；恩蕭先生沒有說不來，卻也沒有現身。所以送葬的人，就只有凱瑟琳的丈夫、鶇翔莊園的佃戶和僕人了。伊莎貝拉沒有受邀。

出乎村民的意料之外，凱瑟琳既沒有葬在教堂裡的林頓家族墓園，也沒有葬在恩蕭家族那邊。她的墓在教堂墓地角落的一個綠色山坡上。那裡的牆垣很低矮，石楠和山桑子已經從荒原那邊一直長過來，爬滿整座牆，墓碑也快被泥炭土掩埋了。現在她丈夫的墓就在旁邊。兩個人的墓都只有簡單的石碑，碑座下一塊簡單的灰色石頭，作為墓的的標誌。

第三章

一個月的好天氣，就在那個禮拜五結束了。那天晚上天氣變了：南風轉為東北風，先是下雨，後來還下了冰霰和雪。

第二天，我們簡直難以想像之前三個禮拜溫暖如夏的好日子：報春花和番紅花在冷風中遲遲不開，雲雀都不吭聲，早春的嫩葉被凍黑了。那天真是又寒冷、又悲慘、又絕望的一天！老爺整天關在房間裡，我獨占了寂寞的起居室，改成一間育嬰房。我坐在起居室，窗簾沒有拉上，我懷中抱著嚶嚶哭泣的小娃娃，一邊前後搖著她，一邊看著窗外愈積愈高的雪花。這時門開了，有人進來了，又笑又喘氣！

我一開始與其說是驚訝，不如說是生氣。我猜是某個女僕，所以我罵道：「幹什麼！妳怎麼敢在這裡胡鬧，被林頓先生聽到怎麼辦？」

「對不起！」一個熟悉的聲音說，「但我知道艾德格在床上，而且我停不下來。」

說話的人走到壁爐前，喘著氣，一手扶著腰。

「我從嘯風山莊一路跑回來都沒停！」她停了一會兒又說，「當然，跌倒的時候不算。我數不清到底跌了幾次，哎，我全身都在痛！別怕！我會盡快給妳一個答案！拜託妳行行好，到外頭去吩咐他們備車，我要去吉默屯。還有，叫一個僕人去我的衣櫃，幫我找幾件衣服。」

原來進來的人是希斯克利夫太太。她看起來很狼狽，看不出有什麼值得高興的地方。她的頭髮垂在肩膀上，雪水順著髮尾滴下來；她穿著她平常穿的、女孩子氣的衣服：低胸短袖小洋裝，適合她的年齡卻不合她的身分，沒有戴帽子，也沒有頸巾。因為被雨淋濕的關係，輕薄的絲質洋裝都黏在身上了，她的腳上只有輕便的高跟拖鞋。一隻耳朵下面還有頗深的傷口，因為天氣太冷，所以才沒有大量流血。蒼白的臉上有抓痕和瘀傷，身體累得都撐不直了。您可以猜到，仔細查看過她的狀況之後，我一開始的驚嚇也沒有緩和多少。

「我親愛的小姐，」我說。「妳先把衣服都脫下來，換上乾的衣服，否則我那裡都不去，也不會聽妳吩咐。而且妳今晚也不該去吉默屯，所以我沒必要去叫他們備車。」

「我一定要去，」她說，「不管是走路還是坐車去；不過我不反對換穿比較合適的衣服。還有——啊，血流到我的脖子了！這個火讓血活動了。」

她堅持要我先去叫人備車和收衣服，才讓我碰她。所以等到馬伕已經備了馬，還有一個女僕開始去收拾必要衣物，她才同意讓我包紮傷口，還有幫她換衣服。

等我忙完了，她在壁爐前的扶手椅坐下，前面有一杯熱茶。「現在，艾倫，」她說，「妳來坐在我對面，叫人把那個凱瑟琳的可憐孩子抱走：我不想見到她！別以為我這樣傻里傻氣地衝進來，就以為我不為凱瑟琳傷心。我哭得很厲害，我比別人更有理由哭。妳記得吧，我們是在吵架的情況下分手的，我不能原諒我自己。但，就是這樣，我不會同情他的，那隻殘酷的野獸！啊，那根撥火棒給我！這是我身上最後一件他的東西了。」她把金戒指從中指褪下，丟在地板上。「我要把它打爛！」她像個孩子一樣生氣地打那只戒指，「還要燒了它！」她把戒指丟到木炭裡面。「好了！如果他要我回去的話，就得買一只新的戒指了。他很可能會來找我，來取笑艾德格。所以我不能留下來，不然他那邪惡的腦袋就會盡想這些事情吧！再說，艾德格對我也不好，對吧？我不能再依賴他幫助我了，也不能帶給他更多麻煩了。我是不得已來這裡避難的，但，如果我不知道艾德格不在，我會留在廚房，洗洗臉，讓自己暖和一下，讓妳幫我拿點東西，就會立刻走開，讓他找不到我，我那可恨的①，不，那個妖魔的化身！喔，他多生氣啊！如果他抓到我，我就完了。可惜恩蕭沒有他那麼強壯有力。要是恩蕭能打得過他，我會看著他粉身碎骨才走。」

「小姐，講慢一點！」我打斷她的話，「否則我幫妳綁在臉上的手帕會鬆掉，血又要開始流了。喝口茶，深呼吸，不要再笑了，在這哀傷的屋子裡笑，是很失禮的事情，妳的情況也不適合笑。」

「的確如此，」她說。「聽那孩子哭！她哭個沒完，一個小時內不要讓我聽到她哭。我不會待更久了。」

我搖鈴叫人來把孩子抱走，然後我問她為什麼要這樣狼狽逃離嘯風山莊，還有她拒絕待在鶇翔莊園的話，打算要去哪裡。

「我應該要留下來，我也想留下來，」她說。「至少可以鼓舞艾德格的情緒，還有照顧孩子，而且鶇翔莊園本來就是我的家。但我告訴妳，他不會放過我的！看我過得好、過得快樂，妳以為他受得了嗎？想到我們過著平靜的日子，他一定會忍不住要來破壞我們的安樂。我現在很肯定他討厭我了，他極討厭我，聽到我的聲音或看到我都會讓他很不高興。我發現，只要我接近他，他臉上的肌肉就會不由自主扭曲，一方面是知道我有理由恨他，一方面是他本來就討厭我。因為他太討厭我了，我覺得如果我跑了，他也不會想要在整個英國追蹤我才對，所以我應該跑得成。我本來想讓他殺了我，現在不想了，我希望他自殺！他已經把我對他的愛徹底消滅了，所以現在我無所謂了。我還是可以回想我以前怎麼愛他，甚至可以模糊想像我還是可以愛他，要是——不，不！就算他曾經愛過我，他的魔鬼天性還是會露出來的。凱瑟琳的品味太奇怪了，才會明明很了解他，還這樣看重他。怪物！希望這樣的東西不會再存在，也不會留在我的記憶中！」

「別這樣說！他也是個人，」我說。「同情他一點：還有人比他更壞呢！」

「他才不是人，」她反駁我說，「我一點都不會同情他。我把心給了他，他卻把我的心捏碎捏死，再丟回給我。艾倫，人是要用心來感覺的，既然他已經毀了我的心，我沒有辦法對他再有什麼感覺，即使他從今天到死的那一天，都為凱瑟琳哭到流血，我也沒什麼感覺！真的，我真的沒辦法同情他！」說到這裡，伊莎貝拉開始哭起來了，但又立刻把睫毛上的淚水擦掉，繼續說：

妳剛才問我，為什麼我最後要逃跑？因為我逼他生氣，把他逼到失控了，所以不得不逃跑。用燒紅的老虎鉗把神經拉出來，比往頭上敲更需要冷靜。他原來是以魔鬼般的謹慎算計②自豪，昨晚他也忘記這些了，開始使用殺人的暴力。我能引他暴怒，心裡很得意，但這種快感也讓我起了自保的念頭，所以我就逃出來了。如果我再次落在他手中，他一定會報復，而且報復的手法一定很可怕。

---

①本來她是要說「我那可恨的丈夫」，但「丈夫」說不出口。

②原來希斯克利夫對伊莎貝拉主要是言語羞辱，較不涉及暴力，因為不想給伊莎貝拉理由要求分居。他們倆都知道這層算計，所以伊莎貝拉要引他使用肢體暴力。

昨天，妳知道，恩蕭先生本來要去送葬的。他為了這件事而努力保持清醒——還算清醒：起碼不是六點就喝醉到不省人事，到中午十二點才起床那樣。結果他一起床就心情低落，簡直像要自殺，既不能去跳舞也不能去教堂。他就只能坐在壁爐前，一杯又一杯猛灌琴酒或白蘭地。

希斯克利夫——我說到他的名字就發抖！他從上星期天到今天，根本就沒住在山莊。我也不知道究竟是天使餵他吃東西，還是他的地下親友③給他吃的，但他幾乎一個禮拜都沒有跟我們吃過一餐。他都是清晨回來，上樓到他的房間，鎖上門，好像怕有人想要他陪似的！然後他就開始禱告，簡直像衛理公會④的信徒一樣：只是他祈求的神祇都是無知覺的塵土罷了，而他口中的上帝，好像與他的黑魔王父親⑤相混了。他總是禱告到聲音沙啞，喉嚨都發不出聲音時才會停止，一停下來就又出門了，直直往鶇翔莊園去！我都奇怪艾德格怎麼不差個人來抓他，關他個幾天！⑥對我來說，雖然我也很為凱瑟琳難過，但這段期間他不太管我了，我好像憑空放了個假期。

我恢復了一點精神，就算聽了約瑟夫永無止盡的嘮叨也不會哭了，也不必像以前一樣，只能像受到驚嚇的小偷一樣偷偷摸摸上樓下樓。妳大概沒想過，約瑟夫說的話會把我氣哭吧，但他和哈里頓都非常討人厭。我寧願和興德里在一起，聽他說可怕的言語，也勝過跟那個小主人和那忠心耿耿、醜惡的老僕人作伴！

希斯克利夫在家的時候，我不得不待在後廚房，跟那一老一小作伴，不然就得在潮濕、淒涼無人的臥室裡餓死。這個禮拜希斯克利夫不在，我自己在大廳壁爐旁設了一桌一椅，也不管恩蕭先生坐哪。他倒也沒有干涉我。如果沒人挑釁，他比平常更安靜，更陰鬱，更頹喪，卻沒有那麼易怒。約瑟夫信誓旦旦地說恩蕭先生已經是不一樣的人了，上帝已經碰觸過他的心，「從火裡經過的一樣」⑦得救了。我是看不出來他有變好的跡象，但這也不干我的事就是了。

昨晚我坐在我的角落看些舊書，一直看到快十二點。外面風雪很大，自己一個人上樓好像很淒涼，而且我的思緒一直飄到墓地和那個新墳！我幾乎不敢把眼光離開眼前的書頁，因為只要抬眼一看，眼前立刻就是那悲哀的景象。興德里坐在我對面，他的頭倚在手上，也許跟我想著同樣的事情。他那時已經停止喝酒了，並沒有喝到胡言亂語，有兩、三個小時都沒動過，也沒說話。整個屋子裡只有不時搖晃窗戶的尖銳風聲、煤炭輕輕爆裂的聲音、還有我偶爾修剪燭心的聲音。哈里頓和約瑟夫大概已經在床上睡熟了。那景況極為悽涼，我邊看書邊嘆氣，覺得世界上所有的歡樂都已經消失殆盡，再也不會有快樂的事情了。

最後，那悲哀的寂寞終於被廚房門閂的聲音打破了：希斯克利夫比平常早回來，沒有像前幾天那樣守夜到天明，我想是因為暴風雨忽然來襲的關係。那扇門已經閂上了，我們聽到他繞路要從另一個

---

③這裡是說希斯克利夫是魔鬼，所以有住在地下的魔鬼親戚。

④這裡的衛理公會有嘲諷味道，意指希斯克利夫會大聲呻吟、禱告、祈求、大喊等，就像約翰・衛斯理在佈道會一樣，在聖公會眼中是過度情感外露而不合宜的。衛理公會的創辦人約翰・衛斯理（John Wesley, 1703-1791）是英國聖公會的牧師，但為了向中下階層傳教而舉辦大型佈道會，與聖公會逐漸分離。作者的父親就是衛理公會的牧師。

⑤指魔鬼。希斯克利夫初到嘯風山莊，老恩蕭先生就有「雖然他黑得像魔鬼」這樣的話。

⑥艾德格是地方太平紳士，權力很大，找理由拘禁希斯克利夫易如反掌。

⑦《哥林多前書》第三章15節：「人的工程若被燒了，他就要受虧損，自己卻要得救；雖然得救，乃像從火裡經過的一樣。」

門進來。我站起來，無法克制地發出詛咒，興德里本來一直望著門，轉過來望著我。

「我讓他在外面多待五分鐘，」他說。「妳不反對吧？」

「一點也不，你可以把他關在外面整夜，算是為了我。」我說。「快！把鎖放進鎖洞，門閂閂上。」

恩蕭在希斯克利夫走到前門之前，就把門閂上了，然後把他的椅子拉到我桌子對面，想看我的眼睛是否跟他一樣，滿是灼熱的恨意。他看起來就像個殺手一樣，我沒有他那種殺意；但我的恨已經足以鼓勵他說下去。

「妳和我兩個人，」他說，「都跟外面那個男人有天大的仇！如果我們兩個都不是膽小鬼，或許可以聯手除掉他。還是妳像妳哥哥一樣軟弱？妳願意一直忍受下去，都不想報復？」

「我已經不想忍下去了，」我說，「只要不會牽連到我，我很樂意報復。但背叛和暴力是雙頭戟，傷敵的同時，可能自己受傷更重。」

「要對付背叛和暴力，就只能用背叛和暴力！」興德里叫起來，「希斯克利夫太太，我不會要妳做什麼，妳只要安靜坐好，不要發出聲音就好。告訴我，妳做得到嗎？我敢說，見到這個仇敵的了結，妳會和我一樣高興；妳不殺他，他就要殺妳；他會毀掉我的。該死的惡魔！他這樣敲門，好像他已經是這裡的主人似的！答應我，不要出聲。現在差三分鐘就一點了，鐘響之前，妳就自由了！」

他從胸前口袋拿出武器，就是我在寫給妳的信中提過的那把手槍，正要把燭火熄了。但我搶過蠟燭，抓住他的手臂。

「我不會安安靜靜的！」我說。「你別殺他。不要開門就好，安靜一點！」

「不！我已經下定決心，上帝作證，我一定要做！」興德里已經陷入絕望。「我也是為妳做了件好事，還有還哈里頓公道！妳不必為我著想，凱瑟琳已經死了。就算我現在就割了我的脖子，世上也沒有一個人會為我感到惋惜或是羞愧！是時候該了結一切了！」

要跟他講道理，就好像跟熊打架或跟瘋子理論一樣無效。我唯一的辦法就是跑到窗邊，警告他想殺掉的希斯克利夫，告訴他進來的命運。

「你今晚最好去別的地方過夜！」我有點得意地叫道。「如果你堅持要闖進來的話，恩蕭先生有意要射殺你呢。」

「妳最好趕快開門，妳這個——」他用很「好聽」的字眼稱呼我，我不想重述給妳聽。

「我不管這事了，」我回嘴道。「隨你高興，進來受死吧。我已經盡了我的義務。」

我說完就把窗戶關了，回到壁爐旁的位子上。我畢竟還不夠虛偽，沒辦法裝出為他著急的神情。恩蕭很氣憤地罵我，說我一定還愛著那個惡人，用很多難聽的字眼罵我卑劣。而我心裡偷偷想著，如果他死在希斯克利夫手中，也算是解脫了；要是他能殺了希斯克利夫，那我就是解脫了。我這樣想，良心從來沒有不安。就在我想這些事情的時候，我背後的格子窗被一拳打到地板上，希斯克利夫的黑臉陰森森地望著我。還好窗格間的柱子太密，他的肩膀擠不進來。我以為自己很安全，忍不住微笑起來。他的頭髮和衣服都蓋滿了雪，尖牙在黑暗中閃閃發光，又無情又憤怒。

「伊莎貝拉，讓我進去，否則我會叫妳後悔！」他「齜牙咧嘴」地說，這是約瑟夫的說法。

「我不能眼睜睜看人犯謀殺罪，」我說。「興德里先生拿著一把刀和裝上子彈的手槍在等你。」

「讓我從廚房門進去。」他說。

「興德里會比我快到那裡，」我說，「而且你那可憐的愛竟然比不上一陣風雪！夏夜的月光下，我們都可以平安睡在床上，但冬天的寒風一起，你就得找地方躲了？希斯克利夫，如果我是你的話，我會抱著她的墳，像條忠心耿耿的狗死在那裡。反正這世界也不值得活了，對吧？你已經清清楚楚讓我知道，你生命所有的快樂就是凱瑟琳：我實在很難想像她都死了，你怎麼還能活下去。」

「他在那裡，對不對？」興德里跑向那扇破窗。「如果我的手可以伸出去，我就能打他！」

艾倫，我恐怕妳會說我心地太壞，但妳不知道所有的事情，所以不要批評我。興德里要取他性命，我從來沒有幫忙或鼓勵。我當然希望他死。所以我說了那些羞辱他的話以後，看到他撲過來，從縫中搶走興德里的槍時，我簡直嚇到發狂，又失望得不得了。

興德里開了一槍，槍上的刀子彈出來，接近他自己的手腕。希斯克利夫用蠻力把槍搶過去時，刀刃一路劃開興德里的手，血直噴出來。希斯克利夫把血淋淋的槍往自己口袋一放，撿了一塊石頭把窗戶間的鐵條打彎，跳了進來。他的對手因為劇痛和失血，已經倒在地上失去知覺了。血不斷冒出來，不知是動脈還是一條大血管破裂了。

那個壞蛋踢他、踩他，又好幾次抓著他的頭去撞地板，還用一隻手抓住我，不讓我去叫約瑟夫。他費了很大的勁克制自己，才沒把興德里打死。但他收手之後，氣喘吁吁地把已經不會動的興德里拖到高背長椅上，又從興德里的外衣撕下袖子，極其粗魯地把傷口包紮起來，還一邊吐口水和罵髒話，罵人的勁跟先前踢人的勁差不多一樣兇狠。

我一獲得自由，立刻就去找老僕約瑟夫。雖然我講得很匆忙，他總算勉強了解我說的大意梗概，嘴巴都合不攏，連忙兩步併作一步衝到樓下。

「逆做了啥？逆做了啥？」

「我沒做什麼，」希斯克利夫大聲咆哮說，「你家老爺瘋了，他再這樣瘋一個月，我就要送他進瘋人院。你這沒牙的老狗，發什麼神經，幹嘛把我關在外面？不要站在那裡囉囉唆唆了。過來，我才不要照顧他。把這些東西洗乾淨；小心你蠟燭的火星，這有一半以上都是白蘭地！」

「所以逆殺了他？」約瑟夫驚呼起來，舉起兩手，兩眼朝天，十分恐懼。「從來莫見過這樣的事！願上帝——」

希斯克利夫推他一把，約瑟夫就跪在血泊中了，希斯克利夫再扔了一條毛巾給他。但約瑟夫並沒有按照吩咐擦拭血跡，反而兩手相握開始禱告。我覺得他的古怪禱詞太好笑了，忍不住笑出聲來。我當時豁出去了，什麼都不怕，就像絞架邊的罪犯一樣，已經什麼都不顧了。

「啊，我忘了妳，」暴君開口了。「應該妳來做。跪下，妳跟他聯合起來對付我，對吧，妳這毒蛇！來，這個工作最適合妳了。」

他大力抓著我搖晃，晃到我牙齒都格格作響，然後把我推倒在約瑟夫旁邊。約瑟夫結束了他的禱告，站起來聲稱他要去鶫翔莊園。林頓先生是地方官，就算他死了五十個太太，也應該要插手調查。

約瑟夫很頑固地堅持要去，所以希斯克利夫覺得要取信約瑟夫，只好逼我把事情的經過說清楚。我不情不願地按他的要求說了，希斯克利夫一直居高臨下⑧，不懷好意地看著我。

那老人家好不容易才相信，希斯克利夫不是先惹事的人，尤其是出自我的口，他知道我不會扭曲事實。不過，沒過多久，恩蕭先生就動了，讓約瑟夫相信他還活著，所以約瑟夫連忙去拿烈酒來給他

---

⑧因為伊莎貝拉是跪姿，所以希斯克利夫居高臨下。

喝，他也隨即恢復意識和動作了。

希斯克利夫發現興德里並不知道他昏過去以後的事情，就宣稱他是喝到醉倒了，還說不會計較他的殘暴行為，勸他趕快上床睡覺。希斯克利夫說完這段明理的話就走了，興德里癱在壁爐前面。我真是太高興了，居然這麼輕易逃過一劫，我也回我的房間去了。

我今天早上下樓時，大概是十一點半吧。恩蕭先生坐在爐火旁，非常不舒服；他的死對頭倚著壁爐，也一樣臉色難看，不成人形。兩個人都沒有意思要吃東西，我等到桌上的東西都冷掉了，決定自己一個人開始吃。沒有什麼可以阻止我飽食一餐，我甚至覺得有些自鳴得意，不時看看這兩個沉默的男人，覺得心安理得。我吃完以後，比平常更大膽，走到火爐前恩蕭的座位旁邊，在角落裡跪坐下來。

希斯克利夫沒有看我，他跟石像一樣動也不動，所以我仰頭細看他。我曾覺得他的額頭很有男子氣概，現在看來卻散發出一股邪惡之氣，還罩著揮之不去的烏雲；那一雙蛇妖眼⑨因為睡眠不足，或許還因為哭泣的關係（他的睫毛還是濕的），已經黯淡無光；他的雙唇沒有原來那種殘暴的獰笑，現在抿成一條線，有種難以言喻的悲哀。要是換做別人有這樣的悲痛表情，我早就掩面看不下去了。但看他這樣，我倒很滿意。雖然侮辱已經倒地的對手並不怎麼光彩，但我不能錯失機會，一定要補上一刀：只有在他這麼軟弱的時刻，我才能品嚐以牙還牙的樂趣。

「別這樣說，小姐！」我打斷她。「人家還以為您一輩子沒有讀過聖經呢。如果上帝降禍給您的仇敵，就該心滿意足了。您還要再折磨他，未免過於刻薄和狂妄了！」

「艾倫，一般的情況下，我承認妳說的沒錯，」她說，「但如果希斯克利夫所承受的痛苦都沒有我出力的份，我怎麼能甘心呢？如果痛苦因我而起，他也知道我是起因，他少吃點苦倒也無妨。喔，我該做的還多著呢！要我原諒他，只有一種可能。就是我能夠以眼還眼，以牙還牙。他捏痛我一次，我也要捏痛他一次，把他降到我的地位。是他先傷人的，他應該先開口求原諒。到那個時候，艾倫，我就可以展現給妳看我是如何寬宏大量了。但我根本就不可能報復，所以我也不可能原諒他。興德里想喝水，我拿了一杯水給他，問他身體如何。」

「我能病死也罷了，但還不到那個程度，」他說。「但除了我手上的傷以外，全身上下都在痠痛，好像跟一群小惡魔⑩打過架似的！」

「這也難怪，」我繼續說，「凱瑟琳以前總誇口說，有她擋著，可以保你周全：她的意思是說，某人怕她生氣，不敢對你動手。還好死人是不會從墳墓裡爬出來的吧？要不然的話，昨天晚上凱瑟琳可就要目睹不好看的場面了。你是不是胸前和肩膀到處都有傷口和瘀青呢？」

「我也分不清楚，」他說，「但妳的話是什麼意思？妳是說，我昏倒以後，他竟然還打我嗎？」

---

⑨蛇妖原文為Basilisk，為蛇類之王，傳說牠的眼光足以使對手喪命。或許以蛇眼比喻，也是暗示希斯克利夫的東方族裔背景。

⑩小惡魔原文為imp，為歐洲民間傳說中喜愛惡作劇的精靈。

「他踩你、踢你，抓你去撞地板，」我小聲說。「他還很想用牙齒咬你，都流口水了。他大概是半人半魔吧：不，人不到一半，惡魔的成分居多。」

恩蕭先生跟我一樣，抬頭望著我們共同的仇人。希斯克利夫似乎對周遭的一切視若無睹，全心沉浸在他的哀愁情緒中。他站得愈久，從他五官透露出的邪氣愈是明顯可見。

「啊，如果上帝給我力量，讓我在死前把他勒死，我下地獄都開心。」興德里耐不住性子，掙扎要起身，卻又覺得自己的力量不足以抗衡對手，頹然坐下。

「他已經殺了你們家一個人，已經夠啦，」我故意大聲說。「在鶫翔莊園，每個人都知道，要不是希斯克利夫先生的話，你妹妹如今還在世呢！所以說，被他恨可能比被他愛還好些吧。我每次想到以往我們多麼快樂，他還沒有出現以前，凱瑟琳是多麼幸福，我就忍不住想詛咒那一天。」

很可能希斯克利夫注意到的是我說的事實，而不是我這說話者的語氣。我看到他的注意力被我引起來了，淚如雨下，哽咽到幾乎喘不過氣。

我盯著他看，鄙夷地笑他。他那陰雲密布的地獄之窗向我閃了一眼。這惡魔平常總是很警戒，這會兒卻黯淡無神，沉溺在傷感中，我不怕冒險再繼續嘲弄他。

「起來，走開，不要讓我看到妳。」這個傷心人說。

其實他說了什麼根本聽不出來，至少我想他是說了這些話。

「不好意思，」我說。「但我也愛凱瑟琳喔；她哥哥需要照顧，我願意為凱瑟琳來照顧他。而且，凱瑟琳已經死了，但我在興德里身上還能看見她，他們兄妹的眼睛一模一樣，如果你沒有想把興德里的眼睛挖出來，或是打得又紅又腫的話，你就會知道。還有她的——」

「該死的白癡，站起來，否則我踢死妳！」他大吼大叫，開始往我這裡移動，我也站了起來。

「話說回來，」我已經準備要逃了，嘴裡繼續說。「如果可憐的凱瑟琳信任你，當了希斯克利夫太太，取得這個可笑、下流、卑賤的身分，她很快也會落入一樣的處境！但她不會安安靜靜忍受你這些可惡的行為，她看不起你、討厭你，一定會說出來的。」

我和他之間隔著高背長椅的椅背和恩蕭，所以他沒有直接過來抓我，而是從桌上拿起一把餐刀往我頭上丟。刀刺中了我耳朵下面，我住口沒有說下去。但我把刀拔出來，跑到門口，拿刀子回丟他。我希望能傷到他，比他傷我更重。

我最後看他一眼，他在狂怒中要來抓我，但被興德里抱住了，兩個人滾到壁爐前的地上難解難分。我逃到廚房，叫約瑟夫快去幫他的主人；又撞倒了門口的哈里頓，他正要把一窩小狗崽吊在一張椅背上⑪。我就像有福氣從煉獄逃出的亡靈一樣，又跑又跳，衝下陡峭的山路，我捨棄彎彎曲曲的山路，直接穿過高沼地，滾過河岸、涉水過沼澤；鶇翔莊園就像燈塔一樣，我一心一意只想快快往鶇翔莊園衝。我寧可被判永遠住在地獄，也不要在嘯風山莊的屋頂下再過一夜。

伊莎貝拉說完了，喝了茶。然後她就站起來，吩咐我幫她戴上帽子，圍上大圍巾，帽子和圍巾都

⑪這種虐狗的行為，和希斯克利夫私奔時把伊莎貝拉的小狗釘在牆上如出一轍，暗示哈里頓是在模仿希斯克利夫，或這是希斯克利夫教他的。

是我幫她拿來的。雖然我懇求她再休息一個小時，她卻充耳不聞。她站上一張椅子，吻了艾德格和凱瑟琳的畫像，也給了我一個吻，然後就下樓，上馬車。她的小狗芬尼看到女主人回來，欣喜若狂，也上了馬車。她就這樣走了，從沒有再回到這附近：不過在她定下來以後，倒是和老爺有定時通信。

我想她的新居是在南方，靠近倫敦那邊。過了幾個月，她生了一個男孩，取名為林頓。從一開始，伊莎貝拉就說她兒子是個多病易怒的孩子。

希斯克利夫先生有一次在村裡遇到我，問我伊莎貝拉住在哪裡。我不肯告訴他。他說那也不重要，只要她記得別找她哥哥就好，即使需要哥哥贍養，也不可以和他住在一起。

雖然我沒有透露任何消息，但他卻從其他僕人口中打聽到伊莎貝拉的住處，也知道她生了個兒子。不過，他並沒有去騷擾伊莎貝拉，也許他真的看到伊莎貝拉就討厭，才放過她的。

他遇到我的時候，常常要問那個孩子的事。他聽到那孩子叫做林頓時，不懷好意地微笑起來，說：「他們希望我也討厭兒子，對吧？」

「他們不希望你知道任何跟他有關的事情。」我說。

「但只要我想要他，」他說，「他就是我的。他們最好要知道這一點。」

還好希斯克利夫還沒來搶孩子，孩子的媽就死了。凱瑟琳死後十三年，伊莎貝拉死了，林頓十二歲或剛過十二歲。

伊莎貝拉跑回家的第二天，我都找不到機會跟老爺說話：他總是避免開口說話，也沒心情討論任何事情。等我好不容易把這件事說給他聽時，他很高興妹妹離開了丈夫。他極度痛恨希斯克利夫，這與他溫和的天性大不相宜。老爺因為太過厭惡希斯克利夫，凡是可能會看到他、或是可能有人會提到他的地方，老爺都一律不去。他本來就很哀痛，再加上還要極力避開希斯克利夫，使他徹底變成了一個隱士：他辭去地方官的職位，甚至連教堂也不去了，村子也不踏入一步，完全與世隔絕，只生活在他的園子和土地界線之內。少數的例外，就是偶爾一個人在高沼地散步，還有去看太太的墳。他總是在傍晚或清晨去墳地，以免遇到其他人。

但像他這樣的一個好人，是不該傷心太久的。他並沒有祈求凱瑟琳的鬼魂來纏他。時間讓他接受了一切，憂傷中自有甜蜜，比尋常的歡樂更甜美。他回想凱瑟琳的時候，充滿了熱切、溫柔的愛，他也盼望有一日會到那更美好的天堂：他相信凱瑟琳一定是在天堂。

他也有塵世的安慰和喜樂。我說過，開頭幾天，他幾乎無視於死者留下來的小女兒。但那種冷漠很快就融化了，像四月的融雪一樣。那小東西還不會說一句話，或走一步路的時候，他就已經唯女兒之命是從了。

他把女兒命名為凱瑟琳，但從不叫她全名，而叫她凱西。他從來不曾叫太太凱西，或許因為希斯克利夫習慣這樣稱她。他用這種方法區分母女，但還是跟媽媽的名字一樣。他之所以這麼鍾愛女兒，並不是因為她是自己的女兒，而是因為她是凱瑟琳所生。

我常拿老爺和興德里做比較，不知道為什麼兩人處境相似，卻會有如此不同的作為。他們都很疼愛妻子，也都很愛自己的孩子，我不知道兩個人為什麼會走上不同的道路，不管是好是壞。但在我心中，顯然比較強壯的興德里，卻表現得很懦弱，令人悲哀。他的船沉了的時候，船長率先棄守，其他船員也不救船，只顧著暴動吵鬧，所以他們的船毫無希望。林頓卻不一樣，他表現出一個忠誠的靈魂真誠的勇氣：他相信上帝，上帝也安慰他。一個是有希望的，一個是絕望的；他們兩人選擇了自己的路，也註定要承受自己的命運。

但洛克伍德先生，您不會想聽我說教的，您自己可以判斷是非，就跟我一樣。至少，您會覺得自己能夠明辨是非，那就好了。

恩蕭的結局跟大家猜想的差不多：他妹妹死後不滿六個月，他就死了。我們鶇翔莊園這邊，都不知道他死前是什麼狀況；我知道的都是我去幫忙喪事時聽來的。肯尼斯醫生來跟我家老爺報的死訊。

那天早上，肯尼斯醫生騎馬進了我們前院。因為時間太早了，我立刻想到是來說壞消息的。「奈莉啊，這回妳我都得去送葬啦！妳猜這回是誰走啦？」

「是誰？」我慌忙問道。

「妳猜猜看啊！」肯尼斯醫生下了馬，把韁繩掛在門邊的掛鉤上。「把圍裙角拉起來吧：我敢說妳一定需要擦眼淚了。」

「不會是希斯克利夫先生吧？」我叫起來。

「什麼！他死了妳會哭啊？」醫生說。「不是，希斯克利夫身強體壯，又年輕。我剛見過他，他今天看起來可容光煥發呢。他太太跑了以後，他很快就長肉回來了。」

「肯尼斯醫生，那到底是誰死了？」我不耐煩地問。

「興德里．恩蕭！妳的老朋友興德里，」他說。「我們以前常在一起幹點壞事的：不過這幾年，他是太過分了點。別這樣！我說過我們會掉眼淚的。但別太傷心了！他也算是求仁得仁：喝到醉死的。可憐哪！我也會難過，雖然他對我做過很不應該的事情⑫，害過我，不像個上等人，但人總是懷念老朋友的。他好像還不到二十七歲吧；跟妳一樣年紀。誰想得到你們倆是同一年出生的呢⑬？」

我必須承認，林頓太太死的時候，我都還沒有這樣受打擊。我滿心都是小時候的回憶；我坐在門口哭，像死了親人一樣，沒辦法去報信，叫肯尼斯醫生去找別人帶他進去。

我心裡一直轉著一個念頭：「他是不是被害死的？」不管我做什麼，這個念頭就是揮之不去，最後我只好告假去嘯風山莊走一趟，幫忙處理喪事。林頓先生很不想讓我去，但我的理由很充分：死者沒有朋友；老恩蕭先生對我有恩，興德里也算是我的兄弟，我去幫忙合情合理。再說，我也提醒主人，哈里頓是他亡妻的姪子，現在父母雙亡，剩下的親人就是林頓先生了，他應該當哈里頓的監護人才對。他也應該去詢問興德里的遺產狀況，幫他的內兄處理後事。

林頓先生當時還沒辦法親自處理這些事情，但他囑我跟他的律師談，最後終於准我去嘯風山莊幫忙。林頓先生的律師就是恩蕭的律師，所以我去村裡找他，請他跟我同去山莊。但律師搖頭，勸我不要干涉希斯克利夫。他說，如果把一切攤開來算清楚，哈里頓就只是個一文不名的小乞丐了。

「哈里頓的父親死時還有債務在身，」他說，「整個產業已經抵押了。對這繼承人來說，唯一的機會就是讓債主對他有憐憫心，或許會對他寬大一些。」

我到了嘯風山莊，說我是來看喪事有沒有妥善進行；約瑟夫看來非常沮喪，對我來幫忙表示滿意。希斯克利夫先生說他不知道我來做什麼；但如果我想要留下來，也可以留下來安排葬禮。

⑫興德里有一次說他殺了醫生，摜在沼澤裡。雖然醫生事實上並沒死，但大概兩人是發生過衝突。（第一部第九章）
⑬奈莉的母親是興德里的乳母，看來是因為奈莉和興德里兩人同齡，所以才有乳汁可餵。

「照理來說，」希斯克利夫說，「這傻子的屍體應該埋在十字路口⑭，什麼儀式都不必辦。我昨天下午才離開他十分鐘，他就把大廳的兩個門都閂起來不讓我進來，然後在裡面一直喝酒，故意要喝到死！我們早上聽到他的呼吸聲音像馬嘶一樣，破門進來看，他就癱在高背長椅上，我看不管是鞭打他或剝他頭皮，都弄不醒他了。我讓人去叫肯尼斯醫生來看，但醫生來的時候，畜生已經變成死肉了。他已經死了、冷了、硬了。所以妳也知道，做什麼都沒用了！」

約瑟夫也承認事實如此，但他嘮嘮叨叨唸著：

「俺很想他去找醫生！俺比他會照顧老爺，俺走的時候他還莫死，還莫死！」⑮

我堅持葬禮要辦得像樣，不能草率行事。希斯克利夫先生說他隨我去辦，但只要求我記得，葬禮所有的花費都是他出的。他的舉止一直都冷硬無情，看不出哀樂情緒：真要說的話，好像有一點滿足感，好像終於完成一件艱難的任務。我有一次真的看到他露出高興的神情：就是在抬棺人把棺木從家裡抬出去的時候。他還假惺惺地跟大家一起送葬。哈里頓要出發之前，他把那不幸的孩子抱到桌上，用一種特別的聲調跟他小聲說：

「現在，好小子，你是我的了！我們來看看，一樣的風，吹出來的樹會不會長得不一樣歪！」

小哈里頓毫不懷疑，聽他這樣說很高興：他伸手玩希斯克利夫的鬍子，又摸希斯克利夫的臉。但我猜到他這番話的意思，所以就尖酸地駁他：

「先生，這孩子要跟我回鶇翔莊園去。他怎麼樣都不能算是你的！」

「是林頓這樣說的？」他問。

「當然了，他吩咐我帶他回去。」我說。

「這樣的話，」那惡人說，「我們就暫時先不爭這件事了。但我很想試試看親手養大一個孩子。

如果妳家老爺要把他帶走，我要叫他拿我的兒子來換。我不會無異議就讓哈里頓走，我一定要另一個來才行！記得這樣跟他說。」

這樣的暗示已經讓我們動彈不得了。我回鶇翔莊園以後跟老爺報告，他一開始就對這件事不感興趣，以後更是不提干預的事。就算他有這樣的意願，我也覺得他大概沒有能力爭取到哈里頓。

就這樣，客人終於成為嘯風山莊的主人了。希斯克利夫擁有清楚的產權，他證明給律師看，律師再證明給林頓看：恩蕭為了賭博，早已經把他所有的每一吋土地都抵押求現，而債主就是希斯克利夫。在這情況之下，本來應該成為地方鄉紳的哈里頓，不得不完全仰賴父親的死敵生活。他雖住在自己的屋子裡，卻像個僕人似的，連工資都沒有。他沒有朋友，對於被奪產的事情也一無所知，因此也沒有辦法為自己討回公道了。

---

⑭這表示希斯克利夫認為興德里是自殺的。中古英國習俗，自殺者因違反基督教義，不得葬於教堂墓地，而必須葬於十字路口。希斯克利夫知道奈莉害怕他殺了興德里，所以第一句就聲明興德里是自殺而死。

⑮約瑟夫的這段話頗有玄機：我們無法確知希斯克利夫把約瑟夫遣走之後，對興德里做了什麼事。他是否袖手旁觀他斷氣，還是有出手加速興德里的死亡？小說沒有明說，但留下這個疑團。

第四章①

「在那段混亂時期過後的十二年，」迪恩太太繼續說，「是我一生中最安樂的日子。在那些年間，最大的煩惱也不過是我們家小姐的小病小痛；這是所有小孩，無論貧富，都一樣得經歷的。」

過了開頭的六個月，她就像一棵小落葉松一樣強健。石楠花還沒有第二度開在林頓太太的墳上，她就已經會走路了，也會以她自己的方式說話了。

從來沒有一個淒涼的家有過這樣的恩賜，帶來這樣的陽光。她長得很美，有恩蕭家標緻的黑眼睛，又有林頓家的白皙皮膚、細巧五官和金黃色的鬈髮。她興致高昂，但並不粗魯，而且體貼，深愛喜歡的人。她這種對人的強烈情感讓我想起她的母親，但母女還是不太一樣：她可以像鴿子一樣溫和乖巧，她的聲音輕柔，表情嚴肅；她會生氣，但從不至於狂怒；她的愛深沉而溫柔，從不野蠻。

不過，我也承認，她當然還是有些缺點。像是有點驕縱任性，那是所有被寵壞的孩子不可避免的缺點，無論他們的本質是好還是壞。偶爾有僕人頂撞她，她就會說：「我要跟爸爸說！」如果林頓先生責備她，即使只是個眼神，你會以為誰讓她心碎了：我想林頓先生從來沒有對她說過一句重話。

她的教育完全由林頓先生自己教，我想，林頓先生把教女視為一大樂事。還好，她既好奇又聰明，很喜歡學習：她學得又快又認真，沒有辜負父親的教導。

她到十三歲以前，都沒有一個人離開過鶇翔莊園的地界。林頓先生偶爾會帶她出去走個一哩左右，但他不信任別人，從來不讓別人帶她出去。吉默屯對她來說沒什麼意義，那裡她唯一進去過的建築就是教堂。她從來沒聽過嘯風山莊和希斯克利夫先生。她與世隔絕，而且看起來也心滿意足。不過，有時候，她會從房間窗戶向外遠眺，說：「艾倫，我還要等多久，才能到那座山的山頂看看？我很好奇山的另一邊有什麼。那邊是海嗎？」

「凱西小姐，那邊不是海，」我說，「山過去還是山，跟這邊差不多。」

「妳站在那些金色的岩石下面時，那些石頭看起來是什麼樣子？」她有一次問我。她對陡峭的潘尼斯頓岩特別感興趣，尤其是落日照在最高的岩頂時，附近全都籠罩在潘尼斯頓岩的陰影之下。我說潘尼斯頓岩只是大石頭而已，岩縫中的塵土太少了，連一棵歪斜的小樹都長不出來。

「為什麼我們這邊都天黑很久了，潘尼斯頓岩還那麼亮呢？」她追問。

「因為潘尼斯頓岩比我們這邊高很多，」我說。「太高太陡了，妳爬不上去的。冬天的時候，我們還沒有霜，那裡就已經有霜了；即使是盛夏，我也在岩石東北側下面的黑洞窟裡看到殘雪。」

「啊，所以妳去過那邊！」她高興地叫起來。「那等我長大，我也要去。艾倫，爸爸去過嗎？」

「小姐，妳爸爸會告訴妳，」我匆匆回答，「那裡根本不值得去。妳跟他去過的高沼地還比較好看，鶇翔莊園的大園子更是世界最美的地方。」

---

①這是作者手稿第二部的第一章。

「但我對鶇翔莊園的大園子很熟，卻沒去過那邊，」她自言自語說。「我很想從那最高點看看四周：哪時我的小馬明妮應該可以載我過去的。」

有一個女僕提過仙人洞的事情，讓她一心想完成這個計畫。她問林頓先生為什麼她不能去，林頓先生保證等她大一點就可以去。但凱瑟琳小姐每個月都覺得自己夠大了，所以總是一直問：「現在我夠大了嗎？可以去潘尼斯頓岩了嗎？」但那條路很靠近嘯風山莊，艾德格不敢冒險走那條路，所以總是回答女兒：「還不夠大，親愛的，妳還太小。」

希斯克利夫太太離開丈夫以後，活了十多年。雖然一般來說，這附近的人體格都相當強健，但他們家族特別纖弱。她最後是因為什麼病走的，我也不確定，但我猜他們兄妹都死於同一種病，一開始是緩慢的發燒，但無藥可治，最後則會快速耗盡生命。

希斯克利夫太太病了四個月以後，寫信給哥哥說自己可能快不行了，如果可能的話，希望他去看她，因為她還有許多事情要安排，也希望死前能跟他訣別，還想把兒子林頓妥善交付在他手中。由於林頓從小跟著她，她希望以後交給哥哥照管；她一廂情願地認為，孩子的父親應該無意負擔孩子的生活與教育費用。

雖然我家老爺平常很不願意離家，這次卻毫不遲疑就答應妹妹的要求，立刻出發。他囑我在他出門期間，要特別看著凱瑟琳，一再強調不能讓她離開鶇翔莊園範圍，即使在我陪伴之下。他根本沒想過凱瑟琳會自己出去。

老爺一共離家三個禮拜。頭兩天，小姐都坐在書房角落，心情低落，不想看書也不想玩。這樣安安靜靜的，倒沒怎麼麻煩到我。但接下來她就很沒耐性，很容易使小性子。我很忙，也有年紀了，實在不堪跑上跑下討她歡心，所以我就想了個方法讓她自己玩。

我以前就會讓她在大園子裡旅行，有時步行，有時騎她的小馬，等她回來的時候，我總是耐心十足地聽她說那些或真實或想像的旅程。夏天正盛，她很喜歡這種一個人的漫遊，常常吃完早餐就出去，到下午茶時間才回來，然後整晚都在說她的幻想故事。我不怕她闖出去，因為鶇翔莊園的各個門通常都是鎖著的，而且我以為就算門是大開的，她也沒有膽子自己一個人出去。

可惜我錯了，我太有自信了。有一天早上八點左右，凱瑟琳跟我說她那天是個阿拉伯商人，要帶著駱駝商隊越過沙漠，所以要我給她和牲畜充足的配備。她說她有一匹馬和三隻駱駝，那三隻駱駝由一隻大獵犬和兩隻小指獵犬扮演。我用一只籃子裝滿小點心，掛在馬鞍的一側；她跳上馬，明艷得像個仙女，戴著一頂附面紗的寬邊帽，以抵擋七月的驕陽，然後在快樂的笑聲中催馬前行。我叮嚀她不要騎快，早點回家，她則笑我過分小心。

這小調皮到午茶時間都沒有出現。她那支商隊的其中一員，也就是那隻大獵犬，因為年紀大了，貪戀舒適，已經回家了；但凱西、小馬、兩隻小指獵犬都不見蹤影。我派人從這條路找，從那條路找，最後自己也去找。在鶇翔莊園地界邊緣的一座林子，有個工人正在修圍籬。我問他有沒有看到小姐。

「早上有啊，」他說。「她叫我砍一支榛樹枝②給她，然後就從樹籬最矮那邊跳出去，一下就不見

②當作馬鞭。

了。」

您可以猜到我聽到時是什麼感覺吧。我第一個想法就是，她一定去潘尼斯頓岩了。「她會發生什麼事？」我驚叫出來，從那個工人正在修理的縫隙鑽出去，直接走到大路上。

我走了一哩又一哩，好像要贏得什麼獎似地拼命走，最後轉了個彎，可以看到嘯風山莊了，但還是沒看到凱瑟琳，遠近都沒有她的蹤跡。鶇翔莊園到嘯風山莊是四哩路，潘尼斯頓岩還要再過去一哩半，我開始害怕沒辦法在天黑前走到潘尼斯頓岩。

「如果她爬岩石的時候滑倒了怎麼辦？」我胡思亂想。「會不會死了，或是骨頭斷了？」這些猜測真的很痛苦。所以，我匆匆經過嘯風山莊旁，看到其中一隻小指獵犬查理（比較兇的一隻）躺在窗戶下時，我真是鬆了一口氣。查理的頭腫起來，還有一隻耳朵在流血。

我推開小窗，跑到門口用力敲門。一個我認識的女人來開門。她原來住在吉默屯，恩蕭先生死了以後，她就在這裡幫傭。

「啊，」她說，「妳來找你們家小姐啦！別緊張，她在這兒，很安全。不過我很高興不是老爺回來了。」

「他不在家吧，他在嗎？」我因為走得很快，又很緊張，嚇得呼吸都不順了。

「不在，不在，」她說，「他和約瑟夫都出去了，我想他們也要到這個時候或更晚才會回來。進來休息一下吧。」

我進門去，看到我的迷途小羊在壁爐前，坐在一張她媽媽小時候的搖椅上前後搖著。她的帽子掛在牆上，看起來非常自在，正在興高采烈地和哈里頓說說笑笑。哈里頓那時十八歲了，長得很壯。他很好奇也很驚訝地看著我家小姐：她舌頭沒停過，一直說話和提出問題，哈里頓根本沒聽懂多少③。

「好了，小姐！」我大聲說，假裝很生氣，把我的喜悅藏起來。「到妳爸爸回家以前，妳都別想再騎馬了。我不信任妳，別想再跨過門檻一次，妳這調皮的女孩！」

「啊哈，艾倫！」她高興地叫起來，跳起來跑到我身邊。「我今晚有好故事要說給妳聽了，妳找到我了。妳以前有沒有來過這裡？」

「戴上妳的帽子，立刻回家。」我說。「凱西小姐，我擔心妳擔心得要命，妳真的做錯事了！嘟嘴、流眼淚都沒用，不能彌補我這樣到處找妳付出的心力。想想看林頓先生怎麼交代我，不要讓妳出門，結果妳這樣偷偷跑掉！真是隻狡猾的小狐狸，以後再也沒有人會信任妳了。」

「我做錯什麼了？」她立刻淚眼汪汪。「爸爸又沒有交代我什麼：他也不會罵我。艾倫，爸爸從不會像妳這樣發脾氣！」

「好了，好了！」我說。「我幫妳綁帽帶。別孩子氣了。好丟臉！都十三歲了，還像個娃娃！」最後這句話是因為她把帽子從頭上扯下來，跑到壁爐旁邊，讓我搆不到她。

「別這樣，」那個女僕說，「迪恩太太，別為難這可愛的小姑娘了。是我們攔住她的，她本來想往前騎，那妳就更要擔心了。哈里頓說要陪她去，我覺得很應該，因為往山上的路很難走。」

我們在講話的時候，哈里頓手插在口袋裡站著，不好意思開口說話，但看起來似乎不怎麼高興我

---

③哈里頓未受教育，基本上只說方言，所以聽不懂凱瑟琳的話。

這樣闖進來。

「還要我等多久？」我完全不理那個女僕的話，跟凱西說。「再十分鐘就天黑了。凱西小姐，小馬在哪？鳳凰呢？妳得快一點，不然我就要走了。拜託妳快一點。」

「小馬在前院，」她說，「鳳凰關在那邊。牠被咬了，查理也被咬了。我本來要告訴妳的，但妳脾氣這麼大，我不要說給妳聽了。」

我撿起她的帽子，走過去要重新幫她戴好；但她發現屋裡的其他人都站在她那邊，就開始滿屋子亂竄；我要追她，她就像老鼠一樣在家具上面、下面、後面跑來跑去，讓我顯得很可笑。哈里頓和那個女人大笑起來，她也跟著笑，愈來愈放肆。最後我氣不過，大吼一聲：「好了，凱西小姐，如果妳知道這是誰的房子，妳就會很想走了。」

「這房子是你父親的吧，不是嗎？」她問哈里頓。

「不是。」他羞慚地漲紅了臉，眼睛垂下來。他承受不住小姐的凝視，雖然兩人的眼睛非常相像。

「那是——你家老爺的囉？」她問。

哈里頓的臉更紅了，但這次是因為氣憤，他喃喃咒罵，轉身不理她。

「他家老爺是誰？」這煩人的小姑娘繼續追問，但這次是問我。「他一直說『我們家』、『我們』。我還以為他就是老爺的兒子呢。而且他從來沒有稱呼我『小姐』：如果他是僕人的話，應該要叫我小姐吧，是不是？」

哈里頓聽著這番孩子氣的話，臉色愈來愈難看，好像風雨欲來。我輕輕搖著小姐叫她別問了，最後她終於同意要走了。

「現在，去牽我的馬過來，」她吩咐不相識的表哥，語氣就像對鶇翔莊園裡那些馬僮一樣。「你可以跟我一起走。我想看看沼澤裡獵妖者出現的地方，還想聽聽那些『仙子兒』的故事，你是這樣叫他們的④。但動作快一點！怎麼了？我說，牽我的馬過來。」

「我寧願妳去死也不會伺候妳！」哈里頓吼她。

「你寧願我怎樣？」凱瑟琳嚇了一大跳。

「去死吧，妳這討人厭的女巫！」他說。

「好了，凱西小姐！妳現在知道妳有什麼樣的玩伴了吧，」我趕快介入。「這樣對年輕小姐說話，還真是有禮貌！別跟他計較了，來，我們自己去牽明妮，快離開這裡吧。」

「但是艾倫，」凱西太過震驚，一直盯著哈里頓看。「他怎麼敢這樣對我說話？他不是應該照我說的去做嗎？你這壞東西，我要跟爸爸說你對我說什麼。到時你就知道了！」

看起來哈里頓並不覺得這是什麼威脅，所以凱西的眼裡開始充斥淚水。「妳去牽馬來，」她轉向那個女僕說，「還有，現在就把我的狗放出來！」

「小姐，客氣一點，」女僕說，「有禮貌一點也不會有什麼損失。哈里頓先生雖然不是老爺的兒子，到底是妳的表哥：我也不是僱來伺候妳的。」

④這裡凱西嘲諷哈里頓的方言，把fairies說成fairishes。

「他是我表哥！」凱西很鄙夷地笑了一聲。

「是的，的確如此。」女僕堅持說。

「噢，艾倫！別讓他們亂說話，」她又惹來更大的麻煩。「爸爸要從倫敦帶我的表弟回家：我的表弟是一個紳士的兒子⑤。那是我的——」

她停下來痛哭，知道有這樣粗鄙的親戚，十分沮喪。

「噓，噓！」我小聲說，「凱西小姐，一個人可以有很多表兄弟和親戚，沒有因此就比較不好，只是如果親戚很難相處，個性不好，也不一定要和他們往來。」

「艾倫，他不是——他不是我表哥！」她愈想愈難過，投到我懷中想要屏除這個念頭。

我對女僕揭露的事情很不高興，對凱西說出的事情也很不高興。小林頓快回來這件事情被她一說，一定會傳到希斯克利夫先生那裡。我也覺得，林頓先生一回來，凱瑟琳的第一個念頭一定是要爸爸解釋，為什麼她會有那樣沒有教養的表哥。

哈里頓剛才被誤認為僕人而大發脾氣，但這會兒看到凱西如此難過，又有點軟化。他去把小馬牽到門口，又從狗屋抱來一隻彎腿的梗犬幼犬，放在她手上，表示自己沒有惡意，叫她別哭了。凱西暫停哭泣，又驚又怒看了他一眼，然後又繼續放聲大哭。

我看到凱西這樣厭惡可憐的哈里頓，幾乎忍不住微笑起來。哈里頓體格良好，五官端整，健康而壯碩，但他穿的衣服只適合日常農場勞動，以及在高沼地裡追逐野兔和獵物。我從他的相貌中，可以看出他比他父親善良。好的種子落在一片野草中，因為野草生長繁茂，成長不免會受到阻礙；但如果是落在肥沃的泥土上，加上有利的因素，或許就能結實纍纍。我相信希斯克利夫先生並沒有虐待他。希斯克利夫先生天性大膽無畏，不會想要壓迫人：對他來說，只有膽小狹隘的人才會以虐待人為樂。

希斯克利夫的惡意似乎想把哈里頓培養成野人：哈里頓從沒學過讀書寫字；不管有什麼惡習，只要希斯克利夫不覺得討厭，就從來不會被罵；從來沒有人教他行善，也沒有人防他作惡。根據我聽來的說法，哈里頓會變成這樣，約瑟夫也有份。因為哈里頓是古老恩蕭家族唯一的子嗣，所以約瑟夫在他小時候非常寵溺他，簡直到黑白不分的地步，對哈里頓的教養更是不利。以前約瑟夫總怪罪凱瑟琳・恩蕭和希斯克利夫，說他們害老爺沒有耐性，只好在邪惡的酒中求得安慰。現在他則把所有哈里頓的過錯，都推到希斯克利夫這個奪產者的肩膀上。

哈里頓罵髒話，做什麼樣的壞事，約瑟夫都不會糾正他。約瑟夫似乎很高興看到哈里頓日趨下流，這孩子被毀了也無所謂，他的靈魂被放逐到地獄也沒關係，因為他覺得希斯克利夫要為此負責。哈里頓犯的錯，都要由希斯克利夫來償還，這樣的想法給他老人家帶來無限的安慰。

約瑟夫一直告訴哈里頓，恩蕭的門第有多尊貴；他也很想讓哈里頓仇恨現在的山莊主人，但他實在太畏懼老爺了，簡直到迷信的地步，所以他也只敢背地裡抱怨，私下祈求天譴而已。

那幾年嘯風山莊實際的情況，我也不想假裝我很清楚：我都是聽來的，並沒有親眼看到。村民的說法是，希斯克利夫很小氣，對佃農也很不留情，但山莊裡有了女管家之後，已經恢復早期的舒適，

---

⑤這裡十分諷刺：哈里頓才是真正仕紳之子，小林頓則是希斯克利夫之子。但凱西卻以為小林頓是仕紳之後，哈里頓是低下階級。

興德里時期一群人聚賭的混亂場面，已經絕跡了。山莊主人過於陰鬱，完全不想要人作伴，好人壞人都一樣。他到今天也還是這樣。

不過，說這些是岔出去了，回到我的故事吧：凱西小姐拒絕了那隻象徵和平的小狗，要回她自己的查理和鳳凰。這兩隻小狗出來時垂頭喪氣，我們就回家了，每個人都心情不好。

我問不出來小姐這一天是怎麼過的，她只說她的目標是潘尼斯頓岩，跟我猜的一樣。還有她經過山莊大門的時候，正好哈里頓帶著一群狗出來，哈里頓的狗攻擊了她的狗，兩邊打成一團，才被彼此的主人拉開，所以兩人就這樣認識了。凱瑟琳告訴哈里頓自己是誰，要去哪裡，向他問路；最後還請他陪她去。哈里頓帶她解開仙人洞之謎，還帶她去了二十個奇怪的地方。但有點丟臉的是，她不肯跟我說她到底見到了什麼有趣的事物。

我可以想像，她本來是很喜愛這個嚮導的，但後來她以為哈里頓是僕人，而傷了哈里頓的心；希斯克利夫的管家又說哈里頓是她表哥，也傷了她的心。

哈里頓罵她的話，更是她心中的痛：在鶇翔莊園，每個人都總是叫她「寶貝」、「親愛的」、「小公主」、「小天使」，居然有個陌生人會用那麼可怕的語言罵她！她完全無法理解。我費了好大的勁才讓她答應，不要在她父親面前訴苦。

我跟她解釋，她父親非常痛恨嘯風山莊裡的人，他如果知道女兒去過那裡，一定會很難過。但我最強調的一點就是，如果她揭發我的失職，沒有照他的吩咐看好她，他可能會氣到要我離開鶇翔莊園。凱西不能忍受沒有我，所以她發誓保密不說，為了我遵守諾言。畢竟她是個善良的小女孩。

第五章

一封鑲黑邊的信①宣告了老爺的歸期。伊莎貝拉已經過世，老爺吩咐我讓小姐服喪，並且為他的小外甥準備房間和其他用品。

凱瑟琳聽說父親要回來了，欣喜若狂，又熱切幻想她那「真正的表弟」有說之不盡的好處。

他們預計歸來的那天到了。從一大早，凱瑟琳就忙東忙西的，然後穿上新做的黑色長裙——可憐她對姑姑的死根本沒有什麼感覺。她倒是一再央求我，陪她走到園林外面的大門口去接他們。

我們悠閒地在樹蔭下散步，走過高高低低的綠草地。「林頓只小我六個月，」凱瑟琳唧唧喳喳地說，「有他做玩伴，是多麼高興的事！伊莎貝拉姑姑曾經寄了一束他的漂亮頭髮給爸爸，髮色比我的還要淡，更接近亞麻色，跟我的差不多細。我把頭髮仔細收在一個小玻璃盒裡，心裡常想說，如果能見到頭髮的主人該有多好。啊！我好高興，爸爸，親愛的，親愛的爸爸！艾倫，快，我們跑過去！

---

①表示這是報喪的信。

快，用跑的！」

她開始跑幾步，又回到我身邊，又往前跑，就這樣來回好幾次，直到我冷靜地走到園林大門。她坐在路邊的草堤上，想要耐心等候卻辦不到，她一分鐘也靜不下來。

「他們怎麼這麼久！」她說。「啊，我看到路上有灰塵—他們來了！不是他們！他們什麼時候才會到？艾倫，我們能不能往前走一點，走個半哩，半哩就好？說好啦，就到那個轉角那幾棵白楊樹那裡就好！」

我嚴詞拒絕了。她的等待終於結束了：旅行馬車出現在眼前。

凱西小姐一看到她父親的臉從車窗往外看，立刻尖叫一聲，展開雙臂。林頓先生下了車，也跟女兒一樣激動，父女倆有好長一段時間都忘了旁人。

他們還在緊擁的時候，我往車裡找小林頓的身影。他在角落睡覺，全身包在一件溫暖鑲毛的斗篷裡，好像大冬天似的。他是個蒼白、精緻、女性化的男孩，跟老爺長得非常像，幾乎像兄弟似的。但他有一種病態的壞脾氣，是他舅舅所沒有的。

老爺看到我在看小林頓，過來和我握手，勸我把車門關好，不要打攪他，因為這趟旅程把他累壞了。凱西也很想看一眼，但她父親叫她過去，他們父女倆就一起走過園林。我走在前面，趕著要僕人準備好迎接老爺。

他們倆抵達屋子正門的階梯時，林頓先生對女兒說：「寶貝，聽我說，妳的表弟沒有妳強壯，也沒有妳有活力，再說，別忘了他母親才剛過世不久。所以，不要期盼他會立刻跟妳到處去玩。也不要說太多話煩他：至少今天晚上讓他安安靜靜的，好嗎？」

「好的，好的，爸爸，」凱瑟琳說，「但我真的想看他，他一眼都還沒有往外看。」

馬車也停下來了，還在睡的小林頓被叫起來了。他舅舅把他抱下馬車。

「林頓，這是你表姐凱西，」他把兩人的小手拉在一起。「她已經喜歡你了，你今晚別哭、別惹她難過。盡可能快活一點吧，旅程已經到終點了，你什麼都不必做，只要好好休息，做自己高興的事情就好。」

「那就讓我上床睡覺吧。」小男生對於凱瑟琳的熱情親吻頗為畏縮，還開始掉淚，忙伸手拭去眼淚。

「好了，好了，乖孩子，」我小聲哄他，帶他進屋。「你這樣她也要哭了——看她多為你難過！」

我也不知道凱西是不是在為他難過，不過凱西跟他一樣一臉陰鬱，回到父親身邊。三個人都進了門，到了樓上的書房，茶點已經擺好了。我幫小林頓脫掉帽子和背心，讓他坐在桌邊的椅子上，但他才剛坐下又開始哭。老爺問他怎麼了。

「我不想坐椅子。」他抽噎地說。

「那就去坐沙發，艾倫會拿茶過去給你。」他舅舅耐心地說。

我相信這一趟旅程，老爺一定被這個麻煩的孱弱小孩煩透了。林頓慢吞吞地從椅子下來，走到沙發躺下。凱西搬了個凳子，端著自己的茶坐在他旁邊。

一開始，她只是靜靜坐著，但沒能維持多久。她早就打定主意要寵愛表弟，她就要寵愛他，所以她開始摸他的頭髮，親吻他，用自己的盤子餵他喝茶，把他當成幼兒似的。林頓也喜歡這樣，因為他跟幼兒其實也差不多：他擦乾眼淚，居然還露出一個淺淺的微笑。

「啊，他應該可以平安長大。」老爺看了他們一分鐘，這樣對我說。「艾倫，如果我們能留住他，他就可以長得很好。有年齡差不多的孩子作伴，他很快就可以振作起來，想要強壯起來，就會變強壯的。」

咦，如果我們能留住他？我心裡琢磨著這句話的意思，忽然一陣心酸，因為我知道希望很渺茫。我又想，這樣一個柔弱的孩子要怎麼在嘯風山莊活下去呢？一個是他的父親，一個是哈里頓，誰能陪他玩？誰能教他什麼？

我們很快就知道不能留住他了，甚至比我們預期還要早。我才剛把孩子帶上樓，讓他們用完茶點，看著林頓睡著——他不讓我走，要我陪他陪到睡著。然後我下樓，站在走廊的桌子旁邊，為艾德格先生點臥房的蠟燭。這時有一個女傭從廚房出來，告訴我說，希斯克利夫的僕人約瑟夫在門口，想跟老爺說句話。

「我先問問他想要幹什麼，」我驚慌起來。「怎麼會在這種時間來別人家，何況他們才剛剛長途旅行回來。我想老爺不會見他。」

我說話的時候，約瑟夫已經從廚房走進來，出現在走廊了。他穿著星期天的衣服，一手拿著帽子，一手拿著拐杖，道貌岸然，臉色無比難看。他開始在地毯上清鞋子。

「約瑟夫，晚安，」我冷冷地說。「今晚是為了什麼事情而來？」

「俺要跟林頓先生說話。」他很看不起地揮手叫我閃開。

「林頓先生就要上床休息了，除非你有特別重要的事情要說，我敢說他不會現在聽你的。」我說。「你最好坐在那裡，把你要說的話告訴我。」

「他房間在哪？」那老傢伙很堅持，開始打量一整排關上的房門。

我看他不會接受我居中傳話，只好很不情願地上樓到書房，通報老爺，說這麼晚了還有人要跟他說話，並且勸他立刻把約瑟夫打發走，明天再說。

但林頓先生沒有時間吩咐我趕人，因為約瑟夫跟著我後面上樓，推開書房的門，站在桌子的一端，兩手都放在拐杖頂，用一種很刻意的語調宣布，好像已經料到我們會反對：

「希斯克利夫派俺來接他兒子，俺沒接到人就不走。」

艾德格．林頓沉默了一分鐘，一臉痛苦難忍的表情。他本來就很同情這個孩子，又想到伊莎貝拉的願望和恐懼，對兒子的殷殷期盼，並請求哥哥照管這個外甥，讓他更覺得交出這孩子令人悲痛。他很努力地想有什麼方法可以避免交出這孩子，但什麼方法都想不到。只要他表現出想要留住孩子的意願，就可能使對方更強硬來要人。他無法可施，只能放棄孩子。不過，他不打算現在叫醒孩子。

「跟希斯克利夫先生說，」他平靜地說，「他兒子明天就會回到嘯風山莊。現在他已經睡了，也太累了，沒辦法走那麼遠的路。你也可以跟他說，林頓的母親希望由我當監護人，而且目前他的健康情況並不好。」

「不行！」約瑟夫把手杖往地板一敲，很有威嚴的開口說。「不行，這算什麼。希斯克利夫才不管他媽媽怎麼想，也不管逆怎麼想。他會要回他的兒子，俺一定要帶走他。逆聽懂了嗎？」

「今晚不行！」林頓決絕地說。「你立刻下樓，跟你家老爺說我剛才的話。艾倫，帶他下去。出去——」

約瑟夫還在憤憤不平，林頓過去扶著他手臂，把他推出房間，關上房門。

「很好，」約瑟夫邊出去邊叫到，「明天他自己來。看逆敢不敢把他推出去！」

第六章

林頓先生怕希斯克利夫的恐嚇成真，要我一早就把孩子送回嘯風山莊，讓他騎凱瑟琳的小馬去。他說：「這孩子的命運如何，無論好壞，我們都無力改變了。所以妳不要跟小姐說他去了哪裡，此後她不能與他來往，最好不要讓她知道表弟就在附近，否則她會坐立不安，只想去山莊看他。只要說小林頓的父親忽然來接他，所以他不得不離開我們就好。」

我五點鐘叫小林頓起床，他很不情願；聽到又要再去別的地方，更是訝異。但我盡量把事情說得婉轉一些，我說他父親希斯克利夫先生很想見到他，甚至還沒等他從旅途的勞累恢復過來，就迫不及待要跟他相聚。所以我們這就過去，讓他們父子團圓。

「我的父親！」他叫起來，非常困惑。「媽媽從沒告訴我說我有父親！他住在哪？我情願留在舅舅家。」

「他家和鶫翔莊園有一點距離，」我說。「就在那些山後面：不是很遠，你身體強健一些的時候，走路是可以到的。你應該很高興可以回家，見到父親，你一定要愛他，就像你愛你媽媽一樣，這樣他也會愛你。」

「但為什麼我從來沒有聽說過他？」小林頓問。「為什麼媽媽不和他住在一起，像其他人一樣？」

「他的事業在北方，」我說，「但你媽媽的健康不好，必須住在南方。」

「但為什麼媽媽沒跟我提過他？」這孩子繼續追問下去，「媽媽常說舅舅的事，我早就喜歡舅舅了。但我要怎麼愛我的爸爸？我又不認識他。」

「嗳，所有孩子都愛父母的，」我說，「也許你媽媽想，要是跟你說了爸爸的事，說不定你會想要跟爸爸在一起。我們動作快一點吧。在這麼美麗的早上出去騎馬，比多睡一個小時要舒服得多。」

「她會跟我們去嗎？」他問，「昨天我見到的那個女孩？」

「現在不會。」我說。

「那舅舅呢？」他又問。

「也不會，就我陪你去。」我說。

林頓躺回枕頭上，陷入沉思。

最後他說：「沒有舅舅陪，我就不去。我不知道妳要帶我去哪。」

我跟他講道理，說他不想跟父親相見是不對的，但他還是很頑固，完全不肯換衣服，我只好請老爺來幫忙哄他起床。

最後我們保證他不會去很久，還有艾德格先生和凱西會去看他，當然都是不可能的空話，這可憐的孩子終於出發了。我一路上又答應了他許多事情，也一樣都是做不到的。

走了一陣子，純淨的空氣、石楠的氣味、明亮的陽光，還有明妮溫和的腳步，終於讓他沒那麼沮喪了。他開始活潑一些，有點興致了，問起他的新家，還有家裡有哪些人。

「嘯風山莊是不是跟鶇翔莊園一樣漂亮？」他問，回頭望了山谷最後一眼。一陣薄霧升起，在藍天邊緣形成一道羊毛般的雲。

「山莊並不是在林子裡，」我說，「也沒有鶇翔莊園那麼大，但你可以看到周圍的鄉村美景，那裡的空氣對你也比較好：比較新鮮，也比較乾燥。或許你第一眼看到山莊的時候，會覺得房子又舊又黑，但其實那是一座好宅子，是這附近第二好的。你還可以去高沼地散步。凱西小姐的表哥哈里頓·恩蕭，算起來也是你的親戚了，他會帶你到處去玩。天氣好的時候，你可以帶本書，找一個綠色的凹處當書房，偶爾你舅舅還可以跟你一起散步，他經常在這山上走動。」

「我父親是什麼樣的人？」他問，「他跟舅舅一樣年輕英俊嗎？」

「年紀是跟你舅舅差不多，」我說，「但他的頭髮和眼睛是黑色的，看起來比較嚴肅。他比較高，也比較壯。你剛看到他時，會覺得他不是那麼和藹可親，因為他本來就不是這樣個性的人。但我告訴你，只要你愛他，對他坦誠，他自然會喜歡你，比什麼舅舅都喜歡你，因為你是他的兒子啊。」

「黑頭髮和黑眼睛！」林頓喃喃自語。「我想像不出來。所以我跟他長得不像囉，是不是？」

「是不太像，」我說。我心裡想，其實是一點都不像。我看著他的蒼白膚色、細瘦骨架和大而無神的眼睛，頗同情他。他的眼睛像媽媽，但他媽媽的眼睛還是有神采的，他的眼睛卻只有在發脾氣時會乍現火花，其他時候都懨懨沒有生氣。

「真奇怪！他怎麼從來沒有來看媽媽和我！」他喃喃自語。「他有看過我嗎？如果他有看過的話，我那時一定還是嬰兒。我一點都不記得他！」

「哎，林頓少爺，」我說，「三百哩①是很遠的；十年對你來說是很長，對大人來說卻未必很長。也許希斯克利夫先生每年夏天都想去看你們，但始終沒有方便的時機，然後就太遲了。你不要跟他講這些，他只會難過而已，對你沒有好處。」

接下來的路程，這小男孩完全沉浸在自己的思緒中，沒有再說話。最後我們在山莊前院門口停下來。我觀察他的臉色，想知道他的印象如何。他很凝重地看了有浮雕的正面、低矮的窗櫺、蔓生的醋栗叢和歪歪扭扭的樅樹，搖了搖頭。他完全不能接受新家的外觀。不過他還算聰明，沒有立刻出口抱怨：或許裡面會比較舒適。

他還沒下馬，我就先去開門。那時是六點半，他們剛吃完早餐，女僕在收桌子，拖地板。約瑟夫站在主人的椅子邊，正在跟他說一隻跛腳馬的事情；哈里頓在準備去割乾草。

希斯克利夫看到我，說：「早，奈莉！我還在想，我可能得親自過去取回自己的財產了。妳帶過來了，對吧？看看我們可以怎麼用吧。」

他站起來，大步走到門口，哈里頓和約瑟夫跟著他，好奇得不得了。可憐的林頓嚇壞了，眼巴巴地看著這三個人的臉。

「俺看哪，」約瑟夫認真看過以後說，「老爺，他用自己的女兒給逆調包啦！」

希斯克利夫盯著兒子看，把兒子嚇到發抖之後，很鄙夷地笑出來。

「老天！真是個美少年！可愛又迷人哪！」他大聲說。「奈莉呀，他們是拿蝸牛和酸奶②餵他長大的嗎？哎，我的靈魂沒救了！這比我想的還要糟糕，魔鬼知道，我本來也沒有抱著很大的期望！」

---

①哈沃斯距離倫敦是兩百哩，三百哩已經到蘇格蘭邊境了。可見作者心中的嘯風山莊比哈沃斯更接近北方。

②希臘人用蝸牛和酸奶治病，十九世紀仍有醫生使用。這裡的意思是林頓看起來就是個病人。

我吩咐那個惴惴不安的孩子下馬，帶他進去。他並沒有完全聽懂他父親的話，也不確定是不是針對他說的。事實上，他也還不確定這個冷笑的陌生人是不是他父親。但他愈來愈害怕，緊抓著我不放。希斯克利夫先生坐下來，叫他「過來」的時候，他把臉抵住我的肩膀哭了。

「嘖，嘖！」希斯克利夫大手一拉，粗魯地把兒子拉到自己膝蓋中間，用手托著他下巴細看。「別鬧了！我們又不會怎樣。林頓，這是你的名字吧？你真是你媽的孩子，整個兒都是！我的份在哪兒呢？你這隻吱吱叫的小雞！」

他脫掉孩子的帽子，把他厚厚的亞麻色鬈髮往後攏，又掂掂他的纖細手臂和小手。他在檢查的時候，林頓不哭了，抬起藍色的大眼睛看著眼前的人。

「你認得我嗎？」希斯克利夫問。他已經確認林頓的四肢都一樣纖細脆弱。

「不認得。」林頓說，他的眼神空洞而害怕。

「但你一定聽過我吧？」

「沒聽過。」林頓說。

「沒聽過！你媽真不要臉，從來沒有告訴你要孝順我！那我來告訴你：你是我的兒子，你媽這個邪惡的壞女人，竟然不讓你知道你有什麼樣的父親！好了，別哭得臉紅紅的！不過看到你的血不是白的也好。乖乖聽話，我會照顧你的。奈莉，妳如果累了，可以坐一下；如果不累的話就請回吧。我猜妳還要跟鶇翔莊園那個廢人回報這裡的情況，而且妳不走的話，這小傢伙就不會安頓下來。」

「希斯克利夫先生，」我說，「我希望你能善待這個孩子，否則他可能活不長。他是這世界上你唯一的血親，至少是你知道的。別忘了這一點。」

「妳不必害怕，我會對他很好的，」他大笑說。「但其他人不許對他好：我要他只愛我一個。現在，就讓我來表現我的慈愛吧。約瑟夫，去拿早餐給這孩子吃。哈里頓你這頭牛，快去工作。」

他們都走了以後，希斯克利夫對我說：「奈莉，我兒子是你們鶇翔莊園未來的主人，所以在我確定能繼承他的遺產③之前，我不會希望他死。再說，他是我的兒子，我看到自己的後代能成為他們產業的主人，我的孩子雇用他們的孩子，為了工資而耕作他們祖先的土地，這是我的勝利！這也是唯一讓我忍受這隻小狗的理由：我看不起他，而且討厭他，看到他就想起令人反感的往事。但我說的理由很充分，他跟我在一起很安全，我會好好照顧他，就像你家老爺照顧自己的孩子一樣。我在樓上佈置了一個房間給他，家具都是很好的；我還從二十哩外請了一位家教，一個禮拜來三次，看他要學什麼就教什麼。我也吩咐哈里頓要聽他的話：事實上，我都安排好了，要確保他的高貴仕紳地位，要使他高人一等。但我真的覺得他不配：如果我還希望世上有什麼幸福的話，就是兒子成材，但我看他那張愛哭的灰白臉④，真是失望透頂！」

他說話的時候，約瑟夫拿了一盤牛奶燕麥粥放在林頓面前。林頓攪著那一坨不起眼的粥，面露嫌惡，最後說他吃不得這種東西。我看得出來，約瑟夫和他的東家一樣看不起這孩子，但希斯克利夫下

---

③根據老林頓先生的遺囑，如果艾德格・林頓過世，繼承鶇翔莊園的是小林頓。如果小林頓未婚而死，繼承權可能會回到凱瑟琳・林頓手上，所以希斯克利夫為了確保財產，會盡可能讓小林頓活得比他舅舅久。

④原文是whey face，意指乳清色的臉。一方面是指林頓沒有血色的蒼白臉色，也暗指膽小。《馬克白》第五幕第三景用過這個詞形容膽怯的士兵。

令要所有下人尊重少爺，約瑟夫只好把情緒壓下來。

「吃不得？」約瑟夫重複林頓的話，瞪著林頓的臉，然後降低聲量說話，怕被主人聽見：「但哈里頓少爺小時候就只吃這個呀，他能吃逆就能吃，俺就這麼想！」

「我不要吃！」林頓發脾氣說，「拿走！」

約瑟夫氣呼呼地把燕麥粥拿到我們這邊，把托盤伸到希斯克利夫面前。「這粥有什麼不好？」

「怎麼了？」希斯克利夫說。

「哇！那漂亮的小娃兒說他不吃。但俺想他說的沒錯！他媽媽也這樣！咱太卑賤了，咱種的燕麥不配做麵包給她吃。」

「不要在我面前提到他母親，」希斯克利夫生氣地說，「給他什麼他能吃的就好了。奈莉，平常他吃什麼？」

我建議煮過的牛奶或是茶，女僕聽我的話去準備了。我心裡想，還好他父親有自私的想法，或許可以保他過舒服日子。希斯克利夫看出這孩子纖弱的體質，知道必須容忍他。我會跟艾德格先生說，希斯克利夫的個性已經有所轉變，或許能帶給他一些安慰。

看看已經沒有理由再待下來了，我就偷偷溜出去。那時一隻友善的牧羊犬一直要跟林頓玩，他正在很膽小地推開那隻狗。但他很警覺，沒有被騙：我一關上門，就聽到他在哭，還一直狂喊：

「別離開我！我不要待在這裡！我不要待在這裡！」

門閂被抬起來又放下了，他們沒讓他出來。我騎上小馬明妮，催馬小跑回家。我短暫的保姆任務就結束了。

第七章

我們那天花了好多功夫安撫小凱西：她起床時興高采烈，一心一意要去找表弟玩，結果卻聽說他已經走了，讓她大哭大鬧，艾德格不得不親自安撫她，說小林頓很快就會回來。不過他加了一句：「如果我有辦法的話。」當然他毫無辦法。

這樣的承諾並不能安撫凱西多少，但時間是有力的。雖然她每隔一段時間還是會問她父親，小林頓什麼時候會回來，但其實表弟的長相在她記憶中已經逐漸淡去，即使相見也認不出來了。

我有時去吉默屯辦事，剛好遇到嘯風山莊的管家時，就會問問他們家少爺過得如何，因為他跟凱瑟琳一樣從不出門。我從管家那裡聽說，小林頓的身體還是很不好，而且很麻煩人。她說希斯克利夫先生似乎愈來愈不喜歡少爺，雖然希斯克利夫想要掩飾這一點：他聽到兒子的聲音就煩，也完全無法跟他坐在同一個房間超過幾分鐘。他們父子間很少交談，林頓在一個小起居室①讀書，晚上也都待在那

①第一部十三章，伊莎貝拉在嘯風山莊的時候，曾問約瑟夫他們有沒有起居室。當時嘯風山莊並沒有起居室，可見希斯克利夫為了把小林頓教養成仕紳階級，還費心改變房屋格局。

裡，不然就是整天躺在床上，反正他總是咳嗽、受寒、痠痛或是哪裡痛。

「我從來沒見過這麼膽小的孩子，」管家繼續說，「也沒見過這麼保護自己的人。如果我晚上開了一點窗戶，他就叫個不停：啊！夜氣太涼，會殺人啊！即使夏天他也一定要生火，約瑟夫抽個菸斗他就說是毒藥，而且隨時都要有甜食和點心，還有牛奶，什麼時候都要喝牛奶，也不管冬天我們其他人都喝不到多少。他總是包在毛皮斗篷裡，坐在壁爐邊，旁邊放著烤麵包、水或湯，讓他慢慢吃。有時哈里頓同情他，會去陪他。妳知道哈里頓雖然粗魯，人是不壞的。但結果總是不歡而散，一個罵，一個哭。我想如果林頓不是他兒子，老爺應該會讓恩蕭好好揍他一頓，打到他動彈不得。而且，如果老爺知道他是如何享受，只要知道一半，應該就會把他攆出去。但老爺不讓自己陷入這種危險：他從來不踏進起居室，要是林頓跟他都在大廳，林頓又露出討人厭的樣子，他就直接叫林頓上樓。」

我從管家的話聽出來，小希斯克利夫因為缺乏同情心，變成一個自私而難相處的人，又或許他本來就是這樣的人。於是我漸漸也就不太關心他了。雖然我還是同情他，覺得他命運不濟，也希望他能留在鶇翔莊園。

艾德格先生要我去多問他的消息，我想他常常想到這外甥，甚至還想過冒險見他。他有一次要我問山莊管家，小希斯克利夫會不會到吉默屯？

管家說，他只去過兩次，都是跟父親騎馬去的；兩次回來以後都假裝病了三、四天。如果我沒記錯的話，小希斯克利夫去了山莊兩年後，那個管家離開了，她的後任我不認識，現在還在山莊②。

鶇翔莊園的歲月跟之前一樣愉快平和，直到凱西小姐十六歲。她的生日我們向來是不慶祝的，因為那天也是她母親的忌日。她生日那天，她父親總是一個人在書房裡，然後黃昏時走到吉默屯墓園，常在那裡待到午夜過後才回家。凱瑟琳只能自己找消遣。

這一年的三月二十日，天氣晴朗。老爺到書房去了，小姐穿了出門的衣服下樓，說她想跟我去高沼地邊緣一帶走走，老爺已經答應了，條件是我們不要走太遠，而且一個小時之內回來。

「艾倫，快一點！」她大叫。「我知道我要去哪：松雞來了，我要去看牠們築巢了沒有。」

「那要走很遠，」我說，「他們不會在高沼地邊緣築巢。」

「不會很遠，」她說，「我跟爸爸走近過。」

我戴上帽子跟她出門，沒有多想。她在我前面蹦蹦跳跳，一會兒回到我身邊，一會兒又跑走了，簡直像隻小獵犬似的。一開始，我覺得身心舒暢：聽著遠近的雲雀婉轉歌唱，陽光溫暖明媚，看著我的寶貝，金髮散在背後，明亮的雙頰像野玫瑰一樣柔軟純淨，眼裡閃著純粹的喜悅，一點憂慮都沒有。她那時是個快樂的孩子，跟天使一樣。可惜她並不滿足。

「凱西小姐，」我說，「妳的野鳥在哪？我們應該到了才對：鶇翔莊園的外圍柵欄已經很遠了。」

「喔，再遠一點點，艾倫，再走一下就到了，」她一再這樣說。「爬上那個岩石，過了那個堤岸，妳還沒走到對岸，我就把鳥趕出來了。」

②就是琪拉。

但是我們爬了一個又一個岩石，過了一座又一座堤岸，我開始覺得累了，要她停下來往回走。她在我前面很遠了，我喊她，但她不知是沒聽到或是不想理我，還是繼續往前跑，我不得不跟著她。最後，她跳到一個低地，我再看到她的時候，她距離嘯風山莊只有一哩左右了。然後我看到兩個人抓住她，其中一個我相信就是希斯克利夫先生本人。

那裡是希斯克利夫的產業。凱西因為偷松雞，或至少在找松雞的巢而被抓，希斯克利夫正在罵她。我趕到他們那裡時，聽到凱西說：「我什麼都沒發現，也什麼都沒帶走。」她把兩手攤開，證明自己所言不虛。「我沒有要帶走牠們；但爸爸說上面這邊有很多松雞，我只是想看看牠們的蛋而已。」

希斯克利夫看了我一眼，露出不懷好意的微笑，表示他知道凱西是誰，而且對她有不好的念頭。他問凱西：「妳爸爸是誰？」

「鶇翔莊園的林頓先生，」她說。「我想您不認識我，不然您不會這樣跟我說話。」

「妳覺得妳爸爸很了不起、很受人尊敬，是嗎？」他嘲諷地說。

「您是誰？」凱瑟琳好奇地看著希斯克利夫。「那個人我見過，是您的兒子嗎？」她指著哈里頓說。哈里頓除了年紀多了兩歲以外，只有身材更加粗壯有力而已，其他沒什麼長進，還是跟以前一樣笨拙粗魯。

「凱西小姐，」我插入他們之間。「我們說好出來一個小時，現在已經要三個小時了。我們得回家了。」

希斯克利夫把我推到一邊，跟凱西說：「不，他不是我兒子。但我有個兒子，而且妳也見過的。雖然妳的保姆很著急，但我想妳們倆最好休息一會兒。何不繞過這些石楠，走到我家坐坐呢？妳們休息過後，走回家可以走得更快，而且我們會很熱烈歡迎妳們。」

我附耳跟凱瑟琳說她無論如何都不能答應，絕對不可以去。

「為什麼不行？」她大聲問我。「我跑累了，地上又是濕的，我不能坐地上。艾倫，走吧。再說，他說我見過他兒子。我想他弄錯了，但我猜，他家就是我上次去潘尼斯頓岩的時候，去過的那個山莊吧。您住那裡對吧？」

「沒錯。奈莉，走吧，別多話，讓她看看我們是好事。哈里頓，帶小姐往前走。奈莉，妳跟我走。」

希斯克利夫抓住我的手臂。我想掙脫，大喊：「不行，她沒有要去你們家！」但她已經走到大門口的基石了，在斜坡上又跑又跳，一下子就到了。與她同行的哈里頓並沒有要帶她進去的意思，走到路邊就不見了。

「希斯克利夫先生，這樣做很不對，」我說，「你知道你不安好心。她這樣就會見到林頓，我們一回家她就會說出來，我就會被罵。」

「我希望她見林頓，」他說，「他這幾天看起來還不錯，他並不是常常適合見人的。我們很快就會說服凱西，要她保密。哪裡不好？」

「不好的地方在於，她父親如果知道我讓她走進你家，他會恨我。」我說。「而且我相信你一定有什麼陰謀，要鼓勵她見林頓。」

「我沒有陰謀，我的計劃很坦白。我可以整個告訴妳，」他說。「我的計劃就是，讓他們表姐弟談戀愛，然後結婚。我對妳家老爺可是在做好事：他的孩子是沒有遺產的，如果凱西照我的希望去做，她就可以和林頓一起繼承莊園。」

「林頓的身體不好，」我說，「如果他死了，凱瑟琳就會繼承產業。」

「不，她不會繼承產業，」他說。「遺囑裡並沒有明文保障這一點。林頓的產業會到我手上③。但為了避免爭議，我希望他們倆結婚，我也決心要全力促成。」

「我也下定決心，以後我不會再陪凱西來你家了。」我回他一句。這時我們走到外門了，凱西小姐一個人在那裡等我們。

希斯克利夫叫我別說了，他先快步上前去開屋子的門。我家小姐看了他幾眼，好像不太確定該怎麼判斷這個人。他遇到她的眼神時總溫和微笑，又特意用溫柔的語調跟她說話。我一時糊塗，竟以為希斯克利夫會念在凱西母親的份上，而放棄傷害凱西的念頭。

林頓站在壁爐前。他剛去外面散步回來，還戴著帽子，正在叫約瑟夫拿乾鞋子給他換。他還不滿十六歲，長得很高。五官還是很秀氣，眼睛和臉色都比我記憶中要明亮好看。雖然那只是因為他剛呼吸了健康的空氣，吸收了溫暖的陽光，一時間表現出來的朝氣。

「看，這是誰？」希斯克利夫問凱西。「妳認得嗎？」

「您的兒子？」她有點狐疑地看看這個，再看看另一個。

「是的，是的，」希斯克利夫說，「但妳是第一次見他嗎？再想想看！唉，妳的記憶力不太好喔。林頓，你記得你表姐嗎？你以前總是吵著要去見她？」

「什麼，林頓！」凱西聽到名字，大叫起來，又驚又喜。「是那個小林頓嗎？都比我高了！你是林頓？」

那年輕人往前一步，承認他就是林頓；凱西熱切地吻他，他們互相凝望，彼此都覺得時間帶來的改變很神奇。

凱瑟琳已經長全了，她的身材穠纖合度，又有彈性，青春健康，極有精神。林頓的樣子和動作都沒什麼力氣，身材也過瘦，但他舉止優雅，多少彌補了這些缺點，也讓他看起來不至於令人討厭。

表姐弟倆親熱地說了一陣子以後，凱西走向希斯克利夫。希斯克利夫倚在門邊，好像同時注意屋裡和屋外的事情，其實是假裝在看外面，卻是偷偷注意裡面的情況。

「所以您是我的姑丈！」凱西向他行了個禮。「雖然您一開始很兇，但我想我還是喜歡您的。為什麼您不帶林頓來鶇翔莊園走走？這些年來，住得這麼近，卻從不來看我們，不是很奇怪嗎？這是為什麼呢？」

「我在妳出生之前到過鶇翔莊園的，也許多去了一、兩次，」他說。「別這樣④——討厭！如果妳這麼喜歡親吻人，去吻林頓好了，吻我是白費的。」

「艾倫，妳很壞耶，」凱瑟琳忽然跳到我身旁吻了我一陣，「這麼壞心，不讓我進來。以後我每天都要這樣散步，姑丈，可以嗎？也許有時跟爸爸一起來。您高興見到我們嗎？」

「當然了，」她姑丈說，但因為他實在討厭林頓父女，臉上浮現出古怪的表情。「但等一下，」

---

③希斯克利夫要林頓先立遺囑，把財產留給父親。所以艾德格死後，鶇翔莊園就會成為林頓的財產；林頓死後又成為希斯克利夫的財產，凱瑟琳將一無所有。

④表示凱西突然吻了希斯克利夫。

他轉過臉來看著凱西，「現在我想起來，最好趁早告訴妳一件事。林頓先生對我有偏見：我們有一次吵架，吵得很兇，完全不像基督徒該做的事。所以，如果妳跟他說來過這裡，他就會完全禁止妳來。除非妳不想再見到表弟，否則不能跟他說。妳高興的話都可以來，但不要讓妳爸爸知道。」

「你們為什麼吵架？」凱西問，看起來很失望。

「他認為我太窮了，不配娶他妹妹。」希斯克利夫說，「後來我娶了他妹妹，他很不高興，覺得很沒面子。他從來沒有原諒我。」

「他這樣不對！」小姐說，「我以後會跟他說。但你們之間的爭執與我和林頓是沒有關係的。那我不過來這邊了，林頓可以來鶇翔莊園。」

「鶇翔莊園太遠了，」她表弟喃喃地說，「走四哩路會要了我的命。凱瑟琳表姐，還是妳來吧，偶爾來看我：不必每天早上來，但一個禮拜來個一、兩次。」

希斯克利夫很鄙夷地瞪了兒子一眼。

「奈莉，我怕我是白費力氣了，」希斯克利夫跟我嘟囔著說。「聽那呆子叫她『凱瑟琳表姐』！恐怕他的凱瑟琳表姐很快就會發現他多麼沒價值，送他下地獄。要是換作哈里頓就好了！妳知道嗎，雖然哈里頓很蠢笨，但我每天都嫉妒他二十次！要是他是別人的孩子，我一定會很愛他。還好，我想凱瑟琳不至於會愛上他。我要用他來刺激這不中用的傢伙，看他會不會振作一點。我想他大概活不過十八歲。喔！看這無聊的東西！他只顧著擦乾他的腳，都不看人家一眼！——林頓！」

「父親，什麼事？」那孩子說。

「你不想帶表姐到處看看嗎，看看兔子或是黃鼠狼的窩？先別換鞋子了，帶她去花園走走，去馬廄看看你的馬。」

「妳不想在這兒坐坐嗎？」林頓問凱西，他的語氣就是不想動。

「我不知道。」她看著門口說，顯然很想出去走走。

林頓坐在位子上，還更縮近爐火一點。希斯克利夫站起身來，走到廚房，往後院方向叫哈里頓。哈里頓回了他，兩個人很快就一起進來。哈里頓剛在外面洗過澡，雙頰泛紅，頭髮濕漉漉的。

「啊，姑丈，有件事想問您，」凱西小姐想起以前那管家的話。「他不是我的表哥吧，是嗎？」

「沒錯，」希斯克利夫說。「他是妳舅舅的兒子。妳不喜歡他嗎？」

凱瑟琳的表情很古怪。

「他不是很俊美的青年嗎？」希斯克利夫又說。

這沒禮貌的小女孩掂起腳尖，在希斯克利夫耳邊說了什麼。希斯克利夫大笑起來，哈里頓臉色一沉。我看得出來哈里頓對自己的低下地位很在意，很怕別人看不起他。但他的老爺，或說是監護人，說了一句話，讓他臉色舒緩了下來：

「哈里頓，我們之間她最喜歡你！她說你是個——妳說什麼來的？反正是好聽話。就這樣！你帶她去附近繞一繞。記得舉止要像個紳士！不要說髒話；小姐沒看你的時候，不要盯著人家看；小姐看你的時候，不要把臉藏起來。說話的時候慢慢說，手不要放在口袋裡。走吧，盡可能招呼客人高興。」

他看著兩人從窗前走過。恩蕭完全不看他的女伴，好像是個外地人或藝術家，正在研究景色，雖然這景色是他很熟悉的。凱瑟琳偷偷望他一眼，對於這樣的態度不以為然。後來只好把注意力轉向自己有興趣的東西，自己唱唱跳跳，填補兩人無話可說的空白。

「我把他舌頭綁住了，」希斯克利夫說。「他從頭到尾都不敢說一個字！奈莉，你記得我在他這個年紀——不，再小幾歲的時候嗎？我看起來有這麼蠢，就是約瑟夫說的『笨頭』嗎？」

「更糟糕，」我說，「因為你還會悶悶不樂。」

「我在哈里頓身上找到樂趣，」他把心裡的想法大聲說出來。「他已經符合我的期望。如果他天生就笨，我還不會這麼得意。但他不笨，我可以了解他的感受，因為我以前也有這樣的感受。舉例來說，我完全知道他痛苦的地方所在：但這還只是開始而已，以後他還有更多苦頭呢。他將永遠無法超越自己的粗鄙和無知。他那惡棍父親對我所做的，比不上我對哈里頓所做的，而且我把他貶得更低，讓他以自己的粗鄙為傲。我告訴他所有人類的感情都是愚蠢軟弱的。你想興德里要是能見到兒子，會不會覺得很驕傲？幾乎跟我以我兒子為傲一樣。不過兩者不同：一個是把金子拿來鋪地，一個是把錫器磨亮了，充當銀器。我兒子毫無價值，但我還是要盡可能利用他，到不能用為止；他兒子是一流的，卻被我糟蹋，比庸才更糟。我一點也不後悔，興德里才要後悔，而且除了我以外誰也不知道。我最得意的是，哈里頓天殺地喜歡我！妳可以說我贏過興德里了。如果那死鬼從墳墓裡爬起來，指責我對他兒子不好，他兒子會把他打回去，說父親怎麼可以罵他世界上唯一的朋友！真是大快人心啊！」

希斯克利夫想到這裡，得意洋洋地笑了，像個魔鬼似的。我沒有接話，我想他也沒指望我說什麼。

林頓坐的地方離我們遠遠的，聽不到我們說話。這時候，他開始有點坐立不安起來，也許是懊惱自己怕勞累，而喪失陪凱瑟琳的機會。希斯克利夫看到他的眼神在窗邊猶疑，他的手也好像要去拿帽子，又舉棋不定。

「你這懶孩子，站起來！」希斯克利夫故意裝作開心的樣子。「去追他們！他們剛在那個角落，在蜂巢那邊。」

林頓果然振作起來，離開壁爐。窗格子是開的。林頓走出去的時候，我聽到凱西正在問她那不善社交的嚮導，門上刻的是什麼字。哈里頓抬頭往上看，像個鄉下農民一樣搔搔頭。

「就是一些該死的字，」他說。「我不認得。」

「不認得？」凱瑟琳大叫起來。「我認得啊，寫的是英文。但我想知道為什麼有這些字。」

林頓在旁嘻嘻而笑：這是我第一次看到他有高興的表情。

「他不識字，」他對表姐說，「妳相信世界上有這種蠢蛋嗎？」

「他有什麼問題嗎？」凱西小姐認真地問，「還是他智力有問題，哪裡不對勁？我已經問了他兩次，每次他都呆呆的，我想他聽不懂我的話。其實我也聽不懂他的話。」

林頓又笑起來，很鄙夷地瞟了哈里頓一眼。哈里頓當下似乎不太懂他們的話。

「問題就在於他太懶而已，不是嗎，恩蕭？」林頓說。「我表姐以為你是白癡。這就是你看不起『堵書』的後果。『堵書』是他講的。凱瑟琳，你有沒有注意到他那嚇死人的約克郡口音？」

「對啊，堵書有什麼鬼用？」哈里頓不高興地說，他對於林頓這個日日相處的同伴比較有反應。他本來還要繼續罵，但那兩個年輕人忽然樂得大笑起來；我那輕浮的小姐覺得哈里頓的說話方式很好笑。

「那句話有什麼鬼用？」林頓邊笑邊說。「爸爸叫你不要講粗話，但你不講粗話就無法開口。試試看當個紳士啊，拜託！」

「如果你不是那麼像女孩子，我就一拳把你打到地上；你這可憐蟲！」憤怒的哈里頓回罵林頓，然後就走開了。他怒火中燒，又很羞慚，臉漲得通紅。他知道人家侮辱他，卻不知道該如何報復。

希斯克利夫先生跟我都隔窗聽到了這一場對話。他看到哈里頓離開時，微微一笑；但看到那一對輕浮的表姐弟還在門口聊天，嫌惡地看了他們一眼。林頓談起哈里頓的缺點和短處時，忽然有活力了，滔滔不絕，還加了很多俏皮話；凱瑟琳聽他說這些取笑人的話，聽得津津有味，兩人都沒想到這是不對的。我開始討厭林頓，不再同情他了；對於希斯克利夫這麼看不起他，我也覺得情有可原了。

凱西小姐一直不肯離開，所以我們待到下午才走，還好老爺都沒有走出房間，並不知道我們出去那麼久。我們回家的路上，我告訴她那一家人的性情，但小姐有自己的想法，說我對他們有偏見。

「啊哈！」她大聲說，「艾倫，妳站在爸爸那邊，我知道妳偏心，要不然妳不會騙我這麼多年，故意不讓我知道林頓就住在附近。我真的非常非常生氣；不過我又太高興了，生氣不起來。但妳別說出姑丈的事。別忘了，他是我的姑丈，我以後會罵爸爸，問他為什麼要和姑丈吵架。」

她又一直說個不停，後來我只好放棄，不再說她錯了。

她當晚沒有見到林頓先生，所以並沒有提起這件事。第二天事情就瞞不住了，我很氣惱，但並不覺得是我的錯，我想老爺應該擔負起指導與警告的責任，會比我說來得有效。但老爺過於膽怯，只說他希望女兒不要再與嘯風山莊來往，卻說不出充分的理由。偏偏凱瑟琳遇到妨礙她自由的所有限制，都要有很好的理由才願意接受。

「爸爸！」她道過早安後就開始說，「你猜我昨天去高沼地散步的時候，遇到誰了？啊，爸爸，你嚇到了！你做錯事了，對不對？我知道了。但先聽我說我是怎麼發現的。還有，艾倫都站在你那邊！我一直希望見到林頓，他不回來我是那麼失望，她還假裝安慰我！」

凱西很詳實說了昨天出遊的經過和後來的事情，主人雖然不只一次用責備的眼光看我，但還是靜靜聽女兒說完。然後他把女兒拉到身邊，問她是否知道為什麼他不說林頓就住在附近。如果沒有壞處，她覺得父親會存心讓她不快樂嗎？

「因為你不喜歡希斯克利夫先生。」她說。

「凱西，妳想我會因為一己之私，而不顧妳的心情嗎？」老爺說。「不，原因並不在於我不喜歡希斯克利夫先生，而在於他不喜歡我。他是一個魔鬼人物，只要有一絲機會，他就樂於毀掉他討厭的一切。我知道如果妳與妳表弟來往，就一定會接觸到他；我也知道因為我的關係，他會痛恨妳，所以為了妳好，我不讓妳有機會見到林頓。這就是唯一的理由。我本來想說等妳再大一些，要解釋給妳聽的；我很後悔沒有早一點說。」

「可是爸爸，希斯克利夫先生人很好啊，」凱瑟琳一點都不相信她父親的話。「他並不反對我跟林頓來往，他說我隨時都可以去他家，只是叫我別跟你說。他說因為你們吵過架，他娶了伊莎貝拉姑姑，你不會原諒他。你不能這樣。這都是你的錯，他願意讓我們當朋友，至少讓林頓和我當朋友，你卻不願意。」

老爺看她不相信自己的話，不相信姑丈是個惡人，就把他對伊莎貝拉做的事情大略說了一下，還有他如何把嘯風山莊變成自己的產業。但老爺不想說得太仔細，他沒有把想法全講出來，因為他想起這久遠的敵人就覺得恐怖而厭惡，這種感覺從林頓太太死後一直都沒有消散。他總是苦澀地想著，要不是因為希斯克利夫，凱瑟琳現在可能還活著！因此在他眼裡，希斯克利夫無異是個兇手。

但凱西小姐從來沒有見識過真正的壞事。她所知的壞事僅有她自己小小的叛逆、不公平、因為急躁和思慮不周而發脾氣等等，每次都在當天就會後悔。所以她聽到有人竟可以積怨多年，計畫多年而等待報復的機會，下手毫無悔意，心腸可以如此歹毒，讓她大為訝異。她多年來讀書生活，從不知人性有如此醜惡的一面，顯然深受震撼。所以艾德格先生覺得不必再多談，只是加了一句：

「寶貝，所以妳知道為什麼我希望妳避開他家與他的家人了，現在回去做妳平常的功課和消遣，別再想他們了。」

凱瑟琳吻了父親，靜靜坐下來，跟平常一樣做了一、兩個小時的功課，然後陪著父親在林園裡散步，也跟平常的日子一樣。但到了晚上，她回到自己房間，我去幫她換衣服的時候，發現她跪在床邊哭泣。

「唉，別這樣，傻孩子！」我說。「妳就是因為沒遇過真正傷心的事，才會碰到這一點不如意就掉眼淚，真是丟臉。凱瑟琳小姐，妳從未經歷真正的愁苦。譬如說，妳想像一下，要是主人和我都死了，妳一個人孤零零在這世界上，妳會怎麼想呢？比較一下妳現在的情況，和這種淒涼的可能，妳就會覺得有現在這些朋友很值得感恩，不會想要更多朋友了。」

「艾倫，我不是為自己而哭的，」她說。「我是為他而哭的。他以為明天會看到我，但明天他要失望了；他會等我，但我不能去！」

「胡說！」我說。「妳以為他會想妳，像妳想他這樣嗎？他不是有哈里頓可以做伴嗎？為了才見過兩次面，一起度過兩個下午的新朋友，不能來往就哭泣，一百個人裡面也找不到一個人！林頓會想通是怎麼一回事，以後也不會再想到妳了。」

「但我不能寫張紙條給他，跟他說為什麼我不能去嗎？」她站起來說。「還有把那些我答應要借他的書拿去給他？他的書沒有我的好，我跟他說這些書很有趣，所以他真的很想看。艾倫，可以嗎？」

「不行，當然不行！不行，絕對不行！」我很堅決地說。「否則他就會回信給妳，然後就沒完沒了。不行，凱瑟琳小姐，你們必須完全斷絕來往：妳爸爸是這樣希望的，我要確保你們不再來往。」

「就一張小紙條——？」她露出懇求的神情說。

「別說了！」我打斷她。「妳的小紙條會惹來一堆麻煩。上床睡覺去。」

她心機很重地看我一眼，我覺得她太不聽話，所以一開始並沒有吻她，跟她說晚安，只是板著臉幫她蓋好被子，幫她把門關上。但我走出來沒多久就後悔了，又輕輕折回去，結果看到小姐站在桌前，桌上有一張白紙，手裡拿著一支鉛筆。我一進去，她就連忙藏起來。

「凱瑟琳，就算妳寫了信，」我說，「也沒有人會幫妳送信的。現在我要把妳的蠟燭熄掉了。」

我把罩子蓋在火焰上，她拍了我的手一下，罵了一聲：「討厭鬼！」我離開房間，她大發脾氣，還把門閂上了。

她那封信終究是寫了，也交給村裡來收牛奶的工人送過去了，但我隔了一段時間才知道。過了幾個禮拜，凱西的心情似乎慢慢變好了。只是她愈來愈喜歡一個人窩在角落，如果我在她看書時忽然走近，她會嚇一跳，把書蓋起來，好像是想要掩藏什麼，而且我也看到有些紙條的邊緣從書頁中露出來。她也開始一大早就在廚房晃來晃去，好像在等什麼似的。她在書房的櫃子裡有個小抽屜，她會花好幾個小時翻抽屜，而且每次離開的時候都特別留意要把鑰匙帶走。

有一天，她在看抽屜裡的東西時，我發現以前的小玩具什麼的都不見了，變成一堆摺起來的紙張。我很好奇，也疑心起來，所以決定要找機會偷看她的寶貝。於是那天晚上，她和主人都上樓以後，我就在家裡的各式鑰匙裡面找，很快找到能開那個抽屜的鑰匙。我打開抽屜，把裡面的東西全倒在我的圍裙上，拿到自己房間慢慢看。

雖然我早就懷疑他們有通信，但我還是很意外發現他們竟然寫了那麼多的信，幾乎是每天都有。信是林頓・希斯克利夫寫的，當然是回應她寫的信。最早的幾封很短，語氣靦腆；但漸漸變成很長的情書，裡面有很多傻話，符合寫信人的年齡。但偶爾有幾句話，我卻覺得是出自經驗豐富的老手。

有些句子特別怪，又熱情又平淡：有時開頭寫得非常熱烈，結尾卻很做作而累贅，好像是學校裡的小男生寫給不存在的、幻想中的情人那種。

我不知道凱西是否喜歡這些信，但我看來都是些無價值的垃圾。我翻了幾封信，覺得看夠了，就拿一條手帕把這些信綁成一束收起來，把空空蕩蕩的抽屜上鎖。

第二天早上，小姐還是跟往常一樣很早下樓，到廚房晃來晃去。我看到有個小男孩過來時，她走到門邊。我們的牛奶女工把牛奶倒進男孩的罐子時，小姐塞了什麼東西到男孩的外套口袋裡，同時掏了什麼東西出來。

我繞到花園去攔這個小信差，他奮力抵抗，我們拉扯間把牛奶都潑出來了，但我還是搶到信了。我威脅他，叫他立刻回家，不然會有嚴重的後果；然後我就在牆邊讀凱西小姐的情書。她寫的比表弟要簡單，文字也比較好，寫得很美也很傻。我搖搖頭，邊想邊走進屋子。

那天下雨，她不能去林園裡散步，所以早上的書讀完之後，她就去開那個抽屜打發時間。她父親坐在書桌前看書，我故意在那裡整理窗帷的流蘇，一邊盯著她的動作。

她臉上神色大變，近來的愉悅全消失無蹤，不由自主地叫了一聲「啊！」，那一聲絕望，就像一隻鳥留了滿巢吱吱叫的幼雛出去覓食，回巢時卻看到巢被攻擊了，只剩下空巢似的，只能心碎地拍翅哀鳴。林頓先生抬起頭來。

「親愛的，怎麼了？妳傷到手了嗎？」他說。

他的語氣和表情，讓凱西確定破獲她藏寶的人不是父親。

「沒事，爸爸！」她張大嘴說。「艾倫！艾倫！跟我到樓上——我不太舒服！」

我聽她的話，陪她走出書房。

「喔，艾倫！是妳拿走的，」我們進了她房間，把門關上以後，她立刻跪下來說，「喔，還給我，我再也不會寫了！別跟爸爸說。艾倫，妳還沒跟爸爸說吧？說妳還沒告訴他！我知道我這樣很不聽話，我以後不會了！」

我板著臉叫她站起來。「所以，」我說，「凱瑟琳小姐，妳太過分了，妳真該覺得丟臉！妳有空的時候一定就是在讀這些垃圾，怎麼，寫得好到可以送去印了！妳想如果我拿給老爺看，他會怎麼想？我還沒給他看，但妳別妄想我會幫妳保密，這麼荒唐的祕密。真丟臉！一定是妳開始寫這些無聊東西的：妳表弟不會先想到寫給妳的。對吧！」

「我沒有！我沒有！」凱西哭得心都要碎了，「我本來沒有想過會愛上他的，後來——」

「愛！」我很不屑地模仿她的話。「愛！有人聽過這種鬼話嗎？那我也可以說我愛上那個一年來買一次作物的磨坊主人了。還真是感人的愛！妳這輩子就見過他兩次，兩次加起來還不到四個小時！這就是妳那幼稚的寶貝。我現在要拿去書房，看看妳父親對妳的愛會說什麼。」

她跳起來要搶，但我把信舉到頭上，讓她搆不到；然後她又苦苦哀求我燒了那些信，做什麼都好，就是不要給她爸爸看。我又想罵她，又想笑，因為我覺得這都是女孩家的虛榮心作祟。最後我軟化了一點，說：「如果我同意燒了這些信，妳要真心保證不再寫信給他，也不再收他的信；不可以再送書給他，我知道妳一定有送過書給他；也不可以送什麼一束頭髮啦、戒指啦、小玩意之類的。」

「我們才不送小玩意。」凱瑟琳大叫，覺得自尊心受損，比丟臉更嚴重。

「反正就是什麼都不行，說好了嗎，小姐？」我說。「除非妳保證，不然我就下去了。」

「艾倫，我保證！」她叫道，拉住我的衣服不放。「喔，燒了吧，拜託！」

我用撥火棒在壁爐裡清出一塊地方，準備要燒信，但她卻又捨不得。她苦苦哀求我留一、兩封給她，不要全部燒掉。「艾倫，一封或兩封就好，為了林頓！」

我把手帕解開，開始把信倒進火裡，火焰直往上衝。

「妳好殘忍無情，我一定要留一封！」她尖叫起來，把手伸進火裡，也不管手指頭會燒傷，搶了一些燒掉一半的紙片。

「很好，那我就還有東西可以給妳爸爸看！」我把剩下的信包回手帕裡，開始往門口走。她只好把那些燒焦的紙片又扔回火裡，做手勢叫我把信都燒掉。信燒完了，我把灰攪一攪，埋到煤塊下面；她沉默不語，一副很受傷的樣子去睡了。我下樓去跟老爺說，小姐剛才不舒服，現在已經好多了，但最好還是讓她躺一下休息。她沒有吃午餐，但她在下午茶的時候出現了，臉色蒼白，眼圈紅紅的，整個人無精打采。

第二天早上，我在一張紙條上寫回信：「希斯克利夫先生切勿再寫信給林頓小姐，她將不會收信。」從此以後，收牛奶的小男生來的時候，就都是口袋空空的了。

第八章

夏天結束了，進入早秋。這一年的農作收成得晚，已經過了米迦勒節①，我們還有幾塊地沒有收割完。

林頓先生和小姐常走到收成的工人旁邊看。收成最後幾束作物那天，他們到天黑了才回家，那天傍晚天氣相當濕冷，主人受了風寒，後來變成肺炎，整個冬天都出不了門，幾乎沒有比較好的時候。

可憐的凱西，自從小小的羅曼史被抓到，受了驚嚇以後，一直都悶悶不樂，失去了往日的活潑。她父親要她少讀點書，多去外面活動。但父親既然無法出門，陪她的責任就落在我肩上。但我顯然不是很好的代用品，因為我日常工作繁忙，每天只能陪她出去散步兩、三個鐘頭，而且她顯然比較喜歡父親相陪。

---

①米迦勒節（Michaelmas）是紀念天使長米迦勒的節日，落在九月二十九日。這一天傳統上已經收穫完成，農人開始休息了。所以小說才會說這一年收得晚，過了米迦勒節還沒完全收成。

十月的一個下午，還是十一月初了——那天下過雨，草地和路上都是潮濕萎敗的落葉，藍天一半都被雲遮住了。深灰色的帶狀雲在西邊快速高高堆起，看來快要下大雨了，所以我跟小姐說今天別去散步了。但她不肯，我只好不情不願地披上斗篷，拿著傘，陪她走到林園盡頭。她只要心情不好，通常都是這樣走的。這天因為艾德格先生的身體比平常更不好，所以她心情很低落。其實艾德格先生並沒有明說他的身體狀況，但他愈來愈沉默，臉色憂鬱慘淡，我們可以猜出來他的病勢是加重了。

她很沉重地往前走。以前如果有這樣的涼風，她就會有奔跑的興致；但她這天也不跑跑跳跳了。我從眼角餘光還不時看到她舉起手，把什麼從臉頰上抹去。

我四處看看有什麼可以分散她的注意力，讓她不要這麼憂鬱。路旁邊坡上有幾棵榛樹和發育不良的橡樹，因為泥土過於鬆軟，根都半露在外面，強風又把這幾棵橡樹吹得歪歪倒倒，有些幾乎是橫著長了。夏天的時候，凱瑟琳小姐很喜歡爬這幾棵樹，坐在離地二十呎的枝椏上搖晃。我雖然喜歡她的活力充沛和無憂無慮的孩子心性，但也覺得這是不對的，每次看到她爬上去都會罵她，結果她反而知道可以不必急著下來。從午餐後到下午茶時間，她會一直待在那裡隨風搖擺，無所事事，自顧自唱些我教她唱的老歌；看看樹上的鳥，看大鳥餵雛鳥，或是教牠們學飛。有時還把眼睛閉上，半想事情半做夢，怡然自得。

「小姐，妳看！」我指著邊坡樹根下的一角。「冬天還沒來呢。那裡有一朵小花。七月時這裡到處開滿藍鈴花，把階梯都變成一片藍紫色，現在這是最後一朵了。妳要爬上去，摘給爸爸看嗎？」

那朵孤伶伶的小花在土坡旁顫抖。凱西看了很久，說：「不，我不摘花。艾倫，它看起來很淒涼，是不是？」

「是啊，」我說。「跟妳一樣又冷又沒精神。妳的臉都沒血色了，我們手牽手跑回去吧。妳今天走得很慢，我可以跟上妳。」

「不要。」她繼續往前走，偶爾駐足看看一點青苔，或一撮褪色的枯草，或棕色落葉堆裡一朵鮮橘色的蕈菇。不時把臉轉開，舉手拭淚。

「凱瑟琳，我的小寶貝，妳為什麼哭呢？」我伸手攬住她的肩膀。「別哭，爸爸只是受了風寒，不是什麼嚴重的大病啊。」

她開始放聲大哭，眼淚直落，聲音都哽咽了。「喔，會變嚴重的，」她說。「要是爸爸和妳都離我而去，只剩下我一個，我該怎麼辦呢？艾倫，我忘不掉妳說過的話，我總是想到那些話。爸爸和妳死了以後，我的生活會變成什麼樣子呢？這世界會變得多可怕呢？」

「沒有人會知道，妳會不會比我們早死。」我說。「預期壞事是不對的。我們希望，我們每一個人都還要活好多好多年。主人還年輕，而我很強壯，也還不到四十五歲。我媽媽活到八十歲，到最後都是精神很好的老太太。就算林頓先生活到六十歲，那也還有好多年呀。小姐，提早二十年哀嘆喪親之痛，不是很傻嗎？」

「可是伊莎貝拉姑姑比爸爸年輕。」她抬眼望我，有點膽怯，希望我能安慰她。

「伊莎貝拉姑姑沒有妳我照顧，」我說。「她沒有主人那麼快活，生命也沒有什麼盼望。妳只要好好照顧妳父親，讓他看到妳高高興興的，他就會高興起來；不要讓他操心。聽我說，凱西！我不騙妳，要是妳胡來、不聽話，跟他仇人的兒子談那種傻氣編造的戀愛，妳真會送掉他的命！他覺得你們分開比較好，妳若因此而憂心，他會傷心而死的。」

「我除了爸爸的病以外，什麼都不關心。」小姐說。「什麼跟爸爸比起來都不重要。我只要神智正常，絕對絕對不會做出什麼或說什麼來忤逆他。艾倫，我愛他更甚於愛我自己。我是這樣知道的：

我每晚禱告，祈求我可以活得比他長，因為我寧願自己忍受失去他的哀痛，不願他承受失去我的哀痛。這就可以證明，我愛他甚於自己。」

「說得好，」我說，「但妳做的事情也要能證明妳愛他。他病好以後，別忘了妳在害怕的時候下的決心。」

我們說話的時候，走近了通往外面道路的一道門。小姐看到太陽又出來了，心情好了。牆邊有些野玫瑰樹，頂端結滿豔紅果子的枝子垂到外面路邊，比較低矮的果子都不見了，只有小鳥能吃到上層的果子。她爬上圍牆，想去摘最上層的果子。但她在拉外側樹枝時，帽子掉在外面了。由於這道門是鎖上的，她說她可以爬出去撿帽子。我叫她小心點，怕她失足掉下去，但她身手靈活，一下子就不見了。

可是要回來卻沒那麼容易：圍牆的石頭很光滑，砌得很整齊，野玫瑰叢和黑莓樹都沒有落腳處，讓她可以從外面爬上牆。我真笨，竟然沒想到下牆容易上牆難，後來聽到她在外面笑，說：

「艾倫！妳得去拿鑰匙來幫我開門，否則我就得跑到門房小屋那邊了。我從這邊爬不上來！」

「妳站在那裡別走，」我說，「我口袋裡有一堆鑰匙，也許我可以開得了門。開不了的話，我再回去拿鑰匙。」我拿出大把鑰匙來一個一個試，凱瑟琳就在門外跳起舞來，自得其樂。我試到最後一把，還是沒法開門，所以我又叮嚀她留在原地，我會盡快跑回去拿鑰匙。這時忽然聽到一陣馬蹄聲愈來愈近，我嚇得停住腳步，凱西也不跳舞了。

「誰來了？」我小聲問。

「艾倫，我希望妳可以把門打開。」小姐很著急地小聲回我。

「嗨，林頓小姐！」騎馬的人開口說話，聲音低沉，「很高興看到妳。別急著進去，我有件事要妳給我解釋解釋。」

「希斯克利夫先生，我不能和您說話，」凱瑟琳說，「爸爸說您是壞人，而且您恨他，也恨我。艾倫也是這麼說的。」

「那跟我今天來的目的無關，」希斯克利夫說。「我猜我總不會恨自己的兒子吧，我今天來要請妳解釋的，就跟我的兒子有關。是的，妳很有理由臉紅。兩、三個月以來，妳是不是一直寫信給林頓？玩愛情遊戲？你們兩個實在都應該好好挨一頓打！尤其是妳，因為妳年紀比較大，又比較無情。妳的信都在我手裡，如果妳不老實，我就把信拿給妳父親看。我猜，妳玩膩了，就不玩了，是不是？結果妳可把林頓扔進絕望沼②了。他是認真的，他覺得自己是真的談戀愛。我老實說，他快要因妳而死了：因為妳的善變，他心碎了。我不是說比喻的話，是實話。雖然哈里頓笑了他六個禮拜，我也嚴厲責備他，想要把他從這種妄想嚇醒過來，但他還是一天比一天不好。這樣下去的話，他不到夏天就要入土了，除非妳肯救他！」

「你怎麼可以這樣無恥，騙這可憐的孩子？」我從門裡面大叫。「請快騎馬走吧！你怎麼能編造出這麼卑劣的謊言？凱西小姐，我拿石頭把鎖敲斷：妳別相信這種惡劣的謊話。妳自己也曉得，一個

---

②絕望沼（Slough of Despond）是在《天路歷程》（*The Pilgrim's Progress*）書裡的一個地名，主角基督徒因感受到自身罪惡的重量而沉入此沼。

人怎麼可能為了陌生人就心碎而死？」

「我沒注意到有人在偷聽呢，」這惡人自言自語說了一聲。「好迪恩太太，我喜歡妳，但我不喜歡妳這樣挑撥。」他大聲說，「妳怎麼能這樣無恥地當面說謊，說我恨這個『可憐的孩子』？還編些熊妖③之類的故事，嚇得她不敢走近我家家門？凱瑟琳．林頓，聽到這名字我的心就熱起來了，可愛的小姐，我這一個禮拜都不在家，妳自己去看看我有沒有騙人。去看看吧，這才乖！想想看如果妳父親是我，妳是林頓；如果妳父親都已經出面懇求了，妳那無情的愛人還是不肯動一步來安慰妳，妳會怎麼想？別因為愚蠢而犯這種錯！我發誓他真的快死了，騙妳的話我就下地獄。只有妳能救他了！」

我把鎖砸了，走出門去。

「我發誓林頓快死了，」希斯克利夫又說一次，定定看著我。「悲痛和失望會讓他死得更快。奈莉，如果妳不讓她去，妳可以自己去看看。我要下禮拜這時候才會回來，我想妳家老爺也不見得會反對小姐去探望表弟。」

「進來。」我抓著凱西的手臂，半強迫她進門，因為她困惑地看著說話的希斯克利夫，有點躊躇。希斯克利夫的神情嚴肅，看不出心裡的詭計。

他騎馬靠近門口，俯下身說：「凱瑟琳小姐，我跟妳坦白說，我對林頓很不耐煩了，哈里頓和約瑟夫更不耐煩。我敢說他現在很不好過。他渴望有人對他好，有人愛他；妳的一句話會是他最好的藥。別管迪恩太太說什麼，她又殘忍又過度小心，妳就好心點，來看他吧。他日夜都在夢想妳來，但妳又不寫信，又不來看他，他以為妳討厭他。」

我把門關上，找了一塊石頭把鬆開的門頂上，打開雨傘，把小姐抓到雨傘下面，因為雨滴已經從樹枝簌簌滴下來，警告我們要下大雨了。我們一路急行回家，沒有機會討論遇到希斯克利夫的事情，但我可以猜到凱瑟琳的心又蒙上一層陰影。她的表情非常沉重，看起來簡直不像她了，顯然她覺得聽到的每一個字都是真的。

我們還沒到家，老爺就已經睡了。凱西輕輕溜進他房間，想問他身體狀況如何，但他已經睡著了。小姐出房門，要我跟她去書房坐坐。我們一起吃了茶點，然後她躺在地毯上，叫我別說話，她已經累了。我拿了一本書假裝在看。果然她以為我在專心看書，開始靜靜掉淚。現在她最喜歡做的事情，似乎就是哭泣了。我讓她哭了一會兒，然後開始嚴詞批評希斯克利夫先生說的話，他說他兒子的事情是很可笑的，我以為小姐一定會同意我的看法。但可惜我說話的技巧不如希斯克利夫，沒法抵消他的影響。他的用意達成了。

「艾倫，妳也許是對的，」小姐說，「但除非我能知道情況，否則我不能安心。我一定要告訴林頓，我不寫信不是我的錯，我要他知道我沒有變心。」

她要這麼容易相信別人，我怎麼生氣，怎麼爭辯都沒有用。當晚我們氣呼呼地分手，但第二天我還是陪著她去嘯風山莊了，這任性的小姐騎著小馬，我走路陪她。我不忍心見到她難過，看到她蒼白憔悴的臉和黑眼圈，我讓步了。我只希望見到林頓時，他一切都好好的，證明希斯克利夫的話是一派胡言。

③傳說中哥布林妖精（Goblin）會假裝是熊的樣子來吃人，是奶媽常用來嚇小孩的故事。

第九章

下了一夜的雨之後，第二天早上霧很重，一半是霜，一半是微雨。高地的雨水往下流，路上冒出了一些臨時的小溪。我的腳都濕透了，心情低落，正適合去做這種討厭的事情。

我們從廚房走進山莊，因為我不太信任希斯克利夫先生的話，想先確定他是否真的不在家。

約瑟夫看起來好像一個人獨享極樂世界似的，坐在熊熊爐火旁，身旁的桌上有一大杯麥酒，還有大塊的烤燕麥餅，嘴裡銜著他的黑色短菸管。凱瑟琳跑到爐火邊去取暖。我問約瑟夫，他家老爺在不在家，但老半天都沒有回應。我想老人家是不是有點重聽了，所以就更大聲再問一次。

「甭在！」他哼了一聲，聲音從鼻頭出來。「甭在啦！逆回去逆來的地方啦！」

「約瑟夫！」同時有個不高興的聲音從屋裡傳來。「到底要叫你幾次？壁爐裡只剩下一點紅灰而已了。約瑟夫！馬上過來。」

約瑟夫用力噴了一口菸，眼神堅定地看著爐柵，表示他充耳不聞的態度。管家和哈里頓都不見蹤影，也許一個去辦事，一個去田裡工作了。我們聽出裡面說話的是林頓，就走進去。

「唉，我真希望你餓死在閣樓上！」林頓聽到腳步聲，以為是那個叫不動的老僕。但他的表姐衝上前去，他才發現自己錯了。

他坐在一張大椅子裡，頭靠著扶手。「是妳嗎，林頓小姐？」他把頭抬起來說。「不要，別親我：我會喘不過氣。我的天！爸爸說過妳會來。」凱瑟琳的擁抱讓他有點激動，她站在一旁，看起來很懊悔。他平靜下來後又說：「可以請妳把門關上嗎？妳沒關門。那些——那些可惡的傢伙都不拿炭來，我快冷死了。」

我把煤灰撥一撥，自己去拿了一桶煤來。那個病人還抱怨我弄得他全身都是灰。我本來想罵他，但他咳得厲害，又發燒，我就算了。

「林頓，」凱瑟琳等他的眉頭舒緩了，小聲說，「見到我你高興嗎？我可以幫你做什麼嗎？」

「妳為什麼以前不來？」他問。「妳應該自己來看我，不要寫信。寫那些長信真是累死我了。我比較喜歡跟妳說話。現在，我連說話都沒力氣了，更別說做別的事了。奇怪，琪拉哪裡去了？」他看著我說：「妳可以到廚房去看看嗎？」

我剛才幫他做事，他也沒感謝我，我不想再替他做什麼了，所以我說：「那裡只有約瑟夫，沒有別人在。」

「我想喝水，」他轉過頭去，焦躁地說，「爸爸一走，琪拉就老是跑到吉默屯去，真是倒楣！我不得不下樓來——我在樓上說什麼，他們都故意裝作沒聽到。」

「希斯克利夫少爺，你父親有照應你嗎？」我看到凱瑟琳想做點什麼，故意問他。

「照應？至少他有叫他們照顧我就是了。」他說。「一群混蛋！林頓小姐，妳知道嗎，那個殘忍的哈里頓還笑我！我恨他！不只是他，我恨他們所有人，他們都是壞東西。」

凱西開始找水。她在櫃子裡看到一個水瓶，倒了一杯水給林頓。林頓吩咐她，拿了桌上一瓶酒，加了一匙酒在水裡。他喝了一小口以後，看起來比較平靜了，說凱西很好心。

「你看到我高興嗎？」她看到林頓似乎有一絲笑意，又問了一次。

「高興啊。聽到妳的聲音，總是新鮮的事情。」他說。「但妳以前都不來，我很不高興。爸爸說一定都是我的錯，他說我拖拖拉拉、是無能的可憐蟲，還說妳看不起我。他說如果他是我的話，現在鶇翔莊園的主人就是他了，而不是妳父親。但妳沒有看不起我吧，林頓小——？」

「叫我凱瑟琳或凱西就好，」小姐說。「看不起你？沒有的事！除了爸爸和艾倫以外，我最愛的人就是你了。但我不愛希斯克利夫先生，他回來的話，我就不敢來。他會在外面好多天嗎？」

「也沒有很多天，」林頓說。「但他會常去高沼地，因為現在是狩獵季節①。他不在的時候，妳可以來陪我一、兩個小時。拜託說妳願意。我想我不會對妳發脾氣；妳不會激怒我，而且妳也一直很想幫我，對吧？」

「對啊，」凱瑟琳摸著他那長而柔軟的頭髮。「如果爸爸可以同意的話，我可以用一半的時間陪你。可愛的林頓！我真希望你是我弟弟。」

「那妳會像喜歡妳父親那樣喜歡我嗎？」他看起來心情好多了。「但爸爸說，如果妳嫁給我的話，妳最愛的人就會是我，不會是妳爸爸了。所以我希望妳能嫁給我。」

「不會的，我不可能愛別人甚於爸爸，」她嚴肅地反駁。「有時候，男人會討厭他們的太太，但不會討厭兄弟姐妹。如果你是我弟弟的話，你就會跟我們住在一起，爸爸會喜歡你的，就像他喜歡我一樣。」

林頓說沒有人會討厭自己的太太，但凱西堅持說有，譬如說林頓自己的父親就很討厭她的姑姑。我聽她這樣口無遮攔，趕快要阻止，但已經來不及了，她把她知道的都說出來了。希斯克利夫少爺很生氣，說凱西說謊。

「這是爸爸說的，爸爸從來不說假話。」她很高傲地說。

「我爸爸看不起妳爸爸！」林頓叫起來。「他說妳爸爸是個狡猾的小人。」

「你爸爸才是壞人，」凱瑟琳回嘴道。「你竟敢把他說的話告訴我，真是可惡。他一定很壞，伊莎貝拉姑姑才會離開他。」

「她沒有離開他，」林頓說，「妳不應該反駁我。」

「她有。」我家小姐叫道。

「好，那我告訴妳吧！」林頓說。「妳母親恨妳父親，怎麼樣？」

「噢！」凱瑟琳氣到說不出話來。

「妳母親愛的是我父親。」林頓又說。

「你這小騙子！我現在討厭你了！」她大喊，臉漲得通紅。

「她愛我父親！她愛我父親！」林頓縮回椅子裡，把頭往後靠，欣賞對方的激動。凱西站在他的椅子後面。

「別說了，希斯克利夫少爺！」我說。「我猜，這也是你父親編出來的。」

「不是編出來的，妳別插嘴！」他說。「凱瑟琳，她愛我父親，她愛我父親！是真的，她真的愛

①英國從一八三一年開始才有狩獵季節的規定，從八月十二日開始。這裡作者誤把寫作當時的法律規定當作是小說裡的規定了。

我父親！」

凱西氣極了，重重推了椅子一把，害林頓撞到扶手。他立刻大咳起來，說不出什麼得意的話來了。他咳了很久，連我都被嚇到了。凱西大哭，也被她自己做的事情嚇到了，但她沒再說什麼。

我抱著林頓，直到他的咳嗽漸漸平息。然後他把我推開，靜靜垂下頭來。凱瑟琳也沒那麼激動了，在林頓對面坐下來，陰鬱地看著爐火。

過了十分鐘，我問：「希斯克利夫少爺，你現在覺得怎樣？」

「我希望她跟我一樣痛苦，」他說，「惡毒、狠心的東西！哈里頓從來沒有碰過我：他從來沒有打我。我本來今天好一點了，結果——」他聲音愈來愈小，聽不到了。

「我又沒有打你！」凱西嘟囔著，差點又哭出來，嘴唇翹得老高。

他又是嘆氣，又是呻吟，好像痛苦得不得了，足足鬧了一刻鐘之久。每次聽到凱西的嗚咽聲，他立刻就發出痛苦呻吟的聲音，顯然是故意要讓他表姐不好過。

「林頓，對不起推了你一把，」凱西最後受不了了，開口說道，「但這樣輕輕一推，我是不會痛的，我不知道你會痛。林頓，你也沒有很痛吧。別讓我回家時還一直想，我把你弄痛了。回答我！跟我說話！」

「我沒辦法跟妳說話，」他嘀咕著說。「妳傷到我了，我整晚都會咳到睡不著。如果妳有過這樣的經驗，妳就會知道那有多痛苦；但我痛苦的時候，沒有人在身邊，妳卻可以舒舒服服睡覺。我真不知道妳會怎樣渡過這種難受的夜晚！」然後他就自憐自艾，大聲哭嚎起來。

「既然你常常晚上都不好過，」我說，「那就不能怪小姐了，就算她今天沒有來看你，你也一樣不好過。好吧，她不會再來打擾你了，也許等我們走了，你就可以安靜一點了。」

「我一定要走嗎？」凱瑟琳俯身看他，很難過的樣子。「林頓，你要我走嗎？」

「妳已經做的事情又不能改變，」他煩躁地說，離她遠一點。「只有可能更糟糕而已，像是再跟我吵架，害我發燒之類的。」

「那麼，你是要我走了？」她又問。

「至少讓我清靜一下，」他說。「妳再說話，我受不了。」

我勸小姐離開，過了很久她都不走。但林頓也不看她，也不說話，最後她只好慢慢走向門口，我跟在後面。但林頓忽然發出一聲尖叫，我們只好回頭。林頓從椅子滑到地板上，躺在那裡扭來扭去，就像是被寵壞的小孩在大發脾氣，故意要讓所有人都痛苦難安。我冷眼看他裝腔作勢，覺得根本不值得安撫他。但凱西卻不是這樣想：她嚇得跑回去，跪在林頓身邊，又是哭又安慰他。最後他安靜下來，卻是因為他自己喘不過氣來，而不是為了讓凱西好過一點。

「我要把他抬到高背長椅上，」我說，「他可以在那裡滾來滾去，隨他高興，我們不能留下來照顧他。凱西小姐，我希望妳已經心滿意足，知道妳也不能對他有什麼好處。他的病痛也不是因為跟妳談戀愛而起。好了，他躺好了！我們走吧，只要他知道沒有人會理他，就會安安靜靜躺好了。」

她拿了個椅墊給他當枕頭，又拿水給他喝。但他不喝水，又在椅墊上翻來覆去，好像枕的是石頭還是木頭似的。凱西想讓他舒服一點。

「這樣我睡不好，」他說。「枕頭不夠高。」凱瑟琳又去拿了一個椅墊來。

「這樣又太高了。」這討人厭的東西喃喃地說。

「那該怎麼放才好呢？」凱西不知道該怎麼辦了。

凱西半跪在高背長椅旁邊，所以他扭動了一下，把頭枕在她肩膀上。

「不可以這樣，希斯克利夫少爺，」我說。「你睡枕頭就夠好了。小姐已經陪你這麼久了，浪費這麼多時間。我們再過五分鐘一定要走。」

「沒關係，沒關係，我們可以留下來！」凱西說。「他現在很乖，很聽話了。他現在開始想，如果我覺得我來看他是害了他，我今晚就會比他更難過，那我就不敢再來了。林頓，老實跟我說是不是這樣，如果我害了你，那我就不再來了。」

「妳一定要來，來治我的病，」林頓說。「妳既傷了我，就應該要來：妳知道妳害我害得很厲害！妳剛來的時候，我並沒有像現在病得這麼厲害，對吧！」

「但那也是因為你自己太過激動，哭得太厲害呀，並非都是我的錯，」他表姐說。「但我們現在又是朋友了吧。你想見我，你有時希望能見到我，是真的嗎？」

「我說過我想見妳，」他不耐煩地說。「妳坐在高背長椅上，讓我躺在妳腿上。媽媽以前都是這樣，可以坐一整個下午。坐好，不要動，也不要說話。但妳可以唱歌，如果妳唱得好的話：妳可以唱一首好聽的長民謠，妳答應過要教我唱的，或是說一個故事。但我比較想聽民謠，開始唱吧。」

凱瑟琳從她記得的民謠裡，挑了一首最長的來唱，兩個人都很高興。聽完了一首，林頓又要她再唱一首，然後又唱一首，都不管我在一旁緊張地催她回家。他們就這樣唱到鐘敲十二點，我們聽到哈里頓在庭院裡的聲音，他回家吃午餐了。

凱瑟琳依依不捨地站起來，小希斯克利夫抓住她的裙擺，問：「明天，凱瑟琳，明天妳會來嗎？」

「不會來，」我幫她回答，「後天也不會來。」但她俯身在他耳邊說了什麼，他的眉頭就鬆開了，顯然她給的答案和我不一樣。

我們走出房子的時候，我說：「小姐，妳記得吧，妳明天不會來！妳不會夢想要來吧？」

她微笑不語。

「那我要好好注意妳了，」我說。「我會叫人把那個鎖修好，妳就沒辦法溜出來了。」

「我可以翻牆出來啊，」她笑著說。「艾倫，鶇翔莊園又不是監獄，妳也不是我的獄卒。再說，我快十七歲了，已經是大人了。我敢說，如果有我照顧林頓，他會好得比較快。妳知道，我比他大，也比他懂事，沒像他那麼孩子氣，對吧！只要我哄哄他，他就會聽我的話。他乖的時候，還是很可愛的。我要把他當寶貝。如果我們習慣了，就不會再吵了吧。艾倫，妳不喜歡他嗎？」

「喜歡他？」我大叫起來。「我從來沒有看過脾氣這麼壞，又多病的少年！希斯克利夫先生猜他活不過二十歲，這是很可能的！我懷疑他能活到明年春天。但不管他何時死，對他家人都沒什麼損失。還好他父親把他帶走：對他愈好，他就愈自私，愈討人厭。凱瑟琳小姐，我很高興妳沒有機會嫁給他。」

她聽我這樣說，很不高興；我毫不避諱地說他會早死，更是傷了她的感情。

她想了很久以後說：「他比我小，應該活得比我久：他會活很久的，跟我一樣久。他現在跟他剛來北方的時候一樣強壯，我很肯定。他只是受了風寒而已，跟爸爸一樣。妳說爸爸會好起來，那為什麼他不會好起來？」

「夠了，夠了，」我叫道。「不管怎樣，我們不必煩心了。小姐，妳聽好了，我說到做到：如果妳敢再去嘯風山莊，不管是我陪你去，還是妳自己去，我都一定會跟林頓先生報告。所以，除非林頓先生答應，否則妳跟妳表弟的關係是不可能恢復的。」

「已經恢復了啊。」凱西嘀咕地說，一臉不高興。

「那也不能再繼續了。」我說。

「等著看吧。」她說完就開始跑，讓我在後頭追她。

我們到家的時候，還沒吃午餐②；老爺以為我們早上在林園裡散步，所以也沒有多問。我一進門，就趕快換掉濕透的鞋襪，但我們在山莊坐太久了，濕氣已經入侵。第二天早上我就病倒了，整整三個禮拜都沒辦法做事。我以前沒有這樣病過，好在後來也沒有再這樣病過。

我被困在病床上，心情十分低落，但小姐像天使一樣服侍我，又逗我開心。我平常是很活躍的，生病尤其氣悶，但我實在沒什麼可以抱怨的。凱瑟琳一離開父親的房間，就來我的床邊，她整天的時間都在陪我們兩個，沒有她自己的娛樂，自己的用餐、課業或消遣都一概不管了。而且她又是最體貼的看護。她心地善良，那麼愛她父親之餘，也那麼愛我。

我說她整天都在陪我們兩個，但主人很早就睡了，我在六點過後通常也不要人服侍了，所以整個晚上都是她自己的。可憐！我從來沒想過晚上吃過茶點以後，她都在做些什麼。有好幾次，她晚上來跟我道晚安的時候，我注意到她臉上特別有神采，手指頭也呈現粉紅色，但我以為那是書房的爐火太旺所致，沒想到那是她在冷天裡騎馬經過高沼地的關係。

第十章

三個禮拜過去了，我逐漸康復，已經可以離開臥房，開始在家裡四處走動了。我第一次晚上可以下樓時，我要凱瑟琳唸書給我聽，因為我的眼睛還不太能看書。我們倆在書房裡，主人已經去睡了。她說好，但有點勉強。我猜是我選的書不合她的心意，所以我就要她選自己喜歡的書。

她挑了一本她心愛的書，開始唸了一個小時左右，然後就頻頻問我：

「艾倫，妳不累嗎？妳要不要去睡了？妳這麼晚不睡，還要生病的。」

「不會，親愛的，我不累。」我好幾次都這樣說。

她看我不肯去睡，開始用別的方法來表達她不想繼續唸書給我聽。她開始打哈欠，伸懶腰，然後說：「艾倫，我累了。」

「那就別唸了，我們聊聊天吧。」我說。

---

②根據房客洛克伍德在第二章的敘述，鶇翔莊園的正餐是一點鐘開始的。

結果更糟：她很不耐煩，頻頻嘆氣，又一直看錶。到了八點鐘，她終於回房睡覺了，看她那麼易怒，臉色那麼沉重，又一直揉眼睛，顯然是睏到不行。

第二天晚上，她還是一副很沒有耐性的樣子。第三天晚上，她說她頭痛，不陪我了。

我覺得她怪怪的。所以我自己待了一段時間以後，決定上樓去問她好點沒有，打算叫她來沙發上躺著，不要一個人躲在黑暗的房間。

但我在樓上找不到凱瑟琳，樓下也找不到。其他僕人都說沒看見她。我在艾德格先生的房門口聽聽看有沒有動靜，但一片寂靜。我就回到她房間，把手上的蠟燭熄滅了，坐在窗邊往外看。

那晚月色明亮，地上的雪瑩瑩發光，我想她或許是一時興起，想到花園裡走走吧。我也真的看到莊園內圍牆邊有個人影走動，但卻不是小姐。等到他走到月光下，我看出來那是一個馬伕。

他站了頗長一段時間，一直盯著莊園中間的馬車道；然後好像看到什麼東西，忽然快跑起來。他再次出現的時候，牽著小姐的小馬；然後小姐也出現了，她剛下馬，在小馬旁邊一起走。

那個馬伕躡手躡腳把小馬牽過草地，往馬廄方向走去。凱西從大廳的長格窗爬進來，無聲無息溜到她房間。她輕輕推門，把沾了雪的鞋子脫掉，解開帽帶，又把斗篷放在一邊，完全沒有發現我在窺視她。我忽然站起來的時候，她嚇得動彈不得：她發出一聲聽不出來是什麼的驚呼，呆呆站著。

「我親愛的凱瑟琳小姐，」我因為她最近對我很好，所以沒有一開始就罵人。「妳在這種時候騎馬去哪裡了？為什麼要說謊騙我？妳去哪裡了？快說！」

「去莊園另一邊，」她結結巴巴地說。「我沒有騙妳。」

「沒去其他地方？」我又追問。

「沒有。」她小小聲回答。

「哎，凱瑟琳！」我難過的說。「妳明知妳做錯事了，要不然不會騙我。這讓我很難過。我寧願生病三個月，也不想聽妳編的假話。」

她衝上前摟著我的脖子，放聲大哭。「可是，艾倫，我好怕妳生氣，」她說。「答應我，妳不要生氣，我就跟妳說實話：我也不喜歡騙妳。」

我們在窗邊坐下，我保證不管聽到什麼祕密，我都不會罵她。當然，我已經猜到她去哪了。她就開始說：

艾倫，我剛去了嘯風山莊。妳生病以來，我幾乎天天都去，妳病好以前只有三天沒去，還有就是前兩天沒去。我請麥可每天晚上幫我備馬，還有牽明妮回去馬廄，我給他書和圖畫作為交換。妳別去罵他。我六點半到嘯風山莊，通常在那裡待到八點半，然後就趕快騎馬回家。我去並不是為了我自己，我在那裡常常都很不快樂。偶爾有快樂的晚上吧，可能一個禮拜一次。剛開始那次，我們離開山莊時，我已經答應第二天要去看林頓，可又覺得要說服妳讓我去看他，一定很困難。但第二天妳就生病了，沒法下樓，我就省去說服妳的麻煩了。那天下午，麥可在修理莊園的門鎖，我拿到鑰匙，跟他說我的表弟生病了，不能來鶇翔莊園，他很希望我去看他，可是爸爸反對我去。然後我就跟他談幫我備馬的事。他很喜歡看書，而且不久以後就要結婚離開鶇翔莊園了，所以他提議，如果我能借他書房的書，他就可以幫我。但我覺得給他我自己的書更好，他也更為滿意。

我第二次去看林頓的時候，他看來精神很好，琪拉（就是他們的管家）給我們準備了乾淨的房間，生了很好的火。她跟我們說，約瑟夫去參加祈禱會，哈里頓帶狗出去了（我後來聽說他是去我們的林子裡打雉雞），所以我們想要做什麼都可以。她拿了些溫熱的酒和薑餅給我們，非常和氣；林頓坐在扶手椅上，我坐在壁爐前的小搖椅上，我們快樂地談談笑笑，覺得有好多話可說：我們計畫以後要去那裡玩，還有夏天的時候要做什麼。我不多說了，妳會笑我傻。

有一次我們差點吵起來。他說，炎熱的七月天裡，最舒服的事情，就是從早到晚，躺在高沼地中央的石楠山坡上，聽蜜蜂在花叢裡的嗡嗡聲，像做夢一般，頭上有雲雀在唱歌，萬里無雲，天空很藍，明亮的陽光照著大地。這就是他心目中完美的天堂了。我想的卻不是這樣：我喜歡有西風吹拂，在沙沙作響的綠樹上隨風搖擺，白雲在天上快快飄過；而且不只雲雀，還有畫眉、黑鶇、赤胸朱頂雀、杜鵑等等，在四面八方一起歌唱。遠遠望著高沼地，可以看到好幾處陰涼的綠色山谷，但近處有長長的草隨風起伏，像海浪一樣，擋住了視線。樹林的聲音和潺潺的流水聲，整個世界都醒過來了，好不熱鬧！他只想躺著享受寧靜，我卻想要一切都生氣勃勃，閃亮，像在跳舞一樣。

我說他的天堂根本半死不活，他說我的天堂好像喝醉酒一樣吵吵鬧鬧。我說我在他的天堂裡會無聊到睡著，他說他在我的天堂裡會無法呼吸。然後他就生氣了。最後，我們說好等到夏天來，天氣正好的時候，我們兩種都試試看。然後我們就互相親吻，又變成好朋友啦。

我們坐了一個小時左右，我看看那個大廳，光滑的地板並沒有鋪地毯，我就想如果能把桌子搬走，就可以在那裡玩了。所以我跟林頓說，請琪拉來幫我們的忙，我們可以玩鬼抓人的遊戲，她可以把眼睛矇起來抓我們。艾倫，妳玩過，妳知道的。但林頓不肯，他說那不好玩，但他同意跟我玩球。我們在櫃子裡的一堆舊玩具、陀螺、鐵圈、球拍、羽毛球中間，找到兩顆球，一個寫著C，另一個寫著H。我想要寫C的那顆球，因為那代表凱瑟琳；H①可能是代表他的名字希斯克利夫。但H那顆球裡面的麥麩②跑出來了，林頓很不喜歡。

他打羽毛球一直輸我，所以又發脾氣了，還咳嗽起來，回到他的椅子去坐。但那天晚上，他的脾氣都一下就過了，我唱了兩、三首好聽的歌，他就高興了，艾倫，那都是妳教我的歌。我要走的時候，他求我第二天再去看他，我答應了。我騎著明妮飛快回家，像空氣一樣輕盈。我整晚都夢見嘯風山莊，還有我那可愛的表弟。

但到了第二天，我卻很憂愁。一個原因是妳還在生病，另外一個原因是我很希望父親知道這件事，而且答應我去。那天喝過茶以後，月光很美，我騎著馬，心情就開朗了。我想，我將會度過一個快樂的夜晚，可愛的林頓也會很快樂，想到我就更高興。

我騎馬到他們的花園，正要轉到後院時，那個叫恩蕭的看到我，過來牽了我的馬轡，叫我從前門進去。他拍拍明妮的脖子，稱讚她很美，好像想跟我搭訕。我只叫他離我的馬遠一點，否則馬會踢他。他用粗野的口音說：「踢一下也沒什麼關係。」然後微笑看著馬的腿。

「我有點想叫明妮踢他一腳，不過他走去開門了。他舉起門閂時，看著門上刻的字，有點不好意思又有點得意地說：「凱瑟琳小姐，現在我可以唸給妳聽了。」

「非常好，」我說。「請讓我們聽聽看——你愈來愈聰明了！」

他把每一個音節都拉得長長的，唸出上面的名字：「哈里頓．恩蕭」。

「後面的數字呢？」我看到他停下來了，鼓勵他繼續念。

「我還不認得。」他說。

「哈，你這個傻子！」我看他念不出來，開心笑了。

那個呆子看著我，嘴上有一點似笑非笑的表情，但眼裡卻有怒意，好像不確定要不要跟我一起笑：他不知道這是親密的笑，還是看不起他的笑。

我幫他解決了這個困難：我忽然又擺出嚴肅的神情，希望他走開，因為我是來看林頓的，不是來看他的。他的臉紅了，我在月光下看得很清楚。他把手從門閂上放下來，悄悄走了，完全就是自尊受到傷害的模樣。我猜，他不過會拼自己的名字，就妄想自己和林頓一樣有知識。我不這麼想，他就覺得大受打擊了。

「凱瑟琳小姐，先停一下！」我打斷她。「我說過不罵妳，但我不喜歡妳這樣做。如果妳記得，不只希斯克利夫少爺是妳的表弟，哈里頓也是妳的表哥，妳就會覺得自己這樣做是不對的了。至少，他有心要像林頓一樣有學問，就值得稱讚了；而且他可能也不只是想炫耀給妳看。我敢說，妳以前一定讓他覺得自己很無知，他想要改過來，讓妳高興。他的嘗試雖然不完美，但妳這樣笑他，實在很沒教養。如果妳在他的環境長大，就會比他文明嗎？他小時候，也跟妳小時候一樣聰明伶俐，我看到他現在這樣被人瞧不起，覺得很心痛，都是那個卑鄙的希斯克利夫把他變成這樣的。」

「哎呀，艾倫，妳怎麼哭了，怎麼了？」她看到我這麼認真，嚇了一跳。「但妳再聽下去，就會知道他是不是想討好我，才去學了點認字；還有那樣的粗人，值不值得以禮相待。我進屋去了，林頓躺在高背長椅上，支起上半身歡迎我。」

「凱瑟琳，親愛的，我今天病了，」他說，「今天都由妳說話吧，我聽就好。來，坐在我旁邊。我早知道妳不會食言；今天妳走之前，我還要妳答應再來看我。」

我知道他病了，不能再激怒他，所以很溫柔跟他說話，也沒有問什麼問題，盡可能不要惹他。我帶了幾本我最好的書給他，他要我唸其中的一本給他聽，我正要開始唸的時候，恩蕭闖進來了：他剛才想了想，愈想愈氣。他對我們走過來，一把抓住林頓的手臂，把他拽下長椅。

「去你自己那間！」他氣到口齒不清，臉上漲得通紅，氣得不得了。「她是來看你的，你也帶她走：你們不能佔用我的地方。你們兩個，快走！」

他罵我們，又不給林頓時間答話，差不多是把他扔進廚房了。我跟著林頓進廚房時，哈里頓還握拳，好像想打我似的。我很害怕，掉了一本書；他把書踢到我這邊，然後把門關上。我聽到火爐旁有一個惡意的沙啞笑聲，一轉頭就看到那個可恨的約瑟夫，站在那裡搓自己瘦伶伶的雙手，笑到發抖。

「俺就知道他會把逆們趕出來！有種的孩子！就要這樣做！他知道，俺也知道，誰才是這裡的主人！呵呵！他轟逆們，太對了！呵呵！」

「我們可以去哪？」我不理會那個老傢伙的嘲笑，問我表弟。

林頓臉色慘白，全身發抖。艾倫，他那時看起來一點也不好看了，不，他看起來很恐怖，他瘦瘦的臉和大眼睛好像要瘋了，又無能為力。他抓著門把搖晃，但門從裡面鎖住了。

「不讓我進去，我殺了你！不讓我進去，我殺了你，我殺了你！」他一直這樣尖叫。「魔鬼！魔鬼！我要殺了你——我要殺了你！」

約瑟夫又在旁邊怪笑。「有點他父親的樣子了！」約瑟夫說。「有樣子了！兩邊總會留下一點樣

---

① H也有可能是興德里，未必是希斯克利夫。

② 羽毛球一般是用軟木做的，但這個裡面填塞的是麥麩。

子。哈里頓，好孩子，別理他。別怕，他碰不到逆！」

我過去抓林頓的手，想把他拖開，但他的尖叫很可怕，我不敢再上前去。最後他咳得太厲害，才停止尖叫，他從嘴裡流出血來，倒在地上。

我跑到後院，害怕得想吐，大聲叫琪拉。琪拉在穀倉後面的小屋擠牛奶，她很快就聽到了，放下工作跑過來看發生了什麼事情。我話都說不出來，只能拖著她進去看林頓。恩蕭已經出來看他造成的後果了，也把那可憐的孩子抱上樓了。琪拉和我跟著他上樓，但恩蕭在階梯頂端擋住我，說我不可以進去，我必須回家了。我說他害死林頓了，我一定要進去。約瑟夫把門鎖上，說我不可以「做這樣事」，還問我是不是「快要和他一樣瘋」。我站在那裡哭，直到管家從房間出來。她跟我說林頓會好轉的，但他不能再尖叫或大吵大鬧了。然後琪拉帶我下樓，差不多是把我抱下樓的。

艾倫，我差不多要扯我自己的頭髮了！我一直哭，哭到眼睛都快看不見了。那個妳很同情的惡人就站在我對面，不時叫我「別吵」，又一直說不是他的錯。最後，我說我要告訴爸爸，要把他送進監獄，吊死他，他才自己嘀嘀咕咕，跑出去躲起來了。

但他還是纏著我。最後他們強迫我離開，我才走了一百碼左右，他忽然從路邊的陰影下出來，擋住明妮的去路，還抓住我。「凱瑟琳小姐，我很難過，」他開始說，「但那真是太糟了——」

我怕他要殺我，就拿馬鞭打他。他放手讓我走了，但大聲咒罵我，我快馬回家，害怕得不得了。那天晚上，我沒有去跟妳說晚安，我第二天也沒有去嘯風山莊。我想去得要命，但我的心情很激動：一下子很怕聽到林頓死了的消息，一下子又害怕碰到哈里頓。

我到第三天才鼓起勇氣去看他，因為我不能再忍受不知道他的消息了，所以我又偷偷去了。我是五點鐘走路去的，我想也許沒有騎馬，我可以偷溜進山莊，直接上樓到林頓的房間，沒有人會發現。

但我一到那裡，狗就叫了起來。琪拉出來跟我說：「那孩子好多了。」領我到一個小巧整潔，鋪有地毯的房間。我看到林頓躺在一個小沙發上，正在看一本我的書，真是高興到說不出話來。但他既不跟我說話，也不看我，就這樣過了一個小時。艾倫，他的脾氣真是不好啊。更讓我生氣的是，他好不容易開口了，竟是罵我害他們吵架，說不能怪哈里頓！真是一派胡言！

我氣到沒辦法回答他，所以我就站起來走了。他沒想到我的反應是這樣，就微弱地喊了一聲「凱瑟琳！」但我沒有回頭。第二天，就是我第二次沒有去看他，我已經在想，以後都不要去看他了。

但是我上床睡覺，早上起床，都沒有他的消息，又覺得很悲慘，我的決心就這樣溶掉了。我第一次去看他，顯然是個錯；但這時候不去看他，也是錯。麥可過來問我要不要給明妮上鞍，我說「要」，覺得騎馬到山那邊是我的義務。我既然騎馬去，就必須經過前窗才能到中庭：反正我也瞞不了誰。

「少爺在大廳裡。」琪拉看到我要上去起居室，就跟我說。我進了大廳，恩蕭也在那裡，但一見我他就走了。

林頓坐在一個大扶手椅裡半睡半醒。我走到壁爐前，很嚴肅地跟他說，這也有一部分是我的真心話：「林頓，既然你不喜歡我，以為我是故意要來害你的，假裝我每次來都是要害你，那我以後就不再來了，讓我說再見吧；請跟希斯克利夫先生說你不想再見到我，他不要再編什麼謊言了。」

「凱瑟琳，請坐下，把帽子脫掉，」他說，「妳比我快樂得多，妳比我好。爸爸已經說過我很多缺點，也很看不起我，所以我當然也會懷疑自己。我不知道我是不是像他常說的那樣一無是處，然後我就覺得很生氣，又很苦悶。我恨每一個人！我一無是處，脾氣又不好，精神也不好，幾乎總是如此。所以，如果妳想要的話，我們就道別吧：妳就可以擺脫我這個討厭鬼了。但是，凱瑟琳，不要冤枉我：妳要相信，我如果可以跟妳一樣貼心、有耐性、善良，我也願意，甚至於和妳一樣快樂、一樣健康。妳要相信，如果我值得妳愛我，妳的善良讓我愛妳更深。我沒辦法對妳隱藏我的個性，我很後悔，也很懊惱。我會一直後悔到死！」

我覺得他說的是實話，也覺得應該要原諒他。所以，就算我們下一分鐘又會吵起來，我還是應該再原諒他一次。我們和好了，但我在那裡的時候，兩個人都一直哭：我不完全是為了自己難過，但我為林頓有這種扭曲的性格而難過。他永遠不會讓朋友好過，也永遠不會快樂！自從那晚以後，我總是到他的起居室去，因為他父親第二天就回家了。

我想，我們總共有三次，像第一個晚上那樣快樂，充滿希望；其他時候都是悲慘而痛苦的。有時是因為他的自私和惡意，有時是因為他的病痛，但我並不因為他生病而怨他，也學會忍受他的個性了。希斯克利夫先生故意躲開我，我幾乎都沒見到他。但上禮拜天，我比平常早到，聽到他在大罵林頓，為的是他前晚的舉動。我不知道他怎麼會知道我們在做什麼，除非他偷聽。林頓前晚的確是很惹人厭，但那是我的事，不關他的事。所以我就進去這樣跟他說，打斷了他的訓斥。他聽了大笑，就走開了，說他很高興我有這樣的看法。此後，我就跟林頓說，他抱怨的時候不要太大聲。

「好了，艾倫，我什麼都告訴妳了。我如果不能去嘯風山莊，會有兩個人受苦；但如果妳不要告訴爸爸，我去嘯風山莊就不會影響到任何人的安樂。妳不會告密吧，妳會嗎？如果妳去說，就太殘忍了。」

「凱瑟琳小姐，我明天再做決定。」我說。「我要好好想一下。現在妳該睡了，自己也想一想。」

我的確是好好想了一下，不過是在老爺面前，自言自語說出來的。我一離開小姐的房間，就直接到老爺的房間，把整件事和盤托出：只有她和表弟間的對話沒講，另外涉及哈里頓的也沒說。

林頓先生沒有對我說什麼，但他很緊張，也很沮喪。第二天早上，凱瑟琳發現我背叛她了，她的祕密夜訪就要結束了。她又哭又鬧，求她父親可憐林頓，但都沒有用。她父親只肯答應，他會寫信請林頓隨時到鶇翔莊園來，但林頓不可能再在嘯風山莊見到凱瑟琳了。或許，老爺如果知道他外甥的個性和病況，他連最後這一點小小的安慰也都會收回來吧。

第十一章

「先生，這是去年冬天的事，」迪恩太太說，「差不多正好是一年前。去年冬天，我怎麼也沒想到，十二個月以後，我會跟一個陌生人講這家人的事情！不過，誰曉得您以後會不會成為一家人呢？您還太年輕，不可能永遠獨身下去。而且我總認為，只要看過凱瑟琳．林頓的人，沒有不愛上她的。您笑了；為什麼我一提到她，您就看起來很有精神、很感興趣？還有，為什麼您要我把她的畫像掛在壁爐上方？還有，為什麼——？」

「親愛的朋友，別說了，」我叫起來。「我是很可能愛上她，但她會愛我嗎？我非常懷疑，不敢拿我的平靜生活去冒險；再說我的家也不在此地。我屬於繁華的世界，一定會回去的。繼續說下去：凱瑟琳有沒有聽她父親的話？」

「她聽了，」管家說，「她對父親的愛還是放在心裡的第一位；而且她父親並不是說氣話。他說話的語調非常溫柔，說他就要把寶貝留在敵人之間，讓她身處險境了；而他能留給女兒的，就只有他的話，希望女兒要好好記得。過了幾天，老爺跟我說：『艾倫，我希望我外甥可以寫信給我，或是來看我。妳老實跟我說，妳覺得他如何：他長大以後，是否有變好，或是否有改進的可能？』」

「先生，他非常虛弱，」我說，「我覺得他活到成年的機會不大。但我可以說，他不像他的父親。如果凱瑟琳小姐真的不幸嫁給他，小姐還是管得住他的，除非小姐笨到縱容他。不過，您還有很多時間可以認識他，看他是否適合小姐，因為他還要四年多才會成年①。」

艾德格嘆了一口氣，走到窗邊，看著吉默屯墓地的方向。那天下午有霧，二月的陽光黯淡地照著，我們勉強可以看到墓地的兩棵樅樹，還有為數不多的墓碑。

「我常常禱告，」他不知是對我說，還是對自己說，「希望該來的快點來；但現在我開始有點畏縮，有點害怕了。再過幾個月，或幾個禮拜，我就會被抬到那裡，躺在寂寞的洞穴裡；我以為那會比我當新郎的時候更為甜蜜。艾倫，我和小凱西在一起的日子非常幸福，不管冬夜或是夏日，她都陪在我身邊，是我活生生的希望。但我也常想像自己躺在老教堂下面的那些石頭中間，在漫長的六月晚間，躺在她母親綠色的墳上，希望——不，渴望我也能躺在那裡的一天。我能為凱西做什麼？既然我一定要離開她了？我從來都不在乎林頓是希斯克利夫的兒子；如果我走了以後，林頓可以安慰她，我也不在乎林頓把她從我身邊帶走。我也不在乎希斯克利夫是不是達到他要的目的，把我最後的摯愛搶走！但如果林頓不配做她丈夫，如果他只是他父親一個軟弱的工具，我就不能拋下凱西，讓林頓娶她！所以，雖然要打擊她高昂的興致很難，我還是要堅持下去，我活著的時候讓她難過，我死的時候讓她孤單一人。天啊！我寧願把她還給上帝，在我之前就葬在土裡。」

①英國以二十一歲為成年，二十一歲以前結婚須經父母同意，也不能繼承不動產。林頓這時十六歲多，所以說要再四年多才成年。

「先生，把她交給上帝吧，」我說。「如果上帝的旨意就是要帶走您——祂也許沒有這麼想，我會一直在小姐身邊，當她的朋友，跟她商量事情。凱瑟琳小姐是個好女孩，我不怕她會故意做壞事；盡本分的人最後總是會得到回報的。」

春天來了。主人又開始跟女兒在林園散步了，但其實他的體力並沒有恢復。他的臉色常常泛紅，眼睛特別明亮，但小姐沒什麼經驗，誤以為這是病癒的跡象，確信她父親已經康復了。

小姐十七歲生日那天，主人沒有去教堂墓地。那天下雨，所以我說：

「先生，您今晚不會出門吧？」

他說：「不出門，今年我要晚一點去。」

他又寫信給林頓，說自己很想見他。如果那個病孩子還可以見人，我想他父親一定准他來。結果林頓在父親的指導下寫了回信。他委婉地說，希斯克利夫先生反對他到鶇翔莊園來，但舅舅還惦記著他，讓他很高興。他希望能在舅舅散步時碰個面，當面求他，不要讓他和表姐長久分離。

他寫到這部分的時候寫得很簡單，可能是出於自己的意思。希斯克利夫已經知道，他可以引起凱瑟琳的同情，請她來相陪。

「我並不求她可以來山莊，」他說，「但既然我父親禁止我去鶇翔莊園，您又禁止她來，難道我就永遠見不到她了嗎？請偶爾與她一起騎馬過來，讓我們當著您的面說幾句話！我們沒有做錯什麼事，讓您必須用這樣的分離來懲罰我們，您也沒有生我的氣。您沒有理由討厭我，您自己承認的。親愛的舅舅！明天寫封信給我，告訴我可以在哪裡見您，除了鶇翔莊園之外，在哪裡都可以。我相信我們見上一面，您就會知道，我並沒有我父親的性格。他也說，我與其說是他的兒子，不如說是您的外甥。我雖然有種種不好的地方，配不上凱瑟琳，但她已經諒解我了，因此我也希望您能諒解。您問起我的健康，現在是比較好了，但我既沒有任何希望，注定要孤獨一人，身邊的人又從來都不喜歡我，以後也不會喜歡我，您說我哪裡能快樂起來，健康起來呢？」

艾德格雖然同情那孩子，卻不能答應他的要求，因為他沒辦法陪凱瑟琳騎馬了。他說，也許夏天的時候可以見面，在那之前，希望他可以常常寫信來，也承諾要盡量寫信安慰他，因為他很清楚那孩子在山莊的艱難處境。

林頓接受了。如果隨他高興，他可能會在信上寫滿抱怨和自怨自艾的話，讓人受不了；但他父親很嚴厲地監視他，也堅持我家老爺寫過去的信，他每一行都要看。所以林頓不敢寫他自己的痛苦和難處，雖然這是他最想寫的。他寫的都是他與好友兼情人的分離之苦，暗示林頓先生盡快讓他們見面，否則他怕舅舅只是用空話敷衍他，其實是有意騙他。

到了六月，老爺的體力仍然日見衰頹。凱西在家裡說了很多好話，最後兩人居然說服了老爺，讓他們每個禮拜一次，在我的陪伴之下，可以在最靠近鶇翔莊園那邊的高沼地一起騎馬或散步。雖然老爺每年都把收入的一部分撥為女兒的財產，但他自然還是希望女兒可以留在祖先留下來的莊園裡，或很快就可以回來。而他覺得唯一的方法，就是與他的繼承人結婚。他並不知道，這個繼承人跟自己一樣病勢沉重，我想我們也沒有人會想到。沒有醫生去過山莊，我們也沒有人見過希斯克利夫少爺，可以回報他的情況。

聽到他提議要去高沼地騎馬或散步，而且似乎熱切期待，我自己都以為我猜錯了，以為他身體真的變好了。我後來才知道希斯克利夫是如何對自己垂死的孩子，如何強迫他表現出熱切的樣子，真是無論如何也想不到有這樣暴虐和狠毒的人。林頓如果一死，他貪婪無情的計畫就會生變，因此他愈來愈急迫了。

第十二章

盛夏都過去了，艾德格才勉強同意他們的要求，凱瑟琳和我第一次騎馬去跟她表弟見面。那天相當悶熱，沒有出太陽，雲很多，霧也很重，似乎要下雨。我們約定在十字路口的路標石那邊碰面。但我們騎到那裡的時候，一個小牧童被派來傳口信，說：「林頓少爺在山莊這邊，他希望你們可以再往前走一點。」

「那麼林頓少爺一定是忘了他舅舅的第一條規定，」我說，「他要我們留在鶇翔莊園的地界，我們一離開這裡就出了地界了。」

「這樣吧，我們一遇到他，」小姐說，「我們就把馬轉頭，一跑就到家了。」

結果他離山莊不過四分之一哩，而且也沒騎馬，我們不得不下馬，讓我們的馬隨意吃草。他躺在石楠叢中等我們，直到已經只有幾步路距離的時候才起身。他走路非常不穩，而且臉色蒼白，我一見他就叫道：「哎呀，希斯克利夫少爺，你今天早上根本不適合散步。你看起來病得很厲害呢！」

凱瑟琳看著表弟，又驚訝又難過。本來她要說什麼高興的話，現在只能驚叫一聲。本來要慶賀他們久別重逢，現在她只急著問，他是否病得更重了？

「沒有更重——比較好了，比較好了！」他喘著氣說，又發抖，抓著小姐的手不放，好像要她攙扶，藍色的大眼睛怯怯地看她。他的眼睛深深陷下去，本來是無精打采，現在幾乎是昏亂了。

「但你的確是病得更重了，」他表姐堅持說，「比我上次看到你的時候更糟。你更瘦了，而且──」

「我累了，」他匆匆打斷她的話。「走路太熱了，我們在這裡歇歇吧。我早上都會不舒服，爸爸說我長太快了。」

凱西不是很滿意，但還是坐下了，林頓倚在她身邊。

「這倒有點像你說的天堂，」凱西說，努力要表現出高興的樣子。「你記得那兩天，我們說好要試試看在各人喜歡的地方度過嗎？這地方差不多就是你喜歡的樣子，只是雲多了點。但雲看起來那麼柔軟溫和，比陽光更好。下個禮拜，如果你可以的話，我們騎到鶇翔莊園的園林裡，試試看我的天堂。」

林頓似乎不記得她說的事情了，而且顯然也很難好好說什麼話。他對於小姐的話題沒有什麼興趣，也不能說什麼話逗她開心，小姐非常失望，想遮掩都遮掩不住。林頓整個人和他的舉止都有一種說不出來的變化。他以前常常生氣，不過可以被安撫，但現在卻是什麼都無動於衷。以前是小孩子鬧脾氣，故意麻煩別人，希望得到安撫，現在卻是久病病人的自憐自艾，不接受別人的安慰，隨時要把別人的好心當作是侮辱。

凱瑟琳跟我都看得出來，我們繼續留下來，對他也不是好事，反而只是受罪，所以凱瑟琳就說我們要走了。林頓本來毫無生氣，一聽說我們要走，倒是激動起來，十分奇怪。他害怕地看了山莊一眼，懇求她至少再留個半小時。

「但我覺得，」凱西說，「你在家裡會比坐在這裡舒服，我看今天我不管是說故事、唱歌、聊天都不能讓你開心。你在過去六個月裡，已經比我聰明了，對我會的這些事情都不感興趣了。要是我能讓你開心，我就願意留下來。」

「留下來歇歇吧，」他說。「還有，凱瑟琳，不要以為我病得很重，是因為天氣濕熱，我才會這麼沒精神，而且你們來之前，我已經走路走很久了。跟舅舅說我的身體還可以，好嗎？」

「林頓，我會跟他說是你這麼說的。我不能說你的身體還可以。」小姐不肯答應，不知道為什麼他要說這種明顯違反事實的假話。

「星期四再來這裡，」林頓迴避小姐不解的眼神。「跟他說，我很感激他讓妳來。凱瑟琳，我是真心感謝他。還有，如果妳遇到我父親，如果他問起我，不要讓他覺得我都不跟妳說話，又蠢笨。不要一臉憂傷喪氣的樣子，像妳現在這樣。他會生氣。」

「我才不怕他生氣。」凱西以為自己會是希斯克利夫的目標，這樣回答。

「但我怕啊，」她表弟邊說邊發抖。「不要激怒他，他會對付我。凱瑟琳，他是很嚴厲的。」

「希斯克利夫少爺，他對你很壞嗎？」我問。「他是不是縱容你煩了，不想繼續容忍你，變成明白的怨恨了？」

林頓看著我，但沒有說話。小姐又坐在他身邊十分鐘，他的頭慢慢垂到胸前，什麼話都沒說，只因為力竭或痛苦，發出壓抑的呻吟聲。凱西開始到處找山桑子來解悶，還分給我吃；但她沒有分給林頓吃，因為她覺得，再理他也只是讓他更煩而已。

「艾倫，半小時到了沒？」最後，她在我耳邊小聲說，「我不知道為什麼還要待在這裡。他睡著了，而且爸爸會很希望我們回去。」

「可是，我們不能在他睡著的時候走啊，」我說，「等到他醒來吧，有耐性一點。妳本來那麼急著要來，現在呢，妳已經不想再見他了！」

「他為什麼想見我？」凱瑟琳說，「他以前脾氣那麼不好，但我還比較喜歡他，現在卻這樣怪里怪氣的。好像這是他不得不做的一樣功課，他跟我見面，為的只是怕他父親罵他。但我才不想讓希斯克利夫先生高興，無論他是基於什麼理由才叫林頓來見我。他身體好些了，我是很高興，但他現在變得這麼不討人喜歡，也不愛我了，我很難過。」

「所以妳覺得他身體比較好了，是嗎？」我說。

「是啊，」她說。「因為他只要有一點病痛，就會抱怨得不得了，這妳也知道的。他叫我跟爸爸說他的身體還好，我是不相信的，但他很可能是有比較好了。」

「凱西小姐，我的看法不同，」我說，「我猜他病得非常重了。」

這時，林頓忽然從睡夢中驚醒，很害怕的樣子，問我們是否有人叫他。

「沒有，」凱瑟琳說，「除非你做夢。我真無法相信，你一大早就在戶外睡著。」

「我以為聽到父親在叫我，」他看著我們背後的山莊頂，喘著氣說。「妳們確定沒有人說話？」

「很確定，」他表姐說。「只有艾倫和我在這裡爭論你的病情。林頓，你真的比去年冬天我們分開的時候，身體更好嗎？就算是的話，我很知道另一件事變淡了：你對我的心。說，是不是這樣？」

林頓的眼淚湧出來了。他說：「我身體是好了，是比較好了！」但他還是害怕想像中叫他的聲音，眼神游移不定，在尋找叫他的人。

凱西站了起來。「今天我們一定要走了，」她說。「我對今天的見面非常失望，我不想隱瞞這件事，雖然我也不會跟別人說，只對你說。我也不是因為害怕希斯克利夫先生。」

「噓，」林頓喃喃地說，「看在上帝份上，噓！他來了。」他拉住凱瑟琳的手臂，不讓她走；但凱瑟琳一聽說希斯克利夫來了，立刻吹口哨叫明妮過來，這匹小馬像狗一樣聽話。

「我下禮拜四再來，」她跳上馬背。「再見。艾倫，快！」

所以我們就走了。林頓一心在想著父親快要出現的事，根本沒注意到我們離開。

我們還沒到家，凱瑟琳的不悅就慢慢軟化了，她同情林頓，也很懊悔自己的態度，但對於林頓真正的病況和他在家中的情形，又有很多不明不白的疑慮。我也覺得情況很詭異，但我勸她不要說太多，下次我們再觀察看看。

老爺要我們說說這次見面的情況。凱西如實說了他外甥的感激之情，其他都輕輕帶過，我對老爺的詢問也都避重就輕，因為我實在不知道什麼該說，什麼不該說。

第十三章

七天過去了，每天老爺的病都惡化得很快。以前是一個月不如一個月，現在是一個鐘頭不如一個鐘頭。我們想瞞著凱瑟琳，但她那麼聰明的人，瞞也瞞不過。她也不說出來，一個人偷偷想著父親將逝的可能性，逐漸瞭解這已經是不可挽回的事實。

禮拜四到了，她不想跟父親說要騎馬的事。我幫她說了，她父親也准她出門。畢竟這七天以來，凱瑟琳的整個世界都是書房和父親的臥房了。她父親每日會在書房坐一會兒，時間很短，其他時候都臥病在床。她無時無刻都想靠在他枕邊，或是坐在他身旁。她因為照護和憂慮而日漸憔悴，所以老爺很高興有機會讓女兒出去走走，換個環境，換個交談對象。他以為這樣對女兒比較好，也希望在他自己死後，女兒不是完全孤單一人在世上，這樣的希望讓他頗感安慰。

我從老爺幾次說話中，猜到他有一種執拗的想法：他以為外甥既然長得像他，性情也應該會像他。林頓寫來的信中又看不出他性格上的缺陷。我也沒有勇氣指出他的錯誤：這是情有可原的，因為我自問，在他所剩無幾的日子裡，說這些話有什麼用呢，他既無能力也無機會扭轉局面，徒然增加他的煩惱罷了。

我們那天拖到下午才出門。那是八月中，到處一片金黃。山上吹來的風充滿了活力，好像垂死的人呼吸了這樣的空氣，可能也會復活過來吧。

凱瑟琳的臉色就像眼前的山景一樣，雲影和陽光輪流現身，變幻快速。但她臉上的陰影停留的時間長，陽光卻稍縱即逝，可憐她只要有一刻稍忘了憂慮，就會受到良心的責備。

我們發現林頓在同一個地點等我們。小姐下了馬，跟我說她只待一會兒就走，我最好牽著小馬，留在馬背上等。但我不同意，我每分鐘都要盯著她才放心，所以我們就一起上了石楠坡。

希斯克利夫少爺看到我們，比上次更激動，但並不是心情好或高興看到我們，而比較像是恐懼。

「這麼晚了！」他說話短促又很費力。「妳父親不是病了嗎？我以為妳不來了。」

「你為什麼這麼不坦白？」凱瑟琳連問候的話都不說，直接質問他。「你為什麼不直接說你不希望我來？林頓，你已經是第二次故意叫我來這裡，唯一的理由就是要讓我們都不高興，這也太奇怪了吧。」

林頓瞅著她發抖，一半是哀求，一半是羞慚。但他表姐沒有耐性去管他這種神神祕祕的行為。

「我父親病得很重，」她說，「為什麼叫我離開他的病床邊？你既然不希望我來，為什麼不派人來說，叫我不必來踐約？說！我要你解釋清楚。我現在完全沒有心情玩耍或閒聊，我受不了你這樣假惺惺的了！」

「我假惺惺！」他喃喃地說，「哪有？凱瑟琳，拜託，不要生氣！妳儘管看不起我沒關係；我沒出息，我是沒膽的廢物，妳儘管嘲笑我吧，但我不值得妳生氣。妳去恨我父親吧，別恨我，瞧不起我就好。」

「莫名其妙！」凱瑟琳大怒。「你這糊里糊塗的傻瓜！看！他還會發抖，好像我要打他一樣！林頓，你不必說什麼瞧不起你的話，誰看了你這樣，自然都會瞧不起你。走開！我要回家了。把你從壁爐前拖到這裡來，實在是太無聊了，你還要假裝——你為什麼要假裝？不要拉我的裙子！如果你以為這樣哭鬧，看起來又很害怕，我就會同情你，你也太沒骨氣了。艾倫，跟他說這樣太難看了。站起來，不要賴在地上，像一條爬蟲似的！別這樣！」

林頓涕泗交流，一臉痛苦，整個人趴在地上，好像恐怖到痙攣。

「啊！」他哭著說，「我受不了了！凱瑟琳，凱瑟琳，我也是個叛徒，我不敢跟妳說！但如果妳走了，我就沒命了！親愛的凱瑟琳，我的命在妳手上：妳說過妳愛我，如果是真的，留下來不會怎樣。妳不會走吧？好心的、善良的、親愛的凱瑟琳！也許妳會答應，這樣他會讓我跟妳一起死！」

我家小姐看到他痛苦的樣子，彎腰拉他起來。她想起昔日縱容他的溫柔，又同情他起來，也覺得很奇怪，暫時忘了不快。

「答應什麼？」她問。「留下來？告訴我你到底在說什麼，我就留下來。你自相矛盾，讓我心煩意亂！你冷靜一點，坦白告訴我，你心裡到底在憂慮什麼。林頓，你不會傷害我，對吧？如果你辦得到，也不會讓任何敵人傷害我，對吧？我知道你是懦夫，但我相信你不至於背叛最好的朋友吧。」

「但我父親威脅我，」林頓握緊纖細的指頭，張大嘴巴說，「我好怕他！我不敢說！」

「那好吧，」凱瑟琳很看不起他地說，「你就守著自己的祕密吧：我不是膽小鬼。你救你自己吧，我才不怕！」

她如此寬宏大度，讓林頓的眼淚都流下來了：他哭得不能自己，猛親吻她的手，但還是沒有勇氣說出來。我暗暗推敲到底林頓在隱瞞什麼，下定決心，不管為了林頓還是為誰，都不能讓凱瑟琳吃虧。這時候，石楠叢傳來悉悉索索的聲音，我抬頭看到希斯克利夫先生從山莊走過來，已經快到我們身邊了。雖然距離已經近到可以聽到林頓的哭聲了，但他一眼都沒有看那對表姐弟，反而用一種很親熱的語調跟我打招呼，而且語氣很誠懇，讓我不得不起疑心：

「奈莉，看到妳離我家這麼近，真是罕見啊。妳在鶇翔莊園過得可好？說來聽聽。有謠言在傳，」他放低聲音，「艾德格．林頓已經不行了：他們是不是言過其實？」

「沒錯，我家老爺已經來日無多，」我說。「這是真的。對我們來說是傷心事，對他來說倒是好事！」

「妳看還有多久？」他問。

「這我不知道。」我說。

「因為，」他看著那兩個年輕人，他們動彈不得：林頓好像是嚇到不敢把頭抬起來，凱瑟琳因為扶著他，也沒辦法動。「因為那孩子好像故意要違逆我的心願，還好他舅舅會比他早走一步！喂！他又來這一招了嗎？我已經教訓過他，叫他不要這樣愛哭。他跟林頓小姐在一起的時候，還算有精神嗎？」

「有精神？才怪！他根本就不行了，」我說。「看他那樣子，我會說他應該躺在床上，讓醫生照顧才對，根本不應該和情人在山上閒晃！」

「再過一、兩天，他就會躺在床上的，」希斯克利夫喃喃地說，「但首先——林頓，站起來！站起來！」他大吼，「這時候不要趴在地上！」

林頓又軟下去了，我猜是被他父親一瞪，又嚇到發慌：否則實在很難想像有人會這麼不顧體面。林頓掙扎著要站起來，但他已經筋疲力竭，最後又呻吟一聲，倒在地上。希斯克利夫先生往前一步，把他拉起來，靠著邊坡。

「現在，」他勉強不要露出太凶惡的樣子，「如果你不趕快振作起來，我要生氣了！去你的！馬上給我站起來！」

「父親，我會站起來，」林頓喘著氣說。「讓我自己來，不然我要昏倒了。我已經照你說的做了，我都做了。凱瑟琳會跟你說，我，我剛才很有精神。唉！凱瑟琳，留在我身邊，扶我一下。」

「我來，」他父親說。「站好。就是這樣。你可以扶她的手：對，看著她。林頓小姐，妳不會以為我是魔鬼吧，不然他怎麼怕成這樣。妳可以好心一點，扶他走回家嗎？我一碰他，他就要發抖。」

「親愛的林頓！」凱瑟琳悄聲說，「我不能去嘯風山莊，爸爸禁止我去。他不會傷害你的，你為什麼這麼害怕？」

「我不能再走進去啦，」他說，「除非跟妳一起，不然我不能進去！」

「別說了！」他父親大聲說。「我們要尊重凱瑟琳的孝心。奈莉，帶他進去，我會聽妳的話，馬上就去請醫生。」

「這樣做是對的，」我說。「但我要跟我家小姐在一起，我沒有責任要照顧你的兒子。」

「妳很不近人情啊，」希斯克利夫說。「我知道那不是妳的責任，但妳就忍心看我掐這個無用的傢伙，聽他尖叫嗎？好吧，大英雄，來吧。你是否願意由我親自護送你回家？」

他再次走近林頓，看起來好像要動手抓他一樣；但林頓猛往後縮，死命抓住表姐不放，哀求她陪他回去。他瘋狂求她，實在不容拒絕。儘管我滿心不贊成，我也攔不住小姐：在那樣的情況下，她也沒辦法拒絕。我們不知道他到底是在害怕什麼，但他好像怕到不得了，再多受一點驚嚇，恐怕他整個人就要嚇成白癡了。

我們走到門檻，凱瑟琳扶著病人走進去，讓他在椅子坐下。我在門口等，以為凱瑟琳馬上就會出來。這時希斯克利夫先生從後面推我一把，把我推到室內，說：

「奈莉，我家又沒有鬧瘟疫，我今天有心要好好招待客人：坐下，讓我把門關上。」

他把門關上，還上了鎖。我嚇了一跳。

「妳們吃了茶點再回家，」他說。「今天只有我一個人。哈里頓帶著牛去里茲高沼地①那邊，琪拉和約瑟夫出去玩了。雖然我很習慣一個人，但如果有幾位有趣的人來陪，也滿不錯的。林頓小姐，在他旁邊坐下。我要送妳一樣東西：雖然這禮物沒什麼價值，但我也沒有別的可以送妳了。我要送妳的就是林頓。她為什麼這樣瞪我呀！真奇怪，愈怕我的人，我看了愈高興。要是這國家法令沒那麼嚴格，品味沒那麼文雅，我一定會把這兩個小崽子的肉一片一片割下來，充當我夜間的餘興節目。」他深吸一口氣，一拳打在桌上，自顧自罵道：「去死吧！我恨他們。」

「我不怕你！」凱瑟琳叫道。她坐得遠，沒聽到他最後說的幾句話。她走上前，黑眼睛閃著怒氣和決心。「鑰匙給我，我要鑰匙！」她說。「我就算餓死，也不吃這裡的東西。」

希斯克利夫手裡握著鑰匙，放在桌上。他抬頭看她，有點驚訝她的大膽，也可能是因為她的聲音和眼光，讓他想起她的母親。小姐伸手去搶鑰匙，差一點得手，因為希斯克利夫原本並沒有緊握住鑰匙。但她這麼一搶，倒讓他回神了，立刻搶回來。

「凱瑟琳．林頓，」他說，「走開，不然我要揍妳了。迪恩太太看了會瘋掉。」

凱瑟琳無視他的警告，又去扳他的拳頭要搶鑰匙。

「我們一定要走！」她又說了一次，用盡力氣想要扳開他那鐵一般的拳頭，她用指甲去掐也沒用，最後還用牙齒去咬。

希斯克利夫看了我一眼，讓我一時不敢有動作。凱瑟琳一心都在扳他的手指，沒注意到他的臉色。希斯克利夫忽然鬆手，放開鑰匙；但凱瑟琳還來不及抓到鑰匙，希斯克利夫已經用空的另一隻手把她一把拉近膝蓋，用力打了她好幾個巴掌，要不是他抓著她，每一記巴掌都沉得可以讓她倒地。

我看到這樣恐怖的行徑，氣到昏亂，立刻衝過去大叫：「你這惡棍！你這惡棍！」

他往我胸口一推，我就發不出聲音了。我很胖，立刻喘不過氣來，再加上狂怒，我搖搖晃晃退後，覺得馬上要窒息，或是血管要爆開了。

這場衝突兩分鐘就結束了。他放開凱瑟琳，凱瑟琳伸手摸摸自己的頭，似乎不太確定自己的耳朵是不是還在。可憐她抖得像根風中的蘆葦，靠在桌子邊，驚魂未定。

「妳看，我知道怎麼管教孩子，」那壞蛋不懷好意地笑著說，彎腰把掉到地板上的鑰匙撿起來。「現在去林頓那邊，聽我的話。愛怎麼哭都隨便妳！明天我就是妳的父親了。再過幾天，妳就只有我這個父親了。這樣的日子還長著呢。妳倒是能吃苦，是有膽氣的。如果再讓我看到妳露出這種發脾氣的眼神，妳每天都要吃我巴掌！」

凱西沒有去林頓身邊，跑來找我，跪在我身邊，把發燙的臉頰靠在我膝蓋上痛哭失聲。她的表弟早就縮在高背長椅的一角，安靜得像老鼠一樣，我敢說這時他一定在慶幸，挨打的不是他自己，而是別人。希斯克利夫先生看我們全都嚇傻了，站起身來，很殷勤地去倒茶。

杯盤都是已經擺好在桌上的，他倒了茶，遞給我一杯。

「喝杯茶，壓壓怒氣，」他說，「給這兩個不聽話的寶貝也喝點茶吧。這茶雖然是我泡的，我可

①里茲高沼地（The Lees）指西約克郡的The Lees Moor，是個公共放牧地。

沒下毒。我去找妳們的馬。」

他一走，我們就想找個出口離開。我們試過廚房的門，但從外面拴住了。窗戶又太窄，連苗條的凱西都鑽不過去。我看我們是被囚禁了。我就說：「林頓少爺，你知道你的恐怖父親要做什麼，就應該告訴我們，否則我要打你耳刮子了，就像你父親打你表姐一樣。」

「對啊，林頓，你一定要說，」凱瑟琳說。「都是因為你，我才來的。如果你不說，就實在是太忘恩負義了。」

「我口渴了，給我茶喝，我再告訴妳們，」他說。「迪恩太太，妳走開。我不喜歡妳站在我旁邊。哎呀，凱瑟琳，妳的眼淚掉進我的杯子了。我不要喝這杯，給我換一杯。」

凱瑟琳把另一杯推給他，擦掉自己的眼淚。林頓已經不為自己擔憂了，悠哉悠哉的樣子，我看了真是噁心。他在高沼地上那種心急如焚的樣子，一進到嘯風山莊就消退了；所以我猜，他應該有受到嚴厲的威脅，如果沒有把我們騙進來就慘了。現在任務既已達成，他眼前也就沒什麼好怕的了。

「爸爸要我們結婚，」他啜了幾口茶以後說。「他知道妳爸爸不會讓我們現在結婚，他怕我們再拖下去，我就死了，所以我們明天一早就結婚，妳今晚要在這裡過夜。如果妳照他的話去做，明天就可以回家，還可以帶我一起去。」

「她帶你一起回去，你這卑鄙的調包兒！」我叫起來。「你們結婚？這人是瘋了吧！還是他以為我們每個人都是笨蛋？你以為這樣一個漂亮、健康、善良的好女孩，會嫁給你這活不久的小猴子？你以為有人想要嫁給你這樣的丈夫？更別說是凱瑟琳．林頓小姐了。你用下流的花招把我們騙來這裡，真該抽你一頓鞭子才對！不要在那裡一臉呆樣！你這樣可恥地背叛我們，還做出這種糊塗事，我真想好好把你搖醒！」

我不過輕輕推了他一把，他就開始咳嗽，然後就像平常一樣又哀又哭，凱瑟琳就罵我。

「在這裡過夜？不行，」凱瑟琳慢慢看了周圍一圈。「艾倫，我把門燒了，也要出去。」

要不是林頓忽然警覺到自己的危險，凱瑟琳就要放火燒門了。林頓用無力的雙手抱著凱瑟琳哭，說：「妳不要我嗎？妳不救我嗎？妳不帶我回鶇翔莊園嗎？噢，親愛的凱瑟琳！妳怎麼樣都不能走，不能離開我！妳一定要聽我父親的話！一定要！」

「我只聽我父親的話，」她說，「而且這樣讓他擔心，太殘忍了，我不能留下來。整夜！他會怎麼想？他現在就已經很難過了。我不管是破門或是放火，就是一定要出去。你別吵！你又沒有危險。但如果你敢阻止我——林頓，我愛我爸爸，甚於愛你！」

林頓太怕他父親生氣了，居然又能說善道了起來，纏著凱瑟琳不讓她動手。凱瑟琳急得快瘋了，還是堅持要回家，她轉過頭來懇求林頓，拜託他不要那麼自私。他們還在爭得沒完沒了，我們的獄卒就回來了。

「妳們的馬已經跑了，」希斯克利夫說。「喂，林頓，又哭了？她對你做了什麼？好了，好了，事情做完了，可以去睡了。好兒子，她現在兇你，再過一、兩個月，你有力氣了，就可以報復她了。你不是渴求真愛嗎？全世界你只要真愛，不是嗎？她會要你的！好了，上床睡覺去！今晚琪拉不在，你得自己換衣服。噓！別吵了！你回到你房間去，我不會過去，你不必怕。你運氣好，做得還可以，剩下的我來就好。」

他說話的時候，手扶在門上，讓兒子出去。林頓鑽出去了，就像一隻長毛小獵犬，懷疑有人故意要夾他似的，一溜煙跑了。

他一出去，希斯克利夫就鎖上門，走到我們所在的壁爐邊。凱瑟琳抬頭看他，想起剛才的痛，不自覺地把手擋在臉前。這有點孩子氣的舉動，誰看了都會心疼，但希斯克利夫卻怒目看她，罵道：

「噢！妳不怕我嗎？妳裝得很好，看起來好像真的很害怕的樣子！」

「我現在很怕，」她說，「因為如果我留下來，爸爸會很可憐。我想到他這麼可憐，我就受不了。你知道他——他——希斯克利夫先生，讓我回家吧！我答應嫁給林頓：爸爸也希望我嫁他，而且我愛他。我本來就願意做的事情，為什麼你要強迫我做呢？」

「他敢強迫妳，就讓他試試看！」我叫道。「這國家還是有法律的，感謝上帝！雖然我們在這偏僻的鄉下地方，也還是有法律的。就算他是我兒子，我也要舉發他，而且這是重罪，不適用教士恩赦權②！」

「安靜！」那個惡棍說。「妳再吵試試看！我不要聽到妳講話。林頓小姐，聽到妳父親會很可憐，我真是說不出的滿心喜悅，高興到睡不著了。既然我知道會有這樣的後果，那麼接下來的二十四小時，妳更是非得留在我的屋簷下不可了。至於妳承諾嫁給林頓，我也會確保妳遵守諾言，因為你們不成婚，妳就出不了這間屋子。」

「那讓艾倫回去，告訴爸爸我平安無事！」凱瑟琳痛哭著說，「不然讓我們現在就結婚③。可憐的爸爸！艾倫，他會以為我們出事了。我們該怎麼辦？」

「他才不會這樣想！他會以為妳伺候他煩了，跑去找消遣了。」希斯克利夫說。「妳總不能否認，妳不理會他的禁制令，自己走進我家吧。而且以妳的年紀來說，想要玩樂也很自然不過，照顧一個病人總是令人氣悶，只不過那個病人剛好是妳父親而已。凱瑟琳，妳出生的那一天，就結束了他最快樂的日子。我敢說，他一定詛咒妳的出世，至少我自己詛咒過；如果他在離世那一天也詛咒妳，也沒什麼不對。我還會跟他一起詛咒妳。我不愛妳！為什麼我要愛妳？去哭吧。就我看來，以後妳主要的消遣就是哭了，除非林頓能彌補妳的損失。妳那謹慎的父親看來就很相信林頓可以彌補妳的失親之痛。他寫給外甥的那些建議和安慰信，我看了真是樂不可支。他在最後一封信裡，請我的寶貝要好好照顧他的寶貝，娶到她的時候，千萬要善待她。照顧和善待，真是滿滿的父愛啊。可惜林頓只會照顧他自己，善待他自己。他很可以當個小霸王。他可以折磨無數小貓，只要小貓的牙齒和爪子先拔掉就好。我保證等妳回家以後，可以跟他舅舅說不少他如何善待妳的故事。」

「你說你兒子的個性，倒是說得很對！」我說，「看得出他多麼像你；我希望凱西小姐聽了你的話，會再考慮看看是否要嫁給這個雞蛇怪④！」

「我現在何必說他的好話，」他說，「反正她非嫁他不可，不然就不得自由，妳也得跟她一起待在這裡，直到妳家老爺過世。我可以把妳們兩個都扣留在這裡，沒有人會知道。如果妳不信的話，可以叫她反悔不嫁啊，妳就可以自己判斷我說的是不是真的！」

「我不會反悔，」凱瑟琳說，「如果我嫁他就可以回鶇翔莊園，我現在就可以嫁他。希斯克利夫

---

②英國法律上有所謂教士恩赦權（benefit of clergy），指的是輕罪的初犯可以減輕刑責，如竊盜罪等。這種特權在一八二三年廢止。這段是奈莉表示自己也是有法律知識的。

③這段話顯示出凱瑟琳對法律的無知。根據英國一七五三年的婚姻法，結婚一定要在教堂舉行，並由教堂公布結婚啓事，以避免不合法的婚姻，如重婚。且結婚當事人若未滿二十一歲，需得到家長同意。

④雞蛇怪（Cockatrice）是神話中雞頭蛇身的怪物，指叛徒。

先生，你很殘忍，卻不是惡魔；你不至於只因為惡意，就摧毀我所有的歡樂，無可挽回。如果爸爸以為我是故意離他而去，如果他在我回家之前就死了，我要怎麼活下去？我已經哭不出來了，但我要跪在你前面，我不要起來，我要一直看著你的臉，直到你看我！不，不要轉頭！看著我！我沒有什麼可以激怒你的。我並不恨你。你打我，我也不生氣。姑丈，你一輩子都沒有愛過人嗎？啊，你一定要看我！我這麼悲慘，你一定會可憐我同情我的。」

「拿開妳的蜥蜴手指頭，走開，不然我要踢妳了！」希斯克利夫無情地推開她。「我還寧願被蛇纏住。妳在做什麼夢，以為妳說好話就可以討好我？我痛恨妳！」

他聳聳肩膀，好像真的碰到噁心的東西那樣抖一抖，然後把椅子往後一推。我站起來，才張開口開始準備要好好罵他一頓，但第一句就沒講完就停了，因為他威脅我說，我再講一個字就要把我一個人關起來。

天色開始黑了，我們聽到花園大門有人說話的聲音。希斯克利夫立刻趕出去：他夠聰明，我們卻不夠聰明。他跟來人說了兩、三分鐘的話，然後一個人回來。

「我想是你表哥哈里頓，」我跟凱瑟琳說。「我希望他回來了。誰知道呢，也許他會站在我們這一邊？」

「鶇翔莊園派了三個僕人來找你們。」希斯克利夫聽到我們說的話，「妳們應該開窗呼救的：但我敢說這小妞很高興你們沒有呼救。我就說她很想留下來。」

我們知道錯失良機，不禁痛哭失聲。他隨我們哭到九點，然後叫我們從廚房上樓，到琪拉的傭人房。我小聲囑咐小姐聽話，說也許我們可以從窗戶溜出去，或溜到閣樓，從天窗出去。

但那房間的窗戶跟樓下一樣窄，我們又搆不到上閣樓的摺梯，所以又被關住了。

我們兩人都沒有躺下來睡：凱瑟琳坐在窗邊，很焦急地等天亮。我幾次要她睡一下，她都只是長嘆一聲。我坐在一張搖椅上前後搖著，反省自己許多沒有盡到本分的事情，也想到老爺的種種不幸，好像都是由我而起。當然這不是事實，我現在也很清楚，但在那個悲慘的夜晚，在我的想像中，好像都是我的責任：我覺得我好像比希斯克利夫更罪孽深重。

到了早上七點鐘，希斯克利夫來了，問林頓小姐起床了沒有。她立刻跑到門口說：「起床了。」

「那來吧。」他把門打開，把小姐拉出去。

我站起來要跟出去，但他又把門鎖上了。我叫他放我出去。

「再等一下，」他說，「我會叫人拿早餐給妳。」

我用力捶門，很生氣地搖動門閂。凱瑟琳問他為什麼還把我關著。他說我還得再等一個小時，然後他們就走了。結果我過了兩、三個小時，才聽到腳步聲：來的不是希斯克利夫。

「我拿吃的給妳，」一個聲音說，「開門！」

我趕快開門，看到哈里頓拿了很多食物，夠我吃上一整天。

「拿去。」他把托盤塞到我手上。

「陪我一分鐘。」我說。

「不要。」他完全無視於我的種種懇求，轉身走了。

我就這樣被關了一整天，然後又一整夜，接下來又一天，再一天。我總共被關了四天五夜，誰都見不到，只有每天早上哈里頓會來一次。他是一個非常稱職的獄卒：永遠板著臉，又聾又啞，對我所有的懇求都無動於衷，既沒有正義感，也沒有同情心。

第十四章

到了第五個早上，或其實是下午了，我總算聽到不一樣的腳步聲。比較輕，步伐也比較短。而且這一次，來人進了房間。原來是琪拉，她披著大紅圍巾，頭上戴著黑色的絲帽，手臂上挽著一個柳條籃子晃來晃去的。

「呃，天啊！迪恩太太！」她叫道。「哎呀！吉默屯都在說妳的事呢。我以為妳掉進黑馬沼澤了，妳家小姐也跟妳一起，後來老爺說已經找到妳了，把妳安置在這裡！怎麼！妳一定困在一個島上吧，我想？妳在那洞裡待了多久？迪恩太太，是老爺救了妳嗎？但妳沒有瘦多少啊，妳沒吃什麼苦，對吧？」

「妳家老爺實在是壞透了！」我說。「他會得到懲罰的。他不必編這種謊言，事情總會真相大白！」

「妳這話是什麼意思？」琪拉問。「這不是他說的：是村子裡傳的，說妳在沼澤不見了；我來的時候跟恩蕭說：『欸，哈里頓先生，我走這幾天有怪事耶！那麼可愛的小姐和能幹的奈莉・迪恩，真是可惜啊！』」

「他瞪著我。我以為他不知道這消息，就把傳聞說給他聽。」

「老爺聽到了，自己微笑起來，說：『琪拉，如果她們本來在沼澤，現在也出來了。奈莉・迪恩現在就住在妳的房間。妳上樓去的時候，可以叫她離開了。鑰匙在這裡。她喝了沼澤水，本來瘋瘋癲癲的就要回家，但我讓她神智回復正常了。如果她能走，可以讓她立刻回鶇翔莊園去，而且幫我帶個口信，說她家小姐不久後就能回家，出席父親的葬禮。』」

「艾德格先生還沒死吧？」我驚呼一聲。「噢！琪拉，琪拉！」

「沒有，沒有。好姐姐，妳坐下來吧，」她說，「妳自己還病著呢。他還沒死，肯尼斯醫生說他大概還能撐一天。我剛在路上遇到他的時候問的。」

我沒坐下來，一把抓了我的帽子斗篷就趕忙下樓，沒有人攔我。

我進了大廳，想找個人傳話給凱瑟琳。屋子裡陽光普照，門是開著的，但沒看到人。

我有點猶豫，不知要立刻就走，還是去找小姐。這時壁爐前傳來一聲輕咳，引起我的注意。

林頓一個人躺在高背長椅上，舔著一根棒棒糖，冷淡無神的眼睛看著我的一舉一動。

「凱瑟琳小姐在哪？」我很兇地問他，我想他只有一個人，應該可以嚇嚇他，讓他告訴我消息。

但他只是很無辜地繼續吃他的糖。

「她走了嗎？」我說。

「沒有，」他說。「她在樓上。她不能走，我們不放她走。」

「你們不放她走？你這小笨蛋！」我叫起來。「立刻跟我說她在哪一間，否則我讓你哭出來。」

「要是妳想去找她，爸爸才會讓妳哭出來呢。」他說。「爸爸說，我不應該對凱瑟琳心軟：她是我的妻子①，她想離開我是不對的。爸爸說她恨我，希望我死掉，這樣我的錢就會變成她的；可是她不應該擁有我的錢，她也不應該回家！她永遠拿不到我的錢！無論她怎麼哭，哭到生病也一樣！」

說完他又繼續吃糖，閉上眼睛，好像他快睡著了。

「希斯克利夫少爺，」我又說，「去年冬天，凱瑟琳對你那麼好，難道你都忘了嗎？那時你說你愛她，她帶書給你看，又唱歌給你聽，而且還冒著風雪來看你那麼多次，你都忘了嗎？她有一次不能來看你，她想到你會失望，還哭了呢。你那時覺得她對你太好，比你應得的好一百倍；而且你明知道你父親討厭你們兩個，還相信你父親的謊言，跟他一起聯手來對付凱瑟琳？你還真是知恩圖報啊！」

林頓的嘴角垂下來，把嘴邊的棒棒糖拿開。

「她是因為討厭你，才來嘯風山莊的嗎？」我繼續說。「你自己想想看！至於你的財產，她根本不知道你會有什麼財產！你說她生病了，還留她一個人在樓上，在一個陌生的屋子裡！你自己都嚐過這種沒人理你的滋味！你知道同情自己，她也同情你，你卻不同情她！希斯克利夫少爺，我是個上了年紀的女人，也只是個僕人，連我都哭了，但你呢？先是假裝對她有感情，而且有理由崇拜她，卻一滴眼淚也不為她流，還很輕鬆自在地躺在那裡！你實在是個沒良心的自私鬼！」

「我沒辦法陪她！」他不高興地說。「我不要自己一個人陪她。她哭個不停，我受不了。我都說要叫我父親來了，她還是不肯停。我有一次真的叫我父親來了，我父親威脅她說，如果她不安靜下來，就要勒死她；但我父親一走，她又開始哭，儘管我尖叫說我不能睡，她還是整夜呻吟痛哭。」

我看這可恨的傢伙完全不可能同情他表姐所受的精神折磨，只好問他：「希斯克利夫先生出門了？」

「他在院子裡，」他說，「跟肯尼斯醫生說話。醫生說我舅舅快死了，真的。終於！我很高興，因為他死後，我就是鶇翔莊園的主人了。凱瑟琳總說那是她家。但鶇翔莊園不是她的！是我的！爸爸說凱瑟琳的所有東西都是我的。她那些漂亮的書是我的。她說我如果能弄到我們房間的鑰匙，放她出去，她就要給我那些書、她的漂亮小鳥、還有小馬明妮。但我告訴她，她沒有什麼東西可以給我，因為那些東西全都是我的。然後她就哭了，從脖子上拿下一張小畫像，說她可以給我那個；那是一個小金匣，裡面有兩張畫像，一面是她媽媽，一面是舅舅，都是年輕時候的模樣。那是昨天的事。我說那也是我的，就伸手去搶。那可惡的傢伙不讓我搶，把我推開，把我弄疼了。所以我就尖叫，她聽到爸爸過來的聲音，也很害怕，就把小金匣從中間弄開，分成兩半，把她媽媽的畫像給我，另一半她藏起來。爸爸問我們怎麼了，我就跟他說。爸爸把我手上那張拿走，叫凱瑟琳把她的給我。凱瑟琳不肯，爸爸就把她打到地上，把她那半從項鍊上扯下來，用腳踩碎。」

「你看她被打，很高興嗎？」我想讓他多說一些。

「我眨眨眼睛，」他說，「我父親打一條狗或打一匹馬的時候，我也眨眨眼睛。他打狗或打馬都是打得很兇的。我看凱瑟琳挨打，一開始很高興，誰叫她要推我，她活該被打：但後來爸爸走了，凱瑟琳叫我到窗戶邊，讓我看她嘴巴裡面被牙齒割傷，滿嘴是血的樣子；然後她把地上那張畫像的碎片收集起來，面對牆壁坐著，一句話都不跟我說。我有時想，她是因為很痛，所以不能說話吧。我不喜歡這樣，但她一直哭，很不聽話；而且她看起來很蒼白，又很恐怖，我看了會怕。」

「你想拿鑰匙就可以拿到嗎？」我說。

---

①奈莉被關了五天之久，希斯克利夫很可能帶著凱瑟琳和林頓到蘇格蘭去成婚，就跟希斯克利夫自己和伊莎貝拉私奔時一樣。

「可以啊，我去樓上的時候就可以，」他說，「但我現在沒辦法走上去。」

「那是哪一間？」我問。

「喔，」他叫起來，「我不要告訴妳是哪一間。那是我們的祕密，誰都不知道，哈里頓和琪拉也都不知道。好了！妳害我好累。走開，走開！」他把臉靠在手臂上，又把眼睛閉起來了。

我想了一下，覺得最好先走，不要讓希斯克利夫先生看到，再從鶫翔莊園找人來救小姐。

我回到鶫翔莊園時，其他僕人看到我都很驚訝，也非常高興；他們聽說小姐平安無事的時候，有兩、三個人就要衝去艾德格先生的房間，跟他說這個好消息；但我還是親自去跟他報告了。

不過短短幾天的時間，艾德格先生整個人都變了。他全身散發出哀傷和絕望的氣息，等著他的死期。他看起來非常年輕：他當時是三十九歲，看起來卻比實際年齡年輕了十歲。他一直喃喃念著凱瑟琳的名字，一心一意都在想她。我輕輕碰他的手，跟他說話。

「老爺，凱瑟琳就要回來了！」我輕輕說，「她還活著，她沒事。她快回來了，我想今天晚上她就會回來了。」

我一說這個消息，他的反應讓我很害怕②：他半撐起身子，很熱切地看了房間一圈，然後就倒回枕上，暈過去了。

等他醒過來，我就跟他說我們如何不得不去嘯風山莊，又被關在那裡。我說希斯克利夫強迫我進去，其實不完全是這樣。我盡量不說林頓的壞話，也沒有細說希斯克利夫的殘暴行徑。我想，老爺的苦酒已經滿溢，既然無可挽回，就不要再增加老爺的痛苦了。

老爺知道，仇人的目的就是要奪取他的私產和鶫翔莊園，留給他兒子，或甚至他自己。但老爺卻想不透，為什麼希斯克利夫不等到他死了再說。這是因為他並不知道，他的外甥跟他一樣都命在旦夕。不過，他還是覺得，他的遺囑應該要修改比較好：他原來把凱瑟琳的財產③交由她自己處置，但現在他決定要把財產交付信託，在凱瑟琳生前由她使用，她死後則由她的兒女使用，如果她有兒女的話。這麼一來，萬一林頓死了，財產才不會落入希斯克利夫手中。

我聽了老爺吩咐，立刻派一個人去請律師來，又派了四個人帶著武器去接小姐回家。兩批人都很晚才回來。去找律師的那個人先回來。他說他到律師葛林先生家的時候，律師出門了，他等了兩個小時律師才回家，又說他在村子裡還有點事情，必須先處理一下，但他承諾在天亮前來鶇翔莊園一趟。

去接小姐的那四個人沒接到人。他們說凱瑟琳病了，而且病得很嚴重，無法離開房間；希斯克利夫也不讓他們見小姐。我痛罵這四個人太笨，會聽信希斯克利夫的謊言，但我沒有把消息告訴老爺。我決定等天一亮，就帶大隊人馬去嘯風山莊要人，除非他們乖乖把小姐交出來，否則我們就闖進去。

我發誓要讓老爺見到小姐，我又發誓，如果那魔鬼想阻止我，他就會死在自家門口！

幸好我不必跑這一趟，省了不少麻煩。半夜三點鐘我到樓下拿水，經過走廊的時候，水瓶還在我手上，忽然前門傳來一陣敲門聲，嚇了我一大跳。

---

②艾德格此處唸的是「凱瑟琳」而不是「凱西」，應該是在思念他的亡妻，而不是女兒。所以他聽到奈莉說凱瑟琳回來了，以為是鬼魂來接他，才會有那麼大的反應。但顯然奈莉並沒有理解到這一層。

③這裡的財產並不是鶇翔莊園，因為按照上一代林頓的遺囑，鶇翔莊園要留給男性後代。這裡的財產是十一章奈莉所說的，艾德格每年從收入裡面撥存給女兒的錢。

「啊，一定是葛林先生，」我想起這件事來，「只是葛林而已。」我繼續走，打算叫別人去開門。但敲門聲又響起來了，不是很大聲，但很急迫。我把水瓶放在扶手上，自己去應門。

那天是秋天的滿月，月光把外面照得很亮。敲門的不是律師，而是我可愛的小姐。她跳過來攬住我的脖子啜泣：「艾倫，艾倫！爸爸還活著嗎？」

「是的，」我叫起來，「我的小天使，他還活著。感謝上帝，妳平安回來了。」

她還在喘氣，就想跑到樓上林頓先生的房間去；我強迫她先坐在椅子上休息，讓她喝水，洗洗臉，再用我的圍巾把她蒼白的臉擦出一點血色來。然後我說，我先去通報她回來了，而且我請她謊稱她跟小希斯克利夫過得很幸福。她瞪著我，但很快就理解過來，知道我為什麼要她說假話。她保證不會抱怨這件事情。

他們父女相見的場面，我不忍心看。我站在門外等了一刻鐘，才敢走近病床。但他們都很安靜，凱瑟琳是絕望到說不出話，她父親是高興到說不出話。凱瑟琳似乎很平靜地抱著父親，父親抬起眼睛，定定看著女兒的臉，眼睛似乎因為狂喜而變得更大了。

洛克伍德先生，他就這樣死了，死的時候是很幸福的。他親吻女兒的臉頰，喃喃說道：「我要去找她了，親愛的孩子，妳以後也要來找我們！」然後就再也沒有說話了，只是一直那樣喜悅地凝視女兒，直到他的脈搏停止，靈魂離開為止。他走的時候一點掙扎也沒有，沒有人注意到他究竟是哪一刻走的。

凱瑟琳在床邊坐到天亮，一滴眼淚都沒有，不知是眼淚流盡了，或是痛苦太深切，流不出眼淚來。她又繼續坐到中午，本來還要繼續守在那裡，但我堅持要她離開房間，休息一下。

還好我有勸她離開遺體，因為中午用餐的時候，律師來了。希斯克利夫先生先叫他到嘯風山莊去，指示他該怎麼做，他才過來的。他出賣我們，只聽希斯克利夫先生的話，所以才會拖了這麼久都不來。還好主人看到女兒回家以後，已經不再想到這些世俗的事情，不會再受擾動了。

葛林先生開始自作主張，吩咐事情，又支使大家做事。他辭退了所有僕人，只留下我一個。他本來還說艾德格．林頓不能葬在妻子身邊，應該葬在教堂裡面的林頓家族墓地。還好主人的遺囑寫得很清楚，我也大聲抗議，說我們不可違背遺囑裡的指示。

葬禮匆匆結束了，凱瑟琳現在叫做林頓．希斯克利夫太太了，她獲准留在鶇翔莊園，直到父親出殯。她告訴我，她那天哀傷太過，最後林頓終於願意冒險放了她。她聽到我派去的僕人在門口爭執，從希斯克利夫的話中聽出他的用意，就是不讓她見父親最後一面。她被逼得絕望至極。我走了以後，林頓一直待在樓上的起居室，他看凱瑟琳急瘋了，冒險在他父親上樓之前先去拿了鑰匙。

林頓也很聰明，他把門鎖打開，又再鎖上，但門並沒有關緊。等到他該上床睡覺的時候，他要求跟哈里頓睡，希斯克利夫也准了這一次。

凱瑟琳在天亮前偷偷離開房間。她不敢從門出去，怕驚動樓下的狗；所以她走到幾個空房間去，看看能不能從窗戶出去。她運氣很好，到了她母親的那間，很輕鬆就從窗戶爬出去，沿著那棵樅樹樹幹爬到地下。她的同夥雖然很膽小地用了計謀，卻還是因此受了懲罰。

第十五章

葬禮過後的那天傍晚，小姐和我坐在書房；有時哀傷地悼念死者（小姐更是絕望），有時想到陰暗的未來，兩人都愁眉不展。

我們兩個都認為，至少林頓還在世的日子，凱瑟琳最好能獲准繼續住在鶇翔莊園：如果林頓也能來鶇翔莊園跟她一起住，由我繼續當管家，是最好不過。這樣的安排太好了，好像不可能是真的，然而我還是暗暗這樣希望，而且想到這樣就能繼續住在家裡，又能繼續保有我的工作，更重要的是，還能繼續跟我疼愛的小姐在一起，我的心情就開朗起來。這時有一個僕人跑進來。他已經被遣散了，但還沒搬走。他說「那個恐怖的希斯克利夫」從院子過來了，要不要去把門閂上？

就算我們糊塗到去做這樣的事情，也來不及了。他沒有敲門，也沒有等人通報：他現在是鶇翔莊園的主人了，有權利可以直接走進家門，一句話都不必說。他聽到那個僕人的聲音，循聲找到書房來了；他走進來，揮揮手叫僕人出去，然後關上門。

這個房間就是十八年前，他以客人身分進來的那一間①：從窗戶透進來的月光是一樣的；外面也是一樣的秋天景色。我們還沒點蠟燭，但整個房間都還看得到，連牆上的畫像也都能看得很清楚：一邊是林頓太太好看的頭像，一邊是她丈夫優雅的畫像。

希斯克利夫走到壁爐前。他這些年也沒什麼變，站在那裡的還是同一個男人，他黝黑的臉有點黃，但也更沉穩了；他可能也重了二十來磅②，除此之外沒什麼變。

凱瑟琳一見到他就站起來，想要衝出門外。

「不要跑！」他抓住凱瑟琳的手臂，「不可以再逃跑了！妳想去哪裡？我是來接妳回家的；我希望妳可以做個好媳婦，也不要鼓動我兒子不聽話。我發現他幫助妳逃跑的時候，為了該怎麼處罰他，還真為難：他跟蜘蛛網一樣脆弱，輕輕一捏就沒了。但妳看他的樣子就知道，他已經被我處罰過了。我前天晚上帶他下樓，叫他坐在椅子上，之後都沒有再碰過他。我叫哈里頓出去，整個大廳就只有我們父子倆。過了兩個小時，我叫約瑟夫帶他上樓，以後他看到我就像看到鬼一樣，即使我不在他身邊，我猜他也常常看到我。哈里頓說他夜裡每個小時都會驚醒尖叫，而且叫妳來保護他；不管妳喜不喜歡妳的佳婿都得來，妳現在得照顧他了，我把他交給妳了。」

「為什麼不讓凱瑟琳繼續住在這裡，」我幫她求情，「把林頓少爺送過來這裡？反正你討厭他們倆，又不會想念他們。你的心跟常人不同，每天看到他們都覺得難受。」

「我要給鶇翔莊園找個房客，」他說，「而且我也希望我的孩子在身邊。再說，我不想白白養那

①這間一開始是二樓的起居室，後來在凱瑟琳死後成為育嬰室；可能在小凱瑟琳開始讀書以後，又改為書房。
②原文用一或二英石（Stone），一英石是十四磅，奈莉目視他大約增重在一英石至兩英石之間，所以大約是二十磅出頭。

個女孩，她也得付出勞力。林頓死了以後，我也不會讓她過奢華而無所事事的日子。現在，快去準備，不要逼我強迫妳走。」

「我會去，」凱瑟琳說，「林頓是我世上唯一能愛的人了。雖然你已經盡力使他恨我，也盡力使我恨他，你卻沒有辦法讓我們彼此怨恨。我在場的時候，我不怕你傷害他，你也嚇不到我！」

「妳還真是個會說大話的勇士，」希斯克利夫說，「但我沒那麼喜歡妳，故意要傷害他來氣妳：妳盡可好好享受他的折磨，雖然不知道還有多久。其實，並不是我要讓妳恨他，是他自己可愛的個性，會讓妳恨他。妳拋棄他的時候，還有妳逃跑的後果，都讓他心存怨恨。別以為妳的高貴奉獻，會讓他感激妳。我聽到他跟琪拉說，要是他跟我一樣強壯，就要怎樣對付妳。他既有報復妳的心，自然會用他的聰明才智，彌補他的衰弱無力，找到方法對付妳。」

「我知道他的性情不好，」凱瑟琳說，「畢竟他是你的兒子。但還好我個性比較好，可以原諒他。我知道他愛我，因此我也愛他。希斯克利夫先生，沒有人愛你。無論你想讓我們陷於怎樣的慘況，我們想到你的殘忍是起源於無人愛你的慘況，心裡就得到滿足了。你很悲慘，不是嗎？像惡魔一樣寂寞，像惡魔一樣嫉妒。沒有人愛你，你死的時候，沒有人會為你哭泣！我不想像你一樣！」

凱瑟琳說話的語調，有一種陰鬱的得意：她似乎已經下定決心，要向未來的夫家看齊，從敵人的痛苦得到樂趣。

「妳再拖一分鐘看看，」她的公公說，「妳就要後悔這麼愛說話了。快走，女巫，去拿妳的東西！」她面露不屑地走了。

她走了以後，我跟希斯克利夫說，我想辭掉鶇翔莊園這邊的工作，去嘯風山莊當管家，也就是和琪拉對調。希斯克利夫說什麼都不肯。他叫我安靜，然後第一次好好看了房間裡面，也看到那兩張畫像。他細看了林頓太太的畫像，說：「我要這放在我家。不是因為需要，而是因為——」

他猛然轉向爐火，然後露出一種表情，我不知道怎麼描述，只好稱之為微笑吧。他說：

「我要告訴妳我昨天做了什麼事！昨天，教堂的守墓人正在挖林頓的墳，我要他把凱西棺木上的土移開，然後我打開棺木。我見了她的臉，她的臉還是沒變③——我就想要留在那裡不走了，守墓人花了很多力氣才把我拉開。他說如果屍體吹到風，就會變了。我把她棺木的一邊弄鬆，再用土蓋起來。當然不是跟林頓相鄰的那一邊，去他的！我希望用鉛棺把他封起來！我賄賂了守墓人，以後等我躺在那裡的時候，把凱西棺木弄鬆的那一側抽掉，也把我的棺木一側抽掉。我的安排就是這樣：等林頓找到我們的時候，根本分不出來誰是誰！」

「希斯克利夫先生，你真是太可怕了！」我說，「你這樣驚擾死者安寧，不覺得羞恥嗎？」

「奈莉，我沒有驚擾誰，」他說，「而且這樣讓我心安。我現在覺得平靜多了，以後輪到我在地下的時候，你們也可以得安寧日子，不必怕我作祟。驚擾她的安寧？才不呢，是她不讓我安寧，日日夜夜，十八年來從無間斷，毫不憐憫我！直到昨晚。昨晚我很平靜。我夢到我在她身邊長眠，我的心跳停了，我的臉冷冰冰的，貼著她的臉。」

---

③凱瑟琳的屍體為何沒有腐壞？第一部第三章洛克伍德在描述夢境的時候，有提過吉默屯教堂的谷地附近有泥炭沼澤，據說屍體可以長久不腐。

「她如果已經化為泥土，或比泥土還可怕，你會夢到什麼呢？」我說。

「那我就和她一起化為泥土，我更高興！」他說。「妳以為我會怕這種變化？我掀起棺蓋的時候，本以為我會看到腐屍。但我很欣喜地發現她還沒開始腐化，要等我一起。再說，要不是我清清楚楚看到她那張毫無表情的臉，就沒辦法擺脫一種奇怪的感覺：那種感覺從一開始就很怪。妳知道，她死後我就快瘋掉了，我從早到晚都在祈求她的靈魂回到我身邊。我很相信鬼魂；我相信他們可以留在人間，也的確存在。

她下葬那天，下了一場雪。晚上我到墓地去，風很冷，像冬天似的，所有一切都那麼寂寞。我不怕她那蠢丈夫會在這麼晚的時候上山；也不會有別人過來。只有我一個人在那裡，我又曉得我們之間的距離不過是兩碼深的鬆土，我就跟自己說：

『我要再次抱她在我懷中！如果她是冷的，我會想是北風把我吹冷了；如果她不動，我會當她是睡著了。』

我從工具小屋拿來一把鏟子，就開始用盡力氣挖土。鏟子碰到棺木後，我跪下來用手挖，螺絲附近的木頭開始發出裂開的聲音，眼看我就快要碰到她了。這時我彷彿聽到一聲嘆息，感覺有人從墓穴邊緣俯身看我。『如果我能把棺蓋橇起來，』我咕噥著說，『我希望他們可以把我們兩個一起埋起來。』然後我就更起勁橇螺絲。這時我又聽到一聲嘆息，就在我耳邊。我甚至可以感覺到一股溫暖的呼氣，與夾帶冰霰的冷風完全不同。我知道附近完全沒有活著的東西。但就好像你在黑暗中儘管看不到，還是可以感覺有人走近一樣，我也感覺凱西就在那裡，不是在棺材裡，而是在地上。

我的心裡忽然一陣輕鬆，傳到四肢。我不再痛心地挖墳，瞬間得到安慰：說不出的安慰。她還跟我在一起！她陪著我，把土重新填回去，帶我回家。妳想笑就笑吧，但我很確定我會在家裡看到她。

我很確定她跟我在一起，我沒有辦法不跟她說話。

回到山莊的時候，我很急切要進門。門是門住的，我不會忘記，那個該死的恩蕭和我太太聯手不讓我進門④。我記得停下來踢恩蕭，踢到他喘不過氣來，然後衝上樓，去我和她的房間。我等不及四處找她，我可以感覺到她在我身邊，我幾乎可以看到她了，但我就是看不到！我當時的那種渴望和心痛，簡直全身都要逼出血來了！我只求再看她一眼就好！但一眼都看不到。她對我就是這麼狠心，像她生前一樣！從此以後，她就一直這樣折磨我，不過有時厲害些，有時沒那麼厲害罷了！簡直是地獄——我的神經就一直這樣繃得緊緊的。要不是我的神經跟羊腸線一樣堅韌，一定老早就跟林頓的神經一樣鬆弛無力了吧。

我有時跟哈里頓坐在大廳，忽然覺得我走出去就會遇到她；我走在高沼地上，覺得她就要來跟我會合了。我離開家的時候，總是匆匆回來，我知道她一定在山莊裡的某個地方！我睡在她房間，卻給趕了出來。我沒辦法睡在那裡：只要我閉上眼睛，她不是在窗外，就是在開窗板，或是進到房間裡來，或甚至像小時候那樣，把她可愛的頭枕在同一個枕頭上，逼得我非得睜開眼睛看看不可。所以我一個晚上就這樣閉眼、睜眼上百次，卻總是失望！真是把我害慘了！我常常大聲呻吟，那個老傢伙約瑟夫還以為我是良心不安，在折磨我呢。

---

④第二部第三章，伊莎貝拉的信中有描述過這個晚上的事情。

但我昨晚見過她以後，我就平靜下來了——至少有一點吧。她用這樣奇特的方式殺我：不是一吋一吋凌遲，而是比頭髮寬度還要細的一絲一絲凌遲我，用希望的幻影騙我，騙了我十八年！」

希斯克利夫先生停下來，抹抹額上的汗；他的頭髮都濕了，黏在額頭上。他的眼睛一直看著紅紅的火焰，眉頭並沒有鎖在一起，而是抬高到太陽穴邊。看起來沒有平常那麼兇惡，但有一種精神困擾、痛苦不堪的神情。他一半對我說，一半自言自語，我也一直沒有開口。我不喜歡聽他這番話！

過了一會兒，他把肖像拿下來，靠在沙發上，好好端詳。這時凱瑟琳進來了，說她已經準備好了，問什麼時候要給小馬上鞍。

「明天把這張畫送過來，」希斯克利夫對我說。然後轉向凱瑟琳，說：「妳不需要小馬了：今晚天氣很好，妳在嘯風山莊也不需要馬；無論妳要去哪，都可以走得到。走吧。」

「艾倫，再見了！」我親愛的小姐小聲跟我說。

她親吻我的時候，嘴唇冷得像冰一樣。「艾倫，來看我，別忘記。」

「迪恩太太，千萬別來看她！」她的公公說，「我想跟妳說話的時候，自然會來這裡。我不希望妳們有人在我家裡窺探！」

他打手勢叫小姐先走；小姐看了我一眼，那一眼可真是叫人心痛啊，然後就走了。

我從窗戶看著他們往花園走去。希斯克利夫挾著凱瑟琳的手臂，她一開始是不願意的，但希斯克利夫邁開大步快走，趕著把她帶到小道上，我就被樹林擋住視線了。

第十六章

小姐走了以後，我去過嘯風山莊一次，但沒有見到她。我說要見她，但約瑟夫把手放在門把上，不讓我進去。他說林頓太太在忙，主人不在家。琪拉跟我說過一些山莊裡的事情，不然我連誰死了、誰活著都不知道呢。

我從琪拉的話裡聽出來，她覺得凱瑟琳太高傲，不喜歡她。小姐剛到山莊的時候，曾經要琪拉幫忙；但希斯克利夫叫她不要多管閒事，讓他媳婦自己照顧自己。琪拉本來就眼光短淺又自私，她就很樂意聽主人的話。因為琪拉不幫她，凱瑟琳就起了一種孩子氣的報復心態，看不起琪拉，所以琪拉也變成她的敵人了，好像琪拉做過什麼對不起她的大事似的。

我差不多在六個禮拜之前，跟琪拉長談過一次，就是您快來這裡的那一陣子。有一天我在高沼地遇到她，她這樣跟我說：

「林頓太太剛到山莊時，」她說，「她做的第一件事就是跑到樓上，也沒跟我和約瑟夫打聲招呼；她把自己關在林頓的房間，一直到第二天早上才出來。那時老爺和恩蕭正在吃早餐，她走進大廳，聲音發抖地問說可不可以去請醫生，她表弟病得很重。

『我們知道啊！』希斯克利夫說，『但他的命又不值什麼，我一個銅板都不會花在他身上。』

『但我不知道該怎麼辦，』她說，『如果沒有人幫我，他會死掉的！』

『妳現在就出去，』老爺叫了起來，『別再讓我聽到跟他有關的一個字！這裡沒有人關心他會怎樣。如果妳關心，就照顧他；如果妳也不想管，把他鎖在房間，離開他就好了。』然後她就來找我幫忙，我說我受夠了那個麻煩鬼，我們每個人都有工作要做，她的工作就是服侍林頓：希斯克利夫先生吩咐過我，叫我把林頓交給她。

他們在一起的情況如何，我不知道。我猜林頓一定很麻煩她，而且日夜不停哀叫，讓她幾乎沒有時間休息，我們從她蒼白的臉色和黑眼圈就可以看出來了。她有時走到廚房來，看起來很茫然，好像要找人幫忙，但我不想違背老爺的意思。迪恩太太，妳知道的，我從來不敢違背他。雖然我覺得不去請肯尼斯醫生來是不對的，但這也不是我可以說話的事，我也沒什麼好抱怨的，再說我從來都不肯介入。有一、兩次我們睡了以後，我偶然打開我的房門，看到她坐在樓梯口哭。我就趕快把門關上，怕我會同情她而做出什麼事來。其實我是可憐她的，但妳也知道，我不想丟掉工作。

最後，有一天晚上，她跑到我房間來，說：『去跟希斯克利夫先生說，他兒子快死了，我很確定這次他真的要死了。立刻起來去跟他說。』

她一說完，人就不見了。我躺在床上發抖了一刻鐘，沒聽到什麼動靜。整個屋子都很安靜。

我跟自己說，一定是她弄錯了。林頓會撐過去的，我不必打擾他們，然後我就睡著了。但我睡到一半，又第二次被吵醒，這次是被尖銳的拉鈴聲吵醒的。我們全山莊只有一個拉鈴，是為了給林頓用的。老爺叫我去看看發生了什麼事，也告訴那兩個人以後不能再發出這種噪音。

我把凱瑟琳說的話轉述給老爺聽。他一聽就開始用髒話罵自己，幾分鐘之內就拿著蠟燭出來，走去他們房間。我跟在他後面。希斯克利夫太太坐在床邊，手放在膝蓋上。她公公走上前去，用燭光照了林頓的臉，看看他，又伸手摸摸他，再轉向凱瑟琳。

『現在，凱瑟琳，』他說，『妳覺得怎樣？』

她沒說話。

『凱瑟琳，妳覺得怎樣？』他又問一次。

『他安全了，我自由了，』凱瑟琳說，『我應該覺得很好才對，』她的話裡有種隱藏不住的苦澀：『但你讓我一個人跟死亡搏鬥這麼久，我整天看的就是死亡！我都覺得自己也快死了！』

她看起來也的確有死亡的味道！我拿了一點酒給她。哈里頓和約瑟夫被鈴聲和腳步聲吵醒，在房間外聽我們說話，這時也進來了。我想約瑟夫應該滿高興林頓不在了，哈里頓看起來有點心煩，不過他比較在意的是凱瑟琳，而不是林頓。老爺叫哈里頓去睡覺，這裡不需要他幫忙。他叫約瑟夫把遺體搬到他房間，叫我回我的房間，讓希斯克利夫太太一個人靜一靜。

到了早上，老爺叫我去跟太太說，她得下樓來吃早餐。太太脫了外衣，看來是在睡覺，說她病了。這我一點也不懷疑。我跟希斯克利夫先生說了，他這樣回答我：『那就讓她病到葬禮過後好了。現在上去看看她要什麼，拿上去給她。等她病好了，立刻告訴我。』」

根據琪拉的說法，凱西在樓上整整待了兩個禮拜。琪拉每天上去看她兩次。本來琪拉是想對她好一點的，但凱西很驕傲，立刻回絕她的好意。

希斯克利夫上去過一次，拿林頓的遺囑給她看。林頓把他自己所有的財產，還有本來是凱瑟琳的財產，全都留給父親。就在他舅舅過世，凱瑟琳不在的那個禮拜，這可悲的傢伙不知是受到威脅還是哄騙，竟然簽了這樣的遺囑。但他未成年，所以還不能支配土地。不過希斯克利夫先生宣稱，鶇翔莊園仍是他過世妻子①的權利，所以也是他的：我猜是合法的吧。不論是否合法，凱瑟琳既無金錢，也無朋友，對這樣的安排根本沒辦法改變。

「除了那一次以外，」琪拉說，「沒有人去過她房間，只有我一個人去過；也沒有人問過她好不好。她第一次下樓到大廳來，是在一個禮拜天下午。我拿午餐給她的時候，她哭著說樓上太冷，她待不下去了。我跟她說老爺下午會去鶇翔莊園，恩蕭和我不會阻擋她下樓，所以她一聽到希斯克利夫騎馬離開，她就穿著一身黑衣②下樓了，她自己沒辦法整理頭髮，所以她把金色的鬈髮梳到耳朵後面，樸素地像個教友會信徒。」

「約瑟夫和我通常禮拜天都去教會。」琪拉說。

迪恩太太補充說明：「我們原來的教堂沒有牧師了，他們把循道宗或浸信會（我也不知道是哪一個）③在吉默屯的聚會所叫做教會。」

「約瑟夫去了教會，」琪拉繼續說，「但我想留在家裡比較好。年輕人嘛，總是有老人家看著比較好。再說，哈里頓這麼不會說話，我也怕他舉動無禮。我告訴他，他表妹很可能會下來跟我們一起，而且人家是習慣過安息日的，所以她在場的時候，最好不要再弄他的槍和做室內的工作了。」

「他聽到這消息，臉紅了起來，看看自己的手和衣服，又立刻把鯨魚油④和火藥都收起來。我看出來他是想要陪她，也想要體面一點，所以我笑起來，說要幫他的忙。妳知道，平常老爺在的時候，我是不敢笑的。看哈里頓那樣手足無措，我就取笑他。他臉色一沉，開始罵髒話。」

「迪恩太太，」琪拉看我不太贊成她的態度，又說，「我知道，妳覺得哈里頓先生配不上妳家小姐，也許妳是對的啦，但我很看不慣她那麼驕傲，想把她拉低一點。她那麼有學問，那麼有派頭，現在有什麼用？現在還不是跟妳我一樣窮：大概更窮呢。妳有存錢，我也一直努力賺錢。對吧！」

哈里頓讓琪拉幫他打點；她也心情很好地一直稱讚他。依照琪拉的說法，凱瑟琳下來的時候，哈里頓差不多已經忘了先前所受的侮辱，想要好好陪她了。

「小姐走進來，」琪拉說，「冷得像冰柱，高傲得像公主。我站起來，把我的扶手椅讓給她坐。但她鼻子朝天，完全不理我。恩蕭也站起來，招呼她到壁爐前的高背長椅坐，說她一定很冷。」

「『我已經冷了一個多月了。』她故意語帶諷刺地回答。

然後她就自己找了張椅子，搬到離我們倆都有一段距離的地方，坐到溫暖了，才開始四處看看。

她看到櫃子上有幾本書，立刻站起來，伸長了手要去拿，但書放太高了，她拿不到。她表哥看著她好一會兒，最後終於鼓起勇氣去幫忙。他把先拿到的幾本往下扔，她則把裙子拉起來接。

這對那小子來說，很有進展了。小姐並沒有跟他說謝謝，但既然她接受了他的幫忙，他就覺得很有面子。小姐在翻看那幾本書的時候，他甚至站在她背後，還彎下身子，指出一些他喜歡的舊圖片。雖然小姐把他指的那一頁翻過去，一副很不高興的樣子，他也沒有退縮，只是不再看書了，稍稍後退一點，好好欣賞小姐整個人。

---

①指伊莎貝拉的權利。艾德格無子而伊莎貝拉有子，所以鶇翔莊園應由伊莎貝拉繼承，再由其子林頓．希斯克利夫繼承。林頓未成年而死，所以希斯克利夫宣稱以伊莎貝拉鰥夫身分繼承鶇翔莊園。但若凱瑟琳提出訴訟，可能也有機會取回鶇翔莊園。只是此事過於複雜，凱瑟琳自己也未成年，顯然無歷練、朋友與資源打這場財產官司。

②她本在服父喪，現在又服夫喪。

③奈莉是英國國教派信徒，所以分不清楚非國教派的分離派。教友會、循道宗（衛理教會）和浸信會都是分離派。

④保養槍枝所用。

小姐繼續看書，也找其他書看。但他的注意力漸漸轉移到小姐像絲綢一樣的濃密鬈髮：她的頭髮把臉遮住了，看不到她的臉；她也看不見他。最後，可能就像小孩子看到蠟燭會想去碰一樣，他看著看著，也不曉得自己在做什麼，就伸出手去摸小姐的一束鬈髮，就像是摸一隻鳥那樣輕輕摸。小姐嚇得回頭，好像以為他拿刀戳她脖子。

『立刻給我走開！你怎麼敢碰我？你為什麼還站在那裡？』她大叫起來，好像他很噁心。『我真受不了你！如果你再靠近我，我就回到樓上去！』

哈里頓先生看起來一臉呆滯，退後幾步，悄悄在高背長椅上坐下來。小姐繼續看書看了半小時。最後哈里頓走過來，小聲跟我說：『琪拉，妳叫她唸書給我們聽好嗎？我什麼都不能做，悶殺我了。而且我喜歡——應該會喜歡聽她唸書。別說是我說的，說妳自己想聽。』

『太太，哈里頓先生希望妳可以唸書給我們聽，』我立刻說出來。『他覺得妳這樣做很好，他會很感激妳。』

她皺起眉頭，抬頭回答：『哈里頓先生，還有你們所有的人，最好都給我聽清楚，你們假惺惺地要對我好，我是完全不會接受的！我看不起你們，跟你們也沒什麼話好說。在我願意拿我的生命換一句同情的話，或是想看到你們的時候，你們全都躲得遠遠的。但我也不會再抱怨一句！我坐在這裡，不是要討你們高興，也不是希望你們陪我，只是因為樓上太冷的緣故。』

『我那時能做什麼？』恩蕭說。『為什麼怪我？』

『喔！你倒是例外，』希斯克利夫太太說，『像你這樣遲鈍的人，的確也幫不了我。』

恩蕭聽她這樣說也有點生氣了：『但我不只一次跟希斯克利夫先生說，可以幫妳守夜——』

『閉嘴！再讓我聽到你那難聽的聲音，我就立刻走出去，到任何地方去都好！』這小公主⑤說。

哈里頓嘀咕著說，她不如下地獄啦！然後就把槍拿出來保養，不再管什麼星期天不能工作的事了。他也不管她了，愛說什麼就說什麼。她很快就想一個人回房間，但已經降霜了，天氣愈來愈冷。她雖然驕傲，也不得不降低身分和我們待在一起。不過，我很小心，不會再做什麼好心的事情，讓她取笑我，所以我就跟她一樣冷冷的。我們沒有人喜歡她，她也是自找的。只要有人跟她說一句話，不管什麼話，她就會說得很難聽。她也敢跟老爺頂嘴，甚至激怒他動手打她。她愈是被打，就變得愈是惡毒。」

我一聽到琪拉這樣說，就打算要辭掉現在的職務，租間小屋子，接凱瑟琳來和我一起住。但希斯克利夫先生不准，就像他不准哈里頓獨立住在別的地方一樣。所以我也沒有辦法，除非凱瑟琳再嫁；但她能不能再嫁，就不是我可以安排的事情了。

****

迪恩太太的故事，就說到這裡為止。雖然醫生說我要到春天才能出門，我卻恢復得很快。現在不過是一月的第二週，我打算一、兩天之內就要騎馬出門，去一趟嘯風山莊，跟我的房東說，接下來的

⑤這裡琪拉故意用my lady，嘲諷凱瑟琳自覺身分高貴如貴族。

六個月，我打算要回倫敦去了。如果他願意的話，十月以後他可以另找房客了。我不想再在這裡過冬了。

第十七章

昨天天氣晴朗、有霜而無風。我就跟原來的計劃一樣，去了嘯風山莊一趟。我的好管家託我帶一封信給她的小姐，她好像不覺得這樣做有什麼奇怪的地方，所以我也不好拒絕。

嘯風山莊的門開著，但外面的柵門用鏈子鎖起來，好像怕有人闖進似的，跟我上次來的時候一樣。我敲柵門，驚動了在菜園工作的恩蕭，他走來解開鎖鏈，讓我進去。我這次特別注意這傢伙，他看起來又英俊又強壯，但他似乎並沒有打算善用優勢。

我問他希斯克利夫先生是否在家。他說不在，但午餐時會回來。當時是十一點半，所以我說我要進去等他。哈里頓聽我這樣說，就把手上的工具放下，陪我進去，好像這是看門狗該做的事情，而不是代替主人招呼我。

我們一起進去，凱瑟琳在大廳，正在準備午餐的蔬菜。她看起來比我上次見到她的時候更陰沉，心情更低落。我向她鞠躬致意，跟她道了早安，她卻連眼睛都沒有抬起來看我，繼續做她手邊的事情，跟上次一樣沒禮貌。

「看起來很難相處啊，」我心裡想，「不像迪恩太太說的那麼好。她是很漂亮沒錯，但也不是什麼天使吧。」

恩蕭很兇地叫她把東西拿去廚房。

「要拿你自己拿。」她把蔬菜處理完，就往前一推，逕自去窗邊的椅子上坐，開始在一個蕪青頭上雕刻鳥獸。

我走過去，假裝在看外面的菜園，然後自以為輕輕巧巧地把迪恩太太的信扔在她的裙擺上，沒有讓哈里頓看到。她卻大聲問：「這是什麼？」然後就把信撥開。

「是妳的老朋友，鶫翔莊園的管家寫的。」我有點氣她這樣暴露我的善心之舉，又怕她誤以為是我寫的。

她聽了我的話，很高興伸手要去撿信，但哈里頓的動作比她更快，搶著把信拿起來，收進自己的背心口袋，說應該要先給希斯克利夫先生看過才對。

凱瑟琳沒說什麼，把頭轉開，悄悄拿出手帕來擦眼睛。她的表哥見狀，掙扎了一番要不要同情她，最後還是把信掏出來，粗魯地扔在她腳邊。凱瑟琳撿起信，很熱切地讀完，然後要問了我幾個問題，問了家裡的人，也問了她的馬和狗。最後遠眺著山丘，喃喃自語：

「我好想騎著明妮去那邊！我好想爬到那裡去！噢！我好累——悶殺我了①，哈里頓！」

她那漂亮的頭就靠在窗台上，半是打呵欠，半是嘆息，神情是難以言喻地悲哀，也不在乎我們是不是在看她。

「希斯克利夫太太，」我靜靜坐了一會兒後說，「您不知道我們認識吧？我對您的事情知道得很清楚，所以我覺得您不來跟我說說話，倒有點奇怪。我的管家總是一直說您的事情，而且總稱讚您；要是我回去的時候，對您現在的情況一無所知，只能回報說您看了她的信，什麼也沒說，那她一定會非常失望！」

她顯然有點訝異，問道：「艾倫喜歡你嗎？」

「喜歡，還滿喜歡的。」我毫不遲疑地回答她。

「那你告訴她，」她說，「我本來要寫回信的，但我沒有東西可以寫。我連一本書都沒有，要撕一頁下來寫都沒辦法。」

「沒有書！」我叫起來。「那您要怎麼活下去？請原諒我這樣冒昧。雖然鶇翔莊園的書已經很多了，我還是常會覺得無聊；要是把我的書都拿走了，我一定會受不了的！」

「我有書的時候，總是在看書，」凱瑟琳說，「但希斯克利夫先生從來不看書，所以他就想要把我的書毀掉。我已經好幾個禮拜沒看到一本書了。有一次，我去翻約瑟夫的神學書，讓他很生氣。還有一次，哈里頓，我在你房間看到你偷偷藏了一些書，有些是拉丁文的，有些是希臘文的，有些是傳奇故事或詩，都是我常看的，詩集還是我帶來的。你收集這些書，就像喜鵲收集銀湯匙②一樣，只是愛偷而已！你又看不懂。不然就是你自己看不懂，也不讓別人看。多壞心啊！說不定就是你嫉妒我可以看書，才跟希斯克利夫先生說，要搶走我的寶貝？但這些書大部分都已經記在我的腦中，印在我的心裡了，你根本搶不走！」

恩蕭聽到他表妹說出他偷藏書的事情，臉都紅了，氣憤地否認表妹的指控。

---

①這句原文是I'm stalled，是用斜體。這句話是上一章哈里頓說過的話，是用方言說的，表示凱瑟琳學他說話。

②歐洲人普遍相信喜鵲喜歡收集亮晶晶的東西，如珠寶、銀器等。但近來科學家證實這只是謠傳。

「哈里頓先生很想增加他的知識，」我出面緩頰，「他不是嫉妒，而是羨慕妳的學識。他再過幾年，也可以跟妳一樣。」

「他希望再過幾年，我就會變成笨蛋，」凱瑟琳說。「對啊，我聽到他想要學拼字，想自己看書，真是丟人現眼！你何不把昨天唸的〈切維山之狩獵〉③再唸一次來聽聽：真是笑死人了。我聽到你在念，也聽到你去翻字典④，查那些難字，卻因為看不懂字典上的解釋又在那裡罵！」

那年輕人先是因為無知而被嘲笑，然後因為想要解決問題，又被取笑，實在是太不堪了。我也覺得凱瑟琳這樣很不對。我想到迪恩太太曾經說過，他雖然被教養成一無所知，但也曾想過要求知。我就說：「但是，希斯克利夫太太，我們每個人都不是天生就會讀書，我們都曾在知識的門檻跌跌撞撞；如果我們的老師只是嘲笑我們，而不幫助我們，我們可能到現在還是跌跌撞撞。」

「啊！」她說，「我並不想阻止他求知，但他還是沒有權利沒收我的書，還亂念一通，念錯好多字，害我的書變得很可笑！我那些書，不管是故事還是詩，在我心中都是神聖的⑤；但從他的嘴巴唸出來，就玷污了我的書！再說，他好像是存心跟我過不去，他選擇唸的偏偏都是我最喜歡的！」

哈里頓沉默了一分鐘，胸膛不斷起伏：他深受侮辱，氣憤已極，難以平復。我怕他受窘，為了表示紳士風度，故意起身走到門邊，假裝在看門外的風景。

哈里頓也跟著我到門邊，然後就出去了，沒多久又回來，手裡拿著五、六本書。他把書丟到凱瑟琳身上，叫道：「拿回去！我再也不想聽到這些書、讀這些書或想到這些書！」

「我現在也不要了，」凱瑟琳說，「我看到這些書就會想到你，所以我現在討厭這些書了。」

她翻開其中一本顯然是常有人翻的書，故意用初學者拖長的語調慢慢唸其中的一段，然後大笑起來，把書扔開。「你聽。」她繼續用同樣的拉長語調，開始背起一首古老歌謠，態度更是挑釁。

哈里頓的自尊再也不能忍受：我聽到他動手給了她一巴掌，她才沒有再繼續唸下去。我也不是完全不贊成哈里頓的做法。這小惡女想盡辦法要傷害她表哥的感情；她表哥雖然沒有文化，但還是很敏感的。他沒有她會說話，只有動手才能討回公道，出一口氣。

然後他把書都撿起來，丟進火裡。我從他臉上的表情看出來，他因為驕傲而把這些書當成祭品，其實是很痛心的。我猜想在那些書燒起來的時候，他回想起看書時的快樂，還有他預期以後還會得到更多歡樂和自得，我還猜想，他自己偷偷讀書，其實也有不少激動的時光。他本來每天勞動，吃飽喝足就滿足了，直到他遇到凱瑟琳。她的嘲弄讓他覺得羞恥，也希望得到她的稱讚，開始想要追求更高尚的精神目標；沒想到他的努力自學卻帶來反效果，既不能讓他免於嘲弄，也不能贏得讚賞。

凱瑟琳吸著她受傷的嘴唇，氣憤地看著火焰說：「對啦，你這種粗人，從書裡就只能得到這樣的

---

③這首詩全名是*The Ballad of Chevy Chase*，是英國古老的民謠，描寫英格蘭和蘇格蘭邊境兩大世仇家族的血戰。此歷史事件發生在十四世紀，從十五世紀開始有各種口傳版本的民謠流傳，十七世紀形諸文字。哈里頓看的版本，可能是一七六五年湯瑪斯・派西（Thomas Percy）編纂的*Reliques of Ancient English Poetry*。

④當時最通行的字典，應該是約翰生博士（Dr. Samuel Johnson,1709–1784）在一七五五年出版的《英文字典》（*A Dictionary of English Language*）。一八四七年出版的小說《浮華世界》（*Vanity Fair*）中，校長送給每位畢業生的禮物，就是一本約翰生博士的《英文字典》。

⑤這是因為凱瑟琳的教育是由她父親親自教導的，因此她覺得哈里頓冒犯了他們父女的寶貴回憶。

好處！」

「妳最好現在就閉嘴。」他很兇惡地說。

他氣得說不出話來，匆忙往門邊走，我連忙閃開讓他過去。但他才下了石階，希斯克利夫先生正好從鋪道上走過來，就把手搭在他肩上，問：「孩子，怎麼啦！」

「沒，沒！」他閃開希斯克利夫的手，一個人默默去生氣和傷心了。

希斯克利夫看著他的背影，嘆了一口氣。

「我如果害自己報不了仇，還真是怪事，」他咕噥著，不曉得我在後面聽他說話。「我想在他臉上看到他父親的影子，卻愈來愈常看到她！為什麼他這麼像她？我簡直沒辦法看他。」

他眼睛看著地上，若有所思地走進門，臉上有一種不安、焦慮的神情，是我以前沒看過的，而且他整個人也瘦了。他的媳婦從窗戶看到他，立刻就躲到廚房去了，所以大廳裡只有我一個人。

「洛克伍德先生，很高興看到您又可以出門了，」他回應我的招呼，「部分是出於自私的理由：在這偏遠的地方，如果損失了您這位房客，我一時還找不到人來承接呢。我不只一次覺得奇怪，您怎麼會到我們這裡來的。」

「先生，我怕是一時興之所至吧，」我說，「恐怕一時的興致也要催我走人了。我下週要回倫敦去，而且我先跟您說一聲，我承租的一年到期之後，便不打算回鶇翔莊園住了。我想我不會再住在這裡了。」

「喔，是嗎，您不想再過與世隔絕的生活了，對吧？」他說。「但如果您是來跟我說，這幾個月不想付房租的話，您這趟是白來了：我對於自己應得的部分，向來是不通融的。」

「我才不是來要求少付什麼的，」我很不高興地說，「如果您要的話，我現在就可以付清。」我從口袋裡掏出我的筆記本。

「不必，不必，」他冷冷地回答，「如果您以後不回來了，請留下足夠的錢來付清房錢就好，我沒這麼急。請坐下，跟我們一起吃吧。一個不會再出現的客人，通常都是受歡迎的。凱瑟琳！東西拿進來。妳到哪去了？」

凱瑟琳又出現了，拿著一個托盤，上面有刀叉餐具。

「妳和約瑟夫一起吃吧，」希斯克利夫小聲說，「留在廚房裡，等他走了再出來。」

她立刻聽話進去廚房了，也許根本就不想出來。每天住在這些粗人和惡人之間，她就算遇到比較好的人，可能也不曉得欣賞吧。

我在希斯克利夫先生和哈里頓的陪伴下，吃了索然無味的一餐。希斯克利夫先生臉色嚴峻，沉默寡言；哈里頓則是對什麼都充耳不聞。我吃完就早早告辭。本來我想從後門走，還想再看一眼凱瑟琳，和那個討人厭的老約瑟夫，但哈里頓奉命去牽我的馬來了，主人親自送我到門邊，所以我也只好走了。

「這屋子裡的生活是多麼悲慘啊！」我邊騎邊想。「要是林頓．希斯克利夫太太和我能發展出一段戀情，就像她的保姆所期盼的那樣，然後一起到熱鬧的倫敦生活，那簡直是比童話故事還要更浪漫呀！」

第十八章

一八〇二年。

今年九月，一個北方的友人邀我去高沼地打獵。我去訪他的途中，意外經過吉默屯附近，大約只有十五哩遠的地方。當時我在一家路邊的酒吧休息，馬伕拿了一桶水給我的馬喝。這時有一輛馬車經過，載滿剛收成的青綠色燕麥，馬伕就說：「一定是吉默屯來的！他們總比別人晚三個禮拜收成。」

「吉默屯？」我重複一次這個地名。我住在那個地區的記憶已經有點模糊，像夢境一樣。「啊，我知道那個地方。離這裡多遠？」

「那座山過去大約十四哩路，路不大好走。」他說。

我忽然很想去鶫翔莊園看看。那時還不到中午，我想也許我可以在自己家過夜，不必住旅店。再說，我很容易空出一天的時間，與房東把事情安排妥當，以後就不必再來這一帶了。因為我們已經休息一陣子了，我就叫僕人問了往吉默屯的路怎麼走，然後我們騎了三個小時左右，抵達吉默屯，把馬都累壞了。

我把僕人留在村子裡，自己往谷地騎去。灰色的教堂看起來更灰暗了，寂寞的墓地看起來也更寂寞了。我看到一隻沼澤羊在墳地上啃著短短的青草。天氣甜美而暖和，對騎馬來說，是有點太熱了。但雖然是熱了一點，我還是很喜歡山上山下的景色：要是我在八月左右看到這樣的景色，我一定會來這孤獨的地方住上一個月。山間的谷地，和那些無羈的大片石楠，在冬天是無比蕭瑟，在夏天卻是無比可愛。

我在日落前抵達鶇翔莊園。我敲了大門，但顯然大家都在後面，因為我看到廚房煙囪升起一縷細細的藍煙，所以他們聽不到我敲門。我策馬進了前院。在門口的露台上，一個九歲或十歲的女孩坐著織東西，一個老女人靠在上馬用的小腳台抽菸斗，十分悠閒。

「迪恩太太在嗎？」我問那個女人。

「迪恩太太？不在！」她說。「她不住這，她住在山莊。」

「那妳是這裡的管家了？」我又問。

「是啊，我在這看房子。」她說。

「那好，我是洛克伍德先生，是這裡的屋主。我想知道有沒有房間可以給我住？我今晚想住在這裡。」

「屋主！」她大吃一驚，叫了起來，「哎呀，誰知道您要來？您應該先派人說一聲呀！這裡沒有乾淨可用的東西呀，什麼都沒有！」

她扔下菸斗往裡面跑，小女孩跟她進去，我也進去了。我很快就了解她說的沒錯，而且我不請自來，讓她非常慌亂。我請她不要慌。我說我要去散步，她在這段時間得幫我打理一個起坐間，讓我可以用餐，還要一間可以睡覺的臥房。不必掃地、撢塵，只要生個火，然後有乾的床單就可以了。

她看起來很願意盡力招呼我，不過她把爐刷誤當成撥火棒，伸到爐柵裡面去了，又把好幾樣東西都放錯地方。我還是走了，相信在我回來的時候，她一定能給我一個休息的地方。我打算走去嘯風山莊。但我才剛離開前院，又想到一件事，折回來問問。

「山莊一切都好吧？」我問那個管家。

「都好，就我所知！」她拿著一盆熱煤匆匆走了。

我本來想問她，迪恩太太為什麼不在鶇翔莊園了，但她這麼忙亂，看來不可能再耽擱她了，所以我就轉身出門，在路上慢慢走。落日餘暉在我身後，前面則有上升月亮的清亮光芒。一個愈來愈暗，一個愈來愈亮。我走出了林園，沿著石頭路往上走，走向希斯克利夫先生的住處。

我還沒看到山莊，陽光就只剩下西側天際一抹琥珀色而已，但月色明亮，路上每顆石頭和每一片草葉都可以看得清清楚楚。

我不必爬上柵門或敲門：我的手一推，柵門就開了。我想，這倒是進步了。然後我又聞到另一個改進的地方：在不起眼的果樹間，隨風飄來一陣紫羅蘭和桂竹香的香氣。

門和窗板都是開著的。就像煤鄉常見的景象，壁爐裡燒著紅紅的火，看著就很舒服，即使有點熱也可以忍受。嘯風山莊很大，裡面的人可以退到沒那麼熱的地方，所以他們都離窗戶不遠。我還沒進去，就可以透過窗戶看到他們，也聽到他們講話的聲音。我在那裡看了一會兒，也聽了他們的對話，愈聽愈好奇，又夾雜著嫉妒。

「相——反！」一個甜美的像銀鈴一般的聲音說，「已經說第三次了，你這個笨蛋！我不會再告訴你了。自己想，不然我就要扯你的頭髮了！」

「相反。好了，」另一個低沉而溫柔的聲音說。「我這麼專心，來親我一下。」

「不行，你先正確唸出來，一個錯誤都不許犯。」

男生開始唸了：他是個年輕人，穿著整齊，坐在桌前，面前有一本書。他的五官英挺，閃耀著喜悅，眼光不時從書頁飄移到搭在他肩上的白皙小手。小手的主人只要察覺他不專心，立刻就賞他一巴掌。

小手的主人站在年輕人後面。她低頭指點他讀書的時候，閃亮的淡色鬈髮就會和年輕人的棕色頭髮交織在一起。還好他看不見她的臉，要不然他不可能這麼鎮定。但我看得到她的臉；我咬唇懊惱，自己竟把大好機會扔掉了，現在只能乾瞪著這美貌驚人的臉，什麼都不能做。

作業唸完了，雖然還是有錯，但學生要求獎賞，得到了至少五個吻，他也非常大方地回吻。然後他們走到門邊。我從他們的對話中判斷，他們正要出門去高沼地散步。我想，如果這時我不巧在哈里頓附近現身，即使他嘴巴不說，心裡也會詛咒我下到最下層的地獄。所以我溜到廚房，覺得自己很卑鄙又很壞心。

廚房的門也沒有關，我的老朋友奈莉．迪恩坐在門邊，一邊縫東西一邊唱歌。但她的歌聲不時被一個粗魯而不耐煩的聲音打斷，聲音非常難聽。

我沒聽到奈莉先前說了什麼，但廚房裡另外一個人這樣回答她：「俺寧願他們倆在俺耳邊，從早到晚相罵，也勝過聽逆唱歌！逆這樣一直唱魔鬼歌，讚頌那些邪惡的東西，吵得俺莫法讀聖經！呃！逆真是個廢物，她是另一個廢物，那小子就這樣被逆們毀了！可憐吶！」他又呻吟一聲：「他被迷住啦，俺看到啦。噢，上帝，審判他們吧！咱這裡沒有法律，也沒有正義啊！」

「是沒正義啊，不然我們應該坐在火燒的地獄裡了，」唱歌的人這樣反駁他。「但老頭，你儘管禱告，讀你的聖經吧。像一個基督徒，不要管我。我唱的是『漂亮安妮的婚禮』①，很好聽的，可以配舞的。」

迪恩太太正要再唱，我就進去了。她認出我來，站起來叫道：「哎呀，洛克伍德先生，您向來好！您怎麼會想到就這樣回來了？鶇翔莊園整個都關閉起來了呢。您應該先給我們通知一聲的呀！」

「我已經吩咐他們今晚要住在那裡了，」我說，「我明天就走。迪恩太太，妳怎麼到這裡來了？跟我說說吧。」

「您去倫敦後不久，琪拉不做了，希斯克利夫先生希望我來山莊這邊，直到您回來為止。但請進來吧！您今晚是從吉默屯過來的嗎？」

「從鶫翔莊園過來的，」我說。「他們在幫我整理房間，所以我想來跟你們老爺把事情辦一辦。我想短時間之內，我不會再有機會來這邊了。」

「先生，您要辦什麼事情？」奈莉帶我進大廳，「他②現在不在，恐怕一時間也不會回來。」

「是關於房租的事。」我說。

「啊，那您得跟希斯克利夫太太說，」她說，「或跟我說也一樣。她還沒學會管理她的財產，都是我幫她管的：也沒別人了。」

我一定是一臉驚訝的樣子。

「喔！看起來，您還沒聽說希斯克利夫過世的事情。」她說。

「希斯克利夫死了！」我大吃一驚。「多久以前的事？」

「三個月了。但先請坐，我幫您把帽子放好，再慢慢跟您說。等一下，您吃過了嗎？」

「不必忙了，我已經叫鶫翔莊園那邊幫我備餐了。您也坐下。我沒想過他就這樣走了！告訴我事情的經過吧。妳說他們一時還不會回來，那兩個年輕人，對吧？」

「是啊，他們每天晚上都在外面待到很晚，我罵也沒用，他們不聽我的。至少喝杯我們的麥酒吧：您看來很累，喝點麥酒對您的身體好。」

我還來不及拒絕，她就匆匆去拿酒了。我聽到約瑟夫在問，她年紀這麼大了，還有男人③在後頭追，豈不是天大的醜聞？還從老爺的酒窖拿酒給男人喝！他真是看了都丟臉。

迪恩太太沒有停下來理他，很快又進來了，端著一個冒泡的銀杯。我很心急地喝完，迪恩太太才跟我說希斯克利夫的事情。她說他的結局很「詭異」。

「您走後大概兩個禮拜，我就被叫回嘯風山莊了。」她說，「我因為凱瑟琳的緣故，很高興回到這邊來。」

我第一次見到她的時候，很難過也很震驚：從我們分別以來，她變了好多。希斯克利夫先生沒有解釋他為什麼改變心意，只說他希望我回來，他不想再見到凱瑟琳了。他叫我把起居室改成我的起坐間，陪凱瑟琳生活。他每天見她一、兩次就夠了。

凱瑟琳似乎很滿意這樣的安排。我又從鶇翔莊園偷運了很多東西過來，包括書和她喜歡的東西，

---

① 一八四七年的初版，把這首歌謠的名字印為*Fairy Anne's Wedding*，其實應該是*Fair Anne's Wedding*。這是一首蘇格蘭民謠。故事敘述漂亮的安妮在小時候被一個領主綁架，生了七個兒子之後，領主決定要迎娶另一個有錢的女子，還要安妮幫忙籌辦婚禮。婚禮前夕，新娘發現安妮是她的姐姐，揚帆離去，留下財富給姐姐當嫁妝。Scott的Minstrelsy of the Scottish Border (1802)有收錄這首民謠，標題為*Lord Thomas and Fair Annie*；Frances James Child的*English and Scottish Popular Ballads*(1857)也有收錄這首民謠，標題為Fair Annie。

② 奈莉以為洛克伍德要找哈里頓・恩蕭。

③ 初版用fellies，是模仿約瑟夫的方言，後來夏洛特・布朗忒改成followers。

我就這樣安慰自己說，我們可以過著還算舒適的生活。

但這種想法很快就維持不下去了。凱瑟琳一開始是很滿意，沒多久就開始不耐煩了。一個原因是春天來了，她不能到外面去，只能待在狹小的空間，讓她很難過；另一個原因是，我有很多家務要做，不得不留她一個人。她寧願在廚房和約瑟夫吵架，也不想一個人獨處。

她跟約瑟夫吵吵鬧鬧，我是不管的。但哈里頓也常到廚房來，因為主人想要一個人待在大廳。剛開始，只要哈里頓進來，她就上樓去，不然就是幫我做事，都不跟他說話。哈里頓也總是沉著臉，一語不發。但過了一陣子，凱瑟琳開始變了，不想讓哈里頓安靜：她會跟他說話；評論他又笨又懶；又說她覺得很奇怪，怎麼有人可以整個晚上都盯著火看、打瞌睡，怎能忍受這樣的生活。

「艾倫，他就像一隻狗，是不是？」凱瑟琳有一次說，「還是拉車的馬？他就永遠做工、吃東西、睡覺！他的頭腦一定是一片空白，什麼都沒有！哈里頓，你做過夢嗎？如果你做過夢，是什麼樣的夢？但你不跟我說話！」

她又看哈里頓。哈里頓不說話，也不看她。

「說不定他現在正在做夢呢，」凱瑟琳又說。「他的肩膀動了一下，像朱諾④一樣。艾倫，妳問他是不是在作夢。」

「如果妳再不乖，哈里頓先生會叫老爺把妳趕到樓上去。」我說。哈里頓不但抖動肩膀，還握起拳頭，好像打算要打架似的。

「我知道，為什麼我在廚房的時候，哈里頓從來都不說話。」凱瑟琳另外一次這樣說。「他怕我笑他。艾倫，妳覺得呢？他有一次想要自己學讀書，後來因為我笑他，他就把書燒掉了，不學了。他是不是很笨？」

「妳這樣不是很壞嗎？」我說。「妳先承認。」

「或許是吧，」她說，「但我沒想到他這麼傻。哈里頓，如果我送你一本書，你會收下嗎？我來試試看！」

她拿了一本她在看的書，放在哈里頓手上。哈里頓把書扔掉，還咕噥說，要是她不放棄的話，他會折斷她的脖子。

「那麼，我放在這裡囉，」她說。「就放在抽屜裡，然後我要去睡了。」

她小聲叫我注意看哈里頓有沒有碰書，然後就走了。但哈里頓沒有走近那本書。我第二天早上跟凱瑟琳說了，她很失望。我看出來，哈里頓一直這樣沉著臉沒反應，凱瑟琳很難過。她以前笑他，讓他不敢再讀書，現在良心不安了。

她用了一些小聰明，想補救自己的過錯：有時我在燙衣服，或是其他不方便在小起居室做，非得在廚房做不可的事情，她就會帶一些有趣的書下來，大聲唸給我聽。如果哈里頓也在廚房，她就會在有趣的地方停下來不唸了，然後把書留在那裡。這樣的事情她做了好幾次，但哈里頓跟驢子一樣固執，不吃她佈置的餌。遇到下雨天，他就跟約瑟夫一起抽菸斗，兩個人坐在壁爐兩邊，活像兩個上發條的機械娃娃。老的耳背，聽不見凱瑟琳的詭計（他要是聽得到，一定會這樣說）；年輕的就當沒聽

④嘯風山莊的狗，第一章洛克伍德曾差點被牠咬。

見。天氣好的晚上，哈里頓就出去打獵了，凱瑟琳又打哈欠又嘆氣，要我跟她說話；但我一說話，她就跑到前院或菜園去。最後她就會哭，說她活得很沒意思，她的生命一點意義都沒有。

希斯克利夫先生愈來愈不喜歡跟人在一起，差不多把哈里頓趕出大廳了。三月初的時候，哈里頓出了一場意外，有好幾天不得不待在廚房。他一個人在山上時，槍膛炸了，碎片割傷了手臂，流了不少血才回到家。因為這場意外，他不得不待在壁爐邊靜養。他在那裡倒很合凱瑟琳的心意，她在樓上更是待不住，一直強迫我找事情到樓下去做，這樣她就有藉口陪我下樓。

復活節禮拜一那天，約瑟夫帶著幾隻牛去吉默屯趕集。下午，我在廚房裡燙衣服。哈里頓坐在壁爐一角，跟平常一樣陰鬱，我家小姐在窗玻璃上畫圖解悶，有時忽然低聲唱起歌來，有時小聲說兩句話，不耐煩地往她表哥那邊瞥上幾眼。但她表哥還是望著爐火抽菸斗，一動也不動。後來我跟小姐說，她擋到我的光線了，我不好做事，她就移到壁爐前面去。我沒有注意她在做什麼，但我立刻就聽到她說：「哈里頓，我發現，我想——我很樂意——我喜歡你當我的表哥。如果你不要對我這麼兇，這麼粗魯就好了。」

哈里頓沒有回應。

「哈里頓，哈里頓，哈里頓！你聽到了嗎？」她又說。

「走開啦！」他怒吼一聲，一點都沒有軟化。

「我幫你拿菸斗。」她小心翼翼伸出手，把菸斗從他嘴巴裡抽出來。

他還沒把菸斗搶回來，菸斗就斷了，掉在火裡。他罵她，又去另拿一根。

「等一下，」她大叫。「你先聽我說；我眼前這麼多煙，沒辦法說話。」

「那妳就下地獄去吧！」他憤憤地說，「別跟我說話！」

「不要，」她很堅持。「我做不到：我不知道要怎樣做，你才會跟我說話，你故意裝不懂。我說你笨的時候，我不是有意的：我不是看不起你。哈里頓，你應該要關心我。你是我表哥，你應該認我這個表妹。」

「我才不要理妳，妳那討人厭的驕傲，還有妳那些該死的把戲！」他說。「我寧願下地獄，身體和靈魂一起下地獄，也不要再看妳一眼。妳別在我眼前，現在，立刻！」

凱瑟琳皺起眉頭，退到窗邊的椅子上，咬著下唇，開始哼一首怪聲怪氣的曲子，以免自己哭出來。

「哈里頓先生，你應該和你的表妹和好才對，」我說話了。「她已經後悔她以前那麼驕傲了。你們和好，對你大有好處：有她作伴，你可以變成完全不一樣的人。」

「作伴！」他叫起來。「她討厭我，覺得我不配幫她擦鞋子！不，就算讓我當國王，我也不要再期待她的好意了。」

「不是我討厭你，而是你討厭我！」凱西哭了，沒辦法再掩飾下去。「你就跟希斯克利夫先生一樣討厭我，還比他更討厭我。」

「妳說謊，」哈里頓說，「為什麼我要幫妳說話一百次，惹他生氣？而且那時妳還恥笑我，看不起我，還有——妳再繼續纏著我，我就走到大廳去，說妳逼我離開廚房！」

「我那時又不知道你幫我講話，」她擦乾眼淚說，「我那時很慘，我對誰都不好；但現在我感謝你，求你原諒我啦：我還能怎麼做？」

她回到壁爐前，很誠懇地伸出手，想要跟他握手言和。哈里頓臉色陰沉，怒氣沖沖，好像山雨欲來，他的拳頭也一直握得緊緊的，而且一直盯著地板看。

凱瑟琳出於直覺，猜到哈里頓之所以這麼固執，並不是討厭她，而是拗性子所致，所以她遲疑了一會兒以後，就彎下腰在他臉頰上輕輕一吻。

這古靈精怪的小姐以為我沒看見，故作端莊地回到窗邊的椅子坐下。我對她搖搖頭，表示不贊成她的做法。她臉紅了，小聲跟我說：「可是，艾倫，我還能怎麼辦呢？他又不肯握手，又不看我：我總得讓他知道我喜歡他，我想跟他做朋友啊。」

是不是這個吻打動了哈里頓，我不敢說。他很小心不讓人看到他的臉，過了好幾分鐘才把頭抬起來，但有點困惑，不知道該看哪裡。

凱瑟琳忙著把一本漂亮的書，用白紙包得整整齊齊，再綁上一條緞帶，上面寫著：「致哈里頓．恩蕭先生」，然後把書交給我，希望我當特使，把這禮物轉交給收件人。

「妳告訴他，如果他收了這個禮物，我就來教他怎麼唸，」她說，「如果他不收，我就上樓去，再也不煩他了。」

我把禮物送過去，也轉達了訊息，送禮的人很緊張地一直看。哈里頓不肯張開手指頭，所以我把禮物放在他膝蓋上。但他也沒把禮物扔掉。我回去繼續做我的事情，凱瑟琳把頭和手都靠在桌上，直到她聽到包裝紙撕開的窸窣聲，她就悄悄走到她表哥身邊坐著。他全身發抖，臉上發光，所有粗魯不馴都消失無蹤，看著她那詢問的眼光，他一開始還沒有勇氣說話。她小聲求他：

「哈里頓，說你原諒我，說吧。你只要說這句話，我就會非常非常快樂。」

他嘀咕了什麼，我聽不見。

「所以你會當我的朋友了？」凱瑟琳又問了一句。

「不行，妳每天都會覺得我讓妳丟臉，」他說，「妳愈瞭解我，就愈覺得丟臉，我受不了。」

「所以你不要當我的朋友了？」她露出蜜一般的甜美微笑，湊上去問。

他們接下來說了什麼，我聽不清楚。但我回頭一看，兩個人容光煥發，一起低頭看著那本禮物書的書頁。我知道兩邊已經達成和平協議，原來的敵人已經成為盟友了。

他們看的那本書有很多精緻的圖畫；這些圖顯然很迷人，他們倆的位置都一直沒有動，直到約瑟夫回來。這可憐的老人看到凱瑟琳和哈里頓坐在同一張凳子上，她的手還放在他的肩膀上，簡直嚇壞了。他看到心愛的哈里頓竟能忍受凱瑟琳在身邊，完全糊塗了，當晚他因為過於震驚，什麼評論都說不出來，只是不斷嘆氣，很鄭重地把他的大本聖經攤在桌上，再從小筆記本裡拿出幾張骯髒的鈔票放在桌上，那是他白天去市集賣牛的所得。最後他把哈里頓叫過來，說：

「這些拿去給老爺，」他說，「留在那裡。俺要上去俺的房間了。這個房間不正經，不適合咱，咱得另外找地方才行。」

「凱瑟琳，過來，」我說，「我們也得『另外找地方』：我已經燙好衣服了。妳準備要走了沒？」

「還沒八點鐘耶！」她站起來，不情願地說。「哈里頓，我會把這本書留在壁爐上面，我明天還會拿更多書來。」

「逆留下來的書，俺都會拿去大廳，」約瑟夫說，「如果逆還能看到這些書，算逆運氣，隨逆便！」

凱西威脅約瑟夫說，她會拿他的藏書來抵，然後唱著歌上樓去了，經過哈里頓身邊時，還給他一個微笑。她在山莊的屋簷下從來沒有這麼高興過，也許只有最早幾次來看林頓的時候可以比吧。

他們兩人的情誼增長得很快，雖然也不是沒有阻礙，但那些阻礙都是暫時的。哈里頓並不是許個願就可以變文明，我家小姐也不是哲學家，也沒什麼耐性，但他們兩人的心意是一致的：一個想要看重對方，一個想要被看重，兩人又彼此相愛，所以他們就努力要成就這份友誼。

洛克伍德先生，您看，要贏得希斯克利夫太太的心，一點都不難。但現在，我很高興你沒有試過。我所有的希望，就是看到他們倆結合。等他們結婚的那一天，我誰都不嫉妒了，全英國都找不到比我更快樂的女人了！

第十九章

那個禮拜一隔天，恩蕭還是沒有去做平常的工作，留在家裡。我很快就發現，要像平常一樣把小姐留在我身邊，根本不太可能。

她比我更早下樓，到菜園去了，在那裡看她表哥做些不太費力的工作。我去叫他們吃早餐的時候，看到他在黑醋栗和鵝莓叢中清出一大塊空地，是凱瑟琳叫他清的。他們倆正在討論要從鶇翔莊園運送什麼花草過來種。那些黑醋栗樹是約瑟夫的寶貝，我看到他們半小時之內就拔掉一大堆，簡直嚇壞了。原來是凱瑟琳打算要在那裡種花。

「喂！只要約瑟夫一發現，老爺一定會知道的。」我大喊，「你們有什麼理由，可以這樣亂動菜園？這下我們大家一定都會被罵一頓了，等著看吧！哈里頓先生，我還以為你應該聰明一點，怎麼她說什麼，你也跟著胡鬧！」

「我忘了這是約瑟夫種的，」恩蕭有一點茫然，「我會跟他們說是我幹的。」

我們都是跟希斯克利夫先生一起用餐的。我坐女主人的位置，負責沏茶和切肉，所以不能離開餐桌。凱瑟琳通常坐我身邊，但這天她挪到哈里頓旁邊。我看出來，她當初恨起人來沒有分寸，現在愛起人來也沒有分寸。

我們走進大廳的時候，我還低聲叮嚀：「小心點，別跟妳表哥講太多話，引起注意。希斯克利夫先生一定會不高興，會生你們倆的氣。」

「我不會的。」她這樣回我。

話才說完一分鐘，她就挨到哈里頓身邊，在他吃粥的盤子上插報春花。

哈里頓不敢跟她說話，也不敢看她。但她還是一直作弄他，他有兩次都差點笑出來。我皺眉頭，她就看了老爺一眼：但從老爺的表情可以看出來，他根本沒注意到同桌的人，完全在想別的事情。凱瑟琳正經了一會兒，很嚴肅地觀察了老爺。然後她就轉頭，又開始胡鬧；最後哈里頓忍不住悶笑了一聲。希斯克利夫先生嚇了一跳，眼光迅速掃過每個人的臉。凱瑟琳正面迎視他的目光，有點緊張，但又頗有反抗的意味，這是他最痛恨的。

「算妳運氣好，我打不到妳，」他說。「妳是鬼迷心竅嗎？怎麼敢一直用那兩隻鬼眼瞪我？眼睛垂下來！不要再讓我注意到妳在這裡。我以為我已經教會妳不笑了①。」

「是我。」哈里頓咕噥了一聲。

「你說什麼？」老爺問他。

哈里頓看著盤子，沒有再說話。希斯克利夫先生看了他一下，也沒說什麼，繼續吃他的早餐，想他的心事。

我們差不多吃完了，那兩個年輕人也很小心，坐遠一點，所以我想這一回應該不會再起風波了。沒想到約瑟夫來到門口：他發現心愛的黑醋栗被毀了，氣得嘴唇顫抖，眼光憤恨不平。他一定是看到凱西和她表哥在那裡徘徊，才過去查看的。他的下巴抖得像牛在反芻似的，氣得話都說不清楚了。他說的大概是：

「俺要算工錢，俺不幹了！俺在這幹了六十年了，本來打算死在這的。俺已經把俺的書和東西都搬上閣樓，把廚房留給他們囉，圖個清靜。俺的壁爐位子是很不情願讓的，但還可以忍受！可現在，她還搶俺的菜園，她故意的！老爺，這俺受不了！逆可以改變，俺不行，俺老了，不能習慣新的。俺寧願去路上當打石工人過活！」

「你在說什麼，笨蛋！」希斯克利夫打斷他。「說短一點！你受了什麼委屈了？你和奈莉吵架，我是不管的。哪怕她把你扔進煤坑，我也不在乎。」

「不是奈莉！」約瑟夫說。「俺不跟奈莉計較，雖然她也很沒用。但感謝上帝，她不會偷人靈魂！她長得又不美，人家不會對她多看一眼。是那個可怕的小蕩婦，她那雙大膽的眼睛和放縱的樣子，把咱少爺迷住了。哦！俺多傷心哪。俺為他做過多少事，他全忘了，把俺菜園裡整排最好的黑醋栗都毀了！」說到這裡，他想到自己的委屈、恩蕭的忘恩負義、還有他的晚景堪憐，就嚎啕大哭起來了。

「這老東西喝醉了嗎？」希斯克利夫先生問。「哈里頓，是你得罪他了嗎？」

「我就挖了兩、三棵樹，」哈里頓說，「但我會把樹種回去。」

「你幹嘛挖他的樹？」老爺問。

---

①這段令人聯想到第一部第三章凱瑟琳日記中提到的往事：與德里不許那對小戀人發出聲音，否則就要處罰他們。這裡希斯克利夫的形象與當年與德里很相似。

凱瑟琳插嘴了。「我們想在那裡種花，」她說。「要怪就怪我一個人好了，是我叫他挖的。」

「見鬼了，誰讓妳碰這塊地了？」她的公公很驚訝。「還有，誰叫你聽她的話？」他又問哈里頓。

哈里頓沒有說話，他表妹說了：「你既然把我的土地都搶走了，給我一小塊地種花，又有什麼好吝嗇的？」

「妳的土地？妳這小賤人！妳從來沒有什麼土地。」希斯克利夫說。

「還有我的財產。」她繼續說，他怒目相視，她看了他一眼，繼續吃她的早餐，咬了一口麵包。

「閉嘴！」他大吼。「妳給我出去！」

「還有哈里頓的土地，和他的財產。」這膽大包天的小姑娘繼續說，「哈里頓現在是我的朋友了，我要跟他說你做的事情！」

老爺似乎給她弄糊塗了：他臉色發白，站了起來，很仇視地瞪她。

「如果你打我，哈里頓就會打你，」她說，「所以你還是坐下來比較好。」

「如果哈里頓不把妳趕出去，我就打死他！」希斯克利夫怒吼道。「該死的女巫！妳竟敢教唆他來對抗我？你跟她一起出去！聽到沒？把她扔到廚房去！艾倫．迪恩，如果妳讓我再看到她一眼，我就殺了她！」

哈里頓低聲勸凱瑟琳離開。

「把她拖走！」希斯克利夫很野蠻地叫起來。「妳還要說什麼？」他自己走過來動手了。

「他不會再聽你的，你這個壞人，」凱瑟琳說，「他很快就會跟我一樣看不起你。」

「噓！噓！」哈里頓責備她。「我不想聽妳這樣說他。別說了。」

「但你不會讓他打我吧？」她說。

「快走吧。」他很焦急地小聲說。

但是太遲了，希斯克利夫已經抓住她了。

「你可以走了！」他跟哈里頓說。「該死的妖女！這次她真的惹到我了，我沒辦法忍受，我要讓她後悔一輩子！」

他抓著她的頭髮，哈里頓想要幫她脫困，懇求希斯克利夫這次放過她。希斯克利夫的黑眼閃爍，好像要把凱瑟琳活活撕成幾片似的。我正要去救人，希斯克利夫的手指忽然鬆開了，放開她的頭髮，改抓住她的手臂，用力瞪著她的臉。然後他拿手遮住自己眼睛，站了一會兒讓自己鎮定下來，然後重新轉向凱瑟琳，故作冷靜地說：「妳得避免激怒我，否則我不知什麼時候真的會殺了妳！跟迪恩太太走，別離開她，妳的話跟她說就好。至於哈里頓．恩蕭，如果我看到他聽妳的話，我就會把他趕走，讓他去別的地方養活自己！妳的愛只會讓他被趕走，淪為乞丐。奈莉，把她帶走！所有人都走開！都走開！」

我帶小姐出去，她能逃過一劫也很高興，沒有反抗；哈里頓也跟著出來了，希斯克利夫先生一個人待在大廳，直到午餐時間。我已經勸過凱瑟琳在樓上自己吃，但希斯克利夫看到她的座位空著時，就讓我去叫她下來一起吃。他沒跟我們說話，吃得很少，吃完就直接出門了，說他晚上才回來。

老爺既然不在，這兩個新交心的朋友就佔住了大廳。我聽到小姐說要把她公公對哈里頓父親做的事情揭發出來，但哈里頓很嚴肅地制止他的表妹。他說他不要聽希斯克利夫的壞話，就算他是魔鬼，他也不在乎，他還是會站在希斯克利夫這邊。他寧願凱瑟琳像以前那樣罵他，也不要罵希斯克利夫。

凱瑟琳聽了有點不高興，但他說，如果他講她父親的壞話，她會覺得如何？這樣凱瑟琳才不再多說什麼。她這才了解，恩蕭把老爺的名譽看成自己的；他們之間的感情不是理智能打散的。多年累積下來的羈絆，要故意扯散，是很殘忍的。

從此以後，為了哈里頓，她也就不再抱怨希斯克利夫，或表現對他的反感。她也跟我說，她很後悔在哈里頓和希斯克利夫之間挑起爭端。說真的，後來只要哈里頓在場，她從沒說過一句希斯克利夫的壞話。

這場小小的爭執過去以後，他們就又是朋友了，一個忙著做老師，一個忙著做學生。我做完家事以後，也進去大廳坐，看著他們，覺得心情非常平靜，都沒注意到過了多久時間。您知道，他們倆也都算是我的孩子②：我長久以來，都以其中的一個為傲，現在，我敢說，另一個也一樣會讓我滿意。哈里頓天性誠實、溫暖而聰明，很快就擺脫缺乏教養的無知和粗野；凱瑟琳的真誠讚美，又驅使他更加用功。他的智識愈開，五官就更好看，整個人更有精神，更有高貴的氣質。我簡直難以想像，這就是我家小姐第一次到潘尼斯頓岩遊蕩，我來嘯風山莊找她的時候，看到的同一個年輕人。

我一邊讚嘆，他們一邊努力用功，就這樣到了黃昏，老爺回來了。我們沒有料到他會從前門進來，三個人都還沒抬起頭來，他就看到我們三個了。我想，他看到的景象應該是最無害、最迷人的，誰也不忍心罵他們吧。他們兩個好看的頭映著壁爐的火光，臉上就像孩子一樣興致盎然；雖然哈里頓已經二十三歲，凱瑟琳也已經十八歲，但他們還有許多新鮮的事情要學習，兩個閱歷都不深，沒有大人那種清醒、冷靜的感覺。

他們倆一起抬頭看希斯克利夫先生。也許您沒有注意過，他們倆的眼睛是一模一樣的，都跟凱瑟琳・恩蕭很像。小凱瑟琳並沒有很像她媽媽，也許額頭和高鼻有點像，讓她看起來更高傲。但哈里頓更像他姑姑：本來兩人就像，這時候更是特別像，因為他的精神活動了，他的想像力醒過來了。

我猜想，希斯克利夫先生見到這樣驚人相似，也就心軟了。他走到壁爐前，顯然很激動，但他看看哈里頓，激動的情緒就緩和下來了，或說是發生了變化。希斯克利夫從哈里頓手上把書拿過來，瞥了一眼翻開的書頁，又還給他，什麼話都沒說，只有揮手叫凱瑟琳走開：她一走，沒多久哈里頓也跟著走了。我本來也要走，但希斯克利夫叫我坐下。

「很沒意思的結果，不是嗎？」他想著剛才看到的景象，跟我這樣說。「我一輩子做惡，就換來這樣荒謬的結局嗎？我準備了圓鍬和十字鎬，要來拆這兩座屋子，還把自己訓練得像海克力斯一樣能幹，等到萬事齊備，都在我掌握之中的時候，我卻連從屋頂上拆下一塊石板都沒有心情了！我的舊敵都沒能打敗我；現在我正可以在他們的子女身上進行報復，我可以報仇了，而且沒有人阻攔我。但報復有什麼用呢？我也不想打人了，我連舉起手來都嫌麻煩！聽起來好像我努力了這麼多年，就是為了展現我的慷慨大度似的！當然不是這樣，但我就算毀了他們，也沒有辦法感受到一絲快樂。這樣毀了他們又有什麼好處？我也懶得動手了。奈莉，有一種奇怪的變化快要發生了，我已經在這個陰影之下。我對日常生活毫不關心，幾乎忘了吃喝。剛才走出去那兩個人，只有他們還能讓我留下清晰的印象，但那個印象讓我很痛苦，幾乎是折磨。我不想談她，也不希望想到她，但我真的希望可以看不見

② 哈里頓從嬰兒時期到五歲為止，是奈莉帶大的；凱瑟琳更是她一手從嬰兒帶到長大成人。所以她說兩個都算是她的孩子。

她，她的現身幾乎讓我瘋狂。至於他讓我激動的原因不同，但除非我見到他時可以保持理智，否則我永遠都不要再見他！如果我告訴妳，他能夠讓我想起千百種過去的事情和感情，」他勉強擠出一個微笑，「妳可能會想，我甘願如此。但別把我告訴妳的事情說出去，我的心長久以來都很孤獨，現在終於想向別人說一說了。」

「五分鐘以前，哈里頓看起來就像是年輕的我。不是他長得像我，而是在很多方面，我都可以感覺到他，根本沒有辦法罵他一頓。首先，他實在太像凱瑟琳。雖然，妳可能以為這是最重要的一點，其實是最不重要的：因為，什麼東西和她無關？什麼東西不會讓我想起她？我只要看著地板，就會看到她的形體出現在石頭上！每一片雲，每一棵樹，都有她的樣子，夜裡充斥在空氣裡，白天每樣東西上都可以瞥見，我無處不看到她！最普通的人臉，即使是我自己的臉，都有像她的地方。整個世界就是她的紀念館，但她已經不在了，我已經失去她了！

是的，哈里頓的臉，就像是我愛情的鬼魂，我不顧一切要維持我的權利、我的墮落、我的驕傲、我的幸福、我的痛苦——就是為了這個鬼魂。

但把這些想法告訴妳，實在是瘋了。我只想讓妳知道，為什麼我雖然不想永遠孤獨，但也不要他陪伴；他只會讓我更受折磨：所以他和他表妹要在一起，我也不管了。我沒有能力再去管他們了。」

「但希斯克利夫先生，您說的變化是什麼意思？」我有點被他的樣子嚇到。雖然就我看來，他並沒有發瘋，也沒有瀕臨死亡的樣子，他還很強壯健康。但他從小就喜歡想黑暗的事情，有些古怪的幻想。他對於死去的愛人或許有些執念，但在其他地方，神智都跟我一樣正常。

「我也不知道是什麼，要等時候到了才知道。」他說，「我只是有點感覺而已。」

「您沒有生病吧？有嗎？」我問。

「沒有，奈莉，我很好。」他說。

「您不怕死嗎？」我又追問。

「怕死？不！」他說。「我不怕死，也沒有預感會死，也不求死。為什麼要怕死呢？我身體強壯，生活有節，也沒有從事危險的行業。我應該會活到滿頭白髮才死吧。但我受不了繼續這樣下去！我得提醒自己要呼吸——差不多還要提醒自己的心臟要記得跳動。就像扳動一根硬彈簧一樣：如果不是跟一個想法有關，再小的動作，我也得強迫自己才能去做；我也根本不會注意到任何活的或死的東西。我只有一個願望，我整個人，所有的知覺都在渴求達到這個願望。我長久以來，都是不變的這樣渴求，所以我覺得應該也快求到了，應該快了，因為我整個人都被這個渴求吞噬了。我太期待達成的那一天，我已經枯竭了。我說了這番話，並沒有比較輕鬆的感覺，但也許我在表現出一些難以解釋的行為時，妳可以理解。啊！上帝啊！這場戰爭已經太久了；我好希望可以結束了！」

他開始在房間裡走來走去，自言自語地說可怕的事情。最後我也開始相信（他說約瑟夫這樣相信），他的良知已經把他的心變成人間地獄。我很好奇最後會如何結束。

雖然他以前很少流露出這樣的心境，外表也看不出來，但我相信他長久以來都是如此。這是他自己說出來的，但看他的樣子，沒有人猜得到。洛克伍德先生，您見過他的，您也沒想到吧。在我說的這段時間，他看起來也跟從前一樣，只是更常獨處，有人作伴的時候也更少講話而已。

第二十章

那天晚上之後的幾天，希斯克利夫先生都沒有跟我們一起用餐。他不想見哈里頓和凱西，又不想正式通知他們不要來用餐。他厭惡被自己的情感支配，寧可自己缺席。好像他每天吃一餐就夠了。

有一天晚上，全家都睡了，我聽到他下樓，從前門出去了。我沒有聽到他回來的聲音，到了早上，他還沒回來。

那時是四月，天氣很暖和，空氣芳香，充足的水氣和陽光讓草地一片翠綠。南邊圍牆外的兩棵矮蘋果樹正在開花。吃過早餐以後，凱瑟琳堅持要我端一張椅子，坐在屋子邊的樅樹下做針線活。哈里頓三月裡受的傷已經全好了，凱瑟琳哄著哈里頓幫她挖土做花園，因為約瑟夫抱怨的關係，她的花園現在改到樅樹下這邊了。

我非常享受四周的春光和頭上明媚的藍天。小姐跑到柵門邊去挖櫻草的根，想要種在花園外圍。但她只找了幾棵就回來，說希斯克利夫先生回來了。

「他還跟我說話。」她又說，臉上有一種疑惑的表情。

「他說什麼？」哈里頓問。

「他叫我趕快走開，」她說。「但他看起跟平常完全不一樣，所以我停在那裡看了他一會兒。」

「怎麼不一樣？」哈里頓問。

「怎麼說呢，幾乎可以說是神采飛揚了。不，也不是——就很激動、很狂野、很高興！」她說。

「那就是晚上散步讓他心情好了。」我假裝不在意地說。其實我跟小姐一樣驚訝，急著想證實她說的話是不是真的，畢竟看到老爺高興，是很罕見的。我找了個藉口進屋。

希斯克利夫站在開著的門邊，他臉色蒼白，而且還在發抖。但小姐說的沒錯，他的眼睛裡煥發出奇怪的快樂光彩，整個臉看起來都不一樣了。

「您要吃早餐嗎？」我說。「您在外面待了一整夜，一定餓了！」我想知道他晚上去哪裡了，但又不想直接問他。

「不，我不餓。」他轉過頭去，發出有點輕蔑的聲調，好像猜到我想打探他為什麼這麼高興。

我覺得很奇怪，也不知道是不是該勸他一番。

「我覺得半夜跑出去，」我評論說，「而不在床上睡覺，是不太對的。也不太明智，畢竟這個季節很潮濕。我敢說您會受涼或發燒：您現在看起來就不大對勁。」

「沒什麼，我身體受得了，」他說，「如果妳能不要管我，我就更高興了。進去吧，別煩我了。」

我進去了，經過他身邊的時候，我注意到他的呼吸跟貓一樣快。

「是了！」我跟自己說，「我看他要生病了。想不出來他都去做了什麼事。」

那天中午，他跟我們一起用餐，從我手上接過一盤滿滿的食物，好像打算要把早餐也補回來。

「奈莉，我沒有受涼，也沒有發燒，」他回應我早上說的話，「我準備要把妳給我的東西都吃完。」

他拿起刀叉，正要開始吃，忽然間又胃口全無。他把刀叉放在桌上，盯著窗戶直看，然後站起來走出去了。我們快吃完時，看到他在菜園走來走去。哈里頓就說他要去問他吃不吃：他以為我們又哪裡惹他不高興了。

「所以，他會來吃嗎？」凱瑟琳見到她表哥回來時，問道。

「不會，」哈里頓說，「但他也沒生氣，他看起來還很高興，真是少見。只是我問了他兩次，他有點不耐煩，他就叫我跟妳一起走開。他說我既然有妳作伴，怎麼還會想要別人作伴？」

我把他的盤子放在爐邊保溫，過了一個多小時他才進來，大廳已經沒人了。但他一點都沒有冷靜下來：他的黑眉毛下面還是有種非自然（的確是非自然的）的喜悅表情，還是一樣沒有血色，他不時還會露出微笑，讓我看到他的牙齒。他整個人在發抖，卻不是那種因為冷或虛弱才發抖，而是像繃得太緊的琴弦，不是顫抖，而是高興到顫慄。

我想，我要問他是怎麼回事，不然還有誰能問他？所以我就說，

「希斯克利夫先生，您聽到什麼好消息嗎？您看起來非常激動呢。」

「從哪裡來的好消息？」他說。「我激動是因為肚子餓，可是我又不能吃。」

「您的午餐在這裡，」我反駁他說，「為什麼不吃？」

「我現在不想吃，」他很快地小聲說，「我等晚餐再吃。還有，奈莉，就這一次，求妳警告哈里頓他們不要靠近我。我不要任何人來打擾，只想一個人在這裡。」

「有什麼新的理由嗎？」我問。「希斯克利夫先生，跟我說您為什麼這麼奇怪。您昨晚去哪兒了？我不是因為無聊的好奇心才問的，但——」

「妳問這問題，是非常無聊的好奇心。」他笑著打斷我。「但我會回答妳。昨晚，我在地獄的門檻。今天，我已經看到我的天堂。我親眼看到了，不到三呎的距離！現在妳快走吧。如果妳不要窺

探，就不會看到或聽到可怕的事情了。」

我把壁爐清了，桌子擦乾淨了，就走出去，心中更加疑惑。

他那天下午都沒有離開大廳，也沒有人敢去打擾他的獨處。到了晚上八點鐘，我覺得時間差不多了，雖然他沒有叫我，我還是拿了蠟燭和他的晚餐進去給他。他倚在一扇打開的窗格子，但並沒有看外面，而是看著昏暗的室內。爐火已經變成灰了，整個房間都是夜間潮濕的氣息。夜晚很安靜，不只能聽見吉默屯後面小溪的聲音，連溪水是流過小石子，還是被矗立水面上的大石頭所阻，都能聽出來。我看到壁爐的火都燒盡了，出聲抱怨，開始把窗戶的木頭格子一個一個關起來，最後來到他站的那個窗子前面。

他一動也不動。我故意問他：「這扇要關嗎？」

我說話的時候，燭火就照著他的臉。噢，洛克伍德先生，我看到他那時候的樣子，實在是太恐怖了，我都不知道該怎麼說。那兩隻深邃的黑眼睛！那個微笑！還有嚇死人的蒼白！我覺得眼前的好像不是希斯克利夫先生，而是個哥布林；我嚇壞了，手上的蠟燭碰到牆壁，然後就熄滅了，四周一片黑暗。

「好，關起來吧，」他回答我，聲音還是他的聲音。「怎麼了，真是怪事！妳為什麼蠟燭拿橫的呢？快點，再去拿一根來。」

我嚇糊塗了，衝出去跟約瑟夫說：「老爺要你拿蠟燭進去，還要把壁爐的火重新升起來。」因為我不敢再進去了。

約瑟夫從廚房壁爐鏟了一桶煤火進去，但他立刻又提出來了，另一隻手還拿著晚餐托盤。他說希斯克利夫先生要去睡了，不吃東西了，早上再吃。我們立刻聽到他走上樓的聲音，但他沒去他自己平常的臥房，而是去有廂床的那間。我之前提過，那間的窗戶很寬，誰都可以出入。我就想，他大概是計畫半夜又要出去，但不想讓我們知道。

「他是食屍鬼①還是吸血鬼②嗎？」我想著。我曾在書中看過這些化身為人的可怕怪物。然後我就回想從前，我在他小時候就照顧過他，又看著他長大，幾乎他的一生我都很熟悉，我怎麼會想到這些可怕的事情呢，真是無聊。

「但他是從哪裡來的？這漆黑的小東西，一個好人庇護他，卻害死自己？」我想著鄉野傳說③，打起瞌睡來了。我就半睡半醒地幻想著希斯克利夫的身世來歷，又像醒著的時候一樣，再次回想他從小到大的種種事情，想了種種可能，最後，還夢到他的死亡與葬禮。我現在還記得的是，我們不知道要在墓碑上刻什麼字，煩惱了很久，還問了守墓人。最後，因為他無姓，我們也不知道他的確切年齡，所以只好在墓碑上刻「希斯克利夫」，其他什麼都沒有。這後來成真了。如果您經過墓地，可以自己去看看。他的墓碑上真的就只有「希斯克利夫」和他的死亡日期而已。

天亮了，我恢復平常的理智，起床走到菜園，要確定希斯克利夫的窗子下面有沒有腳印。我沒看到腳印。

「他昨晚沒出去，」我想，「他今天就會好了。」

我像平常一樣，給全家準備早餐，但我叫哈里頓和凱瑟琳不必等老爺下樓，要他們先吃，我說老爺可能會晚起。他們倆想在外面樹下吃，我就為他們擺了個小桌在外面。

我再進屋的時候，發現希斯克利夫先生已經下樓了。他和約瑟夫正在討論農地的事情。他給了很多清楚仔細的指示，但說得很快，還常把頭偏向一側，表情仍然很激動，甚至比前一天還明顯。

約瑟夫走了以後，他在平常的座位坐下來，我端了咖啡給他。他把盤子拉近，把手放在桌上，看著對面的牆。我猜他是在觀察牆面的某個部分吧。他上下打量，眼睛光芒閃爍，聚精會神，差不多屏住呼吸有半分鐘之久。

「來吃吧，」我把麵包推到他手邊。「吃點麵包，趁熱喝了咖啡。已經煮好差不多一個小時了。」

他沒看我，但開始微笑。我寧願看他咬牙切齒，也不想看他這樣奇怪的微笑。

「希斯克利夫先生！老爺！」我大聲說。「看在上帝份上，別這樣，好像您看到什麼亡靈一

---

①食屍鬼（ghoul）在阿拉伯傳說中是以屍體為食物的鬼怪，會變成動物的形象在沙漠出沒，在《一千零一夜》中有此描述。

②吸血鬼在十九世紀是流行的題材，尤其是歌德的〈柯林斯的新娘〉（*Die Braut von Korinth*, 1797）影響很大。這首詩取材自希臘傳說，中描寫一個年輕人去柯林斯（即聖經中的哥林多）迎娶未婚妻，當晚在新房中，見到穿新娘禮服的蒼白新娘。共度良宵後，新娘才說自己已死，本來父母安排讓新郎迎娶的是其姐妹，但她未婚而亡，心有不甘，遂吸新郎的血同死共葬。

③這裡奈莉想到的是蘇格蘭傳說中的〈河邊的棕膚人〉（*Brown Man of the Muir*）。華特・史考特（Walter Scott）的*Ministrls of the Scottish Border*第二卷（1809）有記載這個傳說。據說兩個人去打獵，其中一人在河邊，看到這棕色的紅髮侏儒在對岸，自稱是此地野生動物的守護者，並邀他過河去家裡坐。他正要過河時，另一人出聲叫他，侏儒就消失了。叫他的人說，如果當時這人過了河必死無疑。下山後不久，見到侏儒者就病死了。

樣。」

「看在上帝份上，別這麼大聲，」他說。「妳轉身看看，告訴我，只有我們兩個人在這裡嗎？」

「當然了，」我說，「當然只有我們兩個。」

但我還是不由自主地聽他的話，轉身看看，好像我也不能完全確定。

他一揮手，把眼前的早餐都掃開，身體往前傾，好像這樣更方便他凝視。

這時，我看出來他並不是在看牆。我觀察他，發現他凝視的是眼前兩碼的地方。不管那是什麼東西，顯然都帶給他極端的歡喜和痛苦，至少從他臉上焦慮萬分，又狂喜不勝的表情看起來是這樣。那幻想中的東西也不是固定不動的：他的眼睛很認真地跟著移動，即使在跟我說話的時候，也沒有放鬆。

我提醒他，早餐還沒吃，但也沒什麼用。我說了，他就動一下。但他伸手要去拿麵包的時候，手指頭又握起拳來，放在桌上，忘了原本要做什麼。

我很有耐性地坐在一旁，想要把他的注意力從幻想中拉回現實。最後他不耐煩了，站起來問我，為什麼不讓他自己決定什麼時候吃東西？還說下次我不必在旁邊伺候了，把東西放下就可以走了。說完他就離開大廳，慢慢沿著菜園的小路走，從柵門出去了。

我很不安地等了好幾個小時，又到了晚上。我很晚還沒睡，最後上床了，也睡不著。他過了半夜才回來，也沒有上床睡覺，而把自己關在樓下。我聽著他的動靜，輾轉反側，最後起來穿好衣服下樓。躺在那裡亂想種種不好的事情，反而難過。

我聽希斯克利夫先生的腳步一直在走來走去，還不時低聲說話，聽起來像在呻吟。他咕噥著不連續的詞句，我唯一能聽出來的就是凱瑟琳的名字，加上很親暱或痛苦的感嘆；而且，就好像面對一個在場的人一樣，低聲而殷切地說話，還是出自肺腑。

我沒有勇氣直接走進大廳，但又很想讓他從這惡夢中醒來。所以我就到廚房去，把火撥動撥動，開始刷煤灰。他比我預期更快就來了。他立刻打開門，說：

「奈莉，來一下。早上了嗎？拿著蠟燭進來。」

「鐘剛敲四點，」我說。「您想要拿蠟燭上樓嗎？可以用廚房的火點一根。」

「不，我不想上樓。」他說。「進來幫我生火，把這裡收拾一下。」

「我得先把這裡的煤燒紅，才能拿過去。」我拉過椅子和風箱。

他走來走去，心慌意亂，重重的嘆息一個接著一個，幾乎沒有呼吸的空隙。

「天一亮就去叫葛林來，」他說，「我想問他一些法律問題，讓我還能冷靜行動的時候，想想怎麼處理事情。我還沒寫遺囑，也還沒決定怎麼處理我的財產。我希望我的財產可以從世上消失。」

「希斯克利夫先生，要我就不會這樣說，」我插嘴說。「您過一陣子再立遺囑吧，您還要活下去，才能彌補以往做錯的事！我以前從沒想過您會發狂。但現在，看起來您是快要發狂了，而且這也只能怪您自己。您過去三天以來不吃東西也不休息，連泰坦巨人也吃不消。您只要照照鏡子，就會知道您需要吃東西和休息。您的臉頰下陷、眼睛充血，好像餓壞了，又缺乏睡眠，幾乎要瞎掉了。」

「我不吃不睡，不能怪我，」他說，「我跟妳保證，我本來沒有計劃這樣做。只要我可以，我會立刻吃東西和休息。但妳好像在跟一個掙扎著快到岸邊的人說，休息一下吧！我一定要先到岸邊，才能休息啊！算了，不必管葛林先生了。至於妳說什麼彌補做錯的事情，我從沒做過什麼不對的事，我什麼都不後悔。我現在是太快樂了，但還不是最快樂的。我靈魂的喜悅正在謀殺我的身體，但這樣還不能滿足。」

「快樂？老爺？」我叫起來。「還真是奇特的快樂啊！如果您聽了不生氣，我可以說說如何讓您更快樂。」

「怎麼做？」他問，「說吧。」

「希斯克利夫先生，您很清楚，」我說，「從您十三歲開始，您就過著自私而不合基督教義的日子；或許也沒拿過聖經。您一定忘了聖經的內容，可能也沒有時間去了解聖經。您何不請一位牧師來，哪一個教派的牧師都可以，解釋聖經給您聽，指出您已偏離上帝之道多遠；還有，除非您在死前悔改，否則不能進入上帝的天堂。」

「奈莉，我不但不生氣，反而要感謝妳，」他說，「因為妳提醒了我，要如何入土歸葬這件事。我的遺體一定要在晚上抬去墓地。妳和哈里頓願意的話，可以來送我。特別留意，叫守墓人一定要遵守我的指示，處理兩個棺木！不必請牧師來，也不必說什麼悼詞。我告訴妳，我差不多已經到了我的天堂，其他的天堂對我來說都沒有價值，我也不羨慕。」

我聽到他這樣目無上帝，非常震驚。「但要是您堅持不吃東西，結果餓死了，他們拒絕讓您葬在教區墓地怎麼辦④？」我說。「您覺得這樣好嗎？」

「他們不會這樣做的，」他說。「如果他們不讓我葬在那裡，妳一定要偷偷把我移過去。如果妳沒有做到的話，就可以親眼證明，死者並不是就此寂滅消亡的！」

這時家裡其他人開始有聲響了，他躲回自己的房裡，我也才鬆了一口氣。但到了下午，約瑟夫和哈里頓在外工作，希斯克利夫又來廚房，神色激動，叫我去大廳，他希望有人陪他。我拒絕了，直接告訴他，他說那些怪話，舉動也很奇怪，嚇到我了，我不敢單獨跟他在一起，也不想去。

「我知道妳覺得我是惡魔，」他淒涼一笑，「妳覺得我太恐怖，不該住在正派的人家裡面。」然後他轉向凱瑟琳。凱瑟琳一見他，就躲到我後面。他半嘲諷地對凱瑟琳說：

「妳來嗎，小姑娘？我不會傷害妳的。不可能！妳覺得我比惡魔更壞。也罷！有一個人不會拒絕陪我！天啊！她真是堅持！去他的！血肉之軀實在是難以承受啊！即使是我都受不了！」

他沒有再要求人陪他。黃昏的時候，他進了臥房。整個晚上，即使到了早上，我們都聽到他在呻吟和喃喃自語。哈里頓很擔心他，想進去看看，但我叫他去先找肯尼斯醫生來，再進去看。醫生來了，我敲門想進去，卻發現門是鎖著的；希斯克利夫叫我們去死。他說他好多了，不要人打擾他，所以醫生就走了。

第二天晚上是雨天。事實上，下了整夜的大雨。我早上在屋子前後散步，看到主人的窗戶開著，雨水都潑進去了。我想，他一定不在床上，否則就會全身濕透了。他一定是起床了，或是出去了。所以我沒有太驚慌，只是很大膽地走去看。

我用另一把鑰匙開了門，但房間裡沒有人，我跑去開廂床的門，趕快把門板拉開，往裡面看。希斯克利夫先生就躺在那裡。他的眼光急切而強烈地看我，我嚇了一跳，而且他看起來好像在微笑。我很難想像他已經死了，但他的臉和脖子都是雨水，床單也在滴水，而且他一動也不動。他一隻手擱在窗台上，外窗框被風吹得開開關關，不斷擦過那隻手，但並沒有血滴下來。我摸摸那隻手，再也沒有

④自殺違反基督教義，因此牧師可以拒絕讓他下葬在教區墓地。

疑慮：他已經死了，身體已經僵硬了。

我把窗戶關好，把他臉上的黑髮撥開，梳理他的長髮；又想要讓他眼睛閉上，想在別人看到之前，把那嚇人的、好像活人一般的狂喜眼光熄滅掉。但我沒辦法讓他的眼睛閉上，他的眼睛好像在嘲笑我一樣，而且他的嘴唇張開，露出白森森的利牙，也好像在笑我！我忽然感到一陣恐懼，叫約瑟夫快來。約瑟夫拖著腳走上來，也驚叫了一聲，卻堅決不肯幫他收屍。

「撒旦把他的靈魂帶走啦！」他大叫。「不如把他的屍體也一起帶走，俺才不在乎！呀！看這個惡人，死了還在笑！」這老傢伙還學死人嘻嘻一笑。

我以為他要在床邊跳起舞來了。沒想到他忽然嚴肅地雙膝跪地，雙手高舉，感謝上帝讓這屋子的合法主人，即恩蕭這古老的世家，恢復了他們應有的權利。

我被這恐怖的事件嚇壞了，我不可避免地回想起以前的種種往事，非常哀傷。但可憐的哈里頓，他受的委屈最深，卻是唯一哀慟的人。他整夜坐在遺體旁，真心痛哭。他撫著死者的手，親吻那張面帶嘲諷、蠻橫的臉，其他人卻都不敢看他的臉。哈里頓的心雖然像淬鍊過的鋼一樣堅韌，卻也極為寬宏大量，才會如此哀痛，為希斯克利夫的死而哀悼。

肯尼斯醫生無法判斷死因，覺得很困惑。主人四天沒有進食的事，我隱瞞不說，怕會有麻煩。而且我也相信，他不是故意不吃的，那是他怪病的結果，而不是起因。

我們按照他的意願葬了他，引起鄰近人家的非議。送葬的人只有恩蕭、我、守墓人和六個抬棺人。抬棺人把棺木放進墓穴後就走了，我們留下來看守墓人掩土。哈里頓淚流滿面，親手挖了綠草皮鋪在黃土上，讓新墳看起來和旁邊的墳一樣青綠。我希望棺裡的人可以沉靜安睡了。但如果您去問村民，他們會信誓旦旦地說，希斯克利夫還在世間。有人說在教堂附近看見他，也有人在高沼地，甚至在這個屋子裡看見他。您會說這是無稽之談，我也是這麼說。但那廚房火爐邊的老人也說，自從希斯克利夫死後，每到雨天，就會看到那兩個人從那臥房窗戶往外望。差不多一個月前，我遇到一件怪事。

有一天晚上，我要去鶇翔莊園。那天夜色很黑，還打雷。我才轉過山莊的路，就遇到一個小男孩，趕著一隻山羊和兩隻小羊，在那裡大聲哭泣。我以為是小羊調皮不聽話，不跟他回家。

「小哥，怎麼啦？」我問他。

「希斯克利夫和一個女人在那裡，站在山下，」他抽抽噎噎地說，「我不敢過去。」

我什麼都沒看到，但他和羊都不肯走，我就叫他走山下的路回去。

或許這孩子一個人在高沼地，幻想遇到鬼了，或是聽到父母和同伴在傳說這件事情。但我現在也不在夜裡出門了，也不喜歡一個人待在這棟悲慘的屋子裡。我沒辦法。他們離開這裡，搬到莊園去的時候，我一定會很高興。

「所以他們要搬去莊園？」我說。

「沒錯，」迪恩太太說，「只要他們一結婚就搬。他們訂在明年元旦結婚。」

「那以後這裡還有誰住？」

「嗯，約瑟夫會在這裡看房子，也許找個小子跟他作伴。他們會住在廚房這邊，其他部分都會關起來。」

「留給那一對鬼魂住囉？」我這樣評論。

「洛克伍德先生，別這樣說。」奈莉搖搖頭說。「我相信死者已經安息，我們不應該說風涼話。」

這時菜園的柵門開了，出去遊蕩的年輕人回來了。

「他們可是什麼都不怕啊，」我從窗口看著他們回來，咕噥著說。「他們只要在一起，連撒旦和他的兵團都不怕呢。」

他們步上門口石階，又停下來對月亮看最後一眼，或應該說，是藉著月光互看，我看不下去了，只想趕快躲開他們。他們打開房屋大門的時候，我匆匆在迪恩太太手裡塞了一點小心意，就從廚房的門溜走了，顧不得迪恩太太會不會說我魯莽無禮。要是約瑟夫沒有聽到金幣落在腳邊的清脆聲音⑤，認出我是個正人君子的話，恐怕他真的會覺得迪恩太太行為不檢了。

我走回莊園的路上，先繞去教堂看看。我到了教堂牆邊，發現我離開不過七個月，這教堂已經更加頹圮了，很多窗戶的玻璃都不見了，只剩下黑洞；屋頂的石板東倒西歪，秋天的暴風一來，恐怕這些石板就要掉下來了。

我在高沼地邊坡上找那三個墓碑，很快就找到了：中間一個是灰色的，已經一半都埋在石楠花叢裡了；艾德格．林頓的墓碑旁長了草，和鄰近草皮連為一氣，碑座爬滿了青苔；希斯克利夫的墓碑還是光禿禿的。

夜色清朗，我在這三個墓旁徘徊良久，看著夜蛾在石楠花和風鈴草間穿梭，聽著微風吹過草地窸窣作響。我不禁懷疑，誰能想到在這樣靜謐的地下，竟有不能安息的亡者呢。

作品解析

百餘年來研究者眾，已經從諸多角度分析過這篇作品，如討論其歌德小說元素、愛爾蘭鬼怪傳說和蘇格蘭歌謠、約瑟夫和其他僕人的方言、自然景物的象徵意義、從後殖民角度和奴隸買賣談希斯克利夫的身分、從女性主義角度談女性不能繼承財產的後果等等。由於涉及題目太廣，非專書難以描述研究的全貌，而且過去的譯者也多附有長篇導讀；因此本篇作品解析將集中討論其中兩個特色，並與《簡．愛》比較，更能看出《嘯風山莊》的成就：一是類似戲劇的敘事結構，二是不可靠的敘事者。

⑤因為約瑟夫也在廚房，所以洛克伍德匆忙離去時，也丟了一個金幣給他打賞，一個金幣是一鎊。第三章提過當地牧師年薪才二十鎊，因此這賞金相當慷慨。又，這裡作者用的是sovereign，但當代的sovereign在一八一七年才開始流通，因此是小說寫作發行時（一八四〇年代）作者習慣使用多年的金幣，一八〇二年卻還沒有開始發行。

類似戲劇的結構

《簡·愛》是一部較為易懂的作品，採回憶錄的結構，第一人稱敘述的孤女從小時候開始講起，按照時間順序自述種種奮鬥，如何當上家教，超越階級與仕紳相戀，如何因道德觀而放棄愛情，突然繼承一筆遺產，終究得償夙願，嫁為仕紳妻子，得享安穩生活。但《嘯風山莊》的敘事結構上遠比《簡·愛》複雜：一個外來者闖入封閉的世界，再由管家倒敘前事，夾敘夾議，中間還穿插實際發生的事情（遇鬼、生病、帶信等等），外來者第二年再來，發現人事已非。

這樣的敘事結構是類似戲劇的。中譯者方平（2006）就說過，很多劇本都是這樣處理：「劇本剛開始，就已經接近整個故事的終點了，劇中的主要人物都是帶著自己的歷史上場的。」（頁4），因此戲劇情節同時包含了順敘與倒敘。全書大致的結構如下：

第一部	一至三章	一八〇一年十一月，倫敦來的房客訪嘯風山莊
	四至十四章	鶇翔莊園的管家為房客說故事
第二部	一至十六章	管家繼續為房客說故事，說到一八〇二年現況
	十七章	一八〇二年一月，房客回到倫敦
	十八至二十章	一八〇二年九月，房客回嘯風山莊結束租約，管家補述結局。

所以實際「舞台上」的時間不到一年，就是一八〇一年十一月到一八〇二年九月之間。但管家敘述的故事，倒敘部分上溯一七七一年，前三章出場的每個人物都「帶著自己的歷史」出現，最後三章

則補述主角希斯克利夫死前情景，結構工整。

若以故事發生的順序來看，可以參考下列年表①：

年代	重要事件
1771	恩蕭先生去利物浦，帶回棄兒希斯克利夫。
1774	長子興德里・恩蕭離家去上大學。
1777	恩蕭先生過世，興德里帶太太法蘭西絲回家接掌嘯風山莊。 十一月：希斯克利夫和凱瑟琳夜闖鶇翔莊園，凱瑟琳留在莊園。
1778	哈里頓・恩蕭出生，法蘭西絲死於肺結核。
1780	凱瑟琳答應艾德格・林頓求婚，希斯克利夫失蹤。

①小說年表最早是由一九二六年C. P. Sanger的小冊子〈嘯風山莊的結構〉根據小說內容推算出來的，之後陸續有評論家加以修正。更詳細的日期可參考保羅・湯普森（Paul Thompson）的網站The Reader's Guide to Wuthering Heights（http://www.wuthering-heights.co.uk/timeline.php）

1783	三月：凱瑟琳與林頓結婚。 九月：希斯克利夫回嘯風山莊。
1784	二月：希斯克利夫與伊莎貝拉．林頓私奔。 三月：凱瑟琳產女凱瑟琳．林頓後死亡。結婚正好一年。 九月：伊拉貝拉在倫敦生子林頓．希斯克利夫。興德里死。
1797	伊莎貝拉死，艾德格．林頓赴倫敦接外甥林頓．希斯克利夫回莊園，但其父立刻把兒子要回嘯風山莊。
1800	第二代凱瑟琳意外闖入嘯風山莊，認識希斯克利夫父子和表哥哈里頓．恩蕭。
1801	八月：希斯克利夫逼第二代凱瑟琳和兒子林頓．希斯克利夫結婚。 九月：艾德格．林頓死。林頓．希斯克利夫死，凱瑟琳成為寡婦。 十一月：洛克伍德租下鶇翔莊園。小說開始
1802	一月：洛克伍德返回倫敦。 四月：希斯克利夫死。 九月：洛克伍德回嘯風山莊。凱瑟琳和哈里頓預計隔年元旦結婚。

小說開始於一八〇一年十一月，房客洛克伍德在主要事件都結束之後才上場，大部分主要角色都已死亡，戲劇感相當強烈。不只時間的安排上類似劇本，舞台上也只有寥寥幾個場景：嘯風山莊、鶇翔莊園、連接兩處的高沼地。吉默屯甚至不在舞台上，只是用來提供僕人、副牧師、醫生、律師等次要功能角色的一個方便場所而已。人物也非常精簡，許多人的婚配對象幾乎都別無選擇，外來的只有

興德里的太太法蘭西絲，其他都在兩家人之內。名字也反覆使用，如母女都叫凱瑟琳，房客遇鬼前看到的筆記本上寫了「凱瑟琳·恩蕭」、「凱瑟琳·希斯克利夫」、「凱瑟琳·林頓」三種簽名，可以想像凱瑟琳的心境：恩蕭是閨姓，她先想嫁希斯克利夫，後又想嫁林頓，所以三種簽名都有。但中間那個簽名是落空了，她從「凱瑟琳·恩蕭」變成「凱瑟琳·林頓」。她的女兒則正好相反：出生時是「凱瑟琳·林頓」；被迫嫁給表弟林頓·希斯克利夫之後，變成「凱瑟琳·希斯克利夫」；守寡後與表哥相戀，成婚後將會變成「凱瑟琳·恩蕭」，回到母親的原點。嘯風山莊最後一代主人哈里頓·恩蕭，正是房客初訪山莊時看到正門上刻的名字，與三百年前的名字完全一樣，自成一個世界。

其實作者艾蜜莉·布朗忒一家人名字也反覆使用，如她兩個早夭姐姐的名字正是母親和阿姨的名字；哥哥更以母親娘家的姓為名，叫做布蘭威爾·布朗忒，與林頓·希斯克利夫的命名方法一致（林頓是其母伊莎貝拉的閨姓），因此小說中人物的命名原則其來有自，但這樣的命名方式也加強了小說的宿命感。

兩個不可靠的敘事者

《簡·愛》全書由主角自述，觀點一致。本來敘事者多少都有不可靠之處，但《簡·愛》的敘事者說的是自己的故事，或許有避重就輕之處，或許會美化自己形象，但不太可能會惡意扭曲自己的故事。《簡·愛》主角又獨立而堅強，讀者易於認同，圓滿結局也讓讀者心安，因此能歷久不衰，成為眾多浪漫愛情小說模仿的對象。而《嘯風山莊》不然，主要敘事者奈莉在女主角凱瑟琳已逝去多年後才說故事，奈莉對所有發生的事情不但參與甚深，而且死無對證，其間避重就輕，美化自我形象之處不但痕跡宛然，甚至對凱瑟琳帶有惡意，可疑處甚多。何況《嘯風山莊》的敘事者不只一人，可以說是多重敘事。故事主架構是倫敦來客的筆記，穿插凱瑟琳的日記、伊莎貝拉的信件等其他敘事者的聲音，因此敘事比《簡．愛》複雜許多。

先說第一敘事者洛克伍德。整部作品是以他的日記呈現，所以前幾章由他開場，最後幾章也由他結束。這個敘事者常常自以為是，又好說反話，在整部基調陰鬱慘烈的小說中，作者卻用相當幽默的筆觸來描寫這個人物。他離開倫敦的原因是社交受挫，所以他自稱是厭世者，但他一抵達鶇翔莊園就忙著去拜訪業主希斯克利夫，而且在第一章結尾，主人已經表示不必再來了，他卻興致勃勃地說第二天一定還要再度造訪，一點也看不出厭世的傾向。他第二次造訪嘯風山莊，因暴風雪留宿而遇鬼，一回到莊園，才獨處不過半天，就巴著管家太太跟他講故事。故事講到第九章告一段落，洛克伍德臥病四週，第十章一開頭就抱怨這地方「根本看不到幾個人」，完全耐不住寂寞。病一好，他就忙不迭地回倫敦去了，在北地不過兩個月。可見厭世云云，都是自欺欺人。

他又好說反話。他一開始在十一月抵達北地，觸目荒涼，他偏說此地是beautiful country，顯然不符事實（他在次年九月重返高沼地的時候曾說，如果八月就來的話，可能就會待久一點了，可見夏天才有美麗的鄉野風光）。譯者若在此譯為「美麗的鄉野」（梁實秋）、「美麗的鄉間」（楊苡）、「美麗的山鄉」（宋兆霖）都有點難以自圓其說，孫致禮用「美妙」避開，只有方平加了譯註：「說話人故意把『荒涼』說成『美麗』。」（頁4）新寡的希斯克利夫太太明明冷若冰霜，洛克伍德卻偏說她「和藹可親」；嘯風山莊裡每個人都暴躁非常，他偏說他們是「謙和迷人的一家子」；一到北地就悲慘臥病四週，偏說這是「令人興奮」，都是故意說反話。

這個敘事者還判斷力奇差，毫無權威。他說要照倫敦規矩，五點鐘用正餐，管家根本不理他，照樣一點鐘備餐；人家叫他別來了，他偏在大雪天硬要出門；連續猜錯希斯克利夫太太的丈夫是誰；這家人上了餐桌，人人怒目相視，他卻自以為「如果這朵烏雲是我造成的，那我就有責任將之驅散。」最後沒有人要送他回家，他還以李爾王的悲壯姿態威脅，逗得希斯克利夫哈哈大笑，簡直就是鬧劇了。而且他一見到小寡婦凱瑟琳，就對她有愛慕之意，聽完管家故事之後，更覺自己頗有浪漫小說主角的潛力，卻什麼也沒做；隔年回來，見到佳人已心有所屬，還悵然了一陣子，完全是個喜劇人物。可惜許多電影改編版本都大幅刪減這個角色，或改為無足輕重的路人，犧牲了這個喜劇角色。

更重要的敘事者是管家奈莉。這個角色貌似忠厚勤謹，連作者的姐姐都在序中稱讚她可算是全書中少有的好人，但就像《紅樓夢》中的襲人一樣，她雖不是大奸大惡之徒，諸多禍事卻都因她而起。

她的話常常不可信：一開始洛克伍德問她，為何希斯克利夫捨舒適的鶫翔莊園不住，而去住環境比較差的嘯風山莊；她的回答是希斯克利夫貪財，想要多收租金。希斯克利夫當然是貪財的，但他不肯住鶫翔莊園，當然是因為那是情敵的住所，他恨透了鶫翔莊園。以奈莉對希斯克利夫的了解之深，竟然給了一個支微末節的理由，初看時讀者多半會信以為真，看完全書才知她說話不可盡信。

當年希斯克利夫的出走（第一部第九章），與她脫不了干係：她不確定希斯克利夫是否在場（「我以為希斯克利夫走去穀倉了」也許是事後脫罪之詞），就跟凱瑟琳說廚房只有她一人，凱瑟琳問希斯克利夫在哪，她又很肯定地說「在馬廄做事」。如果她當真以為希斯克利夫去穀倉了，為什麼要騙凱瑟琳說他在馬廄？等到凱瑟琳說出她答應嫁給林頓時，希斯克利夫起身走了，奈莉才制止凱瑟琳繼續說，又騙她說是因為「約瑟夫來了，希斯克利夫會和他一起回來」。這段多年後的自敘，已經不知經過她回想多少次，還是自相矛盾，留下破綻。希斯克利夫出走當晚，凱瑟琳淋了一夜的雨，奈莉說她有叫凱瑟琳去換衣服，「她都不理我」，所以她就自己去睡了，第二天還特意比平常晚下樓。

此事細想頗令人心寒：奈莉當年二十多歲，持家多年，不會不知道淋雨一夜又整夜穿著濕衣服的後果，竟然眼睜睜讓十五歲的小姐嚴重風寒，差點送命。不要說是姐妹，就算是一般朋友，做法都有可議之處。凱瑟琳之死，奈莉更是要角：她以正義自居，鼓動主人林頓禁止希斯克利夫來訪，引起衝突之後，又覺得凱瑟琳是裝病；凱瑟琳絕食多日，奈莉都沒有回報林頓；明知林頓看不下書，還故意跟凱瑟琳說他整天埋首書堆，造成最後不可挽回的悲劇。

而且奈莉也不喜歡（第一代）凱瑟琳，多次坦承不喜歡小姐，「她實在太驕傲了，除非她能謙虛一點，否則實在很難讓人同情」、「我承認，她長大以後我就不喜歡她；我也常常頂撞她，想挫挫她的銳氣」，又跟追求者林頓說：「我們家小姐很任性的，她是被寵壞了。」也直接跟凱瑟琳說「妳不配上天堂」、「完全不知道婚姻的義務，要不然就是心地很壞，沒有原則」。她陪嫁到鶇翔莊園之初，因為小姐的舉止比她預期好太多，讓她「有點失落」，暗示她本來等著看好戲。「太太呢，雖然也不能說是壞人，但似乎有點過於縱容自己，我也不覺得她有什麼原則。」甚至於希斯克利夫和凱瑟琳訣別一幕，奈莉只一味擔心自己被主人責備，所以：

看到凱瑟琳的手臂一鬆，頭也垂下來，我還滿高興的。「她是昏過去或是死了都好，」我想，「這樣好多了。她這樣麻煩別人，又專門造成不幸的人，還不如死了好。」（第二部第一章）

在凱瑟琳死後，奈莉還說：「回想凱瑟琳．林頓的一生，我怕我們不應該覺得她死後能夠快樂。」維持她對凱瑟琳一貫的批判態度。

奈莉對其他角色也多處哄騙和誤判。林頓．希斯克利夫喪母之後，剛從倫敦來到舅舅家鶇翔莊園，第二天就被父親要回去，奈莉沿途都在哄騙他，騙他說「也許希斯克利夫先生每年夏天都想去看你們，但始終沒有方便的時機」云云，還做出了許多不可能的承諾，整段不知說了多少假話。第二代凱瑟琳被迫嫁給林頓．希斯克利夫，奈莉也有責任：她明知林頓．希斯克利夫個性自私病態，又命在旦夕，卻遲遲沒有把實情告知林頓老爺，讓病重的老爺誤判形勢而贊成這件婚事，還辯稱自己的做法情有可原：「我自問，在他所剩無幾的日子裡，說這些話有什麼用呢，徒然增加他的煩惱罷了。」小凱瑟琳被囚禁的那一天，也是奈莉覺得讓她出去走走比較好，根本就是致命的誤判。

奈莉與其他人物的關係也很耐人尋味。她媽媽本是興德里的奶媽，奈莉與興德里同歲，所以可能奈莉稍長，她媽媽才有乳汁當奶媽。她和興德里童年感情是很好的，兩人最喜歡到路標石柱附近玩耍；但興德里從外地娶了法蘭西絲回來，對她或許是個打擊，一九七〇年的電影版本就如此詮釋。法蘭西絲死後，小女傭對奈莉說：「我真羨慕妳：太太走了以後，這孩子就是妳的了！」聽起來也頗有玄機，是否她有成為第二任恩蕭太太的可能？可惜興德里過於專情，斷了這個可能。

她對希斯克利夫更是曖昧。在凱瑟琳留宿鶇翔山莊五週後回來那天，她對希斯克利夫說：

> 要我說的話，我覺得你很英俊呢，簡直說是王子我也相信。誰知道呢，說不定你的父親是中國皇帝，媽媽是印度女王，隨便哪個，都可以用一個星期的進帳，就把嘯風山莊和鶇翔莊園一起買下來？說不定你是被什麼壞心的水手綁架，帶來英國的呢。如果我是你的話，我就會想像自己出身有多高貴：這樣想的話，我就有勇氣，有尊嚴，不怕一個小小莊園主人的威脅！

在一九三九年的黑白電影版本中，這段話改由凱瑟琳說出口，就成為一段讓人印象深刻的愛情宣言，但在小說中這段話其實出自奈莉之口，可以看出奈莉對希斯克利夫的好感。在凱瑟琳說要嫁給林頓時，她也很為希斯克利夫不平：「如果他愛的是妳，那他真是天下最倒霉的人了！」伊莎貝拉．林頓剛開始單戀希斯克利夫時，凱瑟琳對希斯克利夫說：「我要為你介紹一個比我還愛你的人，終於有這樣的人出現了！我真是欣慰啊，我想你也應該覺得很榮幸。不，不是奈莉，別看她！」可見希斯克利夫以為會愛上他的人就是奈莉（第一部第十章）。凱瑟琳一直到病後聽到奈莉跟林頓告密，才驚覺「原來奈莉是我的敵人，我卻不知道！」洛克伍德回倫敦之後，奈莉回到嘯風山莊主持家務，說「我們都是跟希斯克利夫先生一起用餐的，我坐女主人的位置，負責沏茶和切肉」（第二部十九章），可說是心願得償，終於坐上嘯風山莊女主人的位置。難怪在水村美苗的衍生版本《本格小說》裡，乾脆讓東太郎（希斯克利夫）跟富美子（奈莉）發展出一段姐弟戀，還上了床，是最激進的一個詮釋。

奈莉對艾德格．林頓的態度也前後不一。凱瑟琳未嫁之時，她一心向著希斯克利夫，嘲笑林頓「動不動就哭著找媽媽！看到一個鄉下孩子的拳頭就發抖，下點雨就整天坐在家裡不敢出門。」（第一部第七章）還批評他在凱瑟琳大發脾氣之後還敢求婚，「不是笨到無可救藥，就是膽大包天。」（第一部第九章）但隨著凱瑟琳小姐陪嫁到鶇翔莊園之後，態度就變了，說：「老爺比較善良，可以信任，是個正人君子。」（第一部第十章）

奈莉並沒有提過自己的身世，其母會帶她到嘯風山莊當奶媽，或許奈莉是父不詳的私生子。根據約瑟夫的說法，奈莉「長得又不美，人家不會對她多看一眼。」（第二部十九章）根據她的敘述，也看不出她曾經離開這兩個幫傭的莊園去結婚。迪恩「太太」（Mrs. Dean）只是對中年女管家的客氣稱呼，有點像我們說某某嬸、嫂、姨差不多。而且她又聰明好讀書，兩個莊園裡的書她都差不多看過了。這樣看來，她嫉妒凱瑟琳的美貌、地位、愛情，似乎也是可以理解的。尤其是希斯克利夫，跟她同樣出身低微②，同受嘯風山莊老爺恩惠，情若姊弟，連夏洛特的序中都說希斯克利夫對奈莉的敬重，證明他還有人性。若非凱瑟琳橫在中間，兩人或許真能結為連理也說不定。如果以情敵的角度來理解奈莉對凱瑟琳的諸多批評，似乎就很容易理解了。

主要敘事者奈莉與女主角凱瑟琳有潛在利益衝突，至少有很深的敵意；奈莉參與了所有主要的事件，扮演關鍵角色，而且敘述時凱瑟琳已死去多年，死無對證，全由她一人來說，作者選擇這樣的敘事角度，展現了驚人的創意。究竟奈莉有沒有說謊？有沒有避重就輕？隱瞞了什麼？實有重重幽微之處。而開始對奈莉起疑之後，再綜觀全書，竟發現奈莉邀功、諉過、說謊的痕跡處處都是。她早知伊莎貝拉私奔，卻故意不說，老爺叫她去查看時才假裝發現，這是諉過（第一部十二章）；第二代凱瑟琳趁父親去倫敦的時候擅自出遊，奈莉為了避免自己被責備，硬要凱瑟琳隱瞞此事（第二部第五章），這也是諉過；她和凱瑟琳被強留在嘯風山莊多日，奈莉先獲釋返家，其他僕人要衝去跟老爺回

②有些論者猜測希斯克利夫或許是老恩蕭先生與奴隸的私生子，老恩蕭先生去利物浦的目的，或許就是帶回這個孩子。有幾點線索支持這個猜測：十八世紀約克郡有不少家族從事奴隸買賣、「希斯克利夫」是老恩蕭先生早夭長子的名字、徒步六十哩帶回陌生孩子的善舉太不尋常、老恩蕭先生對希斯克利夫的偏寵等。如果這樣的猜測屬實，凱瑟琳和希斯克利夫就是異母手足亂倫了，更添悲劇色彩。（Ward, p.53）第一部第三章房客遇鬼，希斯克利夫呼喚凱瑟琳亡靈一幕，極類似拜倫的詩劇《曼弗雷德》（1817），而曼弗雷德描寫的正是繼兄妹亂倫的愛情悲劇，似乎也支持這種猜測（見第三章註）。

報好消息，被她攔下來，要親自去說；半夜小姐逃回來了，要衝去見父親，也被奈莉攔下，要先去通報，這都是邀功（第二部十四章）。她說的謊就更多了。

有趣的是，從夏洛特・布朗忒開始就以為奈莉是好人，在序中說她「真誠善良而對家庭忠心」（true benevolence and homely fidelity）。一九五八年，詹姆斯・海夫利（James Hafley）撰文主章百年來此書讀者多受夏洛特誤導，其實奈莉才是《嘯風山莊》的首惡，而且是英國文學中的大惡人③。此後對於奈莉的解讀開始有了相當大的轉變，現在的批評者多半認為奈莉是不可信任的敘事者。一九九二年林・海爾薩金特的續作《重返呼嘯山莊》④，就讓虛構的敘事者夏洛特・布朗忒說「隱瞞啦、託詞啦、這類花招對她來說可真是無上的樂趣」（頁238）；二〇〇二年日本小說家水村美苗的改作《本格小說》⑤也說富美子（奈莉）「向來很狡猾」，反映了近年來學術界對這個角色的解讀。

---

③James Hafley, "*The Villian in* Wuthering Heights." *In Nineteen-Century Fiction 13* (3):199-215. University of California Press. http://www.Jostar.org/stable/3044379. Accessed:16/02/2017

④本文引用其中譯本為屠珍譯《重返咆哮山莊》（台北：時報，1996），原為上海譯林出版社在一九九四年出版的簡體字版《重返呼嘯山莊》。

⑤水村美苗的《本格小說》（東京：新潮社，2002）。本文參考王蘊潔的中譯本《本格小說》（台北：大田，2006）

參考文獻

方平（2006）。〈譯本序〉。《呼嘯山莊》。上海：上海譯文。頁1-38。

王安憶。《小說家的十三堂課》。上海：上海文藝，2005。

王蘊潔（譯）（2006）。《本格小說》（原作者：水村美苗）。臺北：大田。（原著出版年：2002）

伍光建（譯）（1930）。《狹路冤家》（原作者：Emily Brontë）。上海：華通。（原著出版年：1847）

宋兆霖（2006）。〈譯序：艾蜜莉．勃朗特的愛恨情仇〉。《咆哮山莊》。台北：商周。頁xix-xxxii。

周其勳、李未農、周駿章（譯）。《英國小說發展史》（原作者：Wilbur L. Cross）。南京：國立編譯館，1935。（原著出版年：1899）。

屠珍（譯）（1994）。著。《重返呼嘯山莊》（原作者：Lin Haire-Sargeant）。南京：譯林。（原著出版年：1992）

張愛玲（1993）。〈魂歸離恨天〉。《續集》。臺北：皇冠。頁165-229

梁實秋（譯）（1944）。咆哮山莊（原作者：Emily Brontë）。重慶：商務。（原著出版年：1847）

梁實秋（1983）。〈「咆哮山莊的故事」——為我的一部舊譯補序〉。《雅舍雜文》。臺北：正中。頁1-31。

童元方(2009)。〈丹青難寫是精神——論梁實秋譯《咆哮山莊》與傅東華譯《紅字》〉。《選擇與創造》。香港：牛津大學出版社。頁1-13。

楊苡（1986）。〈一枚酸果—漫談四十年譯事〉。《中國翻譯》，1，34-37。

楊苡（1992）。〈《呼嘯山莊》再版後記〉。《呼嘯山莊》上海：譯林。頁388-392。

趙清閣（1948）。《此恨綿綿》。上海：正言。
羅塞（譯）（1959）。《魂歸離恨天》（原作者：Emily Brontë）。臺北：新陸。（原著出版年：1847）（此版本譯者署名李素）
徐鍾珮（譯）（1956）《世界十大小說家及其代表作》（原作者：W. S. Maugham）。台北：重光。（原著出版年：1948）
徐玲慧（改寫）。《咆哮山莊》。台南：大千，1992。
郭菀玲（譯）（1999）《布朗蒂姐妹》（原作者：Phyllis Bentley）。台北：貓頭鷹。（原著出版年：1947）
管家琪（改寫）（1993）。《咆哮山莊》。台北：東方。
賴慈芸。〈咆哮山莊在台灣：翻譯、改寫與仿作〉。《編譯論叢》6（2）（Sept. 2013）：1-31
Dawson, William James. The Maker of English Fiction. New York: F. H. Revell, 1905.
Dunn, Richard J. Ed.(2003). Wuthering Heights: A Norton Critical Edition. 4th Edition. New York: W.W. Norton & Company.
Fegan, Melissa(2008). Character Studies: Wuthering Heights. E-books. Continum.
Gaskell, Elizabeth (1857). The Life of Charlotte Brontë. 1971. London: Dent &Sons.
Gezari, Janet. Ed. (2014). The Annotated Wuthering Heights. Cambridge: The Belknap Press of Harvard University Press
Hafley, James. "The Villain in Wuthering Heights." Nineteen-Century Fiction 13 (1958): 199-215.
Haire-Sargeant, Lin. "Sympathy for the Devil: The Problem of Heathcliff in Film Versions of Wuthering Heights."
Heywood, Christopher (1987). "Yorkshire Slavery in Wuthering Heights." The Review of English Studies. Vol. 38:184-198.
Sanger, C. P. The Structure of Wuthering Heights. London: Hogarth Press, 1926.
Ward, Ian.(2012). Law and the Brontës. London: Palgrave Macmillan.
Woolf, Virginia. "Jane Eyre and Wuthering Heights." In The Common Reader. First Series. London: Hogarth Press, 1925.

附錄一：一八五〇年夏洛特的編者序

我剛讀過了《嘯風山莊》，也第一次清楚瞭解到別人所說的缺點是什麼（也許真的是這本書的缺點也說不定）。我知道這本書在其他人眼中的樣子——對那些不認識作者、不熟悉故事發生地點的人來說，西約克郡偏遠山丘和村莊中的居民、習俗、風土，一切都古怪而陌生。

對他們來說，《嘯風山莊》一定讀起來粗野而奇特。他們對英國北部的荒涼高沼地不感興趣：那裡地廣人稀，居民的話語、舉止、住家、家庭習慣，都那麼難解，即使可以理解也令人反感。讀者如果生來冷靜，感情節制有度，也沒有什麼特異之處，又從嬰兒時期開始，所見所聞盡是最平靜的行為舉止、最謹慎的語言用字，自然不知道該如何理解高沼地居民粗魯而強烈的話語、狂野的情感、毫無節制的厭惡與輕率的偏見，無論他們是不識字的村夫農婦還是粗野的鄉紳：這些鄉紳成長的過程中並沒有得到良好的教養，因為教導他們的老師也一樣粗野不馴。

因此，依照世俗的規矩，有些單字應該只寫出第一個及最後一個字母，中間則以橫線帶過，但在此書內頁卻一字不漏呈現，有一大群讀者可能對此深感不悅。我可以在此表明，我無法為此道歉，因為我也認為文字本應完整書寫。那些褻瀆和粗暴的人說話時總帶有咒罵字眼；以單一字母來暗示那些話語，儘管立意良善，在我看來卻是軟弱而無用的做法。我看不出這樣做有什麼好處，能免去什麼情緒，或隱藏什麼恐怖行徑。

說到《嘯風山莊》的鄉土氣，我承認這項批評，因為我也有這樣的感覺。整本書質樸粗野，充滿高沼地的氣息，糾結如石楠的根。但如果不是這樣，反而很不自然，因為作者自己就是高沼地土生土養的人。如果她成長於小鎮，而且也寫作的話，那麼她的作品無疑會有另一番風味。就算她碰巧選擇了類似的主題，或有相似的品味，處理手法也必定相當不同。假如艾利斯．貝爾是一位習於社交的紳士或淑女，那她對遙遠偏鄉的觀感、對其間居民的態度，一定與鄉下女孩大不相同。淑女的眼界無疑會更寬廣、更全面，但卻不一定更為獨創或更真實。至於景色與當地的描寫，沒有人比她更富有同理心：艾利斯．貝爾對景物的描繪，並非耳目之娛；家鄉的山陵對她來說不只是美景，而是她安身立命的所在：她就如同野鳥一樣是高沼地的居民，又如石楠一般是高沼地的產物。因此，她描繪的自然景色，不多不少，就是那裡該有的樣子。

人物的描寫則是另一回事。我得坦承，她對於周遭農人的實際了解，大概相當於修女對偶爾經過修道院大門的鄉下人一般。我妹妹天性並不合群，環境又強化了她離群索居的本性；除了上教堂或在山間散步，她鮮少離開家門。雖然她對附近的人們抱持善意，卻從不主動與他們交往，除了極少數的例外，她幾乎沒有與外人往來過。然而，她知道這些人：她知道他們做事的方法、說話的口吻、家族的歷史；她興致盎然地聽他們的故事；她幾乎沒和他們說過一句話，卻可以鉅細靡遺、生動精確地談論他們。由於我們在聽聞鄉里祕聞時，最容易記得悲慘或恐怖的事情，因此，她腦中搜集到的故事，也就侷限於不幸或可怕的事件。我妹妹本來就沉靜而不開朗，個性強烈而不輕鬆，所以她的想像力就以這些不幸或恐怖的事件為素材，創造出希斯克利夫、恩蕭、凱瑟琳這樣的人物。她塑造出這些角色，但並不知道自己做了什麼。假如朗讀她的手稿時，聽眾因這些無情而毫不動搖的人物、迷失墮落的靈魂而顫慄發抖；假如有人抱怨，光是聽聞某些鮮明而可怖的書中場景，便足以使人夜晚輾轉難眠，白日不得安寧，艾利斯．貝爾會聽不懂這是什麼意思，更懷疑抱怨者是在裝腔作假。假如她還活著，她的心靈將可以長成一棵雄偉的大樹，更高大、更筆直、更開闊，果實將會更圓熟、花朵將會更明艷。但只有時間和經驗能成就這樣的心靈；其他智者都無法影響她。

雖說《嘯風山莊》大半籠罩在「可怕深沉的黑暗中」，在風暴連天和高壓的氛圍裡，我們有時似乎都可以感受到閃電了；但容我指出，縱使烏雲蔽日，陽光偶爾還是會在雲隙中露臉。若要找一個真正善良又忠於家庭的典範，請看奈莉．迪恩；艾德格．林頓則是專一而溫柔的好例子。（有些人會認為，專一和溫柔是比較適合女人的特質，而不適合男人；這在艾利斯．貝爾看來，是永遠無法理解的。要是有人暗示忠心耿耿、善良、長久忍耐和愛人等，被視為夏娃之女的美德，卻被視為亞當之子的弱點，她會難以忍受。她認為男人與女人都是造物主所造，而慈悲和原諒是造物主最神聖的特質，足以榮耀上帝，更不會使任何人蒙羞。）描繪老約瑟夫時有一種不近人情的幽默，而在第二代凱瑟琳身上可以一瞥優雅與輕快之美。即使是第一代凱瑟琳，在她的兇悍中未嘗沒有某種奇異的美，而在她病態的激情與激烈的乖僻行為中，也不乏誠實之處。

希斯克利夫的確是無可救藥的。這個「黑得像是從地獄來的黑髮小孩」，從他自恩蕭老爺的大衣裡冒出頭來，站在山莊廚房地板上的那一刻起，就筆直地朝地獄前進，一直到奈莉．迪恩發現他令人生畏的僵直軀體，躺在門板緊閉的廂床上，雙眼圓睜，好似在「嘲笑她徒勞想要為他闔上眼睛，微張的嘴露出森森白牙，似乎也透露著輕蔑」為止，沒有半點遲疑。

希斯克利夫只有在一點上透露出人性。我指的並不是他對凱瑟琳的愛，那是一種過於猛烈而沒有人性的激情；某些邪惡的天才，不良的本質中也會有此種熱情沸騰發光；這把火形成了中心，來自地獄的強大心靈因而永受折磨。這把火無法平息、永無止盡，讓他所到之處盡成地獄。不，希斯克利夫唯一有人性的地方，不是他對凱瑟琳的愛，而是他直率坦承對哈里頓．恩蕭的關切，雖然他毀了哈里頓的人生；還有他對奈莉．迪恩或隱或顯的尊重。假如沒有這一點人性，那我們可以說他不是什麼南亞船工之子，也不是什麼吉普賽人，而是具有人形的惡魔了——是食屍鬼①，或是惡靈②。

我不知道創造出希斯克利夫這樣的角色，是對還是錯；我自己是覺得不太應該。但我很清楚，擁有創造天賦的作家，也無法全然掌握其天賦，有時創作力似乎有自己的意志。作家儘可以訂下規矩、立下原則，創作力也可能多年來都服膺於種種規矩和原則之下，然後，可能毫無預警地，它就不願再「耙山谷之地，或受套繩籠在犁溝之間」③，開始「嗤笑城內的喧嚷，不聽趕牲口的喝聲」④，斷然拒絕再用海砂編繩⑤，反而開始刻鑿雕像。它可能雕出一個冥王普魯托⑥，也可能雕出天神周夫⑦；可能是復仇女神提西弗涅⑧，也可能是賽姬公主⑨；又或許是一尾人魚，或是一尊聖母，端視命運與靈感的指引而定。成品無論是陰鬱還是壯觀、恐怖還是神聖，你都別無選擇，只能默默接受。你雖有藝術家的名號，其實你能做的只有被動地聽令行事。你不是發令之人，也無法質疑；這不是你禱告所求，無法壓抑，也不會隨你心意而改變。假如成果賞心悅目，舉世皆稱讚你，其實非你之功；如果成品令人厭惡，舉世皆斥責你，其實也非你之過。

《嘯風山莊》就是在一座荒野的工作鋪中，就地取材，以簡單的工具雕鑿而成的。雕刻家在一片孤寂的高沼地上找到一塊花崗岩，凝視良久，看出一個頭像，野蠻、黝黑而罪孽深重；但至少有一個偉大的成分，就是強大的力量。雕刻家拿著一把樸拙的鑿子，沒有對象可資模仿，一切全憑冥想所見。一點一滴，花崗岩漸成人形：巨大、黝黑、眉頭深鎖、半是雕像半是岩石。以雕像來說，面目駭人，形同鬼魅；以岩石來說，卻幾乎是美麗的，因為那顏色是溫潤的灰黑色，包覆以高沼地的青苔，而石像腳邊有忠心的石楠綻放著鐘型的花朵，散發出清幽的芬芳。

①原文為Ghoul，是阿拉伯神話中的怪物，會吃人類的屍體。

②原文用Afreet，是阿拉伯神話中的惡魔，也可拼成Ifrit或efreet等。

③聖經〈約伯記〉39章第10節：「你豈能用套繩將野牛籠在犁溝之間？他豈肯隨你耙山谷之地？」

④聖經〈約伯記〉39章第7節：「他嗤笑城內的喧嚷，不聽趕牲口的喝聲。」

⑤英國傳說有個叫Michael Scott的人，曾收服了一些精靈供他驅策，但他有義務要使精靈一直有工作可做。所以Michael Scott就叫精靈去用海砂編繩，因為徒勞無功，所以就一直都有工作可做。參考John D. Parry (1829), *The Legendary Cabinet: A Collection of British National Ballads, ancient and Modern*. P369.

⑥Pluto，希臘神話中的冥界之神。

⑦Jove，即Jupiter，羅馬神話中的眾神之主，相當於希臘神話中的Zeus。

⑧Tisiphone，復仇三女神之一，掌管謀殺之復仇。

⑨Psyche，希臘神話中美貌非凡的公主，嫁給愛神Eros為妻。

附錄二：艾蜜莉．布朗忒年表

年代	艾蜜莉．布朗忒大事	世界及文壇大事
1817		珍．奧斯汀（Jane Austen，1775–1817）死
1818	艾蜜莉．布朗忒出生於七月三十日，排行第四。	*清嘉慶二十三年 *瑪麗．雪萊（Mary Wollstonecraft Shelley，1797–1851）的《科學怪人》（*Frankenstein*）出版
1820	布朗忒一家搬到哈沃斯牧師住宅	*清道光元年 *英王喬治三世死，喬治四世即位 *歐文（Washington Irving）的《睡谷傳說》（*The Legend of Sleepy Hollow*）出版
1821	母親瑪莉亞過世，阿姨伊莉莎白來照顧六個孤兒	詩人濟慈（(John Keats，1795–1821）死
1822		詩人雪萊（Percy Shelly，1792–1822）死。

1824	入柯恩橋學校，三個姐姐也同在該校就讀	詩人拜倫（Lord Byron，1788–1824）死於希臘。
1825	大姐瑪莉亞和二姐伊莉莎白因肺炎過世，與三姐夏洛特回哈沃斯。	
1830		*英王喬治四世死，威廉四世即位 *利物浦到曼徹斯特間鐵路開通
1832		歌德（Johann von Goethe，1749–1832）死。
1833		*英國廢奴法案通過，大英帝國所有奴隸皆得到解放 *英國工廠法通過，禁止九歲以下童工
1834		詩人柯立芝（Samuel Taylor Coleridge，1772–1834）死
1835	到羅黑德學校入學，但三個月即退學	
1837-1838	到羅希爾住宿學校任教	*英王威廉四世死，維多利亞女王即位 *狄更斯（Charles Dickens，1812–1870）的《孤雛淚》（*Oliver Twist*）出版
1839		愛倫坡（Edgar Allen Poe，1809–1849）出版第一本短篇小說集
1840		第一次鴉片戰爭

1842	在阿姨的資助下，與夏洛特到比利時布魯塞爾的女子基督教育學院（Maison d'Education pour les Jeunes Demoiselles）就讀。 年底阿姨伊莉莎白過世，返家	中英南京條約，五口通商，割讓香港
1844		英國工廠法規定女性與十八歲以下勞工每日工時不得超過十二小時
1845	夏洛特看到艾蜜莉的詩作，開始計劃出版	愛爾蘭大饑荒
1846	*Poems by Currer, Ellis and Acton Bell*出版	
1847	十月《簡·愛》出版。 十二月《嘯風山莊》和《安格涅斯·葛雷》一起出版。	薩克萊（William Thackeray，1811-1863）的《浮華世界》（*Vanity Fair*）出版
1848	九月哥哥布蘭威爾死於肺結核。 十二月死於肺結核。	馬克思（Karl Marx，1818–1883）發表〈共產黨宣言〉
1849	五月安死於肺結核。	
1850	夏洛特編輯的《嘯風山莊》出版。	*清咸豐元年 *詩人華茲華斯（William Wordsworth，1770–1850）死

國家圖書館出版品預行編目資料

嘯風山莊 / 艾蜜莉・布朗忒（Emily Brontë）著；賴慈芸譯. -- 初版. -- 臺北市：遠流, 2017.07
面； 公分
譯自：Wuthering Heights
ISBN 978-957-32-7996-9(平裝)

873.57 106006362

嘯風山莊

Wuthering Heights

作　者 艾蜜莉・布朗忒（Emily Brontë）
譯　者 賴慈芸
總 編 輯 汪若蘭
責任編輯 徐立妍
行銷企劃 李雙如
封面設計 井十二設計研究室

發行人 王榮文
出版發行 遠流出版事業股份有限公司
地址 臺北市南昌路2段81號6樓
客服電話 02-2392-6899
傳真 02-2392-6658
郵撥 0189456-1
著作權顧問 蕭雄淋律師

2017年07月01日 初版一刷
定價 平裝新台幣300元（如有缺頁或破損，請寄回更換）

ISBN 978-957-32-7996-9
ylib 遠流博識網 http://www.ylib.com E-mail: ylib@ylib.com

Wuthering Heights
By Emily Brontë
Complex Chinese edition published in Taiwan by Yuan-Liou Publishing Co., Ltd.